ATADO DE ERVAS

Anna Mariano

ATADO DE ERVAS

6ª edição

L&PM
EDITORES

Texto de acordo com a nova ortografia.

1ª edição: setembro de 2011
6ª edição: setembro de 2022

Capa: Marco Cena
Preparação: Jó Saldanha
Revisão: Patrícia Rocha e Lia Cremonese

CIP-Brasil. Catalogação na Fonte
Sindicato Nacional dos Editores de Livros, RJ

M286a

Mariano, Anna
    Atado de ervas / Anna Mariano. – Porto Alegre, RS: L&PM, 2022.
    400p. : il. ; 21 cm

ISBN 978-85-254-2457-0

1. Romance brasileiro. I. Título.

11-5243.	CDD: 869.93
	CDU: 821.134.3(81)-3

© Anna Mariano, 2011

Todos os direitos desta edição reservados a L&PM Editores
Rua Comendador Coruja, 314, loja 9 – Floresta – 90.220-180
Porto Alegre – RS – Brasil / Fone: 51.3225.5777

Pedidos & Depto. Comercial: vendas@lpm.com.br
Fale conosco: info@lpm.com.br
www.lpm.com.br

Impresso no Brasil
Primavera de 2022

Para Maria Luiza, as duas.

...e de um ninho de gravetos, na moita de um sarandi, alçou voo a mais graciosa de todas as aves do banhado, a garça-pequena com seu véu de noiva, suas plumas alvíssimas, e voava longe, para o alto, e era o voo mais tristonho e mais bonito. López talvez a tenha visto. Ou talvez não.

Sergio Faraco
O voo da garça-pequena

Estância Santa Rita

13 DE DEZEMBRO DE 1963
Sexta-feira

Vacinadas e banhadas as novilhas do plantel – 62 novilhas.
Vacinados e banhados os novilhos do Cervo – 612 novilhos.
Recarregado o banheiro do gado com 1.200 litros de água.
Recorridos os campos do plantel e verificado o aramado.
Levados ao aramador: 300 tramas, 6 rolos de arame liso (um incompleto), 13 rolos de farpado, e 50 postes (dos do Cabelera).
Serviço de tosa continua.

Carneada uma vaca para consumo.

e viviam misturados, respirando o mesmo pó, se outorgando senhoria. Na casa simples da estância, no rancho, barro e taquara, davam luz à filharada, sabiam de ouvir dizer. Rebanhados de suor, rezavam à Virgem Santa que lhes cuidasse as sementes, do corpo e da plantação. Aos domingos, domingavam, se riam, tocavam gaita. Nas mangueiras, nos rodeios, quem olhava não dizia qual deles era o patrão. Lutavam, lidavam juntos. No galpão de estrela e zinco, falando em língua comum, contavam as mesmas histórias de guerra e assombração. Não sei o que se passou, nem corredor, nem estância, terra sem dono, sem nada, o pátio, de tanto varrido com vassoura de guanxuma, a terra, de tanto arada, sangrou, igual carne viva, e os levou de enxurrada. De muita estância bem grande, só um angico ficou. Dos homens, tais como eram, um toco de vela, uma cruz, fincada fundo no chão.

134

Leonor fechou o livro e espreguiçou-se na rede. A essa hora, com certeza, já a esperavam na cozinha. Só mais um pouquinho, disse para si mesma, como dizia no internato ao ouvir tocar a sineta para a missa das seis. Depois de tantos anos, Ernestina bem que podia resolver-se, pensou. Paciência, necessário admitir que não era fácil. A geladeira a querosene, quase sempre repleta de vacinas, não deixava muito espaço para variações. A ovelha carneada pela manhã precisava ser consumida até a noite ou seria transformada em charque. É como se fosse uma versão campeira da história da Cinderela, sorriu, acariciando a capa envelhecida de *Contos do Sul*, que trouxera no enxoval.

Sob árvores que ela mesma plantara e que, brincando, chamava de *Bois de Boulogne*, sentiu saudades. Numa outra época, como em outra vida, conforto fora tão natural e previsível que passava despercebido. A um simples gesto, luzes acendiam, ventiladores ventavam, rádios funcionavam e, luxo maior, a água jorrava das torneiras. Agora, um agora que lhe prometeram provisório e já durava mais de vinte anos, viviam na dependência do vento. Não ventasse, o moinho não se movia, o gerador não carregava, a luz não acendia, a água não jorrava. Graças ao pequeno motor a gasolina, pelos menos durante algumas horas, não dependiam dos lampiões. Apagado o motor, acendiam-se as velas.

Para compensar, havia uma profusão de empregadas. Claro, não vinham prontas como as impecáveis criadas portuguesas da sua infância no Rio de Janeiro, era preciso ensinar. Algumas jamais aprendiam; outras, diamantes esperando lapidação. Ernestina, por exemplo. Quando chegou, não sabia fazer nem farofa. Hoje, poderia ser chef no restaurante Bife de Ouro do Copacabana Palace. Não, não daria certo, em alguns meses teria levado os Guinle à falência. Só na ilimitada abundância dos ovos, leite, nata e manteiga da estância, o talento natural de Ernestina podia acontecer. Nascida e criada onde – ainda que servido em louças e cristais importados – o cardápio invariável era um naco de carne gorda, arroz, abóbora e feijão, Ernestina, quase analfabeta, sem condições de perder-se nas coisas do espírito, usava seu talento para alimentar a carne.

Ignácio, que, em solteiro, comia o que lhe davam, era, agora, o mais exigente. Sua última invenção – experimentar todas as receitas das revistas americanas que assinava – era de enlouquecer qualquer cozinheira. Mas Ernestina era dura. Os ingredientes não existiam?, as medidas eram diferentes?, ela não se intimidava. Ouvia as explicações, pedia para olhar *a figura* e punha mãos à obra. Sem ter a menor ideia do que significava *a-quarter-pound-of-sour-cream*, substituía ingredientes, media *no olho* as quantidades, fazia tudo dar certo à sua moda. Sob o seu comando, assados, pães e bolos derretiam-se, submissos.

Casa, quanto caibas, campos, quantos vejas, dizia, em letras góticas, o quadrinho de azulejos na parede da cozinha. E era exatamente assim. Para os gaúchos, o importante eram os campos, a casa podia ser franciscana, o conforto, inexistente. Não adiantava ir contra. Era o jeito "deles", um jeito que, aliás, não os impedia de mandar. Nas festas no Palácio do Catete, quando o dr. Getúlio era presidente, já detectara, nos que o cercavam, essa falta de refinamento, esse feitio tosco, com o qual, sabia por instinto, nunca se acostumaria. Àquela época, prometera a si mesma jamais casar com alguém do Sul e, então, conhecera Ignácio. Não se deve dizer dessa água não beberei. Alguns meses inesquecíveis de namoro, o noivado. Pouco antes do casamento, a morte inesperada de Mathias, o futuro cunhado, alterou todos os planos.

Não podia sair, Ignácio escrevera. Por mais que quisesse, era impossível abandonar a estância naquele momento. O desespero do pai, os problemas legais do inventário do irmão o obrigavam a ficar. Não queria de forma alguma adiar o casamento. Precisava dela. Só havia uma saída. Inocente, ela concordara. O amor a impediu de perceber os sintomas: para Ignácio, a estância estaria sempre em primeiro lugar. Casaram por procuração, um casamento estranho e triste, sem a presença do noivo. No dia seguinte, deixou o Rio rumo ao sul. Veio sozinha, num Ita, pela Barra do Rio Grande.

Os cinco dias da viagem, apesar do black-out obrigatório e da ameaça dos submarinos alemães, não foram ruins, deram-lhe tempo para despedir-se do mar. Ao desembarcar, a primeira palavra que leu, em letras enormes, foi SWIFT. Não sabia ainda o quanto essa companhia frigorífica lhe seria familiar. Passou a noite no Hotel Paris. Na manhã seguinte, a caminho da estação de trem, mal percebeu a cidade, suas casas antigas, suas tantas fábricas que a saudavam, circunspectas. Tinha pressa. A muitos quilômetros dali, esperavam-na um marido quase desconhecido e um ramo de rosas de inverno, colhidas no jardim.

Ele de bombachas e poncho, eu, vestida como quem vai a um Grande Prêmio, sorriu lembrando de sua figura totalmente inadequada: sapatos de salto alto, tailleur de lã verde, um chapeuzinho com pena de pavão caída sobre a testa, os ombros envoltos numa pele de raposa. Na plataforma vazia de outros viajantes, ela tentara, desesperadamente, mostrar-se alegre. Enrolada no poncho do marido mas ainda tiritando de frio, falou do navio, das festas, contou as novidades da capital. Ignácio ouvia, rolando nas mãos o chapéu de abas largas. Ambos sabiam, aquelas eram notícias de outro lugar, rumores de um mundo distante que não fazia mais sentido.

Vendo descarregarem as malas e os baús repletos de lençóis de linho, toalhas com monograma, ela fingiu não ouvir o recado que a terra lhe soprava. Melhor assim, ou teria voltado. Enfrentara o Sul, seus frios, seus ventos, suas enormes secas. Tivera Ignácio, ainda o tinha de alguma forma. Tivera os filhos, a casa, que, com muito esforço, fizera confortável. A vida não fora, nem era, tão ruim, afinal.

Ainda assim, os invernos bem que podiam ser menos gelados e os verões menos quentes, pensou, desejando uma limonada. Tereza, a copeira, não estava. Na beira do mato, mexendo o tacho de pessegada, avistou Aparecida, que todos, menos ela, chamavam Cida. Pensou em dizer que fosse avisar Ernestina e, na volta, trouxesse uma jarra de limonada. Desistiu. Havia, naquela moça, alguma coisa, um julgar-se no direito que a incomodava. No próximo verão, não a mandaria chamar. Era bonita demais. Pensaria em alguém. Tereza era ótima copeira mas não conseguia fazer tudo sozinha.

Por um instante, imaginou como tudo teria sido diferente se tivesse casado com o noivo paulista, estudante de direito. Lembrou o dia em que rompera o noivado. Depois de muitos adiamentos, lágrimas, promessas não cumpridas, junto com o bilhete desfazendo o compromisso, devolvera as joias, as cartas, os livros, enfim, tudo que dele recebera nos quatro anos de noivado. Ele chorou, tinham lhe dito, mas nunca mais a procurou. Um fraco. Talvez fosse até verdade o que diziam dele as más línguas. Mil vezes Ignácio, um adversário à altura.

A importância do estudo

Perguntando-se por que a patroa não vinha duma vez e por onde andaria Cida, Ernestina, com agilidade improvável para uma mulher do seu tamanho, movimentava-se entre o fogão e a mesa. Não gostava das bancadas novas, com tampo de granito, que dona Leonor mandara instalar. Passava por elas como se não existissem. Com a mesa antiga de madeira machucada, que se estendia, soberana, no centro da cozinha, dividia os mil segredos das suas muitas receitas. Sem descuidar o ponto exato da mistura de leite com açúcar fervendo, em fogo brando, na lentidão exigente dos doces perfeitos, conversava com Coralina, a cozinheira de fora.

– Pois, como eu ia lhe dizendo, dona Coralina, ainda hei de ter um filho doutor. Foi quando João Antônio nasceu que eu me resolvi. Já faz mais de vinte anos e é como se fosse ontem. Dona Leonor tinha recém chegado. O casamento deles foi sem festa por razão de luto pelo finado irmão do doutor. Era no tempo da guerra. Ela veio da estação num coche. Gasolina, a bem dizer, não tinha, e o gasogênio era escasso e só para emergência. Veio toda bonita, de boina enfeitada, mas era muito ignorante, a pobre, não sabia fazer nem sabão. Da primeira vez que viu matar um porco, quase desmaiou. Verdade seja dita: para todo o resto, dona Leonor sempre foi muito disposta. Começou ajeitando uma coisa e outra. Inventou de fazer jardim, plantou horta, mandou arrumar o assoalho, pintar as paredes e foi deixando tudo a contento. Quando o doutor me tratou de cozinheira eu já estava esperando João Antônio. Foram me buscar porque dona Morena, que era quem fazia o serviço antes de mim, pediu as contas assim que soube do casamento. Numa casa não mandam duas, foi o que ela disse. Eu até gostei. Assim ficava junto do Atílio que, naquela época, já era sota-capataz. Quando vim, sabia cozinhar o de todo dia: pirão, espinhaço, essas coisas. Dona Leonor sempre foi muito exigente. Eu, graças a Deus, sempre fui bem-mandada. Peguei até o ponto do tal de suflê que, depois de cozido, se não se serve de vereda, fica igual churrio de terneiro. Qualquer dia, dona Leonor cansa dessas invencionices, eu pensava. Que nada, mais eu aprendia, mais ela inventava. Continua igualzinha, a senhora não concorda? É, é o jeito dela. Mas, como eu ia lhe dizendo, andava agoniada que nem sei. Fazia dois meses que tinha morrido dona Marfisa, que era a parteira do pessoal daqui. O tempo passando e eu sem ninguém para me acudir. Mãe, eu não tinha mais, nem pai, só Albertina, minha irmã, que já era casada com o finado Astério e não podia largar a família para me cuidar. O resto da minha gente morava toda em Santos Reis. Naquele tempo, não tinha estrada e nem ônibus que nem hoje, era um custo para se chegar. Atílio não podia deixar o serviço, mas garantiu que, quando fosse a hora, me levava pra cidade. Não sei se o guri se apurou ou se eu estava errada nas contas, só sei que uma noite senti uma dor bem aqui, na altura dos rins. De primeiro, achei que era lumbago, mas aí foi piorando. A gente morava na casinha perto do mato de araticum, no potreiro velho. A senhora sabe onde é?

– A branca que se avista da faixa?

– Não, aquela já era tapera quando eu cheguei. Dizem que lá morava o velho Martim, que chamavam de Martim Vinte e Dois porque tinha seis dedos em cada pé e precisava de furar as botas para os minguinhos saírem. A senhora ouviu falar? Pois é esse mesmo. Não, não era ali. Minha casinha ficava mais pra dentro. Até gostava de morar lá, mas era meio longe de tudo. Atílio, quando viu a aguaceira escorrendo pelas minhas pernas, meio que se aligeirou e veio buscar socorro. Eu fiquei solita, rezando. A dor deve ter amainado porque modorrei e nem ouvi o barulho da condução chegando. Quando dei por mim, dona Leonor já estava no quarto me apalpando e dizendo que eu não ficasse nervosa porque o pai dela que era médico lhe tinha dado uns quantos livros de como aparar criança. Aí eu pensei: ela e nada é a mesma coisa, se a gente aprendesse por ser filha, eu era modista e das boas, igual à minha finada mãe, e livro não ensina nada que preste; era assim que eu pensava naquele tempo. Mas dona Leonor me disse para levantar da cama e caminhar no quarto. Enquanto a guria que veio junto mudava os forros de cama ela mandou que Atílio fosse fervendo bastante água, e foi mandando uns fazerem isso e outros fazerem aquilo – a senhora sabe como ela gosta de mandar –, e a coisa toda se ajeitando. Eu, ainda desconfiada. Foi só quando dona Leonor pôs o chapéu de Atílio na minha cabeça para me dar força que eu percebi, ela sabia o que estava fazendo, e me acalmei. Pois ela aparou o guri direitinho, cortou o umbigo e entregou para Atílio enterrar perto da porteira, deu o banho, cravou a tesoura no batente da porta, tudo como a finada dona Marfisa fazia, tal e qual. Passados uns dias, eu ainda estava de resguardo, dona Leonor foi lá em casa saber como eu andava. Andava bem, eu disse, e agradeci. No meio da conversa, indaguei como é que ela tinha aprendido a partejar criança. *Já te falei, Ernestina, aprendi um pouco com meu pai e o resto nos livros.* Foi então que eu reparei na importância do estudo e resolvi que um filho meu ia ser doutor, custasse o que custasse. E uma coisa eu lhe digo: há de ser o João Antônio, se Deus quiser. As professoras sempre disseram que ele leva jeito e, estudo, o doutor Ignácio prometeu que ajuda a pagar. A senhora quer uma prova do doce, dona Coralina? Agora, vou fazer umas rapadurinhas. Antônia e Neto chegam daqui mais uns dias, para as férias. O meu João Antônio deve de estar por vir também.

– Deixo a prova esfriando no pires, dona Ernestina, e, se a senhora me dá licença, vou bombear a boia que deixei no fogo.

– A licença é toda sua – fez Ernestina, conferindo a hora no relógio da parede. Por onde andaria Cida? *Aquela, pode ser minha afilhada, mas nunca me enganou. Ano que vem, vou pedir pra dona Leonor ajustar outra. Com essa gente toda que vem da cidade no verão, tem que ter ajutório que preste. Tereza e eu, nós duas sozinhas, não damos conta do serviço.*

– Pensando na vida, Ernestina? Tereza já chegou? E Aparecida, por onde anda?
– Tereza já chegou, sim senhora. Cida anda por aí. Decerto, campeando homem.
– Deixa de ser faladora, Ernestina, a menina é sua afilhada.
– Afilhada não é filha, dona Leonor, e mesmo que fosse... O noivo dela que se cuide.
– É assunto deles, Ernestina. Eu, se fosse tu, não me metia. Vou lá dentro e já volto para determinar o jantar. Enquanto isso, pede a Tereza que separe a louça antiga, a das rosas, que foi da avó de Ignácio, e depois venha falar comigo. Quero arrumar o armário de rouparia.
– Sim senhora, dona Leonor – fez Ernestina, já de tenção posta em Cida, que chegava, ajeitando o avental.
– O doce ficou pronto, madrinha.
– Pois ficou pronto sozinho. Faz tempo que tu não está perto do tacho. Fiquei só te cuidando daqui.
– Credo, madrinha, até parece.
– É, parece... Agora, vai me descascando essas batatas que, de batata, sempre se tem precisão. Antes, pega no armário do corredor a louça velha, com estampa de rosa, a que foi da finada dona Luzia, e chama Tereza que dona Leonor está precisando dela.

PARTE I

Os de antes

Estância Santa Rita

7 DE ABRIL DE 1928
Sábado

Pic-nic em Santa Rita festejando meu anniversário. Além da família, compareceram a maior parte da peonada de Santa Rita e da Estância do Conde e alguns vizinhos. De Água Bonita, vieram dona Setembrina Nunes, o filho Balbino, a nora e os netos. De Coxilha Negra, major Celestino. Foi carneada uma terneira, presente do major. A festa correu animada até a noite. Aberto o barril de vinho vindo de Jaguary que saiu excelente. Todos receberam vinho em regozijo.

O Esteves entregou o posto tendo recebido   13$000 rs
Vieram do Anjico um arado, uma machina de espichar arame, uma pá, um couro vacum e dois cavallares.
Comprados 107 postes de cerne de tarumã.
Pagas as contas em Jaguary inclusive o caminhão do Mario Martinez que trouxe a família, saiu por 350$000 rs, mais 30$000 rs de gorjeta para os chauffeurs. Além dos caixões com roupas vieram 4 sacos de açúcar.
Total pago   380$000 rs

Todas as noites, com letra precisa, de envelope, Luzia guardava no Memorial Riograndense, o livro diário da fazenda, um pouco de passado: chegadas e partidas, festas, mortes, nascimentos, atividades do dia a dia. Naquele 7 de abril de 1928, enterrava ali mais um aniversário. Quantos teria ainda, até que enterrassem a ela e uma outra mão, talvez a de José, escrevesse: *Hoje, faleceu minha sogra, dona Luzia Ramos de Siqueira, proprietária da Estância Santa Rita. Paz à sua alma.* Era melhor nem pensar. O conselho de dona Maria Manoela, de viver como se morrêssemos hoje e planejar como se fôssemos eternos: fácil de dizer, difícil de conseguir. A velhice assusta os velhos.

Faça uma exceção, dona Luzia, o genro havia insistido, *65 anos é uma data importante. O pessoal está animado. Trabalham para a senhora há tanto tempo, homenageá-la é uma forma de se sentirem parte da família.* Clara, por essa vez, aliou-se ao marido: *Não seria nada muito grande, mamãe, só uns poucos lindeiros, além da peonada.* Sem mais argumentos, apenas para agradá-los, concordou e, precisava confessar, não fora de todo ruim.

O dia amanheceu novidadeiro, exibindo a pátina luminosa das manhãs de abril. Mesas foram armadas à sombra dos eucaliptos. Clara usou toalhas de renda, a louça inglesa com desenho de rosas, os talheres do conde. Jarras e floreiras repletas de camélias deram o toque festivo. Tudo muito elegante. A filha era jeitosa para essas coisas.

Mosa e as outras empregadas capricharam no cardápio. Havia carreteiro, mandioca, feijão, galinha com arroz, além, é claro, do churrasco de couro. A novilha, presente do major. De sobremesa: mogango com leite e compotas de todo tipo. O barril de vinho, que José trouxe de Jaguari, animou as conversas.

Sorriu ao lembrar o rosto afogueado de dona Setembrina, a matriarca de Água Bonita, que, murmurando *chega, chega,* a todo momento estendia o copo para que lhe servissem mais. *Dizem que afina o sangue,* comentava entre golinhos. Boa pessoa a dona Setembrina, ainda que de pensamento limitado, repetitivo, capaz de tecer, com elegância, infinitas variações sobre a mesma receita de crochê.

Clara, sempre tão reservada, foi surpreendentemente simpática com todos, em especial com a tímida esposa do seu Balbino. Prometeu até visitá-la. A visita jamais sairia, mas isso era o que menos importava. As crianças, depois da fase inicial de timidez, soltaram-se, festivas e agitadas, como bandeirolas. Era bom que fizessem amizade. No campo, é com os vizinhos que se pode contar.

Conforme José havia previsto, a peonada compareceu num entusiasmo de melhores trajes. Maurílio, cioso da sua condição de capataz de Santa Rita, mantinha sobre eles vigilância estrita, nenhum passaria da conta na bebida. Bem cedo, fora até Encruzilhada buscar o João Gaiteiro. Depois da sobremesa, Luzia dançou com o genro, iniciando o baile. Era o que devia fazer. Assim exigia o protocolo. Sim, até mesmo ali, na aparente simplicidade dos eucaliptos, lá estava ele: o complicado cerimonial. Ela o conhecia bem. Sobre a linha delicada que separa casa-grande e galpão, fronteira permanente, ela, desde menina, sujeitava-se a códigos diversos, ainda que não contraditórios. Esses códigos exigiam que, sem perder a autoridade, fosse mais que patroa, quase mãe. O galpão também tinha direitos, não apenas deveres.

O relógio bateu meia-noite inaugurando só para ela, Luzia Ramos de Siqueira, o primeiro dia de mais um ano. Fechando a caneta, conjeturou se, no futuro, alguém se interessaria em reler o que ela escrevia todas as noites. Teriam curiosidade, ou tudo que ali estava, a rotina da estância, essa vida anotada em minúcias ficaria dormindo, comprimida entre as muitas páginas, até desaparecer roída pelas traças? Como diria seu genro agnóstico: impossível saber e, sobre o que não se sabe, é bobagem cogitar.

Ah, o genro, sua mão direita nos negócios, seu apoio. Tinha mais afinidade com ele do que com a filha; não podia, porém, deixar de reconhecer: aquele casamento era cada vez mais uma fraude, um engano organizado. Não por culpa dele, ou de Clara. Como muitas vezes acontece, ao casarem, cada um buscou no outro o que pensava lhe faltar: José, a orgulhosa tradição de uma família antiga; Clara, a prosaica segurança de um marido com jeito para negócios. Na verdade – e aí estava toda a tragédia – ambos desprezavam o que imaginavam querer. Por isso, inconfortáveis e frustrados, pelas mesmas razões com as quais inventaram o amor, tornavam-no impossível.

Talvez o inferno fosse isso, esse espaço em branco, esse afeto inútil ao alcance de um gesto que jamais acontecia. Quem dera pudesse conversar com a filha, fazer com que os erros que ela, Luzia, cometera tivessem utilidade. Certas coisas, porém, não se dizem. Hoje, de qualquer forma, nada mais podia fazer, já estava muito tarde. Melhor deixar de poesia e tocar a vida. Amanhã, Clara e as crianças retornariam para Santa Maria e ela, apesar de saber que Mosa já providenciara tudo, queria acordar bem cedo: supervisionar o farnel, ter certeza de que cada um dos netos encontraria, na cesta, suas comidinhas prediletas. Esse último cuidado a consolava, dava-lhe a impressão de que ficava com eles mais um pouco. Despedidas são sempre dolorosas especialmente quando se sabe com antecedência que as ausências serão prolongadas, filosofou. O mais provável é que só os veria novamente nas férias. As viagens entre Santa Maria e a estância não eram fáceis, muitas horas de trem, sem contar o trecho em caminhão, desde Jaguari.

Amanhã, na hora de partir, Clara, como de costume, seria delicada, mas não conseguiria disfarçar o alívio de voltar à própria casa. Dos netos, Mathias partiria contente: gostava da cidade, dos amigos. Sabia lidar com pessoas, nunca levaria a vida muito a sério; em retribuição, ela lhe seria fácil. Leocádia queria apenas estar com a mãe, não importava onde. Essa menina, sua única neta mulher, a preocupava. Tinha, com relação a ela, uma intuição que, se Deus quisesse, não se confirmaria. A despedida mais dolorosa, como sempre, seria a de Ignácio. Disfarçando o choro, ele a abraçaria forte. Dava pena vê-lo partir. Vontade de mantê-lo sempre ali. Bobagem. Era cedo demais. Um dia, Ignácio viria para ficar. Não agora. Tinha muito que aprender. Precisava ainda merecer aqueles campos.

Bem, suspirou, fechando o livro e levantando-se. Alegres ou tristes, o certo era que amanhã eles iriam embora e o sobrado em Santa Rita pareceria enorme, muito maior do que realmente era. José ficaria por mais algum tempo. Teria ainda com quem conversar. Não estava ainda condenada a ouvir apenas a interminável arenga de Mosa sobre a vida alheia. *Não ter paciência, querer controlar tudo e todos é uma espécie de cacoete*, repreendeu-se. *Mas aos 65 anos estou autorizada a ter cacoetes*, justificou-se, apagando o lampião e acendendo a lamparina para – como fazia todas as noites – percorrer o sobrado certificando-se de que ninguém deixara abertos postigos, por onde entrassem morcegos.

A casa de barcos

A casa de barcos ficava logo depois da corredeira. Ali onde o arroio perde a pressa e se espraia num remanso. De longe, quase não se via. As paredes escurecidas de limo se diluíam nas sombras do mato. Dentro: um pequeno bote no ancoradouro, prateleiras com anzóis, espinhéis, lamparinas, alguns mantimentos. Antes, como mobília, apenas a mesa de tábuas, duas cadeiras e um fogãozinho a lenha. O colchão de paina viera depois, trazido por Miguelina.

A janela baixa, abrindo-se sobre a água, fora planejada para que, no inverno, José pudesse jogar as linhas de pesca sem precisar sair. Escondida na desordem de muitos galhos, ao mesmo tempo que clareava, garantia privacidade. Através dela, com atenção distraída, Miguelina olhava as folhas boiando na correnteza. São iguais a nós, pensava, cada uma com sua hora e seu destino. Para ela, essa era a hora de estar com José. Dona Clara e as crianças tinham voltado para Santa Maria. Pobre da dona Clara. Acostumada a ser dona, não aceitava metades. Se entendesse que nenhuma pessoa tem tudo, podia até ser feliz. De José, teria sempre uma metade. A outra era dela, Miguelina.

Como se concordasse, José mexeu-se no sono, murmurou qualquer coisa. Miguelina acariciou-lhe os cabelos. *Fora do círculo mágico desta casa tu não existes*, ele dizia sempre, e isso, de certa forma, era verdade. Longe dali, ela existia, mas não do mesmo jeito. Era como se lhe faltassem pedaços, como se viver fosse cumprir tarefas: cuidar da casa, dos filhos. Sem José, ela perdia-se nas coisas, e as coisas, perdidas dos seus encantos, ficavam só o comum do dia a dia. *Onde se ganha o pão, não se come a carne*, ele também dizia, esquecido que ela era lavadeira na estância em que era dono. Nunca seria corajoso o bastante para romper com Clara, a dona da estância e do casarão, nem Miguelina desejava que o fosse. O emaranhado de obrigações que era a história dele, a ela não servia. Nascera para o campo, não para lençóis de linho.

Iguais e diferentes, apenas ali, na casa de barcos, despidos de roupas e preconceitos, poderiam ser o que sempre seriam: trilhos de ferro viajando lado a lado sem jamais ocuparem o mesmo lugar. No espaço limitado por essas quatro paredes, ela o ouvia contar dos negócios, da crise de depois da guerra, das revoluções que lhe custavam tropas de bois. Não dava opinião. José falava de pessoas afastadas demais. Lindolfo Collor, Getúlio Vargas: nomes que, no mundo dela, importavam pouco. Nisso, eram diferentes. No entanto, pelo sofrimento, pelas dores que pudessem existir atrás desses nomes, por suas agonias, dividiam a mesma compaixão.

Ele médico, ela benzedeira, os dois tinham raiva da morte. Com repetida paciência José explicava-lhe das doenças: suas causas e sintomas, remédios e tratamentos. Mordendo o lábio inferior, uma ruga de atenção entre as sobrancelhas, Miguelina escutava, indagava, queria saber. Nem tudo compreendia, pegava o principal, separava o inço do trigo. Sem os ferrolhos de uma educação formal, era livre para curar. Invejando essa liberdade, José também ouvia, atento, quando, à sua maneira, ela explicava força e forma de cada benzedura, mostrava as promessas de vida e morte contidas num atado de folhas. Não se admirava ao encontrar, depois, confirmado nos livros, o que Miguelina sabia por tradição. Conversavam até que, cansado, José dizia, *agora chega, essa boca, quem morde sou eu* e, rindo por tudo e por nada, amavam-se mais uma vez.

Ela também era casada. Assim, quando, num domingo de sol, desses que enganam pela boniteza, e em que, sem aviso, tudo e nada podem acontecer, Joaquim veio ao mundo, ninguém desconfiou que ele não fosse apenas mais um filho de João Gregório. Pés descalços, brincando com tropa de osso, o menino cresceu, misturado aos outros. Só quem olhasse bem veria: trouxera do ventre os olhos de comando que, anos mais tarde, num outro domingo de sol, quase igual àquele em que nasceu, seriam a sua desgraça. Adivinhando que o teria por pouco tempo, Miguelina o amava diferente: tentava dar a ele, mais depressa, a porção completa de amor que lhe tocava por direito. Para os demais, haveria muitos outonos.

Santa Maria da Boca do Monte, 1929

A lembrança mais remota que Clara tinha de si mesma era ali, naquela sala, beijando a mão da avó, dona Maria Manoela. Não devia ter, então, mais de cinco anos: orgulhosa dos barulhinhos engomados do vestido novo de organdi, sentia nos lábios a textura seca da mão que beijava, seu perfume de água-de-colônia misturando-se ao cheiro dos assados que se preparavam na cozinha.

Na cadeira de espaldar alto, solene como uma catedral, assim dona Maria Manoela recebia os netos, depois da missa, alinhados por ordem de idade. A voz rascante fazia Clara pensar em pedra raspando pedra: *Deus te abençoe*, ela murmurava, sem nenhum sorriso nos olhos de rapina. Viúva desde muito jovem, cedo aprendera que pompas e rituais reforçam a autoridade. Por testamento, recebera a maior parte da fortuna do marido e assim a manteve, intacta, até a sua morte. *Quem dá o que tem a pedir vem*, costumava dizer. Jamais baixava a guarda. Nem os santos a ouviam chorar.

Hoje, do espaço entre as janelas, ladeado por cortinas de veludo, seu retrato parecia ainda avaliar a sala e seus ocupantes, como o ator principal avalia, desde o palco, a qualidade do público. Sublinhando o luto austero com a sombra masculina de um buço, o pintor fora de um realismo pouco generoso: cabelos sujeitando-se, por obrigação, às frivolidades de uma touca de renda, corpo farto escondido no xale escuro fechado por um camafeu, a pulseira de rubis no pulso direito, o anel de esmeraldas, que pertencera ao marido, e um livro de orações na mão esquerda, aquele era, sem dúvida, o retrato de um comandante a quem coubera, também, o trabalho ingrato de ser mulher.

Clara gostaria que José a tivesse conhecido. Quando casaram, dona Maria Manoela já havia morrido. A divisão dos campos, os muitos herdeiros, as farras do tio Armando, as bebedeiras dos primos, as dívidas e os agiotas os tinham, em parte, enfraquecido. Só o nome persistia intacto.

Repetindo, sem perceber, o jeito da avó, Clara suspirou. O ar, entrando nos pulmões de forma entrecortada, lembrava soluços. Examinou a calça de Ignácio sobre o seu colo. Já por demais puída nos joelhos, quase não valia a pena consertar. Manter esse menino bem-arrumado era como levar todos os dias a mesma pedra até o topo da montanha. Sorriu lembrando das invasões corajosas que ele e o irmão faziam, arrastando-se pelo chão, escondendo-se atrás dos móveis, para combaterem, com armas de madeira, o retrato da bisavó. Era como se dona Manoela fosse um monstro a ser enfrentado. Não deixavam de ter certa razão: havia ali, na majestosa feiura daquele retrato, um constante desafio.

Digam o que disserem, a beleza é um facilitador, pensou Clara, enfiando, com força, a agulha no tecido. Mulheres bonitas são tratadas com veneração. A elas, se perdoa tudo, até mesmo a vulgaridade. As feias, até prova em contrário, são sempre culpadas. Sabia por experiência própria. Não que fosse exatamente feia: faltava-lhe alguma coisa, um detalhe. Entre os poucos pretendentes, escolhera o que lhe parecera mais apropriado. Quisera um marido competente e conseguira. Sem descuidar o consultório, José administrava as duas estâncias – Santa Rita e a Estância do Conde – de forma mais que aceitável. Haviam comprado quadras de campo, aumentado o patrimônio. Quanto a isso, não podia queixar-se. Faltava a ele, no entanto, algo que não se compra, uma qualidade que vem do berço: José era vinho de outra cepa.

Clara não se queixava da ausência de amor, a plenitude amorosa não a preocupava. De há muito percebera que *felicidade conjugal* era uma expressão inventada para enganar mulheres medíocres, fazê-las aceitarem, sem reclamar, a vida insignificante a que estavam condenadas. As verdadeiras matriarcas eram fortes, não felizes. Deixando bem claro a José que ele não se casara com qualquer uma, sujeitava-se aos seus deveres de esposa. *Não precisas mostrar sempre de que potreiro saíste*, ele reclamava, sem dar-se conta de que o que chamava de *potreiro* era parte inseparável dela, sua própria essência.

 Em verdade, os desacertos, as discussões, nada disso importava; não importavam a frustração, a ausência de prazer. Tivera três filhos: deixaria no mundo a sua marca. Mathias, desde o berço, um aristocrata; de Leocádia, ainda pequena, pouco podia falar, era, por enquanto, apenas uma esperança; Ignácio, porém, preocupava-a, parecido demais com o pai. Quem sai aos seus não degenera, diria a avó. Independente, não sujeitava-se com facilidade. Sentia-se mais à vontade no galpão, tratava os empregados como iguais. Se permitissem, passaria a vida sobre o lombo de um cavalo. Não importava, com o tempo, ele aprenderia. O sangue de vovó Manoela viajava nele também.

 – Desculpe, dona Clara – disse a copeira entreabrindo a porta. – O seu Arthur chegou agora da estância. Trouxe umas encomendas que dona Luzia mandou.

 – Podes fazer entrar, Justina.

 Dobrando as costuras, Clara endireitou-se na cadeira. Simpatizava com seu Arthur: a figura angulosa, envolta num cheiro honesto, misto de campo, fumo e gasolina, como que realçava sua condição de patroa. De família remediada, formado em contabilidade, era o administrador. Morava na Estância do Conde. Graças a ele José podia dividir-se entre o consultório em Santa Maria e as fazendas. Braço direito do patrão, seu Arthur orientava os capatazes, a peonada, pagava contas, comprava mantimentos, dirigia o Ford e, quando necessário, vinha até Santa Maria solucionar problemas, prestar contas.

 – Com sua licença, dona Clara – ele disse, tirando o chapéu. – A senhora desculpe os trajes, vim direto da estação. Trouxe a cesta com as encomendas e esta carta, que a senhora sua mãe lhe mandou. Estou indo largar a mala no hotel; amanhã, antes de voltar para a estância, passo por aqui, caso queira mandar resposta.

– Não há necessidade de o senhor ir para o hotel. O quarto dos fundos está em ordem; Justina acabou de arrumá-lo.
– Sim, senhora. Com sua licença.
Num aceno de cabeça, a atenção já voltada para a carta da mãe, Clara o dispensou.

Estância Santa Rita, 2 de março de 1929

Minha querida filha,

Aproveito a viagem de seu Arthur a Santa Maria para enviar a cesta com cinco dúzias de ovos, uma manta de charque, alguns pacotes de manteiga e os primeiros caquis maduros. Gosto de saber que, com eles, inauguro o outono aí no casarão.

Quando devolveres a cesta, além dos jornais, manda dois quilos de café (o daqui anda péssimo, misturado com cevada). Gostaria também que escolhesses uma chita, ou outra fazenda bem resistente, em tons de azul. Quero fazer colchas e cortinas novas para o quarto de hóspedes. Se o tecido tiver mais de um metro de largura, creio que duas alturas para as camas e seis metros para cada janela serão suficientes. Um pouco mais, talvez, para os babados.

Dona Carmela indicou-me uma costureira em São Borja; chama-se Alice. Já a testei com roupinhas mais simples e me pareceu bastante satisfatória. Se mandares as medidas, posso pedir que faça bombachas novas para os meninos e vestidinhos de flanela para Leocádia.

Falando em Leocádia, estou há algum tempo para contar-te algo. Havia decidido não contar, sabes que dificilmente me intrometo, mas mudei de ideia. O fato pode ou não ter importância. Ainda assim, é melhor que tomes conhecimento dele.

Lembras quando a porca grande pariu e logo comeu os porquinhos recém-nascidos? Mosa e eu acudimos, atraídas pelos gritos dos meninos. Quando chegamos, ao contrário dos irmãos, Leocádia ria e batia palmas como se estivesse assistindo algo engraçado. Talvez tenha ficado por demais nervosa, daí a razão do riso. De qualquer forma, desde esse dia, passei a observá-la com mais cuidado e a vi reagir também de modo estranho em outras situações. Tenho quase certeza que exagero na minha preocupação de avó, mas, sendo José médico, não custa investigarmos melhor. Por que não conversas com ele a respeito?

Bem, sentei-me para escrever-te um bilhete e aqui estou eu, alongando-me numa preocupação provavelmente infundada. Seu Arthur, paciente, embora tenha pressa, espera sem reclamar. Termino, mandando um abraço afetuoso para José, carinhos a Mathias, Ignácio e Leocádia.

Tu, minha querida filha, recebe, como sempre, o beijo saudoso e a bênção de tua mãe,

Luzia

* * *

Mais que as badaladas do relógio, a luz entrando, oblíqua, pelos vidros desenhados e o apito agudo do afiador de facas marcavam o anoitecer. Pondo de lado a carta, Clara levantou-se. Hora de supervisionar o banho das crianças, dar-lhes de comer, antes de José chegar. Um estonteamento a fez segurar o encosto da poltrona. Nos últimos dias, vinha sentindo essas tonturas, os seios doloridos. A ausência das regras reforçava a suspeita. Embora o médico a tivesse advertido sobre a gravidade dos riscos de uma nova gravidez, não sentia medo. Os filhos que Deus mandasse seriam sempre bem-vindos. Ele sabia melhor que qualquer doutor.

Respirando fundo, tentou fazer breve o mal-estar. Precisava apressar-se. Logo seriam os passos rápidos nos degraus, o tilintar das chaves, o minúsculo silêncio frente à chapeleira para pendurar o chapéu e examinar-se ao espelho. Novos passos, agora mais lentos – três, quatro, cinco –, o beijo, a pergunta distraída sobre as crianças, o rangido da tábua no assoalho perto do aparador, o fluir da bebida no copo, o ruído fofo da poltrona no desapertar da gravata.

Todos esses gestos e ruídos marcando a chegada de José, tudo o que, antes, ela esperava com impaciência, transformara-se, pouco a pouco, numa sequência previsível e dolorida à qual parecia faltar sempre alguma coisa. *O jantar está servido*, Justina avisaria, um pouco antes das oito. Ouvindo as badaladas do carrilhão, sentariam à mesa. Por sobre os talheres, conversariam banalidades, diriam frases gentis, e cada uma delas seria um pequeno holofote iluminando o vazio.

Decidira nada contar a José sobre a possível gravidez. Até que a possibilidade de um aborto estivesse fora de cogitação, não queria ser pressionada. Igual a ela, ele conhecia os riscos e, sendo agnóstico, agiria como se fosse dono da vida e da morte. *Não sou ateu*, dizia, *mas sem a certeza da existência de Deus, decido com base no bom-senso o que é melhor para os homens.* Palavras tolas, cortina de fumaça, pensava Clara atravessando a varanda envidraçada que contornava o pátio interno e anotando mentalmente os traços de pó nos móveis, a secura dos vasos na varanda, as flores murchas. Agnosticismo é apenas uma das muitas máscaras do orgulho humano, pensava, ao mesmo tempo em que se culpava por não ter ainda chamado a atenção de Justina para essas falhas na arrumação doméstica.

Andava tão abatida que, só de pensar no enfrentamento com a empregada, angustiava-se. Até mesmo para essa tarefa tão banal faltava-lhe ânimo. Por vezes, como agora, sua vida parecia ser apenas um longo e enfadonho rosário de obrigações, um constante "ter que". Repreendeu-se: estava cansada, nada mais. Aproveitando os feriados da Páscoa, mandaria as crianças passarem alguns dias com a avó, em Santa Rita. Talvez perdessem alguns dias de aula, mas essa pausa faria bem a todos.

Não engravidara de propósito, acontecera. Casada, não podia negar-se. O Papa fora muito claro sobre isso; além dos fins primários de procriação e educação dos filhos, havia que se considerar os fins secundários do casamento: suporte mútuo e alívio da concupiscência. Negando-se ao marido, estaria dando a ele a oportunidade de pecar. Mesmo assim, mesmo tendo certeza de que agia de acordo com as normas, uma parte dela perguntava: e quanto aos meus três filhos já nascidos?

Entrando no quarto dos meninos, ajoelhou-se frente ao ícone de Nossa Senhora do Perpétuo Socorro. Aquela pintura sempre a comovia. A riqueza dourada do estilo bizantino parecia acentuar o desamparo da Virgem incapaz de consolar o próprio Filho. O detalhe da sandália caindo do pezinho assustado de Jesus Menino afirmava que, por vezes, nem mesmo Deus pode fugir ao seu destino. No entanto, ao mesmo tempo que a consolava, aquela única imagem era-lhe insuficiente. Queria os outros, os que vovó Manoela reunira no Quarto dos Santos e a mãe levara para a estância ao mudar-se; queria todos: o grande crucifixo de marfim, a santa Rita, o são Gabriel, o santo Antônio, a caixa de cristal com um pedaço do manto de são Gregório. Era infantil, sabia, era irracional, mas não conseguia evitar: sem eles o casarão estava desprotegido, tudo poderia acontecer. Um dia, eles voltariam, pensou, para logo se dar conta de que a condição para que voltassem era a morte. Para sentir-se plena, precisaria ser órfã. Entre a proteção da mãe e a dos santos, a incompletude era sua sina.

Fez o sinal da cruz, recitou as palavras de sempre: *a vós suplicamos, gemendo e chorando, neste vale de lágrimas.* Surpresa, sentiu que chorava. Não era do seu feitio. Precisava mesmo falar com alguém, abrir-se, aconselhar-se. Amanhã, bem cedo, iria à igreja se confessar. Não, amanhã era quarta-feira, e, às quartas feiras, quem atendia às confissões era o padre Hildebrando. Não que fosse má pessoa, apenas que, recém-saído do seminário, não saberia orientá-la, suas ideias modernas só serviriam para confundi-la. Esperaria o monsenhor.

Esses inocentes pecadores

No lusco-fusco da igreja matriz, embalado pelas vozes do Coral dos Meninos, padre Hildebrando deixou-se resvalar para as profundezas de mais um devaneio filosófico. O monsenhor já o advertira: fé não se examina nem se questiona. Questionar, porém, era-lhe tão inerente, tão natural, que não conseguia evitar. Além do mais, tinha certeza, seus questionamentos não eram estéreis. Como catequista, era responsável por essas crianças, precisava estar atento, pensar sobre elas, conhecê-las.

Difícil tarefa. A alma humana jamais se oferece. Ao contrário, esconde-se, é reticente, recusa revelar-se; pior, tende a justificar-se. Ainda que saiba distinguir o certo do errado, finge não saber, engana os outros e a si mesma, agarra-se à superfície, protege-se nas aparências; evitando olhar seu próprio rosto, inventa mil desculpas. Por ter plena consciência desse fato, para prevenir que o mal as desviasse do arrependimento e, portanto, da salvação, todas as quartas-feiras, antes das confissões, padre Hildebrando obrigava suas crianças a encarar imperfeições. Em breve homilia, usando palavras simples, dava exemplos, imaginava circunstâncias, fazia uma lista de possíveis pecados. Relembrados e sob um interrogatório habilmente conduzido, era inacreditável o que esses inocentes pecadores podiam confessar.

Sobre esse tema, o devaneio de hoje: pecado e santidade. As crianças, tanto as da catequese quanto as do coro – olhos inocentes, boquinhas rosadas abrindo e fechando ao ritmo dos cantos –, quem as visse, ou ouvisse, pensaria em anjos, querubins. Seriam? Impossível saber com certeza. Quem poderia afirmar que por trás da aparente ingenuidade não estaria o demônio traçando ou tentando traçar os seus caminhos? O mal veste sempre muitos disfarces.

    Penetrar os subterrâneos dessas pequeninas almas era missão que padre Hildebrando enfrentava com entusiasmo, temor e espírito de sacrifício. Sob a aparente serenidade da batina, ele era frágil. Atos e pensamentos lascivos contados com voz de ingenuidade lançavam em seus ouvidos rajadas de tentação. O perfume de suor em pele nova o atingia no mais profundo. Com grande esforço, dominava-se, mantinha mente e corpo em estrita e constante vigilância. Com o tempo, desenvolvera técnicas. Examinar a si mesmo e aos demais com olhos de cientista era a melhor delas, a mais eficiente. Daí os questionamentos, que o monsenhor, por não entender, combatia. Para defender-se, distanciava-se. Para proteger, a si e aos outros, elaborava teses. Sim, embora ainda coletasse dados, embora não pudesse, ainda, escrever um ensaio desenvolvera um emaranhado de teses. Um dia, talvez, as publicasse. Na de hoje, o ponto de partida era simples, duas verdades incontestáveis que qualquer catecúmeno saberia recitar. A primeira delas: peca-se por palavras, atos e pensamentos. A segunda: resistir ao pecado é uma virtude. Esses dois pontos incontroversos serviam-lhe de fundamento. A questão passava a existir a partir daí.

    Melhor explicando: os homens, embora criados à imagem e semelhança de Deus, são imperfeitos, não têm domínio sobre seu corpo. Em especial, não conseguem evitar os pensamentos, podem apenas afastá-los. Assim sendo: os maus pensamentos acontecem sem que os possamos controlar. Resistir a eles é, sem dúvida, uma virtude. Ora, se o homem não pode evitar os maus pensamentos e se resistir a eles é uma virtude, qual a fronteira exata entre virtude e pecado, como identificar onde termina uma e começa o outro? Qual a medida?

    Perguntando de outra maneira: por quanto tempo um pensamento potencialmente malévolo pode permanecer na cabeça de um homem sem que se transforme em pecado? Pouco tempo, seria a resposta óbvia. Um pensamento nocivo deve ser logo afastado. Correto, mas e se, como água a infiltrar-se pelas fendas da imperfeição, o mesmo pensamento penetrasse vezes sem conta no cérebro de um homem? Se, a todo momento, embora apenas por alguns segundos, pensamentos impuros invadissem a mente, a soma desses pequenos momentos seria capaz de configurar o pecado? Ou, ao contrário, quanto maior o número de vezes em que fosse necessário resistir, afastar os maus pensamentos, maior a virtude do eventual pecador? Essa segunda opção lhe parecia a mais razoável; no entanto, não tinha certeza.

Já tentara interessar outros padres, inclusive o monsenhor, nessas questões, fazer com que acompanhassem seu raciocínio, trabalhassem com ele. Inútil. Com ar professoral, falavam em humildade, repetiam a velha história agostiniana do menino tentando transportar a imensidão do mar para um pequeno buraco cavado na areia. *Certas questões são amplas demais para a capacidade humana*, diziam, *querer entendê-las, insistir em compreender o que só a Inteligência Divina é capaz de abarcar é correr o risco de pecar por orgulho*. No fundo, o que eles tinham era preguiça.

A contragosto, obrigado pelo voto de obediência, padre Hildebrando submetia-se e, por algum tempo, tentava ser igual aos outros, tentava não pensar. Em certos momentos, no entanto, como agora, quando, pelo efeito da beleza, seu espírito expandia-se, ele se libertava e, mesmo correndo o risco de pecar por orgulho, voltava ao antigo vício de perguntar-se. Havia tanto a entender. Apenas porque sustentada por Santo Agostinho, a afirmação de que certas coisas são inexplicáveis e precisam ser aceitas sem questionamentos seria mesmo verdadeira? A resposta a essa pergunta era fundamental. *Não posso me conformar a ser, para sempre, soldado raso, não posso me conformar a apenas obedecer às ordens; seria fácil demais, incompleto demais*, pensava, ou melhor, dizia, pois, quando se agitava, padre Hildebrando falava sozinho.

Achando que o padre falava com ela, Clara, que naquele instante caminhava pelo corredor central em direção à sacristia, voltou-se. Envergonhado, sabendo que mais uma vez pensara alto, padre Hildebrando cumprimentou-a. Discreta e elegante como sempre, dona Clara de Menezes devolveu o cumprimento, sem reduzir o passo. Parecia levemente constrangida. Padre

Hildebrando sorriu. Sabia a razão do constrangimento: dona Clara não o queria como confessor. Quando, como hoje, o monsenhor não estava, ela assistia à missa, comungava, mas jamais se confessava. Nunca recebera dela um único pedido de aconselhamento. Suas conversas resumiam-se a assuntos gerais: a catequese, o Apostolado da Oração, as obras assistenciais.

Pobre senhora, pensou padre Hildebrando, preocupa-se por nada. Ao contrário do que imagina, não há razão para constrangimentos: cada um é livre para escolher seu confessor. Além do mais, se a situação fosse inversa, a recíproca seria verdadeira: ele jamais se confessaria com ela. Bastava olhar aquele rosto orgulhoso, refratário às emoções, para perceber que, por detrás dele, a dúvida não existia e, sem ela, apenas com certezas, o amor não existia, e sem amor, qualquer amor, não existia Deus, não existia perdão e nem consolo.

Essa, aliás, era outra das teorias de padre Hildebrando, talvez a mais difícil de defender: o homem sem amor, qualquer amor, é um homem sem Deus. Estaria certo ao dizer qualquer amor? Será que Deus o entendia? Concordava com ele? Ao levantar-se para ir à sacristia atender dona Clara, padre Hildebrando cogitou por um instante se, diante dessa pergunta, Deus, semelhante a ele, não estaria dizendo: pobre padre, preocupa-se por nada.

MEMORIAL RIOGRANDENSE DA LIVRARIA DO GLOBO

Estância Santa Rita

27 DE MARÇO DE 1929
quarta-feira

*João Gregório foi com a carreta até a Estância do Conde
levar arame e listões para a cerca.*

Parado o rodeio da frente, curadas 15 vaccas.

Banhado o gado dos potreiros.

Contadas as ovelhas foram encontradas 970.

Apartadas 103 para o plantel.

*João Gregório levou na carreta para os aramadores 15 kilos de carne,
5 kilos de feijão, 2 kilos de herva e 1 kilo de farinha.*

Levou também 200$000 rs para pagamento.

Felisbino ajustou as contas foi pago   *34$800*

*Recebido um telegrama de José avisando sobre a vinda das crianças,
chegarão dia 6 do mez próximo.*

Carneados no serviço 1 capão e 1 ovelha.

Mosa regava as begônias da varanda quando viu chegar o estafeta. *Meu Deus do céu!*, pensou, enxugando as mãos aflitas no avental. Se não era sexta-feira, dia em que o Manujo vinha de Jaguari trazendo a correspondência, só podia ser notícia ruim. Caso de morte, que Deus o livre! Com a pressa curta que lhe permitiam as varizes, correu a chamar a patroa.

– Dona Luzia, dona Luzia, pelo amor da Virgem! Tem um moço aí com um telegrama!

– Calma, criatura! Notícia apurada nem sempre é ruim. Larga esse avental e me alcança a bengala.

Traindo a tranquilidade do rosto, as mãos de Luzia tremiam ao abrir o telegrama.

```
Telegrama n° 48
Recebido na Turma Conde de Porto Alegre
Número de palavras 17     Apresentado
dia 27/3 às 8,30 horas

Clara grávida pt Médico desaconselha
viagem pt Crianças e serviçal chegarão
dia 6. pt Mario Martinez já avisado pt
Abraços vg José
```

– São as crianças, Mosa. Chegam dia 6. Viste? Bem no fim, era notícia boa. O senhor espere um pouco, moço – disse, fazendo sinal à empregada para que buscasse o dinheiro da gorjeta.

Notícia boa em parte, pensou Luzia, relendo o telegrama. A vinda das crianças, sim, uma alegria; a gravidez, uma preocupação. O nascimento de Leocádia já fora bastante complicado. Será que Clara fora inconsequente, arriscara-se de forma consentida ou apenas confiara na maldita "tabelinha", único método aprovado pela Igreja? Não importava, o parto seria de risco. Um aborto, porém, estava fora de cogitação. Por maior que fosse o medo, Luzia não conseguia encarar com tranquilidade essa alternativa.

Bem, o que não tem remédio, remediado está. Com a ajuda da Virgem, tudo correria bem. Por agora, melhor pensar em coisas boas. Os netos iam chegar. Havia muito que fazer. Arejar os quartos, colocar no sol travesseiros, colchões e cobertores. Tirar da casa o ranço do fechado. Chamaria Miguelina para ajudar Mosa. Pediria que trouxesse Joaquim. Ignácio, como sempre, ia querer passar os dias montado a cavalo, andando pelos campos. Com Joaquim por perto, ela ficaria mais tranquila.

O relógio cuco cantou seis e meia. A noite começava a cair mais cedo. Era o outono encurtando os dias. Mosa veio acender os lampiões. Excitada com a vinda das crianças, queria conversa. Luzia não se deixou apanhar na armadilha, respondeu às perguntas com monossílabos. Precisava ainda decidir se contava agora sobre a gravidez de Clara. E não apenas isso, se desse trela, a empregada falaria até amanhã, era capaz de esquecer o jantar. Contaria outra hora. Nessa noite, estava agoniada, sem paciência.

– Vou rezar um pouco, Mosa. Quando o jantar estiver pronto, podes me chamar.

No Quarto dos Santos, as imagens a receberam como a uma velha amiga. Era bom tê-las por perto. Ao entregar o casarão de Santa Maria à filha, essas imagens, os móveis do dormitório e alguns objetos pessoais foram o pouco que retirou. A prataria, as louças, os cristais ficaram. Descartar-se de todo aquele supérfluo a fez sentir-se aliviada. Clara levava mais jeito para guardiã das pompas. *A mim, bastam a pitanga e o riso,* pensou, lembrando de um poema.

Acendeu duas velas sobre o altar, alinhou os vasos onde luziam, feito estrelas, as primeiras camélias da estação. Sentou-se num dos bancos acolchoados. Não precisava ajoelhar, todos ali eram de casa, sabiam de seus joelhos doloridos. Rezou pela filha e pela criança dentro dela. Um lampejo de medo nos olhos de Santa Rita? Reflexos de luz, nada mais. Amanhã, escreveria a Clara. Iria até Santa Maria para o nascimento. Depois que os filhos crescem, rezar e estar por perto é só o que se pode fazer, falou baixinho para Nossa Senhora sabendo que a Virgem a compreenderia: havia passado por algo parecido.

* * *

Atendendo ao chamado de dona Luzia, Miguelina preparou-se para passar alguns dias longe de casa. Na manhã da partida, ajeitou na charrete a mala de lona com algumas mudas de roupa e as duas formas de queijo que levava de presente. Recomendou à filha mais velha que reparasse os pequenos; qualquer coisa, a chamasse. A casa da estância era perto e João Gregório devia chegar nos próximos dias, estariam acompanhados. Joaquim, que brincava nas raízes repartidas de um umbu, aproximou-se, correndo.

– Achei que não queria ir. Vai te lavar, veste uma roupa limpa, que eu espero – disse, fazendo lugar no banco.

Era cedo ainda. Como se fossem crianças com preguiça de levantar, fiapos de cerração demoravam-se nas baixadas. Um perfume magoado de macela lembrava semana santa. Com os cabelos a gotejarem água, Joaquim subiu na carroça. Os pés encardidos traziam a cor vermelha da terra, os botões não estavam todos abotoados. *Fez o melhor que pôde*, concedeu Miguelina, atiçando o cavalo com um estalar de beiços que lembrava beijo. Olhando de soslaio o filho, sentiu a costumeira fisgada de amor e angústia. Gostava de tê-lo assim, sozinho, sem a distração dos outros. Num agrado arredio, passou a mão pela cabecinha de cabelos arrepiados, Joaquim retribuiu com meio sorriso.

Fizeram a viagem em silêncio. Uma algazarra de caturritas os recebeu na estância. Miguelina amarrou o cavalo sob a figueira, cumprimentou o negro Anastácio que mateava, solito, no galpão e, dando a mão a Joaquim, pela estradinha de pedra e musgo, sombra de muitos anos, espesso túnel de galhos trançados por Deus, caminhou em direção ao sobrado. Conhecia a beleza de Santa Rita: a cerca de pedras, as samambaias, o lilás suave das orquídeas, enfeites que o tempo fora aperfeiçoando; muito brincara por ali, quando a mãe trabalhava de cozinheira.

Na varanda dos fundos, dona Mosa os acolheu.

– Passe, dona Miguelina. Mas que rico queijo! – gabou, já perguntando das crianças e aproveitando para consultar sobre uma dor na altura dos rins. Podia ser pedra?

Podia, disse Miguelina receitando chá de losna e oferecendo-se para benzer. A benzedura por três dias com o doente encostado a uma porta de três tábuas costumava ser tiro e queda. Se não melhorasse, então só tratando com o dr. José.

Costeando pelo passadiço, deram a volta à casa. Miguelina e Joaquim ficariam no quarto perto da cozinha de fora, informou Mosa. Amanhã começariam a faxina bem cedo, tinham pouco tempo para deixar tudo em ordem até a chegada das crianças.

E as crianças chegam

Ignácio não tinha medo, só não conseguia dormir. Deitado numa das camas do quarto azul, em Santa Rita, contava as batidas do relógio: três, quatro, cinco. Cinco horas, estava escuro e frio. A última batida ficou parada no ar, como que suspensa. Na sala do piano em Santa Maria, quando a mamãe tocava, o fim da música também ficava assim, pendurado no ar. Sentiu mais forte o aperto na garganta. Na estação, a despedida não fora igual às outras. O pai tinha a testa franzida de quando ficava brabo. Não riu, só recomendou que tivessem juízo e que Justina cuidasse bem de Leocádia. A viagem de trem foi comprida, sempre era. Ele tinha trazido um livro do Tarzan. Com o balanço, não conseguiu ler, ficou enjoado. Comeram o farnel da cesta, compraram maçãs e cueca-virada numa estação. A mamãe estava esperando outro nenê, mas, dessa vez, estava muito cansada. Por isso, os três, até mesmo Leocádia, tinham vindo para a casa da vovó.

No jardim, o vento ainda fazia barulho. A chuva tinha ido embora deixando um cheiro bom de terra e estrume. Ele precisava ir ao banheiro. Na mesinha de cabeceira, dona Mosa sempre deixava vela e fósforos. *Deus o livre um dos meninos levantar no escuro e pisar em alguma aranha!*, ela dizia, erguendo as mãos como se fosse rezar. Ao invés de acender a vela, Ignácio enfiou as botas. No banheiro, perto da pia, havia uma lamparina acesa. Caminhou sem fazer barulho. Não queria que Justina acordasse e viesse cuidar dele. *Não sou mais criança*, pensava, brincando de acertar o jato de xixi na rã, que pulava dentro da *patente*. Quando terminou, sem olhar para os lados, correu de volta para a cama, tirou as botas e se deitou com as mãos entre as pernas, tremendo de frio.

    O relógio bateu novamente. Agora, uma vez só: cinco e meia. Pela fresta entrou um pedacinho de luz, uma porta se abrira do outro lado do corredor. Logo, a avó entrou, segurando a lamparina. Ignácio fingiu que dormia. Ela sentou na cama e acariciou-lhe os cabelos. Um cheiro de talco e flor. Era o cheiro da vovó. O caroço que Ignácio sentia na garganta se desmanchou e escorreu pelo canto do olho. A luz da lamparina era fraca, vovó não percebeu. Ficou só ali, sentada, passando os dedos pelas costas dele como quem lavra um canteiro. Ficou e ficou, até ele dormir de novo e sonhar que estavam, os dois, arando um campo muito grande. O arado, cortando a terra, deixava atrás de si uma fenda escura de onde brotavam nenês.

* * *

    Na manhã seguinte, quando Ignácio acordou, um sol de quase inverno já se espremia pela veneziana. Na cama ao lado, o irmão ainda dormia. Leocádia também, só Justina havia levantado. Não devia ser muito tarde. Mesmo assim, levantou de um salto. Não gostava que o mundo começasse sem ele. Respirando o perfume de Santa Rita – que era de pão recém-saído, cera, flor e café – vestiu as bombachas, a camisa e o casaco que Justina deixara em cima da cadeira. Calçou as botas. Foi até a sala. A avó escrevia no Livro da Fazenda.

– Bênção, vovó.

– Deus te abençoe, Ignácio. Vem cá, olha, estou colocando aqui no memorial da estância que vocês chegaram de Santa Maria. Queres ler?

    Ignácio leu a página que ela marcava com o dedo. Ver o seu nome no livro grande, junto com os dos peões e das invernadas, fazia-o sentir-se importante. Não soube o que dizer, olhou para a avó e sorriu. Ela sorriu de volta. Nenhum dos dois comentou a madrugada.

* * *

Porque cada um levantava num horário, o café era servido na intimidade da copa, onde, durante o dia todo, havia sempre um jeito de manhã. A louça grossa, as cortinas transparentes consentindo o verde do jardim e as samambaias, o barulhinho gordo do leite na xícara diziam a Ignácio que tudo estava bem. *Tudo está bem*, ele repetiu baixinho esquecendo o medo, *mamãe só vai ter outro nenê. É apenas isso, tudo está bem,* confirmou o amarelo alegre da manteiga a derreter-se sobre o pão sovado.

– Sabes quem está aqui? – perguntou a avó, sentando-se à mesa. – O teu amigo Joaquim. A esta hora, já deve estar encilhando os cavalos. Assim que eu soube que vinhas, pedi que trouxessem o tordilho lá da invernada do Campo Grande. Cavalo muito tempo solto fica baldoso.

Ignácio sorriu, agitado, sacudindo os pés, que não alcançavam o chão. Precisava terminar logo o café. Para saírem com os peões, era muito tarde; a esta hora, Maurílio, o capataz, e o resto do pessoal já deviam andar longe. Não importava, ele e Joaquim brincariam de índio, no mato dos araticuns. Tinha quase certeza de que Joaquim nunca fora ao cinema, não sabia o que era um comanche nem como eles galopavam, em pelo, nos cavalos tubianos. Ele explicaria. *Os tubianos não são de confiança,* ouvira Maurílio dizer. *É porque tubiano é cavalo de índio,* Ignácio justificava, chapéu e rebenque na mão, ao despedir-se da avó. A chuva de ontem espalhara no campo um rastro de riachos. Ia ser bom passar por eles a galope.

No passadiço, parou por um instante para olhar dona Miguelina desnatando leite. Gostava de ver girar a manivela, de observar o leite caindo, já separado, nas vasilhas. Uma menor, para a nata, que depois seria batida em manteiga, e a outra, grande, para o leite descremado, que seria dado aos porcos e galinhas porque as pessoas só tomavam leite gordo.

– Bom dia, dona Miguelina, e o Joaquim?

— Foi encilhar os cavalos, já deve estar te esperando no galpão.

Ela dera o café para Joaquim mais cedo. Prevalecido do jeito que era, não fosse inventar de tomar café na sala. No fundo, não fazia diferença, na sala ou na cozinha, seria sempre um filho de José, irmão de Ignácio por parte de pai. Mesmo assim, melhor deixar as coisas como estavam, sem muita mistura, os dois guris se dando bem. Admirou-se do quanto Ignácio havia crescido. Dos filhos de dona Clara — Mathias, muito soberbo, Leocádia, meio aluada — esse era de quem ela mais gostava. Mathias não precisava, Leocádia, pobrezinha, tomara tivesse sorte. Com sorte, os boleados dos cascos podiam ser até mais felizes que os bem certos.

* * *

Ignácio encontrou Joaquim em frente ao quarto dos arreios. Terminava de encilhar o zaino. O tordilho já estava pronto.

— Que tal? — disse, fingindo examinar o freio para disfarçar o acanhamento.

— Teu cavalo andou morre não morre — informou Joaquim dando um último apertão na sobrecincha e escondendo a ponta por baixo dos pelegos. — Dizem que foi picada de cobra, o doutor José mandou dar soro e ele ficou bom —, acrescentou, montando o zaino de um salto e puxando as rédeas para que se exibisse numa volteada. Com um grito de *yuuuuhahahá*, fez o cavalo sair em disparada. Subindo depressa no tordilho, Ignácio o imitou.

Galoparam sem destino, espanejando água. Um vento frio espinhava a pele, fazia murmurar os eucaliptos. Nestes campos estendidos, vastidão familiar cheirando a terra, a alma de Ignácio estava em casa.

* * *

Eram quase nove horas quando Leocádia levantou-se. Sabia onde precisava ir. Durante toda a noite, a Santa Grande, com vestido macio, da cor de menino, a chamara. Mas, de noite, era escuro e ela tinha medo. Agora que estava claro, podia ir. De meias, sem sapatos, atravessou o corredor, abriu a porta do Quarto dos Santos. Tentando não fazer barulho, subiu na *cadeira do padre* e, dali, alcançou o altar. Aproximando o rosto da imagem, chamou baixinho: *Santa, santa...* Ela não respondeu, estaria braba? Esticando-se, acariciou-lhe o rosto, passou as mãos pelas bochechas, arriscou a ponta do dedo num dos olhos: era azul e duro. Tocou os cabelos, os panos, as joias. Examinou os outros santos sobre o altar. Um deles parecia brabo. Melhor deixá-lo quieto. Aquele outro, com um nenê no colo e vestido comprido, será que era ele quem fazia os nenês? Ela sabia, ninguém contara, sabia porque ouvira Justina dizer: mamãe tinha um nenê novo, estava com ele na barriga. Mamãe não gostava dela, por isso tinha pedido ao Papai do Céu um outro nenê e a tinha mandado para longe, para a casa da vovó.

– Por que a mamãe não gosta mais de mim? – perguntou à santa. – É porque sou feia?

A santa não respondeu, mas sorria, não estava braba, só não queria falar agora. Mais tarde. Ela esperava. Era bom ali, tinha cheirinho de mel. Cobrindo os pés com a camisola de flanela, sentou-se. Brincando com o vestido da imagem, levantou a barra, olhou por baixo. Assustou-se. Enfiou a cabeça sob a saia, para olhar melhor: a santa não tinha pernas, só umas rodas presas com tiras de couro, a roupa comprida era para que não vissem. Como quem cuida, deixou cair a barra do vestido, arrumou as pregas.

– Eu não conto para ninguém – cochichou, acarinhando as bochechas de madeira. – Eu não conto para ninguém – repetiu, sentindo-se consolada. Igual a ela, a santa também era feia.

Pela porta entreaberta, Luzia observava Leocádia. Que aquelas imagens vestidas, lembrando grandes bonecos, atraíssem a curiosidade de uma menina era natural e até engraçado. Havia, no entanto, alguma coisa de muito triste na conversa da neta com a santa de madeira; alguma coisa sinistra e alarmante. Uma angústia profunda, síntese de todas as que já tivera, apertou o coração de Luzia. Ali, sobre o altar, estava sua neta, continuação de si mesma, prolongamento de uma longa linhagem de mulheres fortes. Era preciso protegê-la. Sim, apesar da aparência frágil, algo lhe dizia que Leocádia também era forte e, por ser forte, por ter nela o sangue antigo, habituado a dominar, precisava ser amparada. *Não há presídio mais solitário que o construído por nós mesmos sobre os restos de gerações passadas*, pensou, buscando apoio no terço que sempre levava no bolso.

Hoje, 7 de abril, completava 66. Ao contrário do ano anterior, não programara nenhuma festa. Não gostava de comemorar aniversários, muito menos agora. No entanto, não podia ser egoísta. Forçaria o espírito festivo. Pediria à Mosa que fizesse um bolo, alguns docinhos. Talvez encontrassem algumas folhas de papel colorido na despensa. Fariam bandeirinhas. Se não houvesse, fariam de jornal mesmo. O importante era insuflar vida no sobrado, libertar as paredes sufocadas de costumes.

* * *

Santa Rita, 12 de abril de 1929

Queridos Papai e Mamãe
Estou aproveitando muito aqui na estância. Estamos amansando um petiço para Leocádia, ele é tão baixo que nós o chamamos de Curto. Outro dia, fomos botar vaca, eu no Curto e o Joaquim no Surico. Tinha uns capins que não deixavam ver o barro, botei o Curto por ali e, quando vi, ele deu um salto por cima da macega até o outro lado. Vovó diz que fiquei cavaleiro de verdade porque caí e montei de novo. Quando voltamos, ajudamos a trazer a cavalhada para curar. Foi muito bonito. Apartamos os cavalos sarnados e os bons. Vovó festejou o aniversário dela. Não tinha muita gente, só nós, dona Miguelina e dona Mosa. O bolo era de chocolate. Ajudamos vovó a fazer bandeirinhas.

Ela ficou muito feliz. Fomos pescar no açude, pesquei um e Joaquim outro. O meu Leocádia deixou no anzol e tanto brincou que o peixe fugiu e levou junto o anzol. Fomos também dar remédio para os carneiros. Vovó mandou matar um porco e por isso vão, na cesta, banha e linguiça. Hoje fomos buscar ovos no galinheiro. Leocádia deixou a porta aberta e as galinhas fugiram. Eu e Joaquim tivemos que correr atrás das galinhas, veio até cachorro para ajudar. Conseguimos botar todas para dentro. Vovó disse que Leocádia é muito pequena e que quem tem que cuidar da porta somos nós. Um dia, na taipa, um jacaré estava todo para fora e Mathias atirou uma pedra grande nele. O jacaré ficou tão brabo que quase veio atrás de nós, mas no outro dia vimos um bicho boiando com a barriga fora d'água, achamos que ele morreu. Já escrevi tudo, agora vou jantar que estou com muita fome. A mamãe já ficou boa? Um abraço do filho que muito lhes quer,

             Ignácio

Casarão dos Ramos Siqueira, Santa Maria da Boca do Monte, manhã de 22 novembro de 1929

Leocádia acordou com o ruído de passos, barulho de vozes. Chorou baixinho; depois, mais alto. Ninguém veio trazer o leite, abrir as cortinas. Mamãe não a chamou, como em todas as manhãs. Não importava, estava braba com mamãe. Sonhara com ela e o irmãozinho novo. Os dois a olhavam com os olhos duros dos santos da estância.

De camisola, foi até a cozinha. Justina a pegou no colo, serviu o leite e uma fatia de pão com mel. Leocádia, como sempre fazia, primeiro, lambeu o mel. Um pingo ficou preso no seu nariz, tinha o cheirinho das velas do Quarto dos Santos. Onde estaria papai? Por que Ignácio e Mathias estavam no quarto? Por que não foram ao colégio? Por que todos a olhavam assim desse jeito? Não gostava que a olhassem.

– Eu quero a minha mamãe. Onde está minha mamãe, Justina?

– Está no céu, com teu irmãozinho.

– Por que ela está no céu com meu irmãozinho, Justina?

– Porque Deus quis.

– Mentira!

Ela sabia, Justina não podia enganá-la. Mamãe tinha ensinado que o Papai do Céu não faz nada se a gente não pede. Por isso, ela sabia. Mamãe primeiro tinha pedido um nenê novo e agora fora embora com ele. Não gostava mais dela. Queria ficar só com ele. Lá na estância, ela vira quando os porquinhos nasceram. Ignácio falou que, quando a mamãe tivesse o nenê, seria igual. A porca tinha comido os porquinhos. Os guris tinha gritado e Dona Mosa veio correndo. Salvou dois. Criou com mamadeira, ela tinha ajudado. Se ela fosse boazinha, talvez a mamãe comesse o nenê novo. Precisava dar um beijo na mamãe.

– Quero ir com a minha mamãe. Larga, Justina!, quero ir com a minha mamãe!

MEMORIAL RIOGRANDENSE DA LIVRARIA DO GLOBO
Estância Santa Rita

22 DE NOVEMBRO DE 1929
sexta-feira

Hoje, falleceu, em Santa Maria, Clara Siqueira de Menezes, minha querida filha.
Que a Misericórdia Divina a receba e ao meu neto natimorto.
Que Deus tenha piedade de mim.

Estância Santa Rita, 14 de dezembro de 1929

Querido José,

 Agradeço e aprovo tuas providências quanto às roupas e objetos pessoais de Clara. Confesso que estava sem coragem. É doloroso enfrentar o fato de que as coisas permanecem além de nós. A cadeira predileta, a caixa de costuras, o rosário, como ousam existir sem Clara?
 Deus não permita, José, que sobrevivas a algum dos teus filhos. A dor é grande demais. Ainda não acredito que Clara tenha partido. Eu a sinto aqui, comigo, fisicamente. Não é o seu espírito, é ela, tal como foi, seu jeito de falar, de se mover, de tratar as crianças. Converso com ela. A impressão que tenho é que nossas existências se fundiram numa só. Tê-la assim, perto, dentro de mim, ajuda, serve-me de consolo.
 Consola-me também saber que Ignácio e Mathias estão reagindo razoavelmente bem à morte da mãe. Tinha esperança que assim fosse. Quando somos jovens, temos corpo e espírito voltados para o novo, não nos detemos demasiado nas perdas. Ou, pelo menos, assim parece. Preocupa-me, como sempre, Leocádia. Na idade dela, o colo da mãe é todo o universo. Ao contrário do que pensas, porém, não me parece estranho que ela tenha inventado um mundo de fantasia onde conversa com amigos imaginários. Talvez seja apenas um artifício que usa para sentir-se acompanhada. O melhor a fazer é dar tempo ao tempo, deixar que a morte se dilua na continuidade da vida.
 Comove-me tua confiança e o afeto que demonstras ao sugerir que ela venha morar comigo. Ter minha neta aqui, em Santa Rita, seria, para mim, um bálsamo. Precisamos, no entanto, pensar em Leocádia. É verdade que, com os irmãos no colégio e tu sempre tão ocupado, ela passa a maior parte do tempo sozinha, com as empregadas, o que não é bom. No entanto, me pergunto se afastá-la agora de casa não a deixaria ainda mais insegura.

Posso estar enganada, mas tenho a impressão que as circunstâncias da morte de Clara tornaram o luto de Leocádia pior. Ela sente-se, ao mesmo tempo, culpada e traída. O que, sem a morte, seriam apenas ciúmes de um novo irmão, tomou proporções anormais. Afastá-la de casa agora poderia fazê-la sentir-se rechaçada.

Embora a palavra final seja tua, não quero deixar-te sozinho nessa difícil decisão. Por que não vens com as crianças passar o Natal aqui? Poderíamos conversar com mais calma, observar como Leocádia reage à ideia de ficar morando comigo. Sei que nenhum de nós está com espírito festivo. Arranjar os enfeites natalinos, montar o presépio, realizar todas essas tarefas que, antes, eram de Clara, seria por demais doloroso. Mas não faríamos nada aqui em casa, seu Balbino e dona Carmela tiveram a gentileza de convidar-nos para a ceia de Natal em Água Bonita. Não será uma festa, apenas uma reunião familiar. Acho que seria bom para todos. Os pequenos se distrairiam com as outras crianças e a noite passaria com mais facilidade. Como não canso de repetir, quem sabe até para convencer a mim mesma: queiramos ou não, a vida continua.

Se resolveres vir para o Natal, peço que passes um telegrama urgente. Assim, o feitor da Estação do Conde mandará um próprio entregá-lo aqui na estância. Ansiosa, no aguardo de tua decisão, envio meu carinho a ti e aos meninos. Recebe, por ora, o abraço amigo de tua sogra,

Luzia

P.S. – O doce de leite e as rapadurinhas que estão na cesta são presente da Mosa para os meninos.

Como se, com esse gesto, pudesse adiar as decisões, José dobrou a carta de Luzia e a colocou de volta no envelope. Não estava acostumado a sentir-se perdido. Se ele e Clara tivessem tido mais tempo, se tivesse prestado mais atenção, talvez contasse, agora, com lembranças, fatos, palavras que o guiassem. Da forma como tudo acontecera, não havia nada: apenas o vazio e esse absurdo sentimento de culpa que o impedia de pensar.

Cada vez que entrava na sala, tinha impressão de que a encontraria; ele sentaria na poltrona, tomaria uma bebida e os dois conversariam, esperando o jantar. Como era possível que não estivesse se até o seu perfume persistia? Como podia não vir terminar a costura interrompida? Na cesta, misturados a agulhas e carretéis, um vestidinho de Leocádia e a calça de Ignácio esperavam por ela. Na esperança impossível de que voltasse, pedira a Justina para deixá-los ali. Em algumas noites, acordava sobressaltado pensando tê-la ouvido tocar. Esgueirava-se, feito um ladrão, até a sala de música, apenas para que seus olhos confirmassem o piano: fechado e doloroso.

Como tratar os filhos? Como entendê-los? Como saber o que queriam se era Clara quem sempre cuidava disso? Com os meninos era mais fácil: tinham o colégio, os amigos, suas vidas. Leocádia, além da mãe, nada possuía. Feito um animalzinho, ela o seguia por onde fosse. Não suportava mais aquele pequeno olhar dolorido, tão parecido com o da mãe. Para fugir dele, depois do consultório, habituara-se a jantar fora com amigos, a ficar no clube. Muitas vezes, embora fosse necessário apenas atravessar a rua, sequer vinha almoçar. Evitava a casa que, sem a esposa – corpo sem alma – desabava sobre ele.

Era-lhe difícil tanto conviver quanto afastar-se da filha. A queria em casa, mas mantê-la ali não seria apenas egoísmo? Estava sempre viajando, não podia arrastar consigo uma menina. Precisava encontrar uma solução. Deixar a filha nas mãos das empregadas, por melhores que fossem, não era apropriado. Sem uma referência feminina, um modelo, Leocádia jamais seria uma dama. Mesmo se aprendesse as regras da etiqueta, seu agir não seria natural, espontâneo, como por instinto. Diante do inesperado, haveria sempre aquele instante de hesitação a denunciar insegurança. A opção do colégio interno era, pelo menos por enquanto, inviável. As freiras não aceitavam, em regime de internato, crianças tão pequenas.

Manter Leocádia no casarão, deixá-la ir com a avó? Não sabia o que fazer. Da última vez em que fora à estância tentara até mesmo aconselhar-se com Miguelina. Ela apenas sorriu. Como ele insistisse, sem raiva ou mágoa, como se falasse a um menino, ela disse: *José, não posso cuidar das coisas do casarão. Tu mesmo disseste: fora da casa de barcos eu não existo.*

Pensando agora, com calma, Miguelina, como sempre, tinha razão. A vida deles era algo separado, um mundo completo, fechado em si mesmo. Os assuntos dos filhos, ele precisava resolver sozinho, devia isso à esposa. Sem saber qual o primeiro passo, aceitar o convite de dona Luzia talvez fosse um bom começo. Como ela mesma havia escrito: apesar de tudo, a vida continuava.

MEMORIAL RIOGRANDENSE DA LIVRARIA DO GLOBO
Estância Água Bonita

29 DE MAIO DE 1930
quinta-feira

Recorrido campo, tirados vinte couros.
Américo foi buscar a novilha que tinha passado para
Santa Rita.
Consertada a cerca.

À tarde, chuva.

Carneado um capão.

Uma chuva fina começara a cair depois do almoço. Sem poder brincar lá fora, Beatriz e Guilhermina corriam pela sala; faziam embaixo da mesa, na qual o pai, enredado em notas, recibos e comprovantes, tentava fechar as contas, seu esconderijo secreto. Balbino tinha os dados todos na cabeça, o difícil era pôr no papel, dar forma ao relatório. Não que os irmãos o fossem examinar: a eles só interessava saber quanto dinheiro ganhariam. Melhor assim: sem meterem o bedelho onde não eram chamados.

– Não incomodem o pai de vocês – gritou Carmela, aparecendo na porta da cozinha.

– Podes deixar – disse Balbino, pegando Guilhermina ao colo –, por hoje, terminei.

Carmela sorriu para o marido. Com Miro, o caçula, enganchado em seus quadris, o rosto colorido pelo calor do fogão, parecia, mal comparando, uma estampa de um desses cartões do dia das mães. Mulher direita, trabalhadeira, pensou Balbino, ela e as crianças eram sua alegria. Não podia deixar, no entanto, de fazer um cálculo: quanto maior o número de filhos, mais a estância se dividiria.

Terra de qualidade, campo fino de boa aguada, Água Bonita podia não ser mais o que fora na época do bisavô Barão, mas enquanto a mãe, dona Setembrina, fosse viva e, por respeito a ela, ele e os irmãos mantivessem indivisas as 32 quadras de sesmaria, dava para ir vivendo. O diabo é que, com a morte da mãe, isso acabaria. Cada um herdaria oito quadras. Com as oito já herdadas do pai, teria dezesseis, as quais, divididas pelos quatro filhos, dava quatro quadras para cada um. O que se pode fazer com quatro quadras? Vender? Ao contrário dos irmãos, ele não queria vender. Água Bonita era sua casa, sempre tinha sido.

Colocando Guilhermina no chão, examinou novamente os papéis. A solução era tentar ir comprando, devagarzinho, a parte dos irmãos, facilitaria a vida para ele e Carmela e aumentaria a herança dos filhos. Andava economizando tudo o que podia, mas, feitas as contas, pagas as despesas, pouco sobrava. Isso que o ano não estava sendo de todo ruim. A aftosa dera fraca, o gado não entrava no inverno muito magro: a mortandade ficaria dentro do normal. Nas ovelhas, fizera a tosa a tempo, a sarna não chegara a prejudicar demasiado a lã. Mas, como diz o outro, dinheiro chama dinheiro, e, quando a bolsa é curta, o que entra também é. A verdade é que vivia com a corda no pescoço.

Como para lembrá-lo que a vida não era tão ruim, um cheiro quente de pão encheu a sala.

— Vai buscar um pãozinho para o pai — ele cochichou ao ouvido de Beatriz. A menina saiu correndo, seguida pela irmã. Voltaram segurando juntas, como se fosse um ostensório, um prato de louça onde se empilhavam fatias grossas de pão com manteiga. À frente, puxando a procissão, vinha Miro, muito compenetrado. Balbino, puxando-o para mais perto, apertou contra o peito a cabecinha escura de cabelos encaracolados. Fazia lembrar um anjo esse seu filho. Não tanto pelas linhas macias do rostinho, pelos cabelos cacheados — cabecinha de são João, dizia Carmela — mas por uma calma preguiçosa que lhe transparecia nos olhos. Ao contrário de Tiago que, talvez por ser o mais velho, era sério demais, o olhar de Miro dava a entender que viera ao mundo para uma missão ainda não bem definida; enquanto sua hora não chegasse, importava-se com poucas coisas. Ao vê-lo, esquerdo e risonho, tentando acompanhar as brincadeiras dos mais velhos, Balbino pensava que Jesus, enquanto morava com a Virgem Maria e são José, devia ter sido parecido.

Quatro filhos não era fácil de criar. Carmela já perguntara muitas vezes como iam resolver a questão do estudo. Ele não sabia o que responder. Tiago fazia o primário em São Borja, no colégio dos padres. Para que não saísse tão caro, hospedava-se na casa de parentes, mas era um arranjo provisório. Beatriz, apesar de ser quase da mesma idade que o irmão, era mulher, não precisava de tanto, ia aprendendo com a mãe. Por perto, não havia escola que prestasse, e montar casa na cidade dobrava as despesas. Por isso, iam levando. O que não tem remédio, remediado está. Não era assim tão grave. *Eu mesmo pouco estudei, e até nem sinto falta*, pensou Balbino alongando o olhar pelo manto branquicento de chuva que cobria os campos. Pena não ter chovido antes, quando ainda dava tempo de crescer o pasto. Agora, de pouco valia, só criava barro. Ter gado e cavalo a milhado, dar sal para compensar a falta, como fazia o doutor José, ele não podia. Enterrasse o dinheiro todo no plantel, não teriam com que viver.

Tinha um certo orgulho em dizer que ali, em Água Bonita, desde o tempo do Barão, quando eram, ao todo, quase duzentas quadras de sesmaria, o gado se defendia sozinho. Vacina e banho até podiam fazer alguma diferença, mas era pouca. Em Santa Rita e na Estância do Conde, vacinavam contra carbúnculo, banhavam contra carrapato, e o gado de lá continuava tendo aftosa, carbúnculo e carrapato e morrendo de magro, no inverno, do mesmo jeito.

Mesmo sabendo que hoje, com essa chuva, nada havia a fazer, que a peonada estaria toda no galpão esperando o tempo melhorar, sentiu uma vontade urgente de deixar a casa. Recomendando às crianças que não mexessem nos papéis sobre a mesa, pegou o chapéu e saiu.

No galpão, ao pé do fogo, junto ao capataz e à peonada, Izidoro Mão Seca, cumprimentou-o. Tinha chegado no meio da manhã para acertar as contas de um lote de couros, almoçara na estância. Agora, sua égua rosilha, encilhada, pateava no palanque. Por certo, já se ia. Como era de sua obrigação, Balbino puxou conversa.

– E então seu Izidoro, que tal lhe parece essa chuva?

– Pois está com jeito de ser comprida, seu Balbino. Não é por gosto e nem pela sua chegada, *pero ya me voy*. Só estava mesmo esperando para lhe dar adeus.

Balbino estendeu a mão, cumprimentou e ficou olhando o outro afastar-se no passo balançado dos que estão mais a cômodo num lombo de cavalo. Seu Izidoro era um mistério. Falava pouco, não bebia, não fumava, ninguém sabia, exatos, quantos anos tinha. Tirando o mirrado da mão, era forte que nem um touro.

Pela frente, ninguém se animava a lhe chamar pelo apelido de Mão Seca, era só seu Izidoro. Todos sabiam que emprestava dinheiro a juro, daí é que lhe vinha o grosso dos cobres. Durante muito tempo fora tropeiro. Agora, tinha se aquerenciado num campinho perto da Encruzilhada, onde engordava boi. Comprava couro, pelego, algum lote menor de gado para os açougues. Desde que não misture os orelhanos dele com os meus, pensou Balbino, que faça bom proveito.

Diziam que andava amasiado com uma moça de São Luiz que ele tirara da zona e levara pro tal rancho, na Encruzilhada. Com tanta moça direita, bobagem se arriscar, repensou Balbino: uma coisa é uma coisa, e outra coisa é outra coisa, perigoso confundir.

– Aceita um mate, seu Balbino? – perguntou o capataz, já alcançando a cuia.

– E como não, Américo: mate e carne gorda é pecado recusar.

A peonada riu com respeito. O tamborilar da chuva amansava a tarde. Ao redor do fogo, homens e cachorros esperavam. Por hoje não haveria serviço. Logo seria inverno e, em tempo de geada, o que se podia fazer era recorrer o campo, salvar alguma rês magra do atoleiro e tirar o couro do gado morto.

– Logo mais vou dar uma campereada, Américo, ver como andam os bois da tropa. Me comprometi de vender um lote para seu Izidoro.

– Sim senhor – disse o capataz, sorvendo o mate.

O preço não é bom, acrescentou Balbino, mas só em pensamento, pois esse não era assunto de se tratar com capataz. Venderia de qualquer jeito, dois dos irmãos tinham escrito pedindo dinheiro; não recebessem, iam falar de novo em se desfazer dos campos, e ele, nesse momento, se não tomasse empréstimo, não podia comprar. Era aí que entravam os serviços do seu Izidoro. Ele cobrava juros altos, bem maiores que os do banco, mas não negava crédito o que permitia a Balbino alcançar o dinheiro aos irmãos e ir empurrando o resto com a barriga.

Izidoro Mão Seca

A chuva batendo monótona sobre o poncho de lã não incomodava Izidoro; ao contrário, para ele, chuva e vento eram companhias. De bicho, também gostava. Só de homem se precavia. Pensava que, do mesmo jeito como o gavião já traz do ninho a vontade de matar, dentro de cada homem há sempre uma fome esperando. É da natureza. A maior diferença é que homem é sempre enganador. Declara uma coisa e faz outra. Deles, havia que se defender. Isso aprendera de pequeno, num rancho, perto de Bossoroca.

Um rancho perto de Bossoroca, mil novecentos e...

No catre encostado à parede, como quem arranca dores, não só as do corpo, as da alma, Izidoro arrancava felpas do lastro de taquara. Tinha aguentado a surra em silêncio. Chorasse, era pior, recomeçava.
– Hijo de mierda – resmungou a mãe, bebendo mais um gole.
Era sempre assim quando o Paraguaio sumia, e ele havia sumido estava fazendo uma semana. Às vezes, duvidava que aquela fosse mesmo a sua mãe, gostava de inventar que havia outra, em algum lugar, nem que fosse uma cigana.
Izidoro não sabia quantos anos tinha. Comparando com os filhos da dona Chininha, que faziam aniversário, calculava uns dez, podia ser até um pouco mais: terneiro guaxo é sempre meio mirrado. Ele não era guaxo, mas, como se fosse.

Faltava pouco; com doze ou treze, ia embora pra ser rico. Não por gosto. Não queria andar perdido no mundo, feito anguera, mas não havia outro jeito porque, Deus o livre!, em mãe a gente não bate nem com uma flor. Dona Chininha sempre dizia: filho que levanta a mão pra mãe fica de mão seca.

— *Zidoro, vai no bolicho e me traz um rolo de fumo, fósforo e uma garrafa de cana, fala pro seu Fidêncio botar na conta.*

E agora? Da última vez, seu Fidêncio o tinha posto porta afora; para eles, não vendia mais fiado. Não sabia o que fazer, estava "entre a cruz e a espalda", como dizia a dona Chininha. Se não fosse ou se voltasse sem as encomendas, a mãe descontava nele.

— *Andate a hacer los mandados, caramba!* — *veio novamente a voz da mãe, numa ameaça de rebenque.*

Melhor ir de uma vez. Podia que seu Fidêncio mudasse de ideia, ou que, entre ele ir e voltar, a mãe dormisse. Devagar, porque queria fazer tempo e porque, da surra, ainda lhe doía o corpo, Izidoro saiu, chutando pedra, fazendo mira em passarinho, por nada, só para se alegrar.

Estava resolvido: quando tivesse treze, ia-se embora, com certeza. Arrumava emprego em alguma estância. Não queria ser sem serventia e nem gente ruim, igual ao cabo Chimango, que quase mata o pobre do seu Negro Picaço de bordoada. Ele judia assim do pobre velho por nada, só porque seu Negro é preto, comentara a dona Chininha. Quando fosse rico, Izidoro mandava prender o cabo Chimango e depois mandava degolar.

Mais aliviado, cruzou pelo rancho do seu João Castelhano. Esse era outro que não servia para nada, passava só fumando, escorado na parede. Quem trabalhava para a comida das crianças era a dona Neusa.

— *Onde é que tu vai, guri?* — *fez seu João.*
— *Na venda.*
— *Tua mãe tá?*
— *Tá, sim senhor.*
— *E o Paraguaio?*
— *Sumiu faz uns dias.*

– Hum... – resmungou o outro, atirando longe a bagana.

Já era quase noite. Uma nuvem preta fez o dia mais escuro e, como que por resposta, um vento frio agitou o folharedo. Para chegar ao bolicho, teria que atravessar o macegal do campinho. E se pisasse numa cruzeira? Melhor dar volta pra casa. Ser picado de cobra era pior que apanhar de relho. Voltava e ficava quieto, do lado de fora, só cuidando o movimento. Quando a mãe dormisse, entrava.

Pensou e fez. Do pátio, já ouviu a voz do seu João Castelhano conversando com a mãe. Melhor mesmo não entrar, ela não gostava que ele entrasse quando tava com algum. Não tinha importância, ficava por ali se distraindo.

Acocorado, brincando de fazer carreira com os cascudos, prendendo na cova da mão a luz dos vaga-lumes, esqueceu do tempo. A lua ia alta quando percebeu que tudo ficara quieto. Tirando o pio do corujão, que morava no cinamomo, nada mais se ouvia. Ressabiado, empurrou a porta de tábua, devagar. Parou pra ouvir. Nada. Espiou pra dentro, a mãe e seu João Castelhano roncavam.

Guiado pelo lume das brasas no fogão, Izidoro campeou na fiambreira algum de comer. Achou um resto de queijo, quase que só casca. Na falta, servia. Quieto, igual rato, sentou num canto roendo. Foi pouco, ainda tinha fome. Ao seu redor, a noite inteira dormia. Sobre o piso de terra, a bombacha de seu João parecia um bicho morto. Sem fazer barulho, Izidoro revistou os bolsos. Podia ser que tivesse alguma bala ou mariola. Encontrou só a faca de picar fumo, pitoca, pontuda e afiada. A bem dizer, um punhal.

Quando mataram o seu Naldo, foi pela arma que o cabo Chimango logo soube quem era. Essa, não era dele e nem da mãe, era do seu João Castelhano. Assustado, olhou, por sobre o ombro, os que dormiam, como se, da cama, pudessem ouvi-lo pensar. Sem fazer barulho, cavou um buraco no chão, encostado na parede. Socou bem a terra sobre a faca e ainda arrastou por cima o armário, vazio e leviano.

Esquecendo a fome, deitou-se num baixeiro. Logo, quando desse, ia fazer o que era preciso. Caso a mão secasse, aguentava no osso do peito. Com sorte, podia até ser que dona Chininha estivesse *enganada sobre a tal história da mão secar; com sorte, quem sabe até ela não pegava ele pra criar? Onde comem dois, comem três, era o que ela dizia sempre.*

MEMORIAL RIOGRANDENSE DA LIVRARIA DO GLOBO

Estância Santa Rita

25 DE OUTUBRO DE 1930
sábado

Soltou-se a tropa de vaccas no Fundo. Contou-se 241. Marcados dois terneiros. Foram soltos no Alto e Capiá. Soltou-se 89 bois na invernada do Piauhy.

Não foi encontrada a égua tordilha que teria cruzado a cerca para Água Bonita. Seu Américo ficou de procurar.

Chegaram duas carretas trazendo o sal comprado do Rebés. Não recebi por não ser Sal Mossoró conforme o contracto.

Tratado com Alice as colchas e cortinas novas 40$000 rs dos quais adiantei 20$000rs

- REVOLUÇÃO ! -

Foi deposto no Rio de Janeiro o presidente da República. Triumphou, pois, o Rio Grande. Espero que também o Brasil!

Carneado um capão para consumo da Fazenda.

Sentada numa das muitas poltronas de vime que se alinhavam na varanda, Luzia, óculos acavalados no nariz, lia os jornais. Examinava cada notícia de forma quase supersticiosa, como se o futuro do país, por razões obscuras, dependesse de sua atenção. Esses assuntos políticos a distraíam, serviam de pausa, descanso de suas obrigações. Atordoada pelo inesperado da morte, procurava nas entrelinhas, nas dobras e reentrâncias das páginas, nas pequenas notas insignificantes algo que a ajudasse a seguir vivendo.

Apesar de morta há quase um ano, Clara era ainda uma presença, não uma saudade. A sentia em paz mas atenta, dependendo e contando com a sua ajuda para zelar pela família que deixara. Ambas sabiam que José, sozinho, não era suficiente. Embora, por pudor, nunca mais tivesse falado com o genro sobre esse "estar" de Clara junto a ela, desconfiava que ambos sentissem o mesmo. Talvez tivesse sido Clara quem o inspirara a deixar Leocádia vivendo em Santa Rita.

Ela, Luzia, jamais deixaria a estância, mudar-se para Santa Maria estava fora de cogitação. Precisava manter sua independência. No entanto, necessário reconhecer, a distância fazia o cuidar dos netos uma tarefa complicada. O jeito era enfrentar cada dia sem pensar no seguinte, encontrar distrações. E assim, passo a passo, palavra por palavra, ia acompanhando a crise econômica, a fraude nas eleições, o romântico assassinato de João Pessoa.

Talvez porque chefiada pelo Getúlio, um dos filhos de dona Cândida, a quem conhecia de há muito, a revolução que terminava com o governo de Washington Luís lhe parecia uma guerra próxima, quase da família. Fizera questão de registrá-la no Livro da Fazenda. Não sabia no que ia dar, mas, ao menos por enquanto, acabava com a pouca vergonha.

Se a história do Brasil fosse inventada, iam dizer que era inverossímil, pensou, levantando os olhos dos jornais e os pousando, amorosos e preocupados, sobre a neta, que brincava no jardim. Em silêncio, agradeceu mais uma vez a Clara por ter feito nascer em José a ideia de mandar Leocádia passar algum tempo na estância. Ficaria por seis meses; estava há pouco mais de dez. Essa situação indefinida não podia continuar: era preciso decidir de uma vez por todas o que fazer. Na estância, Luzia a tinha sob seus olhos. Na cidade, ainda que perdida entre as muitas empregadas do casarão, teria acompanhamento médico constante, o que, segundo José e alguns dos especialistas com quem ele se correspondera, poderia evitar a outra opção, mais assustadora, a do internamento numa instituição.

Pessoalmente, achava a internação um exagero. Num ponto, porém, ela e o genro concordavam: Leocádia era uma criança estranha. Com olhos ausentes, passava pelas pessoas, pelas coisas como se não existissem, até que, como quem acorda ou vem de muito longe, retornava: atenta e espantada. Depois, partia novamente. Não por ser estúpida, ao contrário, porque alcançava mais longe, entendia melhor e mais rápido, as outras crianças a rejeitavam, não a reconheciam como igual. Sem parecer importar-se, brincava sozinha, num universo todo seu; à noite, tinha pesadelos, acordava gritando. Luzia angustiava-se.

Talvez por ser a matriarca, supunham que tivesse todas as respostas. Não as tinha. Igual a todos, com relação à neta, apenas adivinhava. Diferente deles, porém, mantendo a compostura, a aparência de certeza, tentava de todas as formas entendê-la, comunicar-se com ela. Difícil tarefa: Leocádia não estava interessada. Era desesperador. Ontem, mais por esperança que por raciocínio, mandara chamar Miguelina. *A fé é um salto para o absurdo*, alguém afirmara. A mesma fé, o mesmo sentimento inexplicável que a fazia ajoelhar-se todos os dias em frente à santa Rita dava-lhe a certeza de que, se algo houvesse para ser dito, aquela mulher simples o diria.

Essa certeza, ainda que enraizada no absurdo, não vinha do nada. Em menina, ouvira muitas histórias; não de livros, narrativas inventadas pelo povo. Em todas, uma sabedoria, uma esperteza que, anos mais tarde, reencontrou, encantada, nas fábulas de

Esopo, nas parábolas da Bíblia, nos escritos dos antigos. Essa ponte ligando o povo simples do galpão aos gregos de antes de Cristo, aos judeus de milhares de anos, não podia ser mero acaso.

Sobre a Terra – que, para Luzia, era mulher e tinha a força de uma de suas santas –, assim como as formigas deixam trilhas inconfundíveis, todos, homens e mulheres, por mais humildes que fossem, deixavam sua marca. O conjunto desses rastros, a mistura dessas experiências, essa inteligência primitiva, esse bom-senso que, por falta de melhor nome, ela chamava de sensatez dos humildes, queria consultar. Para isso, mandara chamar a benzedeira. Havia, porém, que ter cuidado: quando se consultam oráculos não basta perguntar, é preciso entender a resposta.

Ensaiara muitas vezes o que dizer. Nesse instante, mesmo sem sentir-se preparada, seus ensaios terminavam: pelo atalho das árvores, Miguelina chegava. Podia ver, através da ramagem, a mancha colorida do seu vestido deslizando entre os verdes. Admirou-lhe o porte, o pescoço ereto. Vinha acompanhada de um dos filhos, Joaquim, o amigo de Ignácio. Abandonando em definitivo a leitura, Luzia reparou melhor na criança: um jeito de andar com as mãos nas costas, de movimentar a cabeça, fazia lembrar José. Dobrando com força os jornais, levantou-se, apoiada na bengala: certas coisas, melhor deixar como estão. Apoiada à balaustrada, fez sinal para que subissem.

Miguelina, imaginando que a patroa a mandara chamar para alguma benzedura, cumprimentou solene e sentou-se, muito reta, na pontinha de uma das cadeiras. Joaquim, depois de pedir a bênção, recostou-se, à vontade e curioso, nos joelhos da mãe. Luzia o chamou para mais perto. Prendendo, entre as suas, as mãozinhas ásperas, perguntou-lhe se gostava de brincar de teatro. Ele respondeu sem acanhamento. Não sabia se gostava de teatro porque nunca tinha visto nenhum. Luzia sorriu.

– Então, enquanto tua mãe e eu conversamos, por que não vais ali, com Leocádia, para veres como é?

Autorizado, Joaquim correu até o caramanchão; à sombra da folhagem escura, num palácio feito de lençóis, Leocádia brincava de princesa. Sobre o vestido curto, um outro, de renda, que pertencera a Luzia, abria-se em leque pela grama. Um mosquiteiro servia-lhe de véu. Joaquim estacou. Leocádia virou-se para encará-lo. Ao jeito dos pequenos animais, examinaram-se. Confiaram um no outro. O acordo tácito aconteceu.

– Eu sou uma princesa – ela disse, de repente.
– Como que é uma princesa?
– É uma pessoa muito importante. Na frente dela, todos têm que fazer reverência.
– E o que é reverência?
– É se abaixar, assim.

Joaquim não fez reverência: não achou direito.

– Eu também quero ser princesa – disse, depois de pensar um pouco.
– Não pode. Só meninas podem ser princesas, mas, tu podes ser barão.
– Barão também é importante?
– É.
– É rico?
– É.
– Pode ter estância?
– Pode.
– Então, eu sou barão e tenho um cavalo zaino e vou pra guerra pelear com os castelhanos. Tu fica em casa, cuidando das crianças.

O acordo formalizara-se: dali em diante, seriam amigos.

Na varanda, misturando-se à fala das crianças e aos mil pequenos ruídos de que é feito o silêncio de uma estância, a voz de Luzia procurava palavras. Era preciso encontrá-las certas. Não falava apenas à benzedeira, falava ao espírito da Terra, permanente e sábio, ao qual a inteligência de Miguelina emprestava voz.

– Eu te chamei aqui, minha filha, porque ando muito preocupada com Leocádia. Quem a vê assim, brincando, não diz que alguma coisa está errada. Mas está. Joaquim e os teus outros filhos também brincam, inventam. Lutam guerras, compram estâncias, plantam lavouras de folhas, fazem, de um amontoado de ossos, a tropa inteira de bois. Eles, no entanto, por mais que entrem nesse mundo inventado, no fim da brincadeira, voltam para casa. Minha neta, às vezes, não consegue voltar. Fica por lá, no mundo de mentira, porque para ela esse mundo existe de verdade.

Miguelina fez que sim com a cabeça. Entendia. Era igual ao caso do finado Lelo, que, por medo de gente que ninguém via, tomou formicida, deixando dona Mocinha com cinco filhos para criar. As viagens sem volta podiam ser perigosas. Pensou que, quando José lhe pedira conselho para Leocádia, ela recusara. Agora, não podia fugir: dona Luzia já sofrera demais. Era preciso dizer alguma coisa. Mas dizer o quê? Inventar não seria direito. Não poder ajudar a humilhava. O melhor era contar a verdade, e a verdade era que, para esquisitice, não existia benzedura. Havia que se conformar, fazer o melhor possível.

— A senhora já conversou com o doutor José? — perguntou, apenas para ganhar tempo.

— Muitas vezes, Miguelina. José está mais preocupado do que eu. Quer levar Leocádia para Buenos Aires, consultar um especialista. Disse que pode ser preciso interná-la; confessou que o tratamento é doloroso e sem garantia de resultado. No fundo, e isso fica entre nós, chego a pensar que ele tem vergonha da filha, quer escondê-la, não se conforma que seja como é.

Miguelina não apurou o seu dizer. Percebeu que estar quieta também era importante. Semelhante às sombras da tarde a alongarem-se em paz, Luzia desabafava, falava, agora, mais para si mesma. Miguelina deixou que falasse, aliviando o desgosto.

— Tenho 67 anos, quem vai cuidar dela quando eu não estiver aqui? José não tem paciência, os meninos terão suas próprias famílias. Ah!, se eu pudesse fazer parar o tempo e tudo ficasse, pelo menos, como está...

Parar o tempo, ter Joaquim sempre menino e ao meu lado, isso eu também queria, pensou Miguelina. *Mas de que adianta querer? A vida não depende da gente, acontece ao jeito e feitio dela mesma.*

— Sabes o que eu acho? — Luzia prosseguiu, numa quase raiva. — Acho que aqui e em Buenos Aires ninguém sabe com certeza. Todos estão só adivinhando. Por isso mandei te chamar, Miguelina. Com as tuas rezas, tuas benzeduras, andas por um mundo que poucos conhecem, talvez entendas melhor os mistérios de Leocádia.

Mistérios há muitos, concordou Miguelina. No dia em que José, na casa de barcos, lhe ensinara a olhar pelo microscópio, confirmara o que já adivinhava: o mundo não é só o que se enxerga. Há abundância de ocultos se escondendo nele. E, se era assim, quem podia garantir que Leocádia, vendo o que os outros não viam, não estava era vendo mais? O jeito dela, só porque diferente, seria pior? Dona Luzia esperava uma resposta. Miguelina falou devagar, ela também, procurando palavras.

— Queria poder lhe ajudar, dona Luzia, mas não sei se posso. Não vou inventar benzedura só para lhe fazer gosto. Tente não se agoniar tanto. Repare bem: povos inventados, nós todos temos. Quando a senhora sonha com a finada sua mãe ou com dona Clara, não parece que elas estão vivas? Não fosse por essa gente sonhada, pelos ocultos onde elas moram, por tudo o que não se vê ou se sabe com certeza, não se teria escapatória: era só nascer, viver e morrer, igual bicho. Ninguém pode dizer sem errar o que é de verdade ou de mentira, o que se tem e o que não se tem. Esse tal de Buenos Aires, eu nunca vi: não quer dizer que não exista. A senhora diz *tenho 67 anos* mas, de fato, a senhora não tem, eles já passaram. O mundo, dona Luzia, é feito mais do que não se tem, do que não se vê e nem se entende.

Ditas as primeiras palavras, mais confiante, erguendo a cabeça, Miguelina continuou:

— Longe de mim lhe faltar com o respeito, mas, quando a senhora diz que só junto da senhora Leocádia vai ficar bem, será que não está se achando importante demais? Sua neta pode existir sozinha e bem. Nem queira saber quantos jeitos há de se viver. São tantos. Todos me procuram pedindo alguma coisa e cada um pede uma coisa diferente. Deixe que a menina exista como é, que tenha os seus inventados. Vão dizer que é esquisita? E daí? Se eu fosse igual a todos, a senhora teria mandado me chamar? O comum deixa tudo como está; é o susto que faz o mundo ir pra frente. Se o doutor José quer levar a filha para consultar, deixe que leve. Vá junto, aprenda o que tiver que ser aprendido e se assegure de que não ponham tristeza na cabeça na menina.

Ouvindo o riso de Leocádia, observando o sol espalhar sobre os ladrilhos da varanda os últimos coágulos de uma luz entardecida, Luzia pensava que Miguelina talvez tivesse razão. A paz de ir vivendo, de deixar as coisas acontecerem, de se abandonar, era muito tentadora. Não organizar tanto: podia ser essa a solução. Desde, é claro, que se mantivesse atenta.

Santa Rita, 15 de junho de 1931

Meu querido genro,

Escrevo para dar-te notícias de Leocádia. Tua filha está bem. Aos poucos, vou entendendo melhor o que acontece com ela. Às vezes, consigo até mesmo alcançá-la. O importante é que, neste um ano e meio aqui na estância, ela me parece feliz. Não posso negar que é uma criança solitária. Tem apenas Joaquim, o filho de Miguelina, por companheiro. A solidão, no entanto, não parece incomodar Leocádia. Assim, continuo achando que, pelo menos por enquanto, mantê-la aqui é a melhor solução. Confio que concordes comigo.

Quanto aos estudos, não te preocupes. A professora que contratamos é competente. Estabeleci uma rotina, horários fixos, que eu mesma supervisiono. Por ser uma situação especial, a Madre Superiora do colégio Sant'Anna concordou em fornecer todo o programa de ensino, fez a indicação dos livros didáticos e até mesmo sugestões de provas mensais de avaliação. Ao final de cada ano, Leocádia irá a Santa Maria prestar exames e, assim, será como se frequentasse o colégio.

Falando em colégio, lembrei das férias (como sempre, hás de dizer, e terás razão). Não te esqueças que estou esperando Mathias e Ignácio. A convivência com os irmãos faz muito bem a Leocádia. Apesar da diferença de idade, são jovens, falam a mesma linguagem. Embora ainda falte algum tempo, já estou arrumando tudo para recebê-los. Mosa anda ocupadíssima com a enorme e costumeira produção de doces caseiros. Mandei pintar algumas peças da casa e chamei Alice, a costureira, para ir renovando lençóis e toalhas. Quero meus hóspedes o mais confortáveis possível. Acho que irão aproveitar bastante. Os dias, apesar de frios, têm sido muito bonitos.

Tens conhecimento de que Ignácio me escreve com frequência? Falamos sobre assuntos da estância. Pensando no futuro, tento incentivar seu interesse. É preciso que se acostume ou a vida no campo lhe será insuportável. Só quem mora aqui sabe como pode ser triste o horizonte. Isso, sem falar na injustiça. Agora, parece que virou moda colocar a culpa de todas as mazelas brasileiras – da fome à catapora, passando pela unha encravada (exagero um pouco) – nas costas dos estancieiros, dos latifundiários, como dizem. Pois eu respondo: venham aqui para ver como realmente é. Tenho certeza de que os que falam em "trabalhadores oprimidos do campo" nunca entraram num galpão, pelo menos não aqui, por essa zona, onde sempre vivemos e trabalhamos lado a lado.

Mas, enfim, esse é um outro assunto; assunto, aliás, que, como podes ver, me irrita profundamente. Escrevo apenas para te informar sobre Leocádia e saber dos meninos; todo o resto são desabafos de uma velha senhora que anda lendo muito jornais. Por falar em jornais... não, lá vou eu de novo. Por falta de ter com quem conversar, invento assuntos, me alongo ao infinito. Falaremos melhor quando vieres. Por agora, recebe o beijo da tua filha e o abraço saudoso da tua sogra,

Luzia

Alice e uma tal máquina Singer.
São Borja, 1931

Alice nunca tivera queixa nenhuma do marido, ao contrário; dava razão aos que diziam que conseguir homem igual àquele fora muita sorte. *João Carlos vai longe*, comentavam as amigas, *tão moço e já subgerente do Banco da Província. Termina diretor em Porto Alegre.* Alice concordava e esforçava-se para que, na casa da rua General Neto – sala, dois quartos, banheiro, cozinha e varanda com passarinhos – a vida escorresse calma.

Hoje, como em todas as manhãs, menos nas de domingo, porque aos domingos João Carlos não trabalhava, ela havia servido o café, dado e recebido o beijo, esperado, na janela, pelo último aceno lá do portão. Agora, secando a louça, recordava a si mesma o quanto o marido, além de promissor, era atencioso: todos os dias, limpava a gaiola dos canários, jamais se atrasava para as refeições e, sábado sim, sábado não (às vezes até mais, se um novo filme entrasse em cartaz), a levava ao cinema. Domingos, depois da missa, passeavam, braços dados, ao redor da praça.

Nessas ocasiões, precisava admitir, era levemente constrangedora a forma como ele tirava o chapéu e, num gesto largo, como o de um apresentador de circo, dizia aos conhecidos: *Permita que lhe apresente Alice, minha esposa. Ah! já se conhecem? Desde o colégio? Claro, que estupidez a minha, cidade pequena. Não repare, é que sou muito faceiro com a minha patroa.*

Todos sorriam, amáveis, da piada antiga. Através do paletó, azeitando no óleo da paciência as delicadas engrenagens da vida em comum, ela acariciava o braço do marido. Com a mesma sinceridade inocente, João Carlos orgulhava-se de um documento bancário bem redigido, de uma letra de câmbio corretamente preenchida e dela.

Depois do passeio, galinha com arroz, o prato de domingo. Como sobremesa, aquele doce de ovos absurdamente doce, que Alice aprendera com a avó portuguesa. Nessas ocasiões, João Carlos permitia-se um cálice de licor de butiá. Bebia em goles meticulosos, estalando a língua, levantando o copo contra a luz para apreciar a cor. Alice, uma costura esquecida sobre o colo, o olhava, distanciada, antecipando cada gesto, cada estalar de lábios, cada entrecerrar de pálpebras, corrigindo a si mesma se errasse na sequência, o que era raro.

Quando, por fim, João Carlos cochilava, cabeça recostada no espaldar da cadeira, ela observava o vazio até que o tempo passasse e fosse suficiente. Então, discreta, ligava o rádio bem baixinho para que o marido acordasse com delicadeza. Ele abria os olhos e, fingindo não ter dormido, sacudia o jornal, pedia um cafezinho. Fáceis, amorosos, organizados, os dois existiam sem tropeços até a hora de dormir.

Deus do céu, pensou Alice, sacudindo com raiva o pano de prato e o pendurando para secar. Como é que João Carlos pôde agir daquele jeito? Por que não deixou as coisas como estavam, por que não se contentou com o de sempre? Onde é que ele estava com a cabeça quando mandou buscar em Uruguaiana a maldita máquina Singer a pedal, último modelo!

Agora sim, ele disse quando trouxe da estação a grande caixa de madeira carimbada a fogo. *Agora sim*, repetiu, ao retirar da palha, como de um enorme ninho, a máquina e os acessórios. *Agora sim*, murmurou, examinando as peças. *Agora, Alice*, ele insistiu, como se ela fosse uma débil mental, *agora, com esta máquina Singer último modelo, tuas costuras vão render e tu, sem sair de casa, vais poder ganhar para os teus "alfinetes"*. Disse, e piscou um olho garantindo que não passasse desapercebido o jogo de palavras.

Cantarolando *Casa de Caboclo*, onde dois é bom, três é demais, ele pintou e pregou na cerca do jardim a tabuleta azul que anunciava – MODISTA. A partir de então, nos passeios de domingo, passou a apresentá-la como *minha esposa, a modista*. Bem ou mal, a propaganda deu certo, Alice começou a ter freguesia, não muita, que as pessoas por ali não podiam pagar, mas o suficiente para saber de outras casas, outras vidas, o suficiente para sonhar.

A Alice, aquela máquina nunca enganou. Desde o primeiro dia, soube que a agulha aguda e preparada, as laterais em arabescos, o grande S em forma de serpente, o pedal masturbatório, exigindo que se roçasse uma coxa na outra, convidavam ao pecado. Era como se dissesse: *Vamos lá mulher, coragem, nós duas sabemos o que está por acontecer.*

Sob a janela, posição de honra na sala, a mais bem-iluminada, envolta nos muitos metros de chita colorida que lhe mandara dona Luzia, Alice fazia funcionar a Singer e assumia a culpa, mas não sozinha. A maior parte cabia a João Carlos, por ter quebrado a rotina. Ninguém lhe tinha ensinado que é a muralha do costume que mantém o capeta distanciado? Não sabia que, igual a Teniaguá, o diabo fica só esperando uma brecha para entrar e ferver a lagoa?

Antes da Singer, ela era feliz sem raciocínio. Vivia sua vidinha, conversava com quem já conhecia, fazia umas poucas costuras honestas, sempre à mão. Antes da Singer, ia deixando a vida passar, na maciota, sem muita dor. Quanto mais velha fosse, menos tempo teria para ser infeliz. Assim, vivia antes. Agora, tinha pressa, a vida lhe parecia curta. Agora, se o seu Arthur pedisse, ela deixava o marido, a casa, os canários, tudo. A Singer? Essa, ela levaria. Afinal, estava paga, e o mal, já feito.

Sim, se o seu Arthur pedisse, ela deixava o João Carlos. Mas só se ele pedisse. Por nada, assim, no mais, não descasava. Mulher sozinha dá sempre falatório; separada então... E, depois, ia viver de quê? Com as costuras, ganhava um dinheirinho, coisa pouca. Freguesas boas eram raras. Mesmo dona Luzia, que sempre estava mandando fazer alguma coisa, só encomendava costuras simples, pelas quais não podia cobrar demasiado. Eram bombachas para os netos, colchas, cortinas e lençóis para a estância, vestidinhos caseiros para a menina Leocádia. As roupas melhores, com certeza, comprava em Porto Alegre ou encomendava para alguma modista famosa de Santa Maria. De tudo o que dona Luzia lhe dera, seu Arthur fora o melhor pagamento.

Que feitiço havia naqueles olhos quietos, na barba cheirando a limão, capaz de fazer com que uma mulher direita pensasse em maluquices? Não conseguia entender. Alto e magro, as pernas de gafanhoto espraiando-se num andar desengonçado, seu Arthur não era um homem bonito. Seu poder só podia ser mesmo coisa do demônio. E demônio organizado. Tudo fora acontecendo ao natural, uma coisa seguindo-se à outra, como se obedecesse a um plano. De início, ele só levava e buscava as encomendas de dona Luzia. Depois, foi aceitando um mate, um bolinho de coalhada. Falavam dos programas no rádio, de filmes, de revistas. Logo, começaram a falar deles mesmos. Mais um pouco, e ela começou a esperar os dias em que ele viria. Caprichava no penteado, no vestido. Seu Arthur prestava atenção. Em alguns meses, estava apaixonada.

Difícil dizer quando começa o amor (mais difícil saber quando termina), mas, com seu Arthur, ela tinha quase certeza: fora na quinta-feira em que faltou linha preta para as bombachas do doutor José. Ao verificar a falta, ela afligiu-se, havia prometido entregar a encomenda e não gostava de faltar com o compromisso. Seu Arthur se ofereceu para levá-la até a loja. *No Ford, vamos e voltamos num instante*, ele disse. Ela nunca havia andado de carro. Ele a convidou para dar um passeio mais longo. Tomaram uma estradinha de terra. *O mundo está cheio de gente que gosta de especular a vida alheia*, ele disse e perguntou se ela queria dirigir. *Mulher dirigindo carro? Que despropósito! Despropósito nada*, ele respondeu, *é a coisa mais comum. Em Santa Maria, várias senhoras dirigem. Experimenta, não é difícil.* Ela sentou no lugar do motorista, as mãos dos dois se tocaram e depois se entrelaçaram. Foi bom. Quando ele pediu, por favor, para beijá-la, concordou. Até aquele dia, só beijara João Carlos.

Minha Nossa Senhora! Então um beijo podia ser assim?, foi o que pensou, querendo mais. Os beijos de João Carlos marcavam hora, davam recados: estou saindo, estou chegando, vou "te precisar" hoje à noite. Seu Arthur beijava sem pressa, sem recado. *Temos todo o tempo do mundo*, ele murmurava roçando os lábios de leve em seus olhos, na testa, na ponta do nariz, na beiradinha da boca. Quando, por fim, a beijava, o beijo entrava nela devagar e ia fundo, até o fundilho da calcinha. O beijo do seu Arthur era tão bom que, no princípio, ela gostava mais do beijo que do seu Arthur.

Aos poucos, porém, aquele homem estranho e desengonçado foi se entranhando nela, feito um vício. Começaram a se encontrar todas as quartas-feiras de tarde numa chácara que ele herdara da mãe. Uma casa muito simples, enroscada de glicínias, à beira do Uruguai. Para o marido e para as vizinhas, que a viam passar de carro, justificava-se: dona Luzia a chamara na estância. Era uma boa desculpa, mas não ia durar muito: em cidade pequena tudo cai na boca do povo.

Da primeira vez que foram na chacrinha, seu Arthur começou como quem não quer nada. *Vamos fazer um piquenique*, ele disse. *Ficamos no jardim, não precisamos nem entrar na casa.* Ela, inocente, concordou. Era apenas um passeio, se ficassem apenas no jardim, se não entrassem na casa, não haveria mal algum. Fez uma cesta com sanduíches, pastéis, ovos duros e um romance, para passar o tempo. Sentados à sombra das árvores, comeram o farnel, tomaram o vinho que seu Arthur havia posto para refrescar no poço. Depois, ela guardou tudo na cesta e se acomodou para ler. Ele sentou ao seu lado, bem pertinho, pediu que lesse em voz alta. *Tu tens uma voz tão bonita*, disse roçando o seu ouvido. Ela arrepiou-se toda, mas continuou a ler, como se nada tivesse acontecido.

Está tão quente, não queres tirar o casaquinho? Ela concordou. Do casaco, os dedos dele escorregaram para a blusa. *Tão quente!* Estava de combinação, que mal teria ficar sem a blusa? A combinação era como uma outra blusa, só que de alcinhas. *Mal nenhum.* Depois, foi a vez da saia. Nessa hora, ela já não lia mais. Logo, a combinação passou pelo seu rosto sussurrando seda. Seu Arthur acariciou-lhe os mamilos: primeiro com as palmas, depois com a língua, umedecendo o sutiã. Dedos fizeram-se ágeis em suas costas, lidaram com os ganchos, libertaram os seios. Toda ela tremia quando a mão de seu Arthur desceu até a calcinha e descansou, suave, sobre o primeiro espasmo.

MEMORIAL RIOGRANDENSE DA LIVRARIA DO GLOBO
Estância Santa Rita

20 DE JANEIRO DE 1932
quarta-feira

Dia quente e ventoso.	
João Gregório foi com a carroça a Conde e trouxe uma bolsa bem cheia de lã e outra pela metade, trouxe também 2 pelegos e 8 couros.	
A tarde Anísio esteve compondo a carroça velha.	
Cândido recebeu por trabalho no poço	*20$000*
Aqui de pouso um irmão dos Pozueco.	
Foi parado o rodeio do Novelo para curar.	
Feita a recoluta no Coqueiro para retirar gado alheio.	
Manujo vai amanhã a Jaguary levando a cesta com correspondência das crianças.	
Diomar saiu de peão tendo recebido como saldo em ajuste de contas	*34$700*
Carneado um capão.	

Santa Rita, 20 de janeiro de 1932

Querido papai

Como vão todos? Aqui, tudo muito bem. Agora mesmo apareceu um bicho engraçado no meu travesseiro, eu cutuquei com um pau e ele fugiu. Hoje, fomos no Coqueiro trazer gado alheio que puseram lá. Já paramos vários rodeios e no de São Luiz eu recebi um coice no pé que até agora me dói. Ainda não comemos nenhuma vaca, só ovelha.

No começo, Mathias e eu demos vários tiros com espingarda de chumbinho, mas a vovó não gostava e, agora, não damos mais nenhum. Quando chegamos, havia dois jacarés no açude: um levou um tiro mas não morreu e o outro quebrou o anzol. Nós tínhamos posto dois anzóis, um pequeno e um grande, os dois no mesmo bofe, para ficar firme. Quando ele pegou, nós puxamos e quebrou o anzol menor.

Leocádia está gostando muito de morar aqui. Anda fazendo melhorias numa casa de taquara que a vovó mandou construir no jardim para ela brincar. Está plantando um canteiro de tomates embaixo da janela. Vovó já disse que, quando crescerem, ela não vai poder olhar para fora.

Aqui também está calor, mas não muito, por causa do vento. Eu e Joaquim fomos pescar, pescamos dezesseis peixes, comemos seis, e os outros soltamos porque eram pequenos. Também fomos com os filhos do seu Balbino (os que moram aqui na frente, em Água Bonita) levar uns bois para a outra estância, e eles eram meio brabos. Uma hora um olhou para

Guilhermina (Guilhermina é uma das filhas do seu Balbino), ficou bufando, cavando o chão e fez menção de correr. Ela saiu numa disparada e sumiu, olhei para ver onde elatava e elatava (não é enlatava) a uns quinhentos metros de distância. Não sei como pôde correr tanto. Saiu que nem olhou pra trás e só parou bem longe. Eu até pensei que o cavalo tivesse disparado.

A vovó nos deu uma ideia muito boa: fazermos um teatro. Primeiro precisamos escolher a história. Estamos procurando. Por enquanto, a melhor é O Medalhão. Mathias no princípio não queria, mas agora vai ser o rei e eu vou ser um príncipe.

Desculpa a letra, masestouescrevendoassimdepropósito, paraquetunãofiquespreguiçosolendocartasfáceisdemais. Quero te ver lendo isto duma vez só!

Um abraço e um beijo do Ignácio,

P.S. Já estou bem bom do coice.

Vovó manda perguntar se receberam a carta dela e o telegrama.

Manda umas balas que por aqui não tem.

P.S. do P.S. Tem muita uva.

P.S. do P.S. do P.S. Fim ou finis ou the end.

P.S. do P.S. do P.S. do O FIM (agora é fim mesmo).

José
Escrevo esta nota, aproveitando o espaço na folha, só para dizer que o coice em Ignácio foi coisa sem importância, por cima da bota, não inchou e nem arranhou. Botei logo iodo. Um abraço, Luzia.

Naquele final de março, ao fazer a ronda costumeira pela casa, Luzia pensou ouvir ainda, pelo corredor, os ecos do teatro. Era ali que os ensaios aconteciam; era também ali, naquele comprido corredor semeado de portas, que, em cadeiras alinhadas em duas filas, os espectadores sentavam-se na noite da apresentação. Parte da sala, a que se podia avistar da plateia, servia de palco. O restante eram os bastidores, onde antes, durante e depois do espetáculo havia discussões de última hora que o público, solidário, fingia não perceber.

A sugestão para que encenassem uma peça fora, de início, apenas uma tentativa de mantê-los longe do mormaço durante as horas mais quentes do dia. Nunca imaginara que daria tão certo. Os preparativos, unindo Santa Rita e Água Bonita, atravessaram o veraneio: baús e armários eram revirados na busca frenética por fantasias, travesseiros transformaram-se em barrigas de reis, penas de galos foram enfeitar chapéus de príncipes.

Mathias e Ignácio eram os roteiristas. Os diálogos, um pouco confusos, iam sendo redigidos por todos, ao correr dos ensaios. O papel de rei, desde o início, estava destinado a Mathias por haver, do alto de sua adolescência, "consentido" em participar da brincadeira e porque, afinal, quem parte e reparte... Ignácio precisou disputar com Tiago o papel de príncipe. Disputa acirrada que resultou em dois príncipes, um bom e o outro mau. Beatriz foi dama, Guilhermina, a princesinha Rosalinda. Joaquim, nobre da corte. Miro, um pequeno aio atrapalhado que arrancou gargalhadas ao esquecer todas as falas e não se importar nem um pouco com isso. Leocádia, que seria a bruxa, mediante suborno dado por Luzia ao diretor, transformou-se, num piscar de olhos, em fada.

Procurando na escrivaninha, ela encontrou, lápis de cor sobre cartolina, um dos cartazes:

Sábado, 20 de fevereiro de 1932, estreia de
O MEDALHÃO
a comovente história da princesinha Rosalinda.
Empregados, meia-entrada. Estancieiros, entrada inteira

Imperdível!!!!

Quase um mês desde a grande estreia! O tempo, às vezes, parece que tem pressa. A peça fora um sucesso. Logo ao nascer, a princesa Rosalinda, por um motivo qualquer, perdia-se do rei, seu pai. Depois de passar por muitos sofrimentos, num concurso de bordados, era, finalmente, reconhecida. *Quem é a autora desse bordado?!*, exclamava Mathias, com voz de rei. *Ele é a cópia exata da medalha que dei a minha filha ao nascer!* Essa era a deixa para o emocionante reencontro: *Se é esta a medalha que procurais, Majestade, ei-la aqui, no meu pescoço,* dizia, timidamente, Guilhermina, mostrando o medalhão que dava nome à peça. Choro, abraços, exclamações de júbilo e as portas do palco fechavam-se, sob os aplausos da plateia. Mosa e Justina enxugavam lágrimas.

Verão de 32, um tempo bom que, como tudo na vida, terminara. Tolice, os netos cresciam, novas fases começavam, nem melhores nem piores, apenas diferentes. Retirava o que dissera antes, o tempo não é apurado, vai sempre no mesmo tranco, sem pressa nem vagar. Um outro verão chegaria, um outro teatro.

MEMORIAL RIOGRANDENSE DA LIVRARIA DO GLOBO

Estância Santa Rita

5 DE DEZEMBRO DE 1935
quinta-feira

Cândido levou por conta 4 kg de herva, 4 kg de farinha e uma lata de creollina.

Pegou-se no plantel os touros comprados em número de 65 que foram conduzidos para a Estância do Conde.

João Gregório veio ajudar no serviço.

Délcio e Romalino estão compondo o aramado do Campo da Frente.

Parou-se o rodeio do Fundo para dar sal.

Nenê trouxe uma filha para consultar com Miguelina. Como parecia ser mais sério, com desconfiança de apendicite, mandei levar de caminhão até São Borja.

Contractada dona Alice para rennovar as colchas e cortinas dos quartos dos hóspedes.

Carneado um capão para consumo.

Está resolvido, pensou Luzia supervisionando com um olhar a colocação das travessas, escreveria ao padre Hildebrando convidando-o para passar alguns dias em Santa Rita, no final do mês. Ele viria com prazer, gostava da vida no campo e, acostumado com a gurizada da catequese, não se importaria com o rebuliço dos meninos. Abafada dentro de morros, Santa Maria era insuportável no verão, e ali, na estância, com tanta criança esperando batismo, tantos casais pensando precisar de casamento, um padre, de vez em quando, era necessário.

– Alguém quer mais bife? – perguntou, olhando, com mal-disfarçado orgulho, os netos à mesa do jantar.

– Não, vovó, estou satisfeito – disse Mathias.

– Eu quero – pulou Ignácio, numa fome aflita de adolescente.

– Amanhã Maurílio e o pessoal vão parar rodeio no Angico. Algum interessado?

– Eu – respondeu Ignácio de boca cheia. – Já combinei com o Joaquim.

– Não queres ir também, Leocádia? João Gregório vai mais tarde, no carroção, carregando as bolsas de sal. Podes ir com ele levando o teu cavalo a cabresto e voltar com Ignácio e a peonada. Fica menos cansativo.

– Não sei, vovó, vou pensar, preciso resolver algumas coisas.

Ignácio olhou para a avó. Que coisas teria Leocádia para resolver? Luzia fez que não compreendeu, desviou o assunto.

– E tu, Mathias? Não, já sei: é cedo demais.

– É, vovó, prefiro ficar. Afinal, estou de férias. Trouxe alguns livros... Amanhã não é o dia em que chegam os jornais?

– Sim, o Manujo deve vir bem cedo trazendo a cesta com os jornais. Sobre o que tu gostas de ler, Mathias?

– Estou interessado em política, vovó. Papai diz que, para podermos nos defender, é preciso saber tudo sobre o comunismo. As coisas andam agitadas. A senhora tem acompanhado?

— Claro, há alguns meses só se fala dessa tal de Intentona, ou Levante, o nome muda conforme quem fala. Uma loucura! Fico pensando nas mães desses pobres moços que morreram.

Nesse instante, seios e bunda livres, sob o vestidinho de algodão, a guria contratada para ajudar Mosa entrou com a bandeja. Mathias encompridou os olhos, remexeu-se na cadeira. *Amanhã vou mandar esse menino dar uma volta na cidade com seu Arthur*, decidiu Luzia. *Não quero complicações aqui na estância, nenhum romance de mau gosto. Já tenho coisas demais acontecendo. "Sopeira em que patrão não se ponha nunca cria amor à casa"? Pois prefiro que essa "sopeira" não tenha nenhum amor nesta casa.*

Verão, tempo de vacas gordas e meninos desocupados amando o amor não importa a quem. Tempos perigosos. Era preciso inventar, ligeiro, uma distração. Reatar a convivência com as meninas de seu Balbino talvez fosse uma boa ideia. Como ela sempre dizia: quando se vive numa estância é preciso contar com os vizinhos.

— Lembram como era gostoso o banho na cachoeira em Água Bonita? — perguntou, como quem conversa. — Um dia desses, vocês podiam ir até lá. No verão, os filhos da dona Carmela vêm para a estância: Tiago, Beatriz, Miro, o caçulinha, e tem mais uma, a ... Esqueci o nome da outra menina.

— Guilhermina — murmurou Leocádia. — Ela era a princesa.

— Sim, ela foi a princesa e tu a fada. Lembras?

— É mesmo, vovó, o nosso teatro! — gritou Ignácio. — Tinha quase me esquecido. Lembras do teu vestido de fada, Leocádia? Era todo branco, feito de um lençol da vovó. E da varinha de condão, com estrela de papel prateado, lembras?

Leocádia fez que sim. Mathias entrou na conversa. Logo, recordando, rindo, lembrando da atrapalhação e dos esquecimentos de Miro, os três irmãos conversavam.

— Todos querem doce? — perguntou Luzia, levantando a tampa de cristal da compoteira. Todos quiseram. *Por hoje, a resgatamos*, suspirou.

* * *

Ainda estava escuro quando Ignácio ouviu as batidas ritmadas na veneziana. Devia ser Joaquim. Ontem, haviam combinado que ele o acordaria bem cedo, antes de ir buscar a cavalhada. Maurílio, o capataz, gostava de sair para o campo quando o sol era apenas uma promessa do horizonte.

– Já vou – disse, baixinho.

Vestiu-se em silêncio e foi até a cozinha. Mosa já estava lá, acendendo o fogo do dia nas brasas da noite anterior.

– Caiu da cama, guri? – perguntou com a intimidade dos antigos. – Ainda nem passei o café.

– Não tem importância, dona Mosa. Tomo um copo de leite e pronto.

– Que esperança! Saco vazio não para em pé. Te acomoda, não é sangria desatada.

– Mas o pessoal já está saindo, dona Mosa! Se me atraso, vou ter que ir abrindo porteira.

– Te faço um farnel e tu vai comendo na viagem – ela disse, lambuzando de manteiga e mel duas grossas fatias de pão caseiro.

Chapéu posto, levando, numa das mãos, as fatias empilhadas, e, na outra, o rebenque, Ignácio correu para o galpão. Os peões já haviam saído. Encontrou a égua rosilha, encilhada, embaixo do ipê. Em poucas dentadas, engoliu o pão, lambeu os dedos. Se chegasse comendo, Maurílio, com a familiaridade que lhe dava o posto de capataz, diria *mas e que tal a merenda, seu Ignácio*, como se ele fosse um guri. Seria a deixa para a peonada rir. Não faziam por mal, estavam sempre inticando uns com os outros, era o jeito de se divertirem.

Com as mãos agora livres, sem rastros do farnel, montou, de um salto. Assim que dobrou a curva da mangueira, à luz de um sol mal-apontado, avistou os homens, linha ondulante de chapéus, no correr dos eucaliptos. Alcançou-os com facilidade. Sofreou a montaria com um pouco mais de força que o necessário, queria que empinasse. A rosilha fez a vontade do dono: exibiu-se, faceira.

– Boa tarde, seu Ignácio – disse Maurílio, rosto sério, olhos derramando riso. – Pensei que tinha desistido.

Os outros sorriram. Ignácio fingiu não ter ouvido, envergonhava-se pelo atraso, coisa de *baiano*. Fazendo o cavalo entrar no ritmo, alinhou com os demais. O Angico era longe, não convinha cansar a montaria. Com o rabo dos olhos observava os peões, tentava imitá-los no jeito displicente mas atento de segurar a rédea, na forma de deixar balançar o corpo no trote, como se dançassem. Montar todos os dias não era o mesmo que montar nas férias. Uma dor fininha começou a doer-lhe o lado esquerdo. *É do baço*, Maurílio lhe diria se reclamasse, *respire fundo, seu Ignácio*, e, lançando sobre o ombro um sorriso zombeteiro, seguiria adiante sem diminuir o tranco. Nem morto se queixaria.

No paraíso com Beatriz

Como se a cadeira de lona o espetasse, Ignácio remexeu-se, inquieto. Acatando a sugestão de vovó Luzia, ele e Joaquim haviam decidido ir até Água Bonita para o banho de cachoeira. Pensaram que a conversa seria rápida. Falariam com seu Américo, o capataz, pediriam licença e tudo estaria resolvido. Mas, em vez do capataz, encontraram seu Balbino e, agora, presos às cadeiras da varanda, bebendo um suco de uva doce demais, respondiam às perguntas indagadeiras de dona Carmela. Na verdade, Joaquim respondia, porque Ignácio, atordoado, não conseguia tirar os olhos de dentro de outros olhos, os mais bonitos que já existiram, e que, por detrás de uma coroa negra de cílios recurvos, o encaravam também.

– Mas me contem, guris, como vai dona Luzia? Estou para ir fazer uma visita, o tempo vai passando e, com esse calor, não me animo a sair de casa.

– A vovó vai bem – respondeu Ignácio, com a certeza de que, para não parecer imbecil, precisava acrescentar alguma coisa àquele *vovó vai bem,* só não atinando no quê.

Joaquim veio em seu socorro:

– Dona Luzia vai bem, dona Carmela, graças a Deus, só muito preocupada com a estiagem.

– Pudera! Está uma coisa por demais! Aqui em casa, não fosse o poço e o Butuizinho, que não secam nunca, não se teria água nem para fazer um chá. Dizem que lá por Uruguaiana o pessoal anda tropeando no corredor e até abrindo as porteiras, deixando que o gado vá buscar água onde encontre. A esperança é que esse vento norte traga alguma chuva.

— Deus lhe ouça, dona Carmela. Lá em Santa Rita, o açude da Frente está quase seco, e o poço do Tacuru já secou. Dona Luzia e dona Mosa passam rezando, pedindo que o tempo mude. Bueno, agora, se a senhora nos der licença, sem querer fazer a parte do cachorro magro, nós já vamos indo, não é, Ignácio?

— É.

— Vão com Deus, e deem lembranças minhas à dona Luzia, digam que, qualquer hora dessas, eu crio vergonha e apareço.

Ao ver-se livre da cadeira, Ignácio, numa pressa sem razão de apuro, tocou o cavalo a galope até o arroio. Mal chegado, arrancou bombachas e camisa e se foi à água, feito capincho. Nadou por um bom tempo. Ofegante, sentou-se na corredeira. Deixou-se ficar, olhando o nada, até que, num risco de olho, reparou no riso quieto de Joaquim. Os dois desataram numa gargalhada e, falando de tudo, menos do que havia acontecido na varanda, nadaram, apostando carreira. À tardinha, num trote manso, voltaram para casa.

Naquela noite, e nas que a seguiram, Ignácio dormiu mal. Não conseguia esquecer Beatriz e, no entanto, tímido, sem desculpa convincente, não se animava a voltar. Luzia o tirou do sofrimento. Informada de que dona Carmela estava na estância, decidiu ir vê-la. Pelo correto, a iniciativa cabia à outra, que era mais moça, mas a morte recente de dona Setembrina, a mãe de seu Balbino, autorizava a inversão. Sendo visita de pêsames, sem abrir mão da dignidade, ela podia e até devia ir até Água Bonita. De imediato, Ignácio ofereceu-se para acompanhá-la. A presteza com que se dispôs o denunciou. *É Maomé quem deve ir à montanha,* pensou Luzia, *mas, se o primeiro passo já foi dado, é melhor para todos que a montanha vá logo a Maomé.*

À tarde, depois da sesta, acompanhada por um solícito Ignácio e uma emburrada Leocádia, levando nas mãos um bolo, receita especial de dona Mosa, ela foi festivamente recebida em Água Bonita. Buscando a fresca, levaram as cadeiras para a sombra do arvoredo. O vento norte trazia, do pomar, um cheiro de pêssegos maduros.

— Sempre invejei suas frutas, dona Carmela. Em Santa Rita, por mais que mande capinar, elas dão mirradas. Deve ser porque, ao redor da casa, o chão é pura pedra.

— Pois aqui, este ano, os pêssegos deram que foi uma temeridade. E doces por demais. Os figos também. Beatriz, Guilhermina, vão apanhar umas frutas para a dona Luzia.

— Não se incomode, dona Carmela.

— Incômodo nenhum! Maneira de lhe retribuir o bolo. Prato, não se devolve vazio, a senhora sabe.

— Bem, então, agradeço. Por que não vais ajudar as meninas, Ignácio?

E foi dessa forma que, tendo ao fundo o som reconfortante da conversa da avó, Ignácio lembraria para sempre do pomar em Água Bonita como de um confuso e penugento paraíso, com cheiro de pêssego maduro e titica de galinha, onde a ordem era inversamente proporcional à fartura.

Ao redor do tal poço inesgotável referido por dona Carmela, cuidados pelas mãos de ninguém ou de um deus desconhecido, o que, bem no fim, dá no mesmo, vicejavam em alegre tumulto: margaridas, alecrim, manjerona, manjericão, boldo, erva-cidreira, capim-cidró, salsa e cebolinha. Recostadas às sombras da casa, hortênsias floresciam suas indecisões rosa e azul. Estranhas galinhas d'angola, alvas e gordas Leghorn, patos, marrecos e saracuras ciscavam a terra vermelha num trabalho paciente de adubação constante. Sobre os pessegueiros de galhos longos e verdes rebuscados, a penugem dourada das coxas de Beatriz misturava-se à dos pêssegos maduros.

— Vem, chega mais perto, se derrubar, machuca — ela dizia, estendendo-lhe, lá do alto, as frutas e demorando as mãos nas dele um pouco mais do que o necessário.

Desde essa tarde, pelo resto daquele verão, o trânsito entre Água Bonita e Santa Rita foi intenso. Até mesmo Mathias, que a princípio desprezara a companhia, classificou como promissores os seios de Guilhermina, fazendo Ignácio agradecer a Deus por ter dado, a cada homem, cobiças diferentes. Como dizia dona Mosa:

gosto não se discute, afinal, por incrível que pareça, nem todos gostam de chuchu.

* * *

Das mãos aos lábios, das coxas aos seios, num crescendo que os deixava ao mesmo tempo exaustos e insaciados, Ignácio e Beatriz, a cada dia, ousavam um pouco mais. O resultado foi que, enquanto ela sonhava, ele passou a ter insônia, e essa insônia salvou Santa Rita. Aconteceu dessa forma, depois se soube, quando cada um contou o que sabia.

Há três dias, o cheiro ensandecido dos jasmins e o vento norte espalhavam prenúncios de chuva. Todos esperavam. Sem conseguir dormir, Ignácio foi até a varanda. Alongou os olhos pelo jardim. *Talvez chova nesta noite*, pensou, ouvindo o choro do vento nas casuarinas. Era bonita a estância assim, descabelada. Mas e o que seria aquele vermelho logo ali, depois das árvores? *Fogo?*, murmurou, primeiro, aparvalhado. *Fogo!*, gritou ao reparar a proximidade do clarão contra o qual o escuro desenhava-se. Dando-se conta do perigo, correu ao sino de bronze na extremidade da varanda: as badaladas acordaram a estância.

Luzia foi a primeira a chegar. Em tempo de seca, fogo no campo se apagava a toda hora, mas esse era diferente. Atiçado pelo vento norte, já lambia as primeiras árvores do arvoredo, ameaçava a casa.

– Veste Leocádia – ordenou a Miguelina que, como sempre, viera ajudar Mosa durante o verão. – Deixa ela comigo, chama os meninos e vai ajudar o pessoal. Hoje, vamos precisar de todos.

Por precaução, dois tonéis cheios d'água eram mantidos sempre na carroça. Atrelar o cavalo e levá-los até a borda do fogo foi questão de minutos. A peonada, sob as ordens de Maurílio, começou a luta. Miguelina, fazendo a sua parte, entregou a Mathias e Ignácio os sacos de aniagem.

– Molhem bem e batam – ensinou. – Não cheguem perto demais das macegas altas.

Em minutos, uma fila ondulante de pessoas formou-se na extensão do fogo. Viajando no vento, o toque do sino alcançou Água Bonita. Pelo clarão, seu Balbino percebeu a gravidade. Veio com a família, Américo e alguns peões, trazendo mais tonéis. Seu Arthur e Acácio, o capataz, vieram da Estância do Conde. Todos sabiam o que fazer.

No Quarto dos Santos, Luzia, dona Carmela e Mosa rezavam por milagre. Leocádia, assustada, agarrava-se à avó. O vento não tomava partido, ao mesmo tempo em que incentivava o avanço do fogo, movia as pás do moinho e fazia a água jorrar com força, enchendo os tonéis com rapidez. Com panos molhados amarrados ao rosto, braços e pernas pretos de fuligem, suportando como podiam a fumaça, o calor e as chispas, todos lutavam nas macegas. O fogo espalhava-se para além da linha, as primeiras árvores do jardim arderam. Em meio ao crepitar, podia-se ouvir o grito das caturritas no incendiar dos ninhos. O ar se agitava no voo de corujas e morcegos.

— Vamos cavar uma fossa ao redor da casa — alguém lembrou.

— Não adianta, teria que ser muito larga, o fogo anda aos saltos. Tirem dona Luzia de lá, agora, é mais seguro no galpão — comandou Maurílio.

Batendo no capim, atirando baldes d'água, todos trabalhavam lado a lado. Das silhuetas desenhadas contra as chamas saíam ordens desordenadas: *água, mais água, leva o tonel, traz outro, aqui...*

— Molhem as roupas. As mulheres, prendam os cabelos — gritou Miguelina. — Tem muita fagulha, arrisca pegar fogo.

Protegida no galpão, Luzia pensava: *está fora de controle. Desde que ninguém morra*, consolava-se, agarrada ao terço. No campo, Miguelina rezava também, ao jeito dela: *Santa Rita, que pouca vergonha! Afinal de contas, a estância tem o seu nome!*

A Noite do Grande Fogo, assim entrou para a história e para o Livro da Fazenda, esse incêndio. Aqui, as narrativas divergem: uns dizem que foi Santa Rita, outros, que Santa Luzia, padroeira da proprietária, outros, ainda, que foi apenas sorte. O que se sabe, com certeza, é que, quando já se dava o sobrado por perdido, como se alguém dissesse agora chega!, o vento sossegou e a chuva caiu. Um urro de alívio se alçou no ar, vindo de todas as bocas.

    Dona Mosa – repetindo baixinho *Hosana nas alturas!*, que ela não sabia bem o que era mas que, com certeza, tinha a ver com alívio e alegria – fez chá de laranjeira. Tomaram na varanda, aproveitando a fresca. Sujos de terra e fuligem, empapados, roupas grudadas ao corpo, Beatriz e Ignácio abraçaram-se no jardim. Aqui também se confundem as narrativas: nenhum dos dois soube dizer quem deu o primeiro passo, mas o que fizeram no galpão da tosa, sobre os sacos de lã, ouvindo, de muito longe, vozes e risos do pessoal da casa e da peonada, eles jamais esqueceram. Na varanda, só Luzia e Miguelina notaram que faltavam dois. Nada a ser feito: se focos de incêndio queimavam, era preciso apagá-los.

Mas sempre havia um jacaré

Nos últimos dias daquele janeiro, atormentado pelo zunido constante dos mosquitos, sentindo o corpo abafar dentro do pijama, padre Hildebrando, paciência e castidade presas por um fio, lutava para não perdê-las. Viera para descansar. Ler os muitos livros adiados, discutir política com a anfitriã – o que era sempre estimulante pois trilhavam sendas opostas –, comer e beber de forma civilizada: isso esperava fazer em Santa Rita. O que encontrara? Trabalho e tentação: as mesmas boquinhas rosadas, os mesmos hinos, os mesmos inocentes pecados sussurrados a meia-voz pela treliça do confessionário. Como se não bastasse, havia, ainda, o bulício constante dos netos de dona Luzia e as pernas quase nuas das filhas do seu Balbino. *Deus estará me pondo à prova?*, perguntava-se, insone.

Abraçado ao travesseiro, via repetirem-se as imagens de uns lábios, a linha de uma garganta, um pequeno sexo sem pejo, apenas imaginado mas ressurgindo sempre, afastando o sono, impondo seu domínio. Precisava encontrar uma saída. *Se ao menos pudesse ler*, pensava, sob o mosquiteiro. Acender a vela de nada adiantaria, seria pior. A luz, ainda que escassa para leitura, atrairia uma infinidade de cascudos e mariposas. De repente, como por obra do Divino Espírito Santo, lembrou-se de ter visto uma lanterna na gaveta da mesinha. Estava salvo!, aquela simples lanterna abria-lhe a possibilidade de uma caminhada. Vestiu-se e, pelo trilho do gado, foi até o açude.

Bem no fim, a lanterna foi quase desnecessária. Uma lua enorme, antes vermelha, tornara-se translúcida e clareava o campo.

Recostado às pedras ainda mornas da taipa, padre Hildebrando tentou esquecer de si mesmo, pensar apenas na beleza que o rodeava. De algum lugar, um corujão de orelha lançou seu silvo. Uma brisa crespa alvoroçou o açude, fazendo correr sombras de nuvens. Um peixe pulou, esparramado. Num impulso, o padre apontou a lanterna. Viu o rastro tardio na água que afundava e viu também, imóveis sob a escuridão, os olhos de um jacaré.

    Ergueu-se de um salto, tomado de susto. Não temia o bicho – sabia que não era agressivo, matava apenas para comer e devia estar saciado – temia a metáfora. Quem dera pudesse ter o seu olhar menino, que não ia além do que era mostrado. Infelizmente, não o tinha mais. Seus olhos, agora, ultrapassavam o meramente visto, faziam associações, acrescentavam ao percebido o que talvez sequer estivesse lá. Foi assim que, contra qualquer razão, teve a certeza de que aquele olhar o observava. Fora Deus quem o havia feito encontrar aqueles olhos. Através deles, o Criador queria dizer-lhe alguma coisa. Ali, naquele corpo oculto do qual emergiam apenas os olhos, pulsava um mistério.

    Desde essa noite, lutando contra o medo de cobra e touro bravo (embora lhe assegurassem que, perto da sede, todo gado era manso), padre Hildebrando, depois do jantar, vencia as poucas centenas de metros que separavam o açude da casa e passeava o facho de luz sobre o negrume da água até encontrar os dois pontos luminosos. Como que hipnotizado, acompanhava seu deslocar.

    Tentou falar a respeito com dona Luzia.

– Por que o senhor não tenta pescá-lo com bofe de ovelha? Nunca se sabe, talvez tenha sorte.

Padre Hildebrando ficou chocado. Dona Luzia não tinha a menor ideia do que estava dizendo. Como pescar com bofe de ovelha um recado de Deus? Mathias, no entanto, achou a sugestão interessante. As noites em Santa Rita podiam ser bastante monótonas. Convidou Ignácio, Tiago e as meninas do seu Balbino e, desde então, para desespero do padre, os adolescentes adonaram-se do açude.

– Usam o jacaré como desculpa – Hildebrando informou à dona Luzia, tentando reconquistar sua solidão à beira d'água.

– Deixe, padre, estão na idade, há coisas bem piores – foi a resposta desesperadora.

Sem outra alternativa, padre Hildebrando conformou-se em repartir o jacaré. Lutando contra o sono, aguardava, no abafamento do quarto, a volta dos meninos para, só então, solitário, ir ao açude meditar, tentar compreender a mensagem.

As possibilidades eram muitas. Aqueles olhos *crocodílicos*, de pálpebras fixas, inseriam, na vida móvel e exuberante das águas, a rigidez da morte; traziam àquele mundo líquido, repleto de pequenas existências sobrevivendo umas das outras num abocanhar constante e mútuo, a fixidez da tumba. Cercados de vida, morremos todos os dias, morremos sempre, em cada coisa, morremos pela vida afora, seria essa a mensagem? Seriam aqueles olhos um *memento mori*? Fosse apenas isso, estava tudo bem: a morte não assustava padre Hildebrando. Mas e se não fosse?

Espantado com a própria audácia, um frio nervoso a percorrer-lhe o corpo, padre Hildebrando deixava seu pensamento ir além: preso ao submerso, ao que não se deixa ver, aquele era o olhar do Invisível, e o Invisível é Deus, um Deus que não olha, espreita; um Deus que, para viver, precisa devorar o homem, desvendar sua culpa, puni-lo. Ou seja, aqueles eram os olhos de um Deus-jacaré traiçoeiro, imóvel, atento, pronto para dar o bote. Blasfêmia? Não, não havia blasfêmia, apenas uma metáfora. Sim, em parte. Pensar num Deus-jacaré podia ser metáfora, simbolização, mas pensar num Deus que espreita e quer devorar o homem, isso é blasfêmia, repreendia-se, terço na mão, trilhando a taipa.

Havia ainda que pensar numa terceira possibilidade. Através daquele animal, não estaria Deus advertindo-o sobre a sedução? Todos sabem que é através dos olhos que a sedução ocorre. *Para um cristão, o visível nada representa, é reflexo, apenas, do divino*, insistia. Por mais que se esforçasse, porém, não conseguia convencer-se. Por mais que buscasse o mundo das Ideias, detinha-se na carne. Impossível negar. Para sentir-se vivo, ele, pecador, precisava desse mundo instável, apaixonado, que perturba a alma. Não podia ignorá-lo, fingir que não existia. Seus olhos eram gulosos, queriam sempre mais. Seria isso, então? Através daquele jacaré Deus estaria apontando seus pecados? Dizendo: *Cuidado, estou em ti. Mergulhado no caos do teu desejo, meu olho infinito te observa.*

A cada noite, a ansiedade, a sensação de estar sendo invadido e a certeza de uma punição próxima aumentavam. Dividido entre a necessidade de partir em busca de orientação espiritual e as obrigações assumidas com dona Luzia quanto a casamentos e batizados, padre Hildebrando angustiava-se, até que, numa noite, divino ou não, o jacaré morreu.

A morte não foi intencional. Na esperança de pescar algumas traíras, Friedrich, um gringo bigodudo lá da Encruzilhada, deixou, no açude, anzóis de espera iscados com rãs vivas. Voraz, o jacaré engoliu tudo: anzol, isca e até a chumbada. Dona Luzia, que jamais deixaria passar em brancas nuvens a possibilidade de variar o cardápio, aproveitou o petisco. No almoço de domingo, padre Hildebrando desmanchou-se em elogios. *Que peixe era aquele tão branco e saboroso?* Quando soube, era tarde demais: havia comido e gostado.

– Do jacaré só se aproveita o rabo, o resto vai fora. A carne é rija, um pouco insossa, mas cozida em fogo brando, com muita cebola, tomate e manjerona, fica assim deliciosa – explicava a anfitriã.

Alice e um arranjo perfeito.
São Borja, março de 1936

A poeira grossa sobre o estampado do vestido, o calor fazendo o ar estremecer. Para Alice, nada disso importava: dona Luzia precisava de cortinas novas e a mandara chamar. *Muitas janelas, muitas medidas, seria mais prático se viesse até a estância,* havia escrito no bilhete. João Carlos não ousou proibir, dona Luzia era cliente importante. E assim, ali estava ela, de mãos dadas com Arthur, sacolejando no Ford rumo a um arranjo perfeito: ficariam em estâncias diferentes, ela, em Santa Rita, ele, na Estância do Conde, onde morava. Ninguém podia dizer que estavam juntos, bastava ter cuidado.

Só de imaginar os beijos sem hora marcada, os abraços roubados à ocasião, Alice arrepiava-se. Agora andava assim: despudorada. Logo ela, que sempre fora tão cordata. O pior era que, feito a bainha desmanchada de uma anágua, esse despudor começava a dar na vista e a atrair o olhar dos homens. João Carlos e Arthur andavam enciumados. João Carlos, ela até compreendia, afinal, era o marido, mas Arthur? Ciúmes mais fora de propósito! Se ela fazia sexo com o marido? Que pergunta inconveniente. Estava casada; quanto a isso, nada mudara. O corpo frouxo, a mente noutro lugar, ela, como sempre, apenas deixava acontecer sem opor resistência. Era assim que ocorria mas, enquanto Arthur não se decidisse, enquanto ficasse nesse chove não molha, ela não era obrigada a contar detalhes. Um detalhe havia, porém, que ela precisava contar: o banco promovera João Carlos; logo iriam de muda para Santa Maria.

É o primeiro degrau, Alice, o marido anunciara, eufórico, servindo a ela um cálice de licor; um só, para comemorar. Brindou com sinceridade. João Carlos merecia a promoção. Como diziam todos: tinha futuro no banco, e ela, se deixasse a vida seguir seu rumo, seria um dia, com certeza, a infeliz esposa de um dos diretores do Banco da Província. O catecismo estava certo: a estrada mais fácil leva à perdição. Se nada fizesse, se apenas respirasse, estaria perdida e todas as amigas a invejariam: teria uma boa casa, belas roupas, serviçais. Contra tudo, porém, e contra todos, ela não queria apenas respirar. Depois que conhecera o amor do meio-dia, hora luminosa de demônios, quando as coisas, mesmo as mais banais, inundam-se de beleza, não podia voltar atrás.

Ainda que difícil de enfrentar, por um lado, a notícia da transferência vinha em boa hora: criava uma encruzilhada, rasgava roteiros, repartia a vida em dois, obrigava Arthur a escolher. Aproveitaria esses dias em Santa Rita para conversar seriamente com ele. Uma conversa definitiva. Daria um prazo. Seria firme. Seria? Já tentara antes. Sabia de cor todo o diálogo, as juras, as súplicas, as promessas. *Por favor, tem paciência*, Arthur lhe diria com olhos rasos d'água. Como assim paciência, se nem casado ele era? O que o impedia de se resolver? Dessa vez, não aceitaria nenhuma desculpa. Dessa vez, estava resolvida, seria inflexível. Teria coragem? Não, não teria. Arthur falaria muito, repetiria as palavras de sempre, nas quais, com fervor agradecido, ela acreditaria. Preferia ser enganada a encarar o fim.

Havia dias em que chamava a si mesma de idiota. Convencia-se de que ele era apenas um grande safado, um mentiroso. Aos primeiros beijos, acalmava-se. Sendo solteiro, livre para escolher, por que se arriscaria com ela, não fosse por amor? E as promessas, as cartas, os poemas, o desespero a cada vez que ela ameaçava terminar? Tudo isso não podia ser apenas fingimento. Ou podia? Do jeito certo, ninguém os acusaria. Se o adultério caísse na boca do povo, aí sim, não tinha mais conserto. A paixão era inevitável, o escândalo, não. E se fizesse uma promessa para Santo Antônio? Não, isso estava fora de cogitação: o santo era casamenteiro, chamado para ajudar em caso de adultério, podia até embrabecer.

Logo depois da porteira de Santa Rita, na beira do açude florido de aguapés, foi bem ali que Arthur estacionou o Ford. Sem saber que estava por um fio, segurou as mãos de Alice, mordiscou as pontas dos seus dedos, beijou as palmas e lambeu as linhas da vida e do destino tentando, quem sabe, emaranhá-las.

Nem promessa e nem conversa, decidiu Alice, olhando o amante, de través. Não falaria agora. Daria a si mesma o prazer daqueles dias. Quando voltasse a São Borja, mandaria uma carta contando da transferência e dizendo que, ou Arthur se decidia, ou era ponto final. Sim, uma carta. Mentalmente, começou a escrever. *Meu querido Arthur...*, não, meu querido não, apenas Arthur, afinal, estaria terminando, *Arthur...*

MEMORIAL RIOGRANDENSE DA LIVRARIA DO GLOBO
Estância do Conde

25 DE MAIO DE 1936
segunda-feira

Escrevo por conta do seu Arthur que tirou uns dias.
Parado rodeio do Cervo (4) e Forqueta (6) para dar sal.
Banhado o gado do potreiro do Tacuru.
Nos rodeios do Fundo e Meio deu-se reccoluta ao capataz do seu Balbino
– 13 rezes.
João Gregório trouxe uma carga de lenha.
Astrogildo sahiu de peão Recebeu   20$400

Carneado um capão para consumo.

Seu Acácio, capataz da Estância do Conde, gente dos Siqueira desde guri, e agora também dos Menezes, orgulhava-se de duas coisas: saber-ler-escrever-e-fazer-conta e dormir com o olho esquerdo sempre aberto. Aos que duvidavam, a mulher dele, dona Santa, confirmava: mesmo roncando no mais profundo, o olho esquerdo, seu Acácio jamais fechava. Podia ser mentira, ou até, coitado, podia ser defeito, não importava, o que corria pelo povo, em sistema de *diz-que*, combinava com o que o seu Acácio queria que dissessem: ele tem um olho sempre a postos. O emprego de capataz na Estância do Conde, um pouco, tinha certeza, derivava dessa fama.

Talvez por isso estivesse tão nervoso. Pela primeira vez, apesar do olho atento, não conseguia atinar com a razão de um acontecido; desconfiava que fosse rabicho com china, mas podia também ser mau-olhado: um vivente nunca sabe quando tem inimigo. Fosse o que fosse, o certo era que, desde a semana retrasada, seu Arthur andava para lá de sorumbático; voltara da cidade naquele jeito e não se aprumara mais.

Seu Acácio fez o que pôde: mandou dona Santa fazer chá, tentou puxar desabafo, chamou dona Miguelina para benzer. Nada adiantou. Pelas dúvidas, e por já terem passado duas semanas, era melhor escrever avisando o patrão, aproveitava para mandar um recado de dona Santa para dona Justina e informar ao doutor que uma irmã do seu Balbino estava vendendo uns hectares lá na Água Bonita. O capataz deles, quando veio fazer a recoluta, deixou escapar. Escrevesse hoje, aproveitava a ida do concunhado até Santa Maria. Sentando-se à mesa, tirou o caderno da gaveta e escreveu:

Estância do Conde, 25 de maio de 1936

Doutor José

Saúde a todos é o que desejo. É portador desta o meu concunhado Felipe de Souza que vai consultar e leva relatório e demais papéis da Fazenda faltando folha do mês por não estar aqui o seu Arthur para assinar. Não sei o que deu no moço. Estava são de lombo e se estropiou. Passava só deitado. Preguiça não era que o homem é trabalhador. Chamei a dona Miguelina que benzeu e receitou. Por recomendação dela seu Arthur tirou uns dias. Está na chacrinha. No mais vai tudo mais ou menos. O seu João Gregório levou 26 bolsas de lã em duas carretas uma é da fazenda e outra é frete que arrumei com dificuldade. Deu aftosa fraca. Foi banhado o gado dos três potreiros contra o carrapato. Como o senhor pediu aviso. O seu Américo me falou em confiança que com a morte da dona Setembrina o pessoal da Água Bonita está com intenção de vender uns hectares. Acho que já lhe expliquei tudo o senhor veja se está bem conforme. Sem outro fim aguarda vossas ordens o empregado

Acácio Trindade Viana
Tuco

PS – A Santa manda dizer para a dona Justina que vai junto um par de sandálha e pede que leve na loja e troque pelo número 37 porque na pressa ela pegou errado o número 35. A nota vai com a sandalha. Se o senhor fizer o obséquio de entregar a sandálha para a dona Justina agradeço. É favor mandar a número 37 da sandalhia na próxima cesta. Muito agradecido assina o seu empregado

Acácio Trindade
Tuco

Sentado à escrivaninha, em Santa Maria, José leu o bilhete e preocupou-se. E essa agora? O que estaria acontecendo com Arthur? Se era doença, por que não mandara ele mesmo um telegrama avisando? Acácio era bom capataz, de confiança, só que muito alçado, gostava de dar o passo maior que as pernas, ir além da competência. Melhor dar uma chegada na estância ver como andavam as coisas. O olho do dono sempre engordou o boi. Aproveitava pra ver Leocádia e, prazer maior, Miguelina.

Que estranho feitiço há nessa mulher?, pensou, sentindo o corpo eriçar-se. Poucos dias depois da morte de Clara, apesar da culpa, já a desejava com intensidade alarmante. Junto de Miguelina, a vida como que se decantava: toda a borra, a sujeira, os detalhes pouco importantes separavam-se do essencial. Discreta, nunca tomava a iniciativa de um encontro. Mesmo assim, mesmo insistindo em manter-se apartada, tornava-se cada vez mais presente e necessária. Nada pedia, relutava até mesmo em receber ajuda nas despesas com Joaquim. Numa fisgada de remorso, recordou que precisava fazer algo por aquele menino, mandá-lo para o patronato em Uruguaiana, providenciar para que tivesse estudo. Não era fácil. Sendo, oficialmente, apenas mais um de seus muitos afilhados, como ajudá-lo sem levantar suspeitas? Já eram meio parecidos, fizesse alguma coisa maior, todos juntariam dois mais dois. Não importava, era seu filho, pensaria em algo.

— Com licença, doutor — interrompeu a empregada —, está aí um senhor do banco, diz que marcou hora, por telefone.

José examinou o cartão que Justina lhe estendia.

> Banco da Província
> <u>João Carlos Rodriguez</u>
> subgerente

Lembrou-se do telefonema. Realmente, o moço tinha marcado hora. Viera transferido de São Borja. Talvez o conhecesse, ainda que raramente fosse à cidade e os assuntos burocráticos ficassem por conta de Arthur.

– Manda entrar, Justina – disse, abotoando o paletó e ajeitando os papéis sobre a escrivaninha. Embora soubesse que os gerentes dos bancos só o procuravam porque não precisava deles, não custava receber o homem.

– Boa tarde, doutor José. Sou o novo subgerente da filial do Banco da Província em Santa Maria: João Carlos Rodriguez, seu criado. Vim transferido de São Borja. Não sei se o senhor se recorda, mas já fomos apresentados por seu administrador, seu Arthur.

– Claro que me lembro, seu João Carlos. Tome assento. E então, como está lhe tratando Santa Maria da Boca do Monte?

– Muito bem, doutor, muito bem. Minha esposa Alice e eu estamos gostando muito daqui. Aliás, sem querer ser inconveniente, ela insistiu para que eu lhe transmitisse seus respeitos e lhe entregasse este cartão. Alice é modista, costumava servir à sua senhora, que Deus a tenha, bem como à dona Luzia, sua digníssima sogra. Chegou a hospedar-se algumas vezes em Santa Rita; a trabalho, claro.

– Pois agradeço o cartão e também mando a ela meus respeitos. O senhor toma alguma coisa, seu João Carlos? Um mate, um café?

– Não, doutor, não precisa se incomodar. Mas se o senhor tiver alguns minutos, gostaria de lhe oferecer nossas novas linhas de crédito para financiamento da lavoura, aquisição de matrizes...

José acenava, concordando sem ouvir. Livre de qualquer interesse em empréstimos, pousava sua cabeça noutra preocupação: o que estaria acontecendo com Arthur? Acácio tinha razão, ele não era preguiçoso nem se entregava fácil. Para ter abandonado o serviço, devia ser algo muito sério. Tomara não fosse doença grave. Os sintomas, esse desânimo vindo assim, do nada, faziam lembrar melancolia, mas Arthur não era um homem melancólico.

Quieto, sim. Triste, talvez. Melancólico, não. Que aborrecimento! E logo agora, que precisava ficar em Santa Maria acompanhando os meninos. Não importava, era melhor ir até a estância por alguns dias. Organizava as coisas, via Miguelina, verificava o que havia de verdade no aviso do Acácio sobre a venda de uma parte de Água Bonita. Faria uma visita de pêsames ao seu Balbino. Tempo de inventário é sempre boa hora de comprar.

* * *

Alguns dias depois, com paciência e até com simpatia, José escutava dona Carmela, sentada ao lado do marido, narrar os últimos momentos de dona Setembrina, mãe do seu Balbino. Tentando acomodar-se o melhor possível numa das incômodas cadeiras da sala, calculava de cabeça quanto poderiam valer os campos de Água Bonita. Obedecendo aos bons costumes, permaneceria em silêncio compungido pelo tempo adequado ou até que alguém dissesse: *coitada, descansou.*

– Coitada, descansou – disse, afinal, dona Carmela e, suspirando, pediu licença para providenciar no mate.

Cumprida essa primeira etapa, os dois homens discorreram sobre os assuntos de praxe: o preço do boi e da lã que só baixavam (a lã então!, nem pagava!), a aftosa (que tomara desse fraca), a sarna (que, de tanto o rebanho se coçar, terminava por consumir também com os aramados). Logo, arrastando as chinelas de couro, dona Carmela voltou. Alcançou a cuia, deixou sobre o banquinho de timbaúva a chaleira e pediu licença novamente: precisava reparar o pão. Mate na mão, José pôde, enfim, abordar de forma direta a questão principal.

– O senhor veja, seu Balbino, a situação não está fácil para ninguém. Cada vez mais, estância exige sacrifício e o que se consegue tirar, comparado com o capital empatado, é muito pouco. Eu, pessoalmente, só entrei nesse negócio porque minha finada esposa tinha recebido os campos por herança. Continuo, por respeito a dona Luzia. A família, às vezes, nos leva por caminhos onde não se quer andar. Por falar em família, outro dia, em Porto Alegre, cruzei com uma das suas irmãs. Ela não me viu, ia meio apurada. Como vão todos? Seguem morando na cidade?

Seu Balbino lançou sobre José um olhar de viés. O que ele desconfiava confirmava-se: a notícia de que as irmãs queriam vender espalhara-se feito fogo em macega. Se pudesse, comprava ele a parte dos outros. Não podia, o dinheiro não alcançava. Entre vender para estranhos ou para o doutor, melhor o doutor, que já era lindeiro de muito tempo e bom lindeiro. Quem sabe, negociando direito, para aligeirar o inventário, além de pagar o preço, o doutor José se responsabilizava também pelas despesas, conjeturou, tornando a encher o mate.

— Meus irmãos todos seguem na cidade, doutor José. Aqueles nunca quiseram saber de estância. Para lhe falar a verdade, ando pensando em comprar a parte dessa irmã que mora em Porto Alegre. Depende de quanto ela vai querer pelo hectare.

— O senhor já tem uma ideia?

— Não ainda. O senhor sabe, esse negócio de inventário é coisa demorada, tem que fazer a avaliação, pagar advogado, agrimensor. Com dinheiro curto, é coisa para muitos anos.

— Bueno, seu Balbino, no caso de sobrar algum campo que o senhor não queira, desde que junto dos meus e por preço justo, sou capaz de me interessar. Quanto a apurar o inventário, sempre se pode dar um jeito.

Nessa hora, uma menina de olhos mansos e sorriso de Nossa Senhora os interrompeu:

— A mãe mandou trazer esses bolinhos de coalhada e saber se estão precisando de mais alguma coisa.

— E essa moça bonita quem é? – perguntou José.

— Pois essa é Beatriz. Veio passar uns dias para ajudar Carmela a arrumar as coisas da avó. O senhor sabe como são essas coisas, é preciso decidir a quem dar as roupas, os objetos de uso. Minha mãe não era de luxos, mas alguma coisa sempre se tem. Beatriz é a minha guria do meio. Se bem que seja difícil dizer qual é a do meio, pois se são quatro ao todo, no meio tenho duas, ela e a Guilhermina – riu-se Balbino, coçando o queixo. Sempre ficava sem jeito quando se animava a fazer graça.

Apresentada, Beatriz pediu a bênção. Recostada à cadeira do pai, deixou-se ficar algum tempo, especulando a conversa, querendo saber de Ignácio. Vendo ser assunto sem nenhum interesse, murmurou um *com licença* e entrou. Gostava de Ignácio, mas não podia ficar assim, namorando por carta. Haviam terminado, no final do verão. Ciumento, ele não se conformava com a ideia de ela ir cursar o normal em Porto Alegre. Azar o dele. Não podia ficar presa a São Borja, à estância, a ninguém. Já perdera tempo demais. Na Escola Normal, era uma das mais velhas da turma. Mais um pouco, teria vergonha de estudar. Ignácio insistia que fosse estudar em Santa Maria; entre Santa Maria e Porto Alegre, mil vezes Porto Alegre. Não fora fácil convencer o pai a deixá-la ir morar com a tia. Agora que tinha conseguido, não jogaria fora a oportunidade. Se Ignácio quisesse seria assim: namorariam nos verões ou não namorariam mais.

Dessa forma, confirmando a regra de que, na vida, as coisas importantes são invisíveis e passam muitas vezes despercebidas, enquanto o que poderia ter sido e o que realmente foi na vida de Ignácio era decidido por Beatriz logo ali, na peça ao lado, José e Balbino – a questão da compra do campo já tacitamente resolvida faltando só acertar preço – distraíam-se com outros assuntos.

– E então, doutor, o que o senhor me diz do nosso conterrâneo, o doutor Getúlio?

– Não sou de política, seu Balbino, quem gosta é minha sogra, mas parece que o homem leva jeito. Fez constituição, conseguiu ser eleito presidente, eleição indireta, mas nos conformes. Calou a boca de quem o acusava de governar sem lei. Dizem que já sabia da Intentona antes mesmo dela começar. Sempre foi muito ladino. Dona Luzia, que o conhece de guri, chama-o de zorro manso. Deus queira acabe de vez com esses comunistas que, vira e mexe, querem repartir os nossos campos. Mão forte ele tem.

– Pois vou lhe dizer uma coisa, doutor José, Tiago, meu guri mais velho, fica brabo quando digo isso, e pode até ser que eu me engane, mas, para mim, essa história de comunista e de reforma agrária é puro modismo. Mais um ano ou dois e ninguém fala mais nisso. Dividir campo para quê se, com as heranças e o pessoal que vai mal de negócios, os campos se repartem ao natural?

MEMORIAL RIOGRANDENSE DA LIVRARIA DO GLOBO

Estância Santa Rita

18 DE JUNHO DE 1937
segunda-feira

Hoje falleceu na estância, de forma repentina, dona Luzia Ramos de Siqueira, proprietária da Fazenda Santa Rita.
Paz à sua alma.

```
Telegrama nº 12
Estação Conde de Porto Alegre
Número de palavras 18
Apresentado dia 18/06 às 7,30 horas

Comunico grande pesar falecimento re-
pentino dona Luzia pt Leocádia aparen-
temente calma pt Aguardo instruções
enterro demais providências pt Sinceros
pêsames pt Arthur
```

Ignácio leu o telegrama que o pai, na pressa, deixara aberto sobre a escrivaninha. Foi como se a vida fechasse os olhos e o prendesse numa escuridão de pálpebras. Vovó Luzia morta? Impossível! O mundo não existia sem ela. Logo envergonhou-se do pensamento infantil. Vovó estava com muita idade, sua morte era previsível.

Mesmo assim, sussurrou uma de suas metades – a mais irrefletida e verdadeira, a que não aceitava frustrações, a que resistia –, mesmo assim, mesmo que não fosse racional ou sequer razoável, ela não podia morrer. Vovó era colo firme, voz arrumando camas, mandando fazer o doce, tornando a vida certeza, dizendo que sim ou que não. Como pensar nela imóvel? Como seguir adiante? O que fazer da desordem?

Por certo morrera dormindo, envolta em talco e lavanda. Só assim para matá-la, de surpresa, emboscada, quando, baixando a guarda, fechasse os olhos, sonhasse, os chinelos perfilados, a roupa sobre a cadeira esperando o novo dia, óculos prendendo jornais, esquecidos na varanda. Como podia, o sol, ter acordado sem ela?

Aos poucos, maior do que qualquer coisa, muito maior que o seu não!, a estância inteira, seus bichos, seus ruídos, suas águas cresciam dentro de Ignácio, numa ameaça de dor. Por mais que não as quisesse, as palavras ali estavam, tinta sobre papel: vovó não existia mais.

Buscando um colo materno, Ignácio enrodilhou-se na poltrona onde costumava sentar-se Clara com sua caixa de costura, seus bordados. Bem devagar, alisou a seda desbotada. Por mais que não a quisesse, a realidade agora seria essa: a seda desbotada de uma cadeira vazia, uma estância sem a vovó, os necessários papéis, os advogados. Era apenas um menino quando a mãe morrera, lembrava deles assim, em maiúscula. Escuros, carrancudos, entrando e saindo do casarão, falando com o pai, examinando documentos. Chorava de raiva se algum sentasse na poltrona que era da mãe. O pai, irritado, chamava Justina para levá-lo embora. Dizia que estava incomodando. Não compreendia que, então, como agora, estava apenas querendo esconder-se, fugir desse momento que sucede a morte, momento sombrio quando tudo já acabou mas nada ainda está definido e todos os medos saem, feito feras, dos seus esconderijos e rosnam e aninham-se e preparam-se para o bote. Momento em que é preciso usar de estratagemas para seguir vivendo.

Como teria sido a morte de vovó? Tranquila e repentina. Sim, mas o quanto? Teria compreendido que morria, entendido que o deixava? Estaria mesmo dormindo ou acordara, num último instante? Não teria querido deixar-lhe uma derradeira palavra, uma última recomendação? Quando fosse até Santa Rita poderia perguntar. Conversaria com seu Arthur, com Maurílio, escutaria o choro da Mosa. Mesmo assim, jamais saberia. Ninguém saberia. A verdade dos fatos não é toda a verdade.

Apesar de ter acontecido de repente, tinha certeza de que vovó Luzia não iria embora assim, sem falar com ele. Em algum lugar, não num céu de harpas e anjos, não no cemitério, na terra vermelha da estância que ambos amavam havia um recado, palavras que apenas ele saberia ler. Precisava ir buscá-las.

* * *

Aquela tarde na estância, um mês depois da morte de Luzia, cansado de parecer forte, cansado de não chorar, Ignácio já quase desistira. Por mais que procurasse, só encontrava o silêncio. Mesmo sem dona Luzia, os campos, os açudes, o gado, tudo estava como sempre. Nem mesmo Leocádia parecia importar-se. Acordava, comia, dormia, até mesmo ria, como se nada houvesse acontecido. Em Santa Rita, como sempre, estavam a peonada, Maurílio e dona Mosa; na Estância do Conde, seu Arthur e seu Acácio. Durante a madrugada, como sempre, os galos haviam cantado. Na ausência hibernal das cigarras, o silêncio das árvores quebrara-se, como sempre, no alarido das caturritas, no chilrear dos pardais. Como podia o mundo ter a mesma sonoridade? Como podia estar como sempre se vovó não estava mais?

No casarão de Santa Maria fora mais fácil, pudera fingir que nada acontecera, que a avó estava, como sempre, em Santa Rita, cuidando de Leocádia, planejando as férias, esperando os jornais, as cestas com as cartas dos netos, as encomendas da cidade. Fingir que o telegrama, a viagem de carro-motor, o enterro no pequeno cemitério, os olhos silenciosos de Leocádia haviam sido apenas um sonho mau, um pesadelo. Desde alguns dias, porém, qualquer fingimento não era mais admissível, não havia fuga possível: ele estava na estância, a vovó não, e nunca mais estaria, e a ideia de não vê-la nunca mais era-lhe insuportável.

Amanhã, recorreria os campos, organizaria tudo para o inventário, como o pai pedira que fizesse. Hoje, ficaria ali, perto da casa. Precisava pensar, habituar-se à grosseria da vida que segue adiante, que continua, não importa como. Sim, aos poucos e mais uma vez, a vida seguia adiante, e ele, traído e traidor, seguia com ela. Quem guardaria a vovó, se o que a rodeou, viveu sempre com ela, testemunhou sua passagem, apenas a deixava ir? Quem defenderia sua memória daquele sol alegre e impassível? Quem manteria vivo o seu colo? Quem, se até mesmo ele, seu neto, havia encontrado sabor no pão com manteiga servido por dona Mosa? Quem, se até mesmo ele ouvira, com prazer, o borbulhar do leite? Tantas coisas de sua mãe já esquecera: a expressão dos olhos, o timbre exato de sua voz. Não podia acontecer por duas vezes. Não podia acontecer com vovó.

Contendo o choro, caminhou a esmo pelo jardim que, agora, sem dona Luzia, era apenas um jardim comum. O quadriculado ingênuo dos canteiros, o forno de barro onde, em outros tempos, fazia-se o pão, a cerca de pedra, o portão em arco, a casinha de taquara onde brincava Leocádia, o rosa intenso da paineira grande, tudo perdia, pouco a pouco, o seu encanto, tornava-se anônimo, escorregava para um universo sem expressão e sem magia, eram apenas coisas.

Não, nem tudo. Ao contrário de todo o resto, num pé de camélias brancas, as preferidas da vovó, um galho quebrado denunciava, enfim, a grande ausência. Pesado de botões, vulnerável, parecia esperar que ela viesse ajeitá-lo, colher as flores, restabelecer a ordem. Num impulso, esquecido de que as camélias não têm perfume, Ignácio apanhou duas e as levou ao rosto. Sentiu apenas um cheiro neutro: madeira e folha verde.

Presta atenção, Ignácio, camélia tem perfume, sim. A frase ecoou em sua cabeça como se a avó a tivesse dito naquele instante. E, no entanto, fora há muitos anos, num aniversário. Dela, talvez? Ou da mamãe? Não lembrava. Lembrava apenas que era pequeno e a observava ajeitando camélias na floreira de prata. Como agora, tinha pego uma flor para cheirar. Reclamando que não tinha perfume, a colocara de volta. *Respira fundo,* vovó dissera, *camélias são como cofres, guardam tudo que as tocou.* Repetindo o que fizera naquele dia distante, Ignácio fechou os olhos e tentou, mais uma vez.

Sim! Vovó tinha razão. Havia um perfume, era difuso, prolixo, semelhante ao que brota por toda parte quando uma chuva mansa, penetrando o chão, traz à tona memórias de poeira e grama cortada, faz voltar o que já foi. Vovó falava com ele. Estivera enganado. Os caminhos do jardim nunca seriam apenas caminhos, o portão em arco jamais seria apenas um portão, ela o enroscara em madressilvas, estava marcado. O canteiro redondo, onde todos os invernos, plantando margaridas, ela preparava verões, seria sempre o canteiro da vovó. Esse era o recado. Enquanto se lembrasse, não estaria só. Enquanto se lembrasse, nas camélias e em tudo mais, como nas entranhas de um bom vinho, encontraria os traços sutis mas inconfundíveis da avó, seu perfume de talco e lavanda.

* * *

Quando Ignácio e a peonada saíram, pela manhã, o céu clareava e um sol alado e novo esquentava a geada. Seria um dia de muito trabalho: parar rodeio, contar o gado, verificar quantas reses, quantas ovelhas, quantos cavalos havia para serem partilhados no inventário. Além do pessoal de Santa Rita, seu Acácio e alguns outros vieram da Estância do Conde ajudar. Misturado aos demais – chapéu tapeado para trás, cabeça ereta, corpo moldado no serviço – Joaquim, que há algum tempo trabalhava como peão em Santa Rita, impunha respeito. Ninguém, nem mesmo Maurílio, ousava enfrentar, sem cuidado, aqueles olhos cor de pessegada, iguais, em tom e autoridade, aos de José. Rebelde (prevalecido, no dizer de Miguelina), não fosse pela proteção de dona Luzia, já o teriam, muitas vezes, despedido.

Olhando para ele, Ignácio se lembrou de uma tarde, há alguns anos, uma pescaria. Joaquim levara, escondida nos arreios, a garrafa de cachaça que – não por vício, por desafio, por saber que era proibido – guardava escondida num oco de cinamomo. Naquele dia, esperando que as traíras beliscassem, sentindo, por efeito da caninha, a terra girar em outra rotação, Ignácio aprendeu que o maior gosto de um palheiro está em escolher a palha, picar, enrolar. Como quem escuta uma historia inventada, ouviu Joaquim contar da menina que era do major Celestino, mas que se deitava com ele quando o major não estava. Ignácio que, à época, conhecia os mistérios femininos mais pelas estampas preciosas circulando, de mão em mão, pelo colégio, do que pela realidade, orgulhou-se em ter Joaquim por melhor amigo.

No entanto, quando, pouco mais tarde, como se falasse a si mesmo, Joaquim contou do desespero ao ver a irmã caçula morrer sem médico, da paciência, que já perdera, quando, enfim, ele falou de tudo que, por não ter explicação nem cura, jazia, intocado, no fundo de sua raiva, Ignácio compreendeu, que aquela amizade, por mais verdadeira que pudesse parecer, era apenas temporária: logo adiante, haveria uma encruzilhada a partir da qual, um, patrão, o outro, empregado, trilhariam, cada um com suas razões, caminhos diferentes.

Ontem, porém, na presença do tabelião, o testamento de dona Luzia fora aberto, e um fato novo, talvez (apenas talvez), os aproximasse novamente. Entre as muitas cláusulas estabelecendo legados para seu Arthur, Maurílio, seu Acácio e Mosa, havia uma dando a Joaquim, com usufruto para Miguelina, trezentos hectares de campo e títulos da dívida pública. *Para Miguelina, por seus conselhos, sua amizade, e para Joaquim, por ter sido sempre o companheiro de minha neta Leocádia*, rezava o documento.

Terminada a leitura, cada um reagiu a seu modo: Maurílio puxou um pigarro, dona Mosa chorou, Miguelina, muito corada, disfarçou o pensamento examinando as próprias mãos. Ignácio fez questão de abraçar a todos. Frente a Joaquim, porém, intimidou-se: apenas estendeu a mão. Joaquim a apertou em silêncio e, em silêncio, deixou a sala.

Desde então, o evitava. Ignácio não sabia o que pensar. Não gostara do legado? Achava que havia recebido pouco, queria mais? Como se adivinhasse a pergunta, Joaquim, girando o corpo contra o vento, acendeu um cigarro, deixou-se ficar para trás e, distanciado dos outros, acenou para Ignácio: queria um particular.

— Por que tua avó fez aquilo, Ignácio? — perguntou, emparelhando os cavalos e olhando para o topo da coxilha onde algumas reses já trotavam.

— Por nada, Joaquim. Vovó gostava de ti, só isso.

— E eu posso não querer o presente?

— Poder, tu podes, mas estarias fazendo uma desfeita. Fica com os campos, tua mãe pode arrendar. Depois, tu vendes ou passas para teus irmãos. É a oportunidade de ajudá-los, não foi o que sempre quiseste? Se estiveres preocupado com o que papai possa pensar, ele não tem o que dizer, sendo vovó a mãe de nossa mãe, só Mathias, Leocádia e eu somos herdeiros. Deixa de ser teimoso, ou será que não queres é ser meu lindeiro? – brincou para quebrar o constrangimento. Joaquim não sorriu. Em silêncio, apagou o cigarro recém-aceso na unha do polegar, guardou-o atrás da orelha, juntou-se aos demais.

No topo da coxilha, o rodeio – grande mancha vermelha pontilhada de cochos onde se derramava o sal – parecia um outro sol, terroso e pisoteado. Sem precisar de mando, a peonada espalhou-se. Aos gritos de *êeera boi*, latidos de cachorros, laçaços de relhador, o gado todo foi sendo reunido. Fazendo estalar o rebenque com mais força do que o necessário, Joaquim trabalhava em silêncio. Não queria passar por mal-agradecido, mas o presente de dona Luzia caindo, assim, feito esmola, incomodava-o. Estaria bem mais contente se pudesse ter certeza de que a patroa lhe dera aqueles campos não por bondade, por culpa.

Também perturbado, Ignácio não conseguia apreciar como sempre a beleza bailarina do rodeio: o mover cadenciado da tropa, o galopar dos cavalos, a parada paciente dos sinuelos. Sua cabeça latejava. Além da raiva de Joaquim, havia muito sobre o que pensar. De forma surpreendente, dona Luzia determinara que numa parte de seus campos fosse construída uma vila.

Vovó avisou, nós apenas não acreditamos. Essa história de latifúndio é bobagem – ela dizia. – A esse povo não interessa quanto campo eu tenha. Quando resolvem ir embora, quando se arriscam a pedir esmola na cidade, vão atrás de estudo, igreja, hospital e divertimento. Deem isso a eles e não vão se preocupar comigo ou com os tais de latifúndios.

Ainda vou provar que tenho razão – ela dizia. Dizer é uma coisa e fazer é outra. Não pensei que tivesse a coragem. Criar uma vila, distribuir terra, o que vovó fez foi revolução, concluiu sorrindo, fazendo estalar o relhador no lombo de uma rês retardatária. O mais engraçado é que, como testamenteiro, papai está no compromisso de construir igreja, escola, cinema e dispensário. Logo o papai! Poderia ter-se recusado, mas não ficaria bem. É em homenagem à mamãe que a vila vai chamar-se Santa Clara. Eu, mesmo tendo que abrir mão de parte da herança, estou contente. Orgulhoso dessa avó novidadeira e reformista.

* * *

No galpão de Água Bonita, riscando o chão de terra com uma lasca de lenha, Tiago recusava-se a acreditar no que ouvia.

– Explica isso melhor, pai.

– Mas explicar o quê, guri? – disse Balbino, impaciente. – Sei de ouvir dizer. Essas coisas de inventário a gente não indaga. O capataz deles contou para o nosso. No testamento, dona Luzia mandou separar não sei quantos hectares para distribuir a quem quiser. Distribuir é modo de dizer, a terra vai ser vendida, mas o preço é baixo, e o dinheiro da venda vai ser aplicado no assentamento e na tal da vila. Já estava caduca, a pobre, e a gente não se dava conta.

Uma raiva cega agarrou Tiago pelo cangote. Dona Luzia distribuindo terras? Só podia ser provocação. Estava rindo deles. Fazendo piada de mau gosto. Mesmo depois de morta, queria continuar mandando. Distribuía terras como quem atira ossos. Amiga do Getúlio, usava uns poucos hectares, dos muitos que possuía, para ridicularizar Prestes e a Aliança. Acalmava sua consciência burguesa. A ele, não enganava.

– De caduca ela não tinha nada, pai – resmungou, entre dentes. – Isso é pura provocação.

– Provocação por quê? Caduquice, isso sim. Dar para quem não está acostumado ou é maluquice ou é besteira: vão terminar botando tudo fora. Uma coisa é trabalhar de empregado, outra, bem diferente, é ser dono. Tu vais ver se eu não tenho razão: mais dia menos dia, doutor José compra tudo de volta.

– Até pode ser, pai. Ele não vai suportar perder as terras. Para alguns, só dinheiro tem importância.

– E não tem? Dinheiro só não é importante quando a gente está de bolso cheio. Aí, com lastro, dá para pensar no resto.

Tiago levantou-se murmurando uma desculpa. Não podia mais ficar ali, naquele banco, ouvindo bobagem, mas também não queria faltar com o respeito. O pai era um homem simples, não entendia. Os iguais a ele jamais entendiam e, no entanto, era por eles, pelos simples, pelos incapazes de compreender, que as revoluções eram feitas.

Desamarrando o tordilho do palanque, montou com raiva. Passou sem ver pela carreta velha que apodrecia sob a paineira, pelo que restava do antigo galinheiro, pelos alicerces do que, um dia, fora o galpão da tosa. Tocou, a galope, em direção ao arroio. Era para onde ia, quando precisava pensar. Ainda que tudo ao seu redor desmoronasse, a água bonita que dava nome à estância estaria sempre lá. Passava em muitas terras, não pertencia a ninguém. Geral e democrática como a esperança, mais do que ser de todos, estava em tudo, era parte de tudo.

Antes mesmo de apear, Tiago ouviu no vento o barulho da cachoeira. Um jacaré, que se aquecia ao sol, correu a esconder-se no remanso. Não estivesse tão frio, entraria também. Dentro da água havia trégua. Cobra e jacaré não mordiam. Seria bom esconder-se nessa trégua. Fingir que ainda era pequeno, que dona Luzia estava viva, que ele e Ignácio brincavam de teatro e brigavam pelo papel de príncipe. Antes objeto de disputas, a aristocracia era, agora, o inimigo. Sentiu falta de um cigarro. Na frente do pai, não fumava. Terminava por se esquecer de levar consigo o fumo. De certo, não nascera para ser fumante. E para ser herói, nascera? Teria a coragem de se declarar comunista? Correr o risco de ser perseguido? De viver na clandestinidade? Coragem de enfrentar a tortura?

Com certeza, sim. Não dizia a ninguém porque podia parecer melodramático, mas estava convencido de que levava o comunismo no sangue. Que outra explicação podia haver? Desde pequeno, mesmo sem saber, simpatizava com a Causa. Quando iam até a lavoura dos colonos, enquanto Ignácio brincava de morrer soterrado no paiol de milho, ele preferia ouvir as histórias contadas por dona Katarina, a matriarca dos Gottfriend, avó do gringo Epifânio. A família toda era de russos brancos. Tinham fugido da revolução. A velha, a única camponesa. Os demais eram aristocratas ou assim se pensavam. No entender de Tiago, aristocrata mesmo era ela. Única a rir dos sobrenomes ilustres, a não ter medo do poder, destacava-se dos demais. Viera para o Brasil a contragosto, porque todos vieram. Uma história fantástica. Ainda que metade fosse invenção, não importava. Primeira a lhe falar em igualdade, ela o infectara com o vírus da revolução.

Da doutrina, aprendia aos poucos, nas conversas, nos livros que o pai de um colega de pensionato lhe emprestava. Acabara de ler *Parque industrial*. E pensar que a autora tinha quase a sua idade quando o escrevera! Publicou sob um nome falso, é verdade, mas não importava, fora muito corajosa. Nas reuniões que militantes organizavam no porão da casa de um deles, Tiago aprendera a sonhar com uma sociedade sem classes. Adorava essas reuniões às quais o perigo dava um encanto de arrepio. O mesmo que ele sentia, em menino, ao ouvir os causos de assombração. A diferença era que, agora, a assombração era real e tinha muitos nomes. O mais perigoso? Getúlio Vargas, de quem dona Luzia era amiga. *Se não foi provocação, foi por esmola,* repetiu para si mesmo, atirando uma pedra de lado, na água, e contando quantas vezes quicava: fosse ímpar era bom agouro, a Causa triunfaria.

Essa mania de atribuir a tudo um elemento de sorte, de bom ou mau agouro, também estava nele desde criança: se a chuva começasse ainda de manhã, passaria de ano, se um bem-te-vi cantasse agora, seu Balbino não ia descobrir que ele e Ignácio haviam roubado uma carteira de cigarros. Bons tempos esses quando não existiam diferenças, ou melhor, quando ele não se dava conta de que existiam diferenças. Tempos nos quais, igual ao pai, ele podia acreditar que o gesto de dona Luzia era caduquice e não orgulho. Seu Balbino não via maldade em ninguém, nem ironia. Burguesa até o último fio de cabelo, dona Luzia jamais reconhecera direitos. Dava ou não, conforme desejasse. Em cabeças latifundiárias iguais a dela não havia espaço para a igualdade.

Mais calmo, deu-se conta de que esquecer a revolta, tirar proveito em benefício do povo era o único jeito de revidar. Mesmo sabendo que havia por trás uma segunda intenção, por que não aproveitar a chance? Se o gesto estava contaminado pelo ranço da caridade, as terras continuavam sendo terras. A raiva emburrece e ele não tinha o direito de ser burro. Amanhã conversaria com seu Arthur para saber detalhes do testamento.

* * *

– Por que tanto interesse, Tiago? Esses campos não são para ti. Tu vais herdar os do teu pai.
– Sei disso, seu Arthur. Estou querendo detalhes porque achei o gesto admirável – mentiu. Não adiantava dizer tudo. Seu Arthur gostava demais de dona Luzia. Ante o olhar desconfiado do outro, voltou atrás. – Está bem, seu Arthur, ao senhor, posso contar. Trabalha há anos em terras que jamais serão suas, sabe o que é ser oprimido, explorado pela burguesia. Sou comunista. Luto por uma sociedade mais justa, as riquezas mais bem distribuídas, os trabalhadores recebendo o real valor do seu trabalho. Vai me dizer que nunca sonhou com isso?

Arthur ficou quieto. Claro que havia sonhado ou, pelo menos, pensado. Por mais que gostasse dos patrões, especialmente de dona Luzia, era impossível não pensar. Impossível não irritar-se, vez ou outra, com o jeito de dono do mundo do doutor José. Mas, comunista? Não, isso era ir longe demais. Tiago, com a empáfia dos mais moços, diria que era por covardia que não se revoltava, por medo.

Tiago tinha razão em parte, para algumas coisas era medroso. Não conseguira enfrentar o marido de Alice, o diz que diz que do povo. Fugira do compromisso amoroso como o diabo da cruz, verdade, mas o caso aqui era diferente. Não tinha medo, apenas não concordava. Sabia alguma coisa de comunismo. Na biblioteca de dona Luzia, encontrara vários livros. Não entendera por que estavam lá, nunca falaram a respeito. Era quase absurdo encontrá-los ali, naquelas prateleiras de jacarandá trabalhado. Mas lá estavam, por ordem alfabética de autor. Talvez dona Luzia quisesse conhecer melhor o "inimigo". De qualquer forma, lera vários deles e concluíra que o comunismo era tão utópico quanto o "ama ao teu próximo como a ti mesmo" pregado pelos católicos. Ninguém ama ao outro como a si mesmo. Ninguém.

Por curiosidade, assistiu a algumas reuniões do Partido. Nada disse ao amigo que o levou, mas achou um despropósito. Bonito em teoria, mas um despropósito. O mundo não era assim como eles o pintavam: branco ou preto, pecado ou virtude. Não se dividia em explorados e exploradores. Existiam muitas nuances. A própria reunião servira de amostra. Revolucionários, simpatizantes, gente medíocre com raiva do mundo, desempregados, oportunistas, policiais disfarçados, havia de tudo. Muito do que diziam era verdadeiro, apenas não tinha certeza de que a solução estivesse apenas nas mãos dos comunistas.

Até agora, o presidente Vargas, o inimigo mais ferrenho, o que mais perseguira todos eles, fora o único a fazer algo de concreto pelo trabalhador. Governava com mão de ferro, verdade, mas pensando no povo. Aos que o acusavam de ditador, respondera marcando eleições para janeiro. Faltavam poucos meses agora. Estava ansioso para ver quem ganharia: Armando de Oliveira ou Sales de Almeida? Depois de tanto tempo, como se daria a transição de mando?

Esse menino do seu Balbino tinha ainda muito a aprender, pensou. Enquanto isso, não havia mal algum em tê-lo como ajudante, ao contrário: Tiago, como todos os idealistas, era parteiro de sonhos, o ajudaria a fazer nascer Santa Clara.

– Vamos deixar as ideologias para lá, Tiago. Não importa por que dona Luzia o fez, o importante é que fez. Vou te explicar tudo. Vais ficar entusiasmado.

* * *

Santa Maria, 25 de novembro de 1938

Querida Leocádia,

Acredito que, agora, passado mais de ano, já estejas bem adaptada ao colégio das freiras. Quando dona Luzia faleceu, tentei, sem sucesso, conversar mais contigo. Não consegui. Respeito o teu silêncio e o tomo como concordância. Confio que tenhas entendido que essa era a melhor, aliás, a única solução possível. As mesmas razões que me levaram a querer que morasses com ela quando perdeste a tua mãe foram determinantes para minha decisão. Na idade em que estás, precisas de orientação, exemplos e cuidados femininos constantes; coisas que, por razões óbvias, não posso te dar. Espero sinceramente que me compreendas e não guardes qualquer mágoa.

Escrevo também para dizer-te que recebi o relatório bimensal do colégio. Parabéns, minha filha, tuas notas são excelentes. Apenas fiquei preocupado quanto a um fato: a Madre Superiora escreveu contando que continuas preferindo passar os recreios sozinha na capela. Embora só possamos, eu e ela, aplaudir tua devoção, não deves isolar-te. O contato com meninas da tua idade, não apenas nas aulas mas fora delas, é muito importante. Para incentivar novas amizades, autorizei a Madre a te deixar sair sempre que receberes convites de tuas colegas semi-internas. Semelhante a ti, tua mãe cultivava essa mesma tendência à solidão, mas tudo tem seus limites, Leocádia. Vamos lá, minha filha, esforça-te um pouco, conversa com as outras meninas, vais ver que muitas delas são de agradável convivência.

Não te visito em Porto Alegre com a frequência que gostaria porque tenho ido bastante à estância, muito trabalho. O inventário de dona Luzia está praticamente concluído. Faltam apenas alguns alvarás e a expedição dos formais. Minhas obrigações de testamenteiro, porém, não se encerram com ele. Há muito ainda por fazer, felizmente tenho Arthur para me ajudar. É irônico mas logo agora, em pleno Estado Novo, essa ideia meio comunista da tua avó – o povoado de Santa Clara – está tomando forma.

O projeto de loteamento está pronto. Os lotes são disputados não apenas pelo pessoal da estância mas por trabalhadores da estrada de ferro e do DAER. As obras da igreja e da escola já iniciaram. As da enfermaria devem iniciar no próximo mês. Acertei com o pároco da matriz de São Borja que um sacerdote virá, de tempos em tempos, rezar missa, celebrar casamentos e batizados. Acho que dona Luzia gostaria assim.

De início, confesso que fui contra o fato de ter gente de fora morando em nossas terras. Mais tarde percebi que era uma espécie de investimento: estaremos educando futuros empregados. Tua avó, como sempre, foi sábia. Arthur me disse que foi procurado por um tal de senhor Motta, morador de São Borja, com curso de prático em farmácia. Quer montar um estabelecimento comercial no futuro povoado. Duvido que dê certo, esse pessoal não está acostumado a comprar remédio, mas esse senhor, com certeza, poderá ser de grande ajuda na enfermaria. Não vai ser fácil conseguir alguém competente para tomar conta do dispensário.

Mudando de assunto, uma boa notícia: está sendo completado o ramal de São Borja, partindo da Dilermando de Aguiar, na linha Porto Alegre – Uruguaiana. Finalmente vais poder vir do colégio até a estância sem precisar entrar na Argentina ou parar em Jaguari. Com nosso amigo Getúlio, o progresso é vagaroso mas chega.

Escreves tão pouco, Leocádia. Dona Mosa, coitada, está sempre perguntando por ti, querendo saber quando vais a Santa Rita. Por que não trazes uma amiga para passarmos todos juntos as próximas férias? Pensa sobre isso. Por ora, recebe o abraço saudoso do teu pai,

José

Leocádia

Hoje, afinal, ela fechou-se. Redonda, macia, sem qualquer fissura, nenhuma brecha. Perfeita. Quando era apenas uma leve presença, quando ainda não existiam as paredes, durante o dia, quase impossível senti-la. Havia, na casa, até mesmo na hora preguiçosa da sesta, uma agitação, alguma coisa quente e carnal, uma constante presença humana que a afastava. Mas, à noite, se fechasse os olhos, se esquecesse o leve ressonar da avó, podia vê-la, um quase nada, fantasma etéreo cuja presença apenas se adivinha. Outra, semelhante porém mais sólida, consistente, cercava o mundo das princesas no qual, às vezes, era-lhe permitido entrar, mas onde seria sempre uma visita. Como invejava esse mundo silencioso. Fora dele, os riscos de não ser querida eram enormes. Àquela época, ela ainda se importava. Única criança no mundo perdido da perdida estância, viver não era tão difícil. Com os verões, porém, vinham as brincadeiras, os jogos, as peças de teatro nas quais ela era, inevitavelmente, a bruxa. *Já tens a corcunda*, diziam, com a perversidade singela das crianças. Sim, eram cruéis. E ela, porosa. Corria a perguntar à avó. *Não existe corcunda*, era a resposta, *tens ombros melancólicos, apenas isso*. Não consolada, ela se refugiava no Quarto dos Santos. As imagens de madeira vestidas em veludo e seda, enfeitadas de joias, seus olhos de vidro, as cabeças calvas recobertas por perucas, de início assustadoras, depois monótonas, protegiam-na. Dissolvida na luz sombria da lamparina, nos rostos imóveis, cristalizados em permanente sofrimento, sentindo o cheiro adocicado dos resquícios de mel na cera das velas, vendo agonizar o Cristo de marfim, ela podia estar só e, na ausência de comparação, sem nada que lembrasse suas deformidades, reforçar suas defesas. Sabia, no entanto, que os santos eram abrigo precário, provisório, trabalhava febrilmente na proteção definitiva, construía, pouco a pouco, as muralhas. Quando a avó morreu, ela, envolvida pelas paredes ainda nevoentas da sua muralha, orgulhosa dos seus olhos secos, viu o corpo de quem a criou sumir entre as flores do pequeno cemitério. Nesse dia, a primeira vitória: aprendeu a não chorar. Seguiu-se um período tumultuado, durante o qual se decidia o que fazer com ela. Tumultuado sim, mas não estéril. Ela era um estorvo, um transtorno do qual o pai precisava libertar-se o mais rápido possível. No desamor, a fortaleza. Fácil não amar quando não se é amada. No internato (solução finalmente escolhida), longe de qualquer interferência, de qualquer vestígio de afeto, pôde dedicar-se integralmente à construção. No início, a alegre algazarra das colegas a atingia. Logo descobriu que a capela substituía, com vantagens, o Quarto dos Santos. As imagens de gesso, mais frias, mais distantes que as de madeira, o perfume sufocante do incenso abafando a memória familiar das velas de cera, o monótono murmurar das freiras em frente ao ostensório exerciam sobre ela um mágico poder. O mundo das princesas, antes apenas imaginado, estava ali, concreto, alinhado em nichos e altares. Era como se elas, as princesas, tivessem vindo em seu socorro, como se a ensinassem a reforçar as paredes, a deixar de fora o insuportável. A convivência forçada das aulas, ela superava. As horas livres eram seus maiores inimigos. A Irmã Superiora exigia a prática de alguma atividade. Escolheu o xadrez. Longos momentos frente a uma pessoa, sem que seus dedos a tocassem ou sua voz a atingisse a ajudaram a distanciar-se. Era como se, anulada a presença da outra, as muralhas se fizessem pouco a pouco mais concretas. Sentia-se a cada dia mais segura. Não sabia o quanto era grande o seu engano. De início, ela a viu como aliada. Não, aliada talvez não fosse a palavra, construir defesas é trabalho solitário, não há aliados. De início, a viu como uma igual, alguém capaz de reconhecer os avisos, de planejar a fuga. Chamava-se Ignez e dormia na cama ao lado da sua, no dormitório comum. Por razões que, imprudente e apressada, concluiu serem as mesmas suas, Ignez também escolhera o xadrez. Sem olharem-se, mergulhadas em mundos paralelos, evitando que algum sorriso, alguma palavra viesse formar pontes indesejáveis, jogavam. Por algum tempo, foi feliz. Enfim!, pensava, sem perceber o perigo, até que, uma noite, o perigo a atacou. *Estou com frio*, disse Ignez, deslizando entre os lençóis, *posso ficar? Só um pouquinho?* Leocádia, que tiritava sob o cobertor insuficiente, aceitou sua presença. No outro dia, de novo. E mais uma vez. Ignez ficava pouco tempo, sempre de costas, sem tocá-la. Assim que paravam de tremer, assim que o frio maior passava, ela partia. Na manhã seguinte, como se nada tivesse acontecido, ou como se o acontecido não tivesse importância, nada diziam. Outras vezes, ficava até o amanhecer. Antes do toque da sineta, antes da missa, levantava-se. *Tens cabelos de princesa*, ela sussurrou aproximando seu corpo apenas o suficiente para que Leocádia lhe sentisse o calor. Sabia, não podia negar, desde a primeira vez sabia, mas a cada noite se deixava levar. A cada noite, como um afogado que roubasse da correnteza um último alento, a recebia, cada vez mais próxima, mais concreta. *Tu és minha princesa*, Ignez murmurava enquanto a beijava, *minha bela princesa*, repetia, ao resvalar os dedos. Ouvindo a voz querida, enganava-se, dizia a si mesma que as paredes não mais importavam, que se Ignez a transformasse em princesa, se ela, por fim, não tivesse mais ombros melancólicos, todas as muralhas tão cuidadosamente construídas, os muros levantados poderiam desmanchar-se, dissolver-se, verdejar em ruínas, menos que ruínas, nada. Então, no canto mais escuro do pátio, viu Ignez beijando outra menina, beijo longo murmurado, igual aos que lhe dava. Foi quando a bolha fechou-se ao seu redor. Redonda, macia, sem qualquer fissura, nenhuma brecha. Perfeita.

O nascimento de Santa Clara

Metódico, só depois de lavar a louça, pendurar o pano de prato na grade do fogão, apagar a luz do corredor e acender um cigarro, seu Motta abriu, sobre a mesa da cozinha, o mapa da vila de Santa Clara. Passeou um dedo atento pelos muitos traços. Pouco a pouco, do emaranhado de linhas, foram emergindo, aqui, a praça, a igreja e a casa paroquial, mais adiante, a escola e o cinema, do outro lado, próxima ao ipê já existente, tirando proveito antecipado de sua sombra, a enfermaria.

Sendo um dos primeiros compradores, o senhor vai poder escolher bem, dissera o seu Arthur, quando lhe entregou o projeto. *Leve, examine com cuidado. Se a sua intenção é comércio, há de preferir um terreno próximo à praça.* – Próximo apenas não, dizia para si mesmo seu Motta, decidido a não se afogar em pouca água, *se chego a me resolver, quero igual loja de turco: em frente à praça e numa esquina.*

Sob a nudez calorenta da lâmpada, cercado por mariposas e pela firme intenção de escolher e escolher bem, examinou tudo, minucioso. Depois, com um lápis vermelho, de ponta grossa, riscou um X enérgico sobre o lote doze. Estava decidido: bem ali na praça, ao lado da enfermaria, seria erguida a Farmácia Motta. Ficaria também perto da igreja, o que era bom, atenderia nos domingos de missa, aproveitando o movimento.

Tinha tudo tão bem planejado que podia até ver a fachada: branca, uma faixa pintada de vermelho junto ao chão para disfarçar a poeira e os respingos de barro, janelas em verde-escuro. Uma porta larga abriria sobre a calçada. Uma outra, mais estreita, daria para um corredor lateral, em cuja sombra a mãe, com certeza, plantaria begônias e avencas. Esse corredor levaria à casa de moradia nos fundos. Pelas janelas, os clientes poderiam admirar os remédios alinhados nos armários de madeira e vidro. Uma tabuleta (verde, igual às janelas) tomaria toda a extensão da frente e anunciaria – FARMÁCIA MOTTA – em letras brancas ladeadas pelo desenho de uma cobra se enroscando numa taça.

Tudo planejado e resolvido, serviu-se de um gole de conhaque. Sentia-se poderoso, dono de seu destino. Ter uma farmácia era sonho antigo. Trabalhando durante o dia no tabelionato e estudando à noite, formara-se prático, o que não era perfeito, mas, quase. Perfeito seria a faculdade, formar-se farmacêutico. Perfeito mas impossível. Não podia morar na cidade grande, abandonando a mãe. Há muitos anos, um acidente estúpido, desses que, depois que acontecem, a gente se pergunta *como pôde?*, causara a morte do velho Motta, funcionário da Viação Férrea. Desde então, o atual seu Motta era arrimo de família.

Em respeito ao defunto, ele e a mãe decidiram que o dinheiro da indenização não seria gasto no prosaico dia a dia. Até agora, tirando o sonho impossível da faculdade, nada de realmente importante surgira. O dinheiro continuava no banco, e ele, filho único de mãe viúva, habituara-se a viver com dona Máxima. Com o tempo, a comidinha caseira tornara-se hábito que, mais por gosto que por obrigação, seu Motta respeitava.

As outras fomes, ele satisfazia com as meninas da dona Creuza. Cardápio fácil, variado, e até mesmo com algum desconto. Homem afeito a hábitos, com o tempo apegara-se a Tula – morena, miúda, limpinha –, que daria uma ótima esposa, não fosse puta. Por ela, desistira da variedade. Dela, sentia saudades. Precisara levar a mãe para tratamento de saúde, ficara uns tempos sem ir na zona, quando voltou, Tula havia se mudado para Porto Alegre. Até pensou em procurá-la, depois deu-se conta... Paciência, na vida, de há muito sabia, nada é perfeito.

No sonho da farmácia, porém, contrariando a regra geral, a perfeição se delineava: inesperada e por linhas tortas. Nunca imaginou que, perto de São Borja, fossem fazer uma vila, ainda mais assim, tão bem-planejada. Segundo seu Arthur, Santa Clara era o resultado de uma birra antiga de dona Luzia com os comunistas que, segundo ela, punham a culpa de tudo no latifúndio. Embora discordasse, embora tivesse a certeza de que a culpa de tudo era mesmo do latifúndio, seu Motta preferiu não polemizar. Não podia perder a oportunidade: pagando barato pelo terreno sobrava mais para a construção.

– O preço é apenas simbólico. Os lotes serão vendidos, e não doados, porque dona Luzia sempre acreditou que o povo dá mais importância ao que compra. O dinheiro obtido será aplicado em melhorias na própria vila – explicara o seu Arthur.

Com isso, seu Motta concordava: ninguém dá valor ao que vem fácil. Dona Luzia não era boba, a coisa toda estava muito bem pensada. Os terrenos mais distantes tinham o mesmo preço dos que ficavam perto da praça, mas eram bem maiores. A ideia era que, nos arrabaldes, ficassem as chácaras com hortas, criação de pequenos animais e gado de leite, produtos que teriam freguesia na própria vila. O local escolhido, perto da Estação do Conde, também era bom, facilitava o transporte dos produtos. Se bem que aí talvez já o sonho de dona Luzia fosse demasiado: o preço do frete era proibitivo. O excedente, se houvesse, teria que ser vendido ou trocado por ali mesmo, nas redondezas.

Então, estava decidido, pensou, espreguiçando o corpo: ele e a mãe se mudariam para Santa Clara. Conhecedor profundo da alma humana, dispunha-se até mesmo a ajudar seu Arthur na seleção rigorosa dos futuros moradores: gente boa, trabalhadeira, com vontade de progredir.

A história antiga e (quase) secreta de Tula

Fugindo da cama de lençóis amarfanhados, Tula passeava o olhar pelo quarto. Sem fazer alarde, deixou que escorregasse pelas cortinas, brincasse nas paredes até fixar-se, distraída, nas manchas de umidade no teto. A casa não era sua, assim, não tinha, sobre essas marcas, nenhuma responsabilidade. Despreocupada, podia vê-las apenas como formas abstratas esperando compreensão. São nuvens, ela pensou, nuvens presas no concreto. Aquela parece o rosto de um homem. Estas outras, borboletas. Não, muito tristes para serem borboletas, falta uma das asas, são morcegos pendurados, ou mãos arrancadas de seus braços.

Desde menina, Tula sabia que as coisas nunca são só o que parecem, dentro delas há sempre muitas outras pedindo olhar vagaroso e compreensão. Fechando os olhos, viu-se a si mesma deitada no capim em Santo Tomé, brincando, como agora, de adivinhar nuvens: aquela grandona é uma lebre; não, mudou, parece um tatu; olha!, agora são bois. Por detrás das nuvens, ouviu, vento agitando as casuarinas, a voz severa da avó: *vem tomar teu banho, Tula, a água da bacia está esfriando.*

Saudades daquela avó com cheiro de picumã e sabão grosso. Sempre entretida na lida, só quando o sol acabava, descansava o corpo na cadeira encostada à parede, do lado de fora da casa. O corpo, apenas; os olhos, nem nessa hora paravam. Passeavam pelo pátio, apalpavam as galinhas, reparavam nas ninhadas, contavam os gansos e iam longe, iam pelo campo, até onde o céu terminava.

Quieta mesmo, Tula só a vira morta. Quieta e pequena, na dureza do catre. Lembrava, ainda, o abandono, a tristeza torcida, retorcida, subindo, espalhando-se pelo seu corpo de criança num frio de picada de cobra. Achou que morria também. Engano. Mesmo mutilado, o dia passou e a noite desceu sobre sua primeira solidão. O tio veio para o enterro. Pouca gente. Um sol alegre, quase debochado, brincava de desbotar as flores de papel dos túmulos. A cova, foi preciso alargar, o caixão não cabia. Era como se a avó não quisesse ir.

No dia seguinte, carregando a maleta de cartolina marrom, Tula foi, com o tio, para São Borja. Águas vermelhas, grossas, barulho de barco assustando garças, certezas de nunca mais. Cheiro de goiaba – *já estão maduras Tula, colhe umas pra fazer doce* – tacho fervendo sob os cinamomos, tudo isso, nunca mais.

Tinha nove anos. O tio a entregou para dona Creuza, a da casa de chinas, perto da estação. *Faz de tudo, é trabalhadeira*, ele disse, *vai lhe servir bem*. No pátio de laje e musgo, poço enroscado em madressilvas, ouvindo apitos de trens, Tula cresceu inventando brincadeiras. Uma das mulheres costurou duas bruxas de pano. Tula as batizou de Maria Aparecida e Lurdes Maria. Dormia abraçada com elas até que os peitinhos se alçaram no vestido de algodão e dona Creuza disse que era hora.

O primeiro foi o major. Ele não era ruim, a chamava de guria: Vem cá, guria, me ceva um mate. Ganhou dele uma boneca de verdade, comprada em loja. Durou pouco a novidade, cansou do rosto de celuloide, voltou para as bruxas de pano. Disfarçava: a boneca está guardada, major, não brinco pra não estragar. Bobagem, te compro outra, ele dizia, dando-se por satisfeito. Rico o bastante pra querer e ter, por uns tempos ele a teve só para si. Depois, vieram os outros. Quantos? Não sabia. Nem contava mais. Para quê? Perdera a vergonha do corpo. Aprendera a levar um riso na cara e a guardar o resto onde ninguém podia ver.

Namorado mesmo, nunca teve. O que chegou mais perto foi seu Jorge Romeu Motta, que vinha toda quinta-feira. Chegava e não ia logo tirando a roupa, conversava antes. Depois, bolia com ela, acarinhava. Enquanto não a visse alvoroçada feito ganso no açude, não sossegava. Que ela também gostasse, era assim que ele gostava.

Um dia, seu Motta sumiu. *De certo ficou noivo*, as outras garantiam. Homem moço e solteiro, era de se esperar. Foi nessa hora que ela se despediu da dona Creuza e tomou o trem para Porto Alegre. Não queria atrapalhar a vida dele e nem tirar a criança.

Na cidade, tentou trabalho nas lojas. Não conseguiu, pediam estudo. Arrumou emprego numa casa que dona Creuza tinha indicado, *não por nada, só para o caso de precisar*. No início, estranhou o movimento. Depois acostumou. Era o que sabia fazer. Escondeu a gravidez até quando deu. Aceitou trabalhar na limpeza. Fez faxina. Lavou roupa. Economizou. Tinha valido a pena. Jorginho era uma criança abençoada, nome de santo guerreiro.

Sem ninguém por ela, ia ficando na vida. Não gostava nem desgostava. Tinha freguesia certa, vivia. E depois, não era para sempre. Às vezes, pensava em pegar o filho e voltar para São Borja. Dinheiro, tinha. Era só fazer as malas, comprar as passagens e embarcar: um pacote de bolachas, uma sacola de maçãs, umas revistinhas para o guri se distrair.

Saindo da estação, o trem apitaria e as rodas começariam a bater nos trilhos: ca-FÉ-com-PÃO, ca-FÉ-com-PÃO. Escuta, filho, ela diria, parece que o trem está dizendo: ca-FÉ-com-PÃO, ca-FÉ-com-PÃO, e Jorginho riria mostrando a falta de dois dentes.

JÁ-te-pego-JÁ-te-largo, JÁ-te-pego-JÁ-te-largo, JÁ-te-pego-JÁ-te-largo, diria o trem, mais rápido, deixando passar as casas – JÁtepego-JÁtelargo, JÁtepego-JÁtelargo –, deixando passar macegas, laranjeiras, matos de espinilho, fazendo tudo ficar quase invisível de tão ligeiro, igual filho crescendo, igual vida.

Mas não, ela não podia voltar do mesmo jeito como fora. Muitos olhos a estariam esperando na estação. Aqueles olhos, repetidos em muitos outros, a chamariam de puta burra. Puta, ela não era, era prostituta. Puta são as que dão sem precisar. Ela tinha filho pra criar, colégio, aluguel. E nem burra. Estava fazendo um pé-de-meia. Era preciso ter paciência. Logo, bem-posta, bem-calçada, com dinheiro para gastar, voltaria.

Entre as manchas de mofo, Tula viu que a tarde morria, meio de lado. Precisava acabar logo com aquilo, pegar o Jorginho na escola. Com um resto de trem e de esperança passando, ainda, por sua cabeça, Tula gemeu dengosa e acelerou o ritmo das ancas, repetindo para si mesma: aRROz-feijão-e-massa, aRROz-feijão-e-massa, aRROz-feijão-e-massa... O cliente gritou, satisfeito, tinha chegado lá.

MEMORIAL RIOGRANDENSE DA LIVRARIA DO GLOBO

Estância do Conde

15 DE AGOSTO DE 1939
terça-feira

Vieram à mangueira para curar os rebanhos da Frente e Cara Negra.

Foram encontrados os dois touros puros que tinham saído da invernada, estavam no campo do seu Balbino.

Foi chamada a attenção do Felizardo por ter laçado um dos touros.

Naldo terminou a lavração do arvoredo.

João Gregório foi com a carreta buscar arame – levou para pagamento .... 200$00

Neves foi a São Borja e pediu por conta .... 50$00

Aqui na estância à procura de papai para consultar Dinarte Medeiros, Juvenal e Silvestre com a mulher e a filha pequena.

Carneado um capão

Estância do Conde, 15 de agosto de 1939

Querido papai,

Aqui estou eu, igual à peonada, esperando que termine agosto. Nunca fui supersticioso, mas este ano o azar tem sido demais. Queres a lista? Melhor te poupar. Na opinião abalizada do seu Acácio, a culpa é minha que insisto em tomar banho e lavar a cabeça em agosto, que, como todos (menos eu) parecem saber, é mês de desgosto. Por via das dúvidas, vou dar um jeito de me benzer com dona Miguelina.

Mudando de assunto, junto com esta carta, estou mandando a cesta com manteiga, ovos, uma manta de charque e a última edição da minha assinatura da Revista Agronômica. Marquei dois artigos que eu quero que leias. Um, muito interessante, sobre uma nova leguminosa, a soja. Talvez seja uma boa alternativa para o linho. Vamos ver como a coisa se desenvolve. O outro, um estudo feito nos Estados Unidos em que se concluiu que o que faz emagrecer o gado no inverno não é tanto a falta de pasto, mas a redução de fósforo na pastagem. Imagina que a falta de cálcio e fósforo nos campos de terra vermelha (como o de boa parte das nossas estâncias) é tão grande que o gado come farinha de osso pura, como se fosse sal. Apesar de saber que não concordas, continuo insistindo: é preciso dar de forma sistemática ao nosso gado não apenas sal, mas farinha de osso.

São modernices, deves estar pensando, modernices que, bem no fim, não se pagam. Discordo. Deves ter lido, no Correio do Povo, que a Swift já está a trabalhar com carne congelada. O processo é dispendioso. Só gado de alta qualidade compensa o emprego do frio, e é esse, na minha opinião, o gado que precisamos oferecer.

Não, papai, apesar de lavar a cabeça em agosto, não fiquei louco, sei bem que, pelo menos por enquanto, nossa realidade durante o tempo de inverno é gado magro, ovelhas e cavalos idem, sei que, além recorrer o campo para tirar o couro das rezes mortas, pouco mais se pode fazer.

Insisto, porém, numa coisa: não podemos desistir de sonhar, o sonho nos faz ir adiante.

Por falar em sonho, mandei minha inscrição para aquela universidade no Texas, sobre a qual havia te falado. Eles responderam e (única coisa boa que me aconteceu neste agosto) estão me esperando para o próximo semestre. Paro por aqui com medo de que, de tão comprida, tenhas preguiça de ler esta carta até o fim e, assim, não me respondas se estou autorizado a ir para o Texas.

Um abraço do teu filho,
Ignácio

P.S. – Desde criança, sempre gostei dos Ps. Lembras?
P.S. do P.S. – Não esquece de renovar a minha assinatura do Correio do Povo.
P.S. do P.S. do P.S. – Não esquece também de me responder quanto à universidade.

As grandes competições

Ignácio deixou, furioso, o escritório do pai. Não teve coragem de bater a porta. O gesto abortado, reconhecimento tácito da autoridade paterna, irritou-o ainda mais. Acendeu um cigarro, pegou o chapéu na chapeleira e, saindo à rua, agora sim, bateu a porta. *Quem ele acha que é*, repetia para si mesmo investindo pela rua Venâncio Ayres em direção à praça. *Quando não estou estudando, trabalho feito um mouro naquelas estâncias, mereço mais respeito.* Já não era a primeira vez que o pai o desautorizava. Não se deixaria intimidar.

A conversa começara bem. Na poltrona de couro, um cálice de xerez ao lado, envolto pela luz que atravessava os vidros desenhados, o pai estava de bom humor. Talvez porque lembrasse aos dois os antigos serões domésticos e a existência de Clara, a luz oblíqua do entardecer os aproximava. Em tom de cumplicidade, José mostrou-lhe alguns artigos que havia recortado do *Correio do Povo*. *Para leres mais tarde*, disse, saboreando o xerez. *Já adianto que não vais encontrar nenhuma novidade. Como sempre, os ataques contra os latifúndios alternam-se, feito gangorra, entre a violência e o sentimentalismo. Tu, que gostas de escrever, devias dar uma resposta. Se apenas eles falam e nós ficamos calados, a opinião pública forma-se capenga.*

A partir dali, o assunto tomou o rumo natural das estâncias. O pai rememorou os velhos tempos. Falou, mais uma vez, da grande evolução que havia sido a fenotiazina, o primeiro vermífugo para ovelhas. De como todos o ridicularizavam quando resolveu fazer banheiros carrapaticidas. *Dinheiro posto fora*, diziam. *Sai mais barato dar às vacas toalha e sabonete e elas que vão tomar banho onde quiserem,* era a piada que corria à boca pequena. Nos cafés, se apostava quantas reses morreriam em consequência dos tais banhos. *Começas numa nova era,* o pai disse. *Não faz muito tempo, até mesmo esses intermináveis aramados que nos custam os olhos da cara, a divisão dos campos em invernadas menores facilitando o manejo, até mesmo isso era novidade.*

Aproveitando a rara camaradagem, Ignácio tentara ir adiante. O pai tinha razão, uma nova fase iniciava-se. A carne, não apenas o couro, estava sendo valorizada, e com isso a pecuária tornava-se mais competitiva. Os que não se empenhassem agora na luta contra a sarna, o carbúnculo, o carrapato, estavam condenados. Era hora de combater doenças. Insistir nas medidas profiláticas contra a aftosa. Mas não apenas isso. Necessário também saltar à frente, importar matrizes, reprodutores, saber das últimas novidades em pastagens artificiais, das últimas tecnologias. Os Estados Unidos eram o lugar certo para aprender; na Europa as técnicas de criação eram diferentes. Criava-se gado em estábulos, alimentado com ração e feno.

Conheço bem como se cria gado por lá, o pai respondeu, já irritado, sabendo onde Ignácio queria chegar. *Posso te afirmar: não existe nada nos Estados Unidos que não possas aprender aqui pertinho, na Argentina.*

Ora, faça-me o favor! Na Argentina iam sempre, conheciam. Tinham, por lá, muitos amigos estancieiros. Podiam estar à frente quanto à qualidade do gado, mas novidades, mesmo, só lá fora. *Em Buenos Aires eu vou se quiser dançar tango,* fora a resposta desaforada antes de sair e "quase" bater a porta.

Na verdade, a questão era outra. A pergunta que martelava em sua cabeça no mesmo ritmo apressado dos seus passos era: por que a preferência por Mathias? É porque não sou médico? Jamais perguntara isso em voz alta; a resposta, irônica com certeza, o humilharia. *Mas o que é isso agora Ignácio? Ciúmes do teu irmão? Deixa de ser criança.*

Não eram ciúmes, era mágoa, e justificada. Estava cansado de ser preterido. Quando Mathias, que detestava o campo, metendo-se onde não era chamado, inventou de trancar a matrícula e dar a si mesmo um ano sabático para trabalhar na estância, ele, Ignácio, embora sabendo que ia se incomodar, não reclamou. Aproveito e faço um curso no exterior, pensou, assim não ficamos nos digladiando num espaço pequeno demais para nós dois.

Enquanto o irmão mandava fazer botas e bombachas sob medida para a nova brincadeira, ele, sem dizer a ninguém, entrou em contato com faculdades do Texas, informou-se sobre cursos e estágios em estâncias. Quando tudo estava organizado, escola escolhida, aplicação aceita, Mathias veio dizer que tinha desistido, reservaria o guarda-roupa campeiro para outra ocasião. Resolvera ir até o Rio de Janeiro fazer um estágio no Instituto Oswaldo Cruz. *Simplesmente não podia perder a oportunidade. Era difícil conseguir vaga mas valia a pena tentar. Para os campos, sempre haverá tempo*, disse, e o pai, como sempre, concordou. Com a deserção do "príncipe herdeiro", do predileto, quem ficaria na estância? Quem adiaria os sonhos? Ignácio, claro.

Curso? Pois sim! Mathias queria era ficar vagabundeando na capital, indo ao cassino, ao *Jockey*, assistindo às tais corridas de "baratinhas" no Circuito da Gávea. Todos sabiam disso, até papai. Ele apenas tapava o sol com a peneira, fingia que acreditava. Não havia luta possível. Ir contra as predileções do pai era dar murro em ponta de faca. Impossível, também, libertar-se, iniciar algo por si mesmo. Aprendera isso da forma mais humilhante. Na última seca alguém lhe oferecera um excelente lote de gado Hereford a preço muito baixo. Separou o dinheiro, conseguiu campo para arrendar. Trabalharia sozinho, longe da família. O dono das terras pediu aval, doutor José, é claro, recusou-se. O negócio todo foi por água abaixo e ele ainda passou pela vergonha de precisar explicar. O pai era um tirano, dava as coisas apenas para poder dominar, não suportava perder o controle.

Jogando fora a bagana, Ignácio entrou no Caixeral. Com certeza, encontraria algum amigo. Tomava uma cerveja, esfriava a cabeça. Jogava uma partida de truco. Esquecia a raiva.

Em casa, igualmente furioso, José caminhava pelo escritório sem encontrar paradeiro. Afinal, o que esse guri pensava que ele era, o Banco da Província? Todo mês inventava uma coisa diferente. Ora pedia aval, ora dinheiro, ora inventava estágio no exterior. Assim era muito fácil. Seus projetos, ninguém financiara. Ele não tivera pai rico; ganhara, um a um, cada tostão. Casara bem, é verdade, mas tinha a consciência tranquila: duplicara tudo o que Clara havia trazido de herança.

Mal-agradecido, isso é que Ignácio era. Necessário ir com calma. Não adiantava gastar dinheiro a rodo, implantar de uma vez só todas as tecnologias sem preocupar-se com o retorno. Não se leva adiante uma estância como se fosse um laboratório, testando coisas. Muito cômodo atirar tudo nas costas do pai e ir para os Estados Unidos. Mathias era o mais velho, natural que fizesse primeiro os cursos necessários. Era hora de Ignácio sossegar o pito. Afinal, queria ser agrônomo para quê? Depois, com calma, podiam voltar ao assunto. Tudo ao mesmo tempo, impossível. Não fizesse rédea curta, iam dar com os burros n'água.

Uma leve batida na porta, e a empregada entrou, com a correspondência. Como quem busca um calmante, José procurou entre os envelopes a letra conhecida. Lá estava ela: bem-traçada, elegante, espalhando-se pelo papel-linho. Com um sorriso de antecipação, começou a ler.

* * *

Rio de Janeiro, 15 de dezembro de 1939

Querido Papai,

Espero que esta vá encontrar a ti e a todos em boa saúde. Recebi e agradeço a remessa feita através do Banco da Província. Não irás te arrepender das despesas que estás tendo comigo. Estou aproveitando muito esta oportunidade que tão generosamente me ofereceste. Sabes como te sou grato, assim, sem mais delongas, vamos às notícias da capital.

O Rio de Janeiro é uma grande festa. Nem se percebe que uma guerra se iniciou na Europa. No Cassino da Urca, as noites têm sido memoráveis. Com a partida de Carmen Miranda, o grande frisson da temporada é Josephine Baker, mas nossos talentos nativos também não fazem feio. Num espetáculo beneficente organizado por dona Darcy Vargas, encantei-me com uma música de Ary Barroso: Aquarela do Brasil (ou Aquarela Brasileira, algo assim). Belíssima! Só de lembrar, me arrepio. Quanto ao cinema: enquanto aguardo que cheguem os tão comentados E o vento levou e O maravilhoso mágico de Oz, fui assistir ao Banana da Terra, com as irmãs Batista, Oscarito, Carmen e Aurora Miranda. Muito divertido; quando fores a Porto Alegre, não deixes de assistir. Carmen canta uma música muito boa de um compositor baiano Dorival Caymmi.

Bem, encerro o assunto para não chover no molhado: apaixonado por cinema e assinante do O Cruzeiro, certamente já leste sobre tudo o que estou te contando. Passo a falar da minha nova paixão: o automobilismo.

Estou fascinado pelas carreiras de automóveis. Com o apoio do nosso presidente, o Grande Prêmio Cidade do Rio de Janeiro no circuito da Gávea tomou ares internacionais. Sem desfazer dos grandes pilotos brasileiros – Manuel de Teffé (a quem devemos, em muito, a criação do circuito), Chico Landi, ou mesmo os falecidos Irineu Corrêa e Dante Palombo – a grande sensação é o italiano Carlo Pintacuda. Na corrida do ano passado, tirando vantagem da chuva e do traçado em pendente, conseguiu chegar à frente do alemão Stuck. Dizem que foi uma vitória espetacular. Pena que eu não estivesse aqui para assistir.

Desculpa se pareço muito entusiasmado, papai, mas se um dia visses uma dessas baratinhas voando a mais de 80 km por hora, se ouvisses o barulho dos motores, e visses o traçado terrível da pista, entenderias. Não é à toa que o chamam de Trampolim do Diabo.

Não, não te preocupes, não estou apenas me divertindo. Aproveito o fato dos gaúchos "estarem na moda" na Capital Federal para fazer contatos, novos conhecimentos que certamente nos serão úteis. Aliás, é preciso que saibas que o teu compadre Getúlio me atendeu com enorme gentileza quando fui procurá-lo. Foi uma experiência engraçada que, tenho certeza, vai te fazer rir.

Como sabes, apenas por brincadeira, mandei imprimir alguns cartões de visita com o brasão do nosso antepassado o conde. Quando me recomendaste fazer uma visita ao Dr. Getúlio, levei um desses cartões. No Palácio do Catete, eu o entreguei ao ajudante de ordens e me apresentei como conde Mathias. Ao ver o brasão, o oficial olhou-me respeitoso e foi imediatamente anunciar-me. Pela porta entreaberta, pude ouvir a risada do presidente, que levantou-se da escrivaninha e veio abraçar esse teu filho. Com certeza, não esquece os favores que te deve.

Bem, por hoje, fico por aqui. Agradeço, mais uma vez, a remessa feita e peço um último favor: se passares por Caçapava diz à minha noiva que, embora alguma carta possa se ter extraviado, tenho escrito a ela com a mesma regularidade com que te escrevo. Recebe o afeto agradecido deste filho que te pede a bênção,

Mathias

* * *

Grande safado, sorriu José, dobrando a carta, grande safado... Logo Ignácio terá a sua vez, justificou-se, lembrando a discussão. Apenas era preciso ir devagar, os tempos não estavam fáceis. As despesas eram muitas. Só o colégio de Leocádia custava uma pequena fortuna. Nesse caso, porém, não havia outra solução. Impossível criar uma menina ali, naquela casa, ainda mais alguém como Leocádia. Com as freiras, estava em boas mãos. A certeza de sabê-la segura e feliz valia cada tostão.

A grande enchente

Porto Alegre, 15 de maio de 1941

Querido papai,

Não tenho escrito porque a situação aqui está muito complicada. As águas estão baixando. Uma lama fedorenta toma conta da cidade como se a mão de um demônio a segurasse. Januária, a mulata que ajuda na cozinha, contou que uma criança nasceu dentro de um barco. Esse chegou a tempo. Outros, porém, chegam tarde e transportam apenas cadáveres. O mundo é inesperado, nós sabemos, é preciso enfrentá-lo. Não te preocupes, não tenho medo. Espero que este bilhete chegue às tuas mãos logo. Recebe o beijo da filha que te pede a bênção,

Leocádia

— Mas por que precisas postar essa carta pessoalmente, Leocádia? Coloca na caixa, como sempre. Irá na terça-feira com o resto da correspondência.

— Impossível, irmã, é urgente, meu pai está preocupado e, além do mais, já escrevi outras que não chegaram. Pode ser pela enchente, mas pode também ter sido por falta de cuidado. Só vou ficar tranquila se eu mesma a colocar no correio.

— Não posso te deixar sair, Leocádia. As coisas estão muito confusas lá fora.

— Ora, irmã, este é meu último ano no colégio. Logo estarei sozinha na confusão do "lá fora".

– Pode ser, mas até lá a responsabilidade é minha. Sinto muito, Leocádia.

– E se eu for com a irmã Natalícia quando ela sair para fazer as compras?

– Bem, se ela estiver disposta a te levar até o correio, então podes ir.

Leocádia agradeceu. Colocou sapatos grossos, capa, luva e chapéu. Esperou, no corredor, pela irmã e a noviça, que sempre a acompanhava. Caminhando entre as duas, iniciou a contar uma história engraçada. Ao passarem pela portaria, riam e conversavam, animadas. Leocádia, com estudada displicência, lançou, por sobre o ombro, ter autorização para sair, que a irmã Porteira confirmasse com a Superiora.

– Sim, Madre, com a irmã Natalícia – ouviu a freira confirmar, já tranquilizada, pelo interfone.

Na rua, despediu-se das acompanhantes improvisadas. Cuidando para não escorregar no limo das calçadas, desceu em direção ao bairro Floresta. Januária lhe contara hoje cedo, mas precisava ver com os próprios olhos. Caminhava agitada, falando baixinho numa antecipação nervosa. Na avenida, fez sinal para uma das carroças que transportavam os poucos transeuntes nos bairros ainda alagados.

– Preciso ir à rua Cairu, cinema Navegantes.

– Posso levá-la até um ponto, depois a senhorita terá que tomar um bote, está tudo ainda embaixo d'água – explicou o carroceiro que, não fosse pelo cansaço, estranharia roupas e maneiras. Nesses tempos estranhos, pouco se reparava. Ele tentou puxar conversa. Um olhar o fez desistir. O rapaz disfarçou o desapontamento assobiando uma marchinha. Leocádia não o ouvia, observava a destruição, com avidez. Esgotos, arrancados de seus subterrâneos, espalhavam mau cheiro. Lixo e cachorros misturavam-se. Uma lama pegajosa cobria tudo. Os poucos passantes não pareciam importar-se.

Quando não foi mais possível ir adiante, Leocádia pagou ao carroceiro e ofereceu-lhe uma gorjeta se esperasse, com ela, a chegada de um bote. O rapaz, esquecido do ressentimento, enfiou dois dedos na boca e soltou um assobio agudo. Logo, surgiu um barco. Leocádia disse aonde ia. Ao contrário do rapaz da carroça, o barqueiro era de poucas palavras.

A partir desse ponto, reinava o silêncio. Não mais o barulho dos caminhões que circulavam pela avenida Farrapos, não mais o rangido tosco da carroça, o plaft-plaft da água nas patas do cavalo. Tudo agora era líquido, marrom e silencioso. Rente à superfície, uma pequena cobra coleava. Nas paredes, ainda em parte submersas, podia-se ver a marca escura da enxurrada, uma linha constante e irregular feita de barro e detritos. Onde antes havia tráfego, pequenas ilhas de gravetos e aguapés balançavam. Porque nada podia ser feito, a cidade perdia a pressa, as casas acalmavam-se, esperavam. O sol, apenas o sol era irrequieto. Seus reflexos desdobravam-se sobre as águas, como se milhares de borboletas douradas dançassem, enlouquecidas.

Quando divisou, ao longe, a fachada austera do cinema, encimada pelo relógio de sol, Leocádia preparou-se. Ajeitou chapéu e luvas. Alisando a bolsa, numa sugestão de recompensa, pediu ao barqueiro que encostasse o barco a uma das janelas do primeiro andar e esperasse, seu assunto seria rápido. O barqueiro fez que sim.

No interior, estava escuro e não havia borboletas. Um improvisado caminho de tábuas levava até o palco, a única parte acima do nível da água. Ali, algumas pessoas rodeavam os cadáveres de uma mulher e de um menino. Leocádia aproximou-se.

– Venho da escola – disse, respondendo aos olhares interrogativos.

Enxugando os olhos num lenço já muito usado, uma velha, pensando, talvez, tratar-se de uma das professoras do menino, informou:

– Uma tragédia. A mãe morreu tentando salvá-lo. Estamos esperando a polícia e um barco que os transporte.

Leocádia acenou em concordância. Fez-se um silêncio de vozes. Lá fora, o vento soprava trazendo o bater ritmado da ressaca.

Ignorando a morta, Leocádia debruçou-se sobre o menino como se fosse beijá-lo. Indiferente a tudo, às roupas empapadas, ao frio, ele sorria. Gotas escuras caíam do telhado, rolavam pelas paredes, pelo chão, escorriam sobre seu corpo para, logo, unirem-se, em fios, às grandes águas. Era como se a morte, não podendo mais fazer-lhe mal, apenas o tocasse de passagem.

– Sou eu – Leocádia disse baixinho. – Sou eu – repetiu – sem ter resposta. Onde ela está? – insistiu, chegando mais perto e encostando o ouvido à boca entreaberta. Era preciso estar atenta, os mortos usam palavras soterradas.

O menino não falou. Cinzento e solitário como essas madeiras que vêm dar à praia, ele sorria. Quem o visse diria que nada mais havia ali além da carne. A Leocádia, porém, as roupas, o tempo, o silêncio e até mesmo a mulher morta estendida ao lado, nada enganava. Era ele, não havia nenhuma dúvida, era seu irmão, o que viera escondido na barriga da mamãe, o que a levara embora. Era ele. Seu corpo exalava o odor enjoativo e doce do jasmim, o perfume da estância no verão. Através das pálpebras semicerradas, podia ver os olhos azuis dos santos do Quarto. Como da outra vez, ele viera para matar; tendo conseguido o seu objetivo, calava-se. Era como se fosse ausente e ela, Leocádia, como se fosse nada.

Não, dessa vez, não deixaria que ele a ignorasse. Olhando bem de frente aquele rosto que era exatamente como ela imaginara: claro e bonito, muito mais bonito do que o dela, bateu nele. Bateu para que não zombasse, para que soubesse que, apesar de tudo, ela havia sobrevivido. Ele não reagiu. Nenhuma palavra, nenhum choro, nenhum gemido. Leocádia entendeu que, protegido no silêncio fechado dos que sabem, ele iria embora, voltaria para junto da mamãe. Ela não poderia retê-lo. Ao menos, levaria no rosto a marca da sua raiva. Conhecera a humilhação, não poderia mais fingir-se imaculado, não poderia mais retornar ao útero. Triunfante, deu-lhe as costas e, sem importar-se com os gritos, a água, a lama, a sujeira, tomou o barco, depois a carroça e voltou ao colégio.

Durante toda a noite, ardeu em febre, uma febre nervosa que lhe aguçava os sentidos. No cinema inundado, ela havia forçado a verdade a revelar-se. *Mas*, dizia-lhe uma voz insistente, *de que serve a verdade quando é lançada assim, nua, sobre as pessoas? Serve de nada*, respondia outra voz, ainda mais insistente, *mostra apenas o quanto somos pequenos, murados em nossa impotência*. A febre subia. Raiva e triunfo foram arrefecendo. Leocádia tentava dormir. Inútil. Mesmo tapando os ouvidos, escondendo a cabeça sob o travesseiro, ainda escutava, sobrepondo-se às orações da irmã Enfermeira, as gargalhadas.

* * *

Porto Alegre, 23 de maio de 1941

Prezado doutor José de Menezes,

Louvado seja Nosso Senhor Jesus Cristo. Escrevo sem saber quando esta carta vai chegar ao seu destino, pois tanto as rodovias quanto as ferrovias apenas começam a dar passagem. Por enquanto, só os aviões alcançam a cidade regularmente, dias houve em que foi necessário usar o aeródromo da Air France, que fica em local mais elevado. Mesmo assim, escrevo-lhe para informá-lo sobre Leocádia de forma a tranquilizá-lo.

Sua filha está bem, embora ainda um pouco agitada. Teve, como informei-lhe ao telefone, uma crise nervosa acompanhada de febre. Felizmente já está tudo novamente sob controle. Nossas irmãs têm feito os maiores esforços para manter a situação dos alunos o mais normal possível. Porque estamos num local elevado, não corremos qualquer perigo, mas, sem água e sem luz, no auge da enchente, as coisas ficaram realmente complicadas. Alguns bairros, como Floresta e Navegantes, estão ainda embaixo d'água.

Escrevo-lhe sobre tudo isso não apenas para que tenha conhecimento dos nossos esforços, que posso chamar de heroicos, em benefício de nossos estudantes, mas também para dizer que são muitos os desabrigados. Figuras de elite, alguns deles provavelmente seus amigos, estão diretamente envolvidos no auxílio aos flagelados: doutor Loureiro da Silva, doutor Plínio Brasil Milano, entre outros. Apesar da ajuda recebida de outros estados e dos Estados Unidos, faltam cobertores, remédios, vacinas e até seringas para injeções. O governo destinou uma verba, mas, como sempre, o dinheiro é pouco. A população tem organizado concertos e sessões de cinema com fins beneficentes. Por essa razão, aproveito para, além de dar-lhe notícias de sua filha, pedir, se possível, alguma ajuda. Pode ser em víveres ou mesmo em dinheiro.

Na expectativa de tê-lo tranquilizado e no aguardo de sua resposta, fico, sua serva em Cristo,

Irmã Leontina
Madre Diretora

O destino, por linhas tortas

Santa Maria, 1º de junho de 1941

Ignácio,

Fico feliz em saber que estás aproveitando teu curso na América. Pelo preço que estou pagando, tens a obrigação moral de fazê-lo. Por aqui, tirando essa enchente terrível, vamos todos bem. Em maio, pretendia ir visitar Leocádia, mas fiquei preso em Santa Maria. O último trem que passou, vindo da estância, foi o nosso, o abalo produzido terminou por fazer desmoronar todo o terreno. O aterro grande da ponte do Torupi foi levado pelas águas. Em Jaguari a linha ficou soterrada, o morro caiu em parte, e, o que é pior, sobre uma residência, matando três pessoas. Dizem que o batalhão veio de Santiago auxiliar na reconstrução da estrada.

As notícias de Porto Alegre não eram melhores: tudo cheio, casas desabando, gente morta e uns loucos a caminhar no meio da rua em trajes de banho. Ouvi dizer que a linha na pedreira, caminho de Pinhal, desabou completamente e que é passeio chique do pessoal da terra ir ver os estragos. Com a inundação da Usina, a cidade ficou sem luz elétrica, sem telefone, sem bondes. Houve escassez de alimentos. A água potável era apenas encontrada nas bicas ou distribuída em carroças. Dizem que os postes elétricos da Voluntários da Pátria entortaram pela força da correnteza, que a praça da Alfândega era mar e a rua da praia, canal. Os vapores trazendo víveres atracavam na Borges de Medeiros. Felizmente a avenida Farrapos foi construída acima da maior marca da enchente de 1928. Assim, embora tenha ficado sob as águas, essas não eram profundas o que permitiu que caminhões com carroceria alta pudessem trafegar. Dizem também que a liquidação do Secco foi completa. Se assim foi, vou encomendar o cimento de que estou precisando em outra firma, mas esperarei até restabelecer-se o tráfego da estrada.

De qualquer forma, a movimentação é grande, a ajuda tem chegado de todos os lados. Logo tudo vai ser reconstruído. Tirando, é claro, as vítimas fatais, creio que, a longo prazo, o maior prejudicado será o fazendeiro, pois ninguém virá acudi-lo. De uma tropa nossa em viagem para Sant'Anna, não tenho ciência alguma. Ninguém parece se importar. Até agora só o Instituto Coussirat de Araújo publicou algo sobre os efeitos desastrosos das chuvas na pecuária. Quanto ao teu convite, desde já agradeço mas, infelizmente, não vou poder ir para a festa de encerramento do curso. A viagem seria cansativa demais e demorada, não posso me afastar tanto tempo. Desde já transmito meus votos de que tudo corra bem.

Recebe o abraço do teu pai,
José

* * *

Dallas, 3 de dezembro de 1941

Querido Papai,

Estou pronto para partir. Amanhã será a cerimônia e o jantar de encerramento. Então, cada um seguirá seu caminho. Essas despedidas são sempre um pouco melancólicas. Ontem, despachei, pelo Colis Postaux, mais duas caixas com roupas e livros. Vão demorar alguns meses para chegar, não importa, é ainda a forma mais segura e barata de enviá-los e, como tu sabes, antes de ir em definitivo para a estância, vou tirar umas férias. Estudei e trabalhei muito, preciso de descanso, mesmo assim estou contando os dias para colocar em prática o que aprendi. Minha cabeça fervilha de ideias. Tenho certeza de que podemos adaptar muitas das técnicas americanas à nossa realidade. Continuo insistindo nas pastagens artificiais resistentes ao frio: azevém, aveia, lespedeza. Já pensaste na vantagem de poder vender a tropa fora da safra, quando os preços, em razão da escassez, estão mais altos? Tenho certeza: valerá o investimento.

Sei que não temos em nossa família a tradição da agricultura, mas andei pensando também que podemos aliar-nos a esses colonos vindos da Europa. Eles entrariam com o trabalho, e nós, com a terra e a água. Plantaríamos cevada, alfafa e, é claro, o linho. Trabalhariam sob a nossa supervisão, é preciso ter muito cuidado com o campo. Na estância, porque temos os campos cobertos de pastagens nativas, ainda não sentimos o problema da erosão, mas, se nos metermos na agricultura, esse será também assunto nosso. É preciso desde o início fazer o uso correto do solo. Cada terra tem sua vocação e precisa ser respeitada.

 Fiz amizade com muitos fazendeiros norte-americanos. Esses contatos nos serão úteis no futuro. Não poderemos fugir à importação de matrizes e touros, sem esquecer os carneiros. Tanto ou mais do que eu, sabes que campos como os nossos, os chamados campos finos, têm, por destino natural, a criação de ovelha. Assim, parece que independente do sobe e desce do preço da lã, estaremos sempre ligados a esses bichinhos pelos quais, te confesso, não tenho a menor simpatia. Prefiro mil vezes lidar com uma tropa de bois do que com meia dúzia de ovelhas estonteadas incapazes de enxergar uma porteira aberta à sua frente.

 E a guerra? O pessoal aqui parece que não quer se envolver, eu, porém, duvido que a situação se sustente por muito tempo. De qualquer forma, se e quando os Estados Unidos resolverem entrar na guerra da Europa, espero já estar em casa. Pretendia voltar por Buenos Aires para rever os amigos que fiz nas nossas temporadas por lá. Recebi, no entanto, uma carta do Juan. Lembras dele? Pai argentino, mãe portuguesa, muito educado, esteve uma vez aí na estância; pois o Juan me escreveu contando que a antiga turma, "la barra", como dizíamos, se dissolveu. Nem mesmo ele está, neste momento, em Buenos Aires.

 Dessa forma, decidi voltar pelo porto do Rio de Janeiro. Assim, aproveito e passo algum tempo com Mathias que, fiquei sabendo, está por lá fazendo outra de suas tantas "especializações". Mais tarde, telegrafo avisando o dia certo da minha chegada em Santa Maria. Por ora, recebe o abraço do teu filho que pede a bênção,

Ignácio

Fechando o envelope, Ignácio recostou-se na cadeira. Penitenciava-se pela ironia com relação a Mathias. Já era adulto, não devia importar-se tanto, mas importava-se. Sob certos aspectos somos sempre crianças, pensou, acendendo um cigarro. Sua mágoa vinha também da certeza de que modernizar a estância seria uma luta tão difícil quanto essa da Europa; o pai não se convenceria fácil. De qualquer forma, não adiantava sofrer por antecipação. Apagando o cigarro, voltou a ler trechos da carta do amigo argentino. Precisava respondê-la.

...o pior, Ignácio, é que não se pode afastar a possibilidade de que Hans e John venham a lutar, um contra o outro, nessa guerra maluca. Hans voltou para a Alemanha, alistou-se na Luftwaffe, certamente já está lutando. De John, a última carta que recebi veio da Patagônia onde, como tu sabes, a família dele tem uma fazenda de criação de ovelhas. Antes de partir me confidenciou que ia tentar convencer o pai a deixá-lo alistar-se. Por ser filho único, não quis fazer a coisa assim, de afogadilho. Mas estava decidido.

Lembras, Ignácio, quando te encantaste, lá em Buenos Aires, com a Emma, aquela judia bonitinha? Hans dizia: Pero, no te das cuenta de que es una judía? Nós dois achávamos graça e tu brincavas: Judía, si, pero que tetas! Eu, tu, e mesmo John nunca entendemos a verdadeira e trágica extensão daquelas palavras repetidas: una judía...

Agora, essa guerra absurda e nós quatro, os quatro mosqueteiros, dispersos para nunca mais. Hans e John, em lados opostos. Eu e tu, cidadãos de países oficialmente neutros onde já se adivinha a guerra. Que loucura é essa, tchê, que conseguiu nos separar?

Essa loucura chama-se vida, pensou Ignácio, ora junta, ora separa, e desta vez, para separar, escolheu a guerra. Não há nada que possamos fazer: apesar de ter nosso tamanho, a vida é muito maior do que nós. Pegando na escrivaninha mais uma folha de papel, preparou-se para responder ao amigo. Uma sensação de desastre, quase uma premonição, o envolveu, como um lençol molhado. Levantou-se. Caminhou pelo quarto tentando afastar a angústia. Estava cansado, apenas isso. Logo estaria no Rio de Janeiro, com Mathias, depois, em casa, onde tudo seria como antes.

A despedida. São Borja, 18 de abril de 1942

A locomotiva entrou na estação, espalhando fumaça. Os que iam viajar prepararam-se: juntaram crianças, recolheram malas, ajeitaram pacotes. Com o ar superior de quem assistiu a muitas despedidas, o fiscal ajustou o quepe e respondeu que, se quisesse, podia embarcar, mas faltava ainda quase uma hora para a partida. Arthur decidiu que passaria essa hora andando pela plataforma,

Tinha quase certeza de que não voltaria; se voltasse, seria apenas para vender a casa. Nada mais o prendia ali. Não precisavam mais dele. Ignácio estava pronto para assumir o comando das estâncias. Cumprira a promessa tácita feita a dona Luzia: estar por perto enquanto fosse necessário. Talvez por isso, por essa promessa, naquele 18 de junho, há quase cinco anos, o destino permitira que estivesse em Santa Rita, para a despedida.

Lembrava bem daquela noite. Ele passara o dia trabalhando na mangueira. Como seguidamente fazia quando o serviço prolongava-se até mais tarde, não voltou logo à Estância do Conde. Jantaram juntos. Dona Luzia fizera questão de abrir uma garrafa de vinho. Cortinas fechadas, lareiras acesas, conversaram. Talvez por pressentir que era pela última vez, ela falou abertamente: disse das preocupações com os netos, especialmente Leocádia, da sucessão nas estâncias, da evidente preferência de José por Mathias.

– Isso me incomoda muito, seu Arthur. Uma estância pode ser possuída por muitos homens, mas apenas um irá amá-la como merece, fazê-la florescer. Os outros serão apenas ecos. Estas estâncias são de Ignácio, não posso permitir que José os separe.

Naquela noite, como agora, a ideia de um amor competente, definição bem ao feitio de dona Luzia, o fez pensar em Alice.

Se não tivesse sido tão covarde, poderia ter sido ele o homem destinado? Ou, não importava o que fizesse, seria sempre apenas um qualquer, um que passou? Tantos anos, e sofria ainda. No início, fora puro desespero. Com o tempo, conformara-se à dor sempre presente. Ainda que tivesse a certeza de que dona Luzia o entenderia, ele, como de hábito, nada disse, não se abriu, não perguntou. Ninguém nunca soube sobre ele e Alice, não seria agora que iriam descobrir.

A Luzia, porém, nada escapava. A idade a fizera cartomante, e seu Arthur não era de difícil leitura. Os ombros curvos, os maxilares apertados, a cabeça baixa o delatavam: ele amara e perdera. Agora, ao jeito dos perdedores, consolava-se na rotina. Rotulava pessoas e sentimentos, não permitia que saíssem dos escaninhos em que os havia colocado. Essa rigidez o tornava, se não mais feliz, ao menos mais seguro. Discreta, Luzia não ofereceu conselho, falou apenas de como ela mesma tinha medo, um medo constante, que precisava vencer a cada dia, a cada hora, para seguir vivendo.

– Saber que a vida não é coisa minha, de papel passado, compromisso é o que me mantém ativa e interessada, seu Arthur. A vida não é de nenhum de nós, só dela mesma. Vai e vem, dá e tira, quando lhe apetece.

Ouvindo o cuco cantar às onze horas, dona Luzia sugeriu que ele ficasse em Santa Rita, estava tarde, não valia a pena enfrentar a estrada. Não seria incômodo nenhum, até já mandara Mosa arrumar o quarto de hóspedes. Antes de subir, abraçou-o. Ele guardou sua imagem, à luz da lamparina. Na manhã seguinte, estava morta. A vida não era mesmo de ninguém, nem de dona Luzia.

Ainda que passado tanto tempo, tinha saudades dela. Ontem, depois de arrumar as malas, fora até o cemitério, despedir-se. Não ia lá desde o enterro. Alguém, talvez dona Mosa, plantara ao lado da sepultura um pé de camélias. Algumas flores, caídas sobre o túmulo, mudavam de lugar com o vento. Arthur sentiu-se confortado. Em meio às camélias, dona Luzia estava bem e intercedia por ele.

Talvez sua "influência" estivesse surtindo efeito. O trabalho que lhe haviam oferecido na Secretaria de Agricultura era surpreendentemente interessante, a remuneração, razoável. Teria tempo para estudar, escrever, quem sabe até mesmo ensinar; disso, gostava bastante. Embora sentisse a partida, estava entusiasmado. Fosse mais jovem, diria que iniciava uma nova vida. Na idade dele, porém, empregos e lugares mudavam, mas a vida era sempre a mesma.

– Pensou que ia embora assim no mais, sem se despedir? – disse uma voz às suas costas.

Era Ignácio. Abraçaram-se numa dança atrapalhada, ponteada de tapas. Não imaginara que viesse. Tinham dito adeus havia dois dias, na estância.

– Vamos lá, seu Arthur, ainda temos tempo para um pastel, será nosso jantar de despedida.

No bar, em frente à estação, brindaram com um conhaque. Aquecido pela bebida e pela presença de Ignácio, Arthur sentiu-se melhor: não estava tão sozinho afinal. Num guardanapo de papel, escreveu nome e telefone da pensão em Porto Alegre.

– Disseram que é razoável, cuidada pela proprietária. Vai me sair bem mais em conta do que alugar um apartamento. Não me desfiz da casinha aqui em São Borja. Vamos ver como ficam as coisas, quem sabe, um dia, ainda volte – mentiu. Examinando os veios do mármore no balcão e pensando que faziam lembrar um rio, esqueceu-se, por um momento, da partida. A chegada do garçom trazendo o prato com pastéis o fez voltar à realidade. Levantando os olhos, forçou sua atenção em Ignácio, que falava.

– O senhor sabe: ao contrário de Mathias, nunca gostei do Rio de Janeiro, sempre preferi Buenos Aires. Desde adolescente tinha, por lá, amigos. A guerra os esparramou. Quando vim de Dallas, pensei que era ela, a guerra, quem me fazia voltar ao Brasil pelo Rio, mas não, era o destino, era Leonor. Leonor Mendonça de Castro – nome de rainha. Um dia, o senhor vai conhecê-la. Eu a encontrei porque, sendo amiga de Alzirinha, frequenta, como Mathias frequentava, o grupo que rodeia o presidente Vargas.

Ignácio falava depressa, atropelando as palavras, como se narrar mais uma vez os fatos, fosse absolutamente necessário e ele não tivesse muito tempo. Era natural, tanto acontecera-lhe em poucos meses. Ouviria, pensou Arthur, ainda que na noite em que partia, em que deixava para trás toda uma vida, não estivesse com ouvido bom para confidências.

– Foi tudo muito rápido, seu Arthur. Ainda estou zonzo. No dia seguinte à minha chegada, Mathias me levou ao cassino. Seus amigos haviam organizado uma grande mesa. Estouravam champanhe, faziam estardalhaço. Não me senti nada à vontade. *Fico apenas o tempo suficiente para não ser grosseiro*, pensava comigo mesmo até vê-la, sentada à outra extremidade da mesa: vestido preto, decote rente ao pescoço, colar de pérolas. A orquestra começou a tocar um tango. *Por Una Cabeza*, era. Implicante como sempre, Mathias, falando para que todos ouvissem, me chamou de especialista em tango, um dançarino como poucos, que mostrasse aos outros. Para ver-me livre, respondi que o faria com o maior prazer, mas era impossível pois não tinha par. *Não seja por isso* – disse Leonor, levantando-se.

Arthur, cabeça baixa, atenção dividida, ouvia Ignácio sem ouvir. Conhecia os fatos, não se interessava pelos detalhes. O mármore do balcão, seus veios escuros faziam mesmo lembrar um rio. O Amazonas dos mapas do colégio?, o Uruguai? Alice, é claro. Era Alice que o mármore fazia lembrar; a Alice das tardes na chacrinha perto do rio. Não, essa não era uma boa hora para lembranças, partir já o deixava triste o suficiente. Voltou a Ignácio.

– Ela dançava bem. Havia um sopro de samba no tango que dançava. Algo sutil, tão sutil que, quem olhasse, não diria que era ela quem estava no comando. Ao terminarmos, fomos muito aplaudidos. Leonor ria. Um riso jovem, solto, sem qualquer traço de timidez. Desde essa noite, estivemos sempre juntos. Adiei minha volta, para conhecê-la melhor. Fiz o pedido, ela aceitou. Eu queria casar-me o mais cedo possível. Por insistência dela, concordamos que ficaríamos distantes por alguns meses. Precisava tempo para organizar as coisas, providenciar o enxoval, habituar sua mãe à ideia de vê-la partir para o Sul.

— Então — continuou Ignácio, esvaziando o copo de conhaque —, como o senhor já sabe, aconteceu o acidente, a morte de Mathias. Naquela madrugada, amigos dele foram me buscar no hotel. Quando cheguei, estavam retirando seu corpo das ferragens. A *baratinha* emprestada na qual ele fazia o Circuito da Gávea estava destruída. Pobre Mathias, nos últimos tempos, andava obcecado pelo automobilismo, numa carta confessou-me que sonhava correr, um dia, como profissional. Acompanhar seu corpo destroçado, de volta à casa, foi a tarefa mais dolorosa que já desempenhei. Fomos em voo fretado até Porto Alegre, de lá para Santa Maria, em carro-motor. Nunca esquecerei os olhos de papai ao ver-nos chegar. Enquanto eu recebia os pêsames, ele aproximou-se do caixão. Fui ao seu encontro para abraçá-lo, consolá-lo, dizer que podia contar comigo e o ouvi dizer, em voz baixa, acariciando a madeira do ataúde: *Por que tu, Mathias, por que logo tu, o melhor dos três?* Foi duro para mim, muito duro; antes, eu ainda podia me enganar, fingir que papai amava-me tanto quanto a Mathias. Sem saber o que dizer, fiquei ali, os braços pendentes na inutilidade de um abraço abortado.

Arthur nada disse; todos sabiam, inclusive Ignácio, que o predileto sempre fora Mathias. Era assim e qualquer palavra em contrário seria mentirosa.

— É estranho, seu Arthur, mas das manhãs e tardes em que enterrei minha mãe, depois minha avó e meu irmão mais velho, guardo a lembrança de um sol festivo. Eram dias ensolarados; o senhor sabe, o senhor estava lá.

Arthur sabia, tinha, realmente, estado lá. Dona Clara, ele pouco conhecia. Ficara com muita pena das crianças, especialmente Leocádia. Com Mathias, não tinha maiores afinidades, sofrera pelo doutor José. A morte de dona Luzia, ele havia sentido como se fosse a de sua mãe.

— Para mim, o que mais dói na morte, seu Arthur, é ver o quanto somos supérfluos, como o mundo pode, com facilidade, nos descartar. Enquanto levavam o corpo de Mathias para o cemitério, havia brisa e a vida continuava. Como pode ser assim?, eu me perguntava, se meu irmão morreu e papai disse que teria sido melhor se fosse eu? Nunca soube se Leocádia também ouviu, nunca perguntei. À beira do túmulo, ela pegou minha mão e sorriu como se me dissesse que estávamos juntos, na exclusão paterna. Agasalhado nessa irmandade recém-descoberta, dividido entre as estâncias e o casarão de Santa Maria, tentando, apesar de tudo, consolar meu pai, pensando numa noiva quase desconhecida com quem casarei, por procuração, dentro de um mês, sem nem mesmo estar presente, assim vou vivendo. O senhor, seu Arthur, vai me fazer falta, muita falta.

A locomotiva apitou, os vagões moveram-se, Arthur e Ignácio, comovidos, despediram-se num último abraço. Prometeram escrever. Garoava fino, anunciando a proximidade do inverno. Os gritos urgentes dos vendedores de maçãs apressavam a partida. Arthur procurou uma poltrona vazia. Acomodou a bagagem no compartimento. Não levava muitas coisas e, ao mesmo tempo, levava coisas demais. Pela janela, observou Ignácio, o pequeno Ignácio de dona Luzia que crescera e não tinha mais o direito de olhar os campos com olhos de guri. O que antes fora apenas lúdico tornara-se trabalho. Noivo de Leonor, já estava casado com as estâncias. Pelo menos para essas, na opinião de dona Luzia, ele sempre fora o homem certo.

MEMORIAL RIOGRANDENSE DA LIVRARIA DO GLOBO
Estância Santa Rita

25 DE JUNHO DE 1942
quinta-feira

Parado rodeio do Araçá e dadas 3 bolsas de sal para o gado.
João Gregório trouxe uma carga de pedra para a taipa do açude.
O feitor da zona mandou um próprio com o telegrama avisando da chegada de Leonor.
Finalmente!!!

Carneado um capão para consumo.

A Leonor não assustavam os desafios; assim, quando, tremendo de frio, entrou pela primeira vez na pequena casa branca da Estância do Conde, enxergou mais as possibilidades que os defeitos. Ignácio, ao contrário. Nervoso, dando-se conta do quão precária ela era, enquanto os empregados descarregavam baús e malas trazidos no carroção, explicava, de um fôlego, que a sede original dos Ramos Siqueira, a família de sua mãe, era Santa Rita. Ali onde estavam era a Estância do Conde, campos que, tendo pertencido anteriormente à família, haviam sido vendidos por um dos tios e recomprados pelo pai.

A sede, portanto, onde morara sua avó e onde ele passava os verões, sempre fora Santa Rita. A Estância do Conde fora apenas a residência de seu Arthur, o antigo administrador, e por isso, como Leonor podia ver, era muito simples. Mesmo assim, e esperava que ela concordasse, tinha preferido ficar ali para que pudessem iniciar a vida de casados sozinhos, longe dos olhos e da interferência da família. Tudo que ela julgasse necessário para maior conforto, ele tentaria conseguir, dentro do possível. Aquela era, na verdade, uma moradia provisória.

Quanto à criadagem, por azar, a antiga cozinheira havia pedido as contas alguns dias antes e, assim, às pressas, ele conseguira apenas Ernestina, esposa de Atílio, o sota-capataz. A moça, embora estivesse grávida, ainda poderia servi-los por algum tempo, até encontrarem substituta. De qualquer forma, antecipando-se ao que talvez Leonor quisesse fazer, ele telegrafara à irmã em Santa Maria perguntando se não tinha alguém que pudesse indicar. Ela oferecera Anita, uma moça que entrara ainda menina para o serviço da família. Chegaria em alguns dias.

Leonor ouviu tudo com um sorriso. Talvez por estar apaixonada, talvez porque sempre pintara em sua mente um quadro catastrófico das estâncias gaúchas, até que não estava achando tão ruim. A casa era simpática, os lampiões criavam uma atmosfera romântica, Ignácio ou Ernestina haviam feito comoventes tentativas de enfeitar o quarto com rosas e, maravilha das maravilhas, no banheiro, uma enorme banheira de ferro esmaltado, cheia até a boca de água quente, esperava por ela.

Ao jantar, comeram algo, para ela, inusitado, mas não de todo ruim: espinhaço de ovelha com pirão. Um prato simples, mas que deixava perceber que Ernestina tinha bom tempero, aprenderia com facilidade. De sobremesa, mogango com leite, que Leonor também não conhecia. Encantada, fez Ignácio rir ao comentar que a polpa dourada a desmanchar-se na brancura do leite dava-lhe um arrepio estético: era como o sol a derreter-se sobre um campo nevado.

– Nunca, ninguém, pelo menos aqui, no terceiro distrito do município de São Borja, disse algo tão bonito sobre um prato de mogango – murmurou Ignácio, antes de beijá-la.

MEMORIAL RIOGRANDENSE DA LIVRARIA DO GLOBO

Estância do Conde

13 DE ABRIL DE 1943
terça-feira

Parados para dar sal os rodeios do Fundo (4 sacos), Meio (5 sacos) e Alto (6 sacos).

Nos rodeios do Fundo e do Meio deu-se recoluta ao capataz do major Celestino – 19 rezes.

João Gregório trouxe uma carga de lenha.

Figueiredo foi pra casa.

Estanislau trabalhou um dia roçando o arvoredo.

Vieram de Santa Rita 2 fardos de alffafa e 18 frangos.

Nada de chuva. Só garoas intermitentes que não chegam a molhar a terra.

As colmeias carregadas de mel, muita fruta no mato, pássaros demais voando em bandos, a finada madrinha costumava dizer que isso era sinal de seca braba. O verão tinha sido muito quente. Miguelina até não lembrava de outro tão quente, a não ser o do ano em que casara com João Gregório, vontade de fazer nada, só ficar dentro da sanga. *Deus queira não venha também praga de gafanhoto*, pensou, soprando dentro do ferro de passar roupa para avivar as brasas.

Não prestava entrar o inverno desse jeito: o açude mostrando seu fundo de barro crestado, os urubus adivinhando festa. E não só urubu-bicho. Bem igual corvo em carniça, o pessoal graúdo, com água e campo de sobra, rodeava os pequenos, se aproveitava, ia comprando gado a qualquer preço. *Tem gente sem coração*, filosofou, esfregando as ancas doloridas. Andava já meio velha, passada dos cinquenta. Ainda assim, das roupas de dona Leonor, fazia questão de se ocupar. No resto, as gurias ajudavam.

Dava gosto trabalhar para dona Leonor. Tinha lá os seus trejeitos, mas cada um, cada qual. Levava a casa que era um brinco. Perguntadeira, isso ela era, não se podia negar. Estava sempre querendo saber, pedindo receita, tomando nota das serventias dos chás. Em benzedura não confiava. Nunca chamou pra benzer. Mas isso é assim mesmo: pessoa não acostumada não tem fé.

Retocando a última fronha, Miguelina ficou um tempo admirando o ponto cheio do bordado. Pintura de agulha, era como se chamava, a patroa tinha dito, e era mesmo uma pintura. Todo o apronto de dona Leonor, os enxovais, as rendas, era tudo muito lindo. Na cama, a alvejada brancura dos lençóis se espraiando em travesseiros parecia merengue em bolo. *Desde que os noivos aproveitem a merengada...*, riu-se ajeitando a trouxa de roupa limpa em lugar seguro, longe dos cachorros.

Essa semana, o rol fora maior. José estava em Santa Rita, tinham se encontrado ontem, na casa de barcos. Padre Hildebrando viera, por uns dias. Até dona Leocádia, que era meio arisca, tinha vindo para a festa da igreja em Santa Clara. Pensando na igreja, uma saudade doeu em Miguelina: dona Luzia. Esse povo todo estava ali por causa dela, pelo que havia feito. Forte e rasteira igual floração de trevo, dona Luzia seguia mandando, mesmo depois de morta.

* * *

Ajudando Anita a tirar o pó do quarto – não que precisasse, gostava –, Leonor disfarçava o medo demorando o pano sobre a maciez do jacarandá. Nos outros cômodos da casa, construíra um luxo fugaz, enganoso, feito de toalhas de renda, frescor de folhas colhidas no jardim, almofadas coloridas, avencas arrancadas ao poço. Só no quarto, a beleza era real. Graças ao costume gaúcho de que à noiva cabe trazer os móveis de dormir, estar ali era como estar no Rio.

Nos momentos mais difíceis, a suave elegância daqueles móveis fazia-lhe companhia, transmitia calma. Nessa manhã, porém, o vaso de cristal a transbordar rosas de inverno sobre o toucador não a acalmava, ao contrário, dizia-lhe que faltava pouco para que fosse mãe. Iguais às que a esperavam quando chegara à estância, essas rosas de inverno pareciam fechar um ciclo, iniciar outro. Logo, não seriam mais apenas ela e Ignácio, entre eles haveria uma pessoinha que dependeria inteiramente dela para viver. Por isso, para disfarçar o medo, Leonor demorava o pano nas raias da madeira que a deixava mais perto da casa materna. Lá, onde queria estar quando a criança nascesse.

Não que duvidasse dos médicos gaúchos, de forma alguma, eram competentes. O Hospital Alemão de Porto Alegre, sabia, era excelente. Mas, nessa hora, ela queria mais que competência, queria ter o filho no Rio, passar lá o primeiro inverno. Queria voltar, por algum tempo, a ser filha, deixar de ser patroa, ter quem a cuidasse, quem lhe servisse um chá sem que precisasse mandar.

Ignácio, porém, estava irredutível. Não podia ficar tanto tempo ausente. Se ficasse, era longa a lista de tragédias que poderiam acontecer. A seca desse ano anunciava-se uma das piores, talvez a pior desde aquela outra, famosa, a do Grande Incêndio que quase destruíra a sede em Santa Rita.

Pois ele, o pai da criança, não podia ir? Que não fosse. Que ficasse. Era hora de Ignácio preocupar-se com ela, não com o gado. Se o casamento era para ser desse jeito egoísta, olhando só para o próprio umbigo, melhor que terminasse de uma vez, ela pensava, esfregando o pó para esquecer as lágrimas.

— Dona Leonor, a Ernestina pediu que eu lembrasse a senhora que o doutor José e a dona Leocádia chegam logo mais e ela ainda não sabe o que fazer de almoço e nem de jantar.

— Diz a Ernestina que eu já vou, Anita.

Malditos hormônios, pensou, entreabrindo a blusa. Estava fazendo tempestade em copo d'água. Ora se ela, logo ela, não ia poder encarar o inverno, a seca, tudo que se apresentasse! Secando os olhos, escovou os cabelos, passou pó de arroz e batom. Estava cansada, apenas isso. À tarde, deitaria um pouco. A semana seria cheia. As obras da igreja haviam finalmente terminado, padre Hildebrando viera para a entronização da imagem de Santa Clara. No domingo, haveria missa. Seu Balbino e dona Carmela haviam confirmado presença. Major Celestino e dona Augusta também. A festa, planejada para o dia 11 de agosto, dia de Santa Clara, fora adiantada em razão do nenê. O importante era abençoar a igreja, terminar a obra. Em agosto, o padre poderia vir novamente e celebrar missa, mesmo sem a presença dela.

Tudo estava organizado, sob controle. Para o almoço, faria algo leve, um pudim de peixe. Ontem, alguém do galpão lhe tinha trazido umas traíras. Arrumaria a mesa com a louça de domingo. Mandaria colher, no pomar do galinheiro, umas tangerinas maduras. Leocádia gostava muito de suco de tangerina (bergamota, como diziam por ali) e a cor alegraria a mesa. Abriu mais um botão da blusa. Se os seios eram a única parte do seu corpo que ficara mais bonita com a gravidez, por que não mostrá-los? Precisava sentir-se bonita mesmo que apenas para o sogro, a cunhada e o padre. Bonita, mais que nunca, bonita. Isso era essencial. Faltava apenas resolver o jantar. Não faltava mais. Mandaria Ernestina degolar três ou quatro galinhas, faria o prato predileto do padre: frango ao molho pardo.

* * *

Vestindo-se para a visita ao irmão e à cunhada, ao enrolar os cabelos e prendê-los no costumeiro coque sobre a nuca, Leocádia entendeu, num relance, por que, mesmo antes, quando vovó Luzia ainda era viva, sentia-se desconfortável na estância. Semelhante ao penteado que acabara de fazer, as estâncias são seres espiralados, voltados sobre si mesmos, redemoinhos invertidos, água sugada por um ralo. Em alguns, fazem nascer uma coragem ampla, uma vontade inesgotável de ser livre. Aos demais, porém, a maioria, elas abocanham sem possibilidade de escape e os mantêm presos uns aos outros com os grampos implacáveis do medo à solidão.

Porque as distâncias separam, todos os que vivem nelas são muito formais. Mesmo no trato diário, não dispensam a senhoria: é seu Maurílio, dona Mosa, seu Biloca. Mas não se vive impunemente a amplidão. Ao mesmo tempo que separa, que torna cerimonioso o conviver, ela cria uma necessidade imperiosa de saber-se parte de um grupo. Assim, por debaixo da aparente cerimônia, unidos num mesmo e enroscado nó, todos atribuem-se o direito de meterem-se nas vidas uns dos outros. Essa familiaridade oculta e disfarçada, esse imiscuir-se, sempre fora, para Leocádia, insuportável. A sentia como uma enorme boca, viscosa e quente, mastigando, amolgando, transformando tudo e todos num purê promíscuo, nojento e sem sabor. Desde criança, sempre quis fugir disso.

Quando viu-se livre da convivência forçada no internato, passou a preservar, com muito zelo, sua intimidade. Por vontade própria, viveria só. A presença do pai, porém, não a incomodava: moravam juntos, no casarão de Santa Maria, como gentis estranhos. O último estorvo fora Anita. Entrara para a família com treze anos, era dedicada, não podia despedi-la. Por sorte, quando Ignácio, recém-casado, telegrafara pedindo uma empregada, pôde ver-se livre dela. Agora, no casarão, as serviçais eram todas novas, contratadas na cidade, sem história comum, sem liames. Permaneciam apenas pelo salário. Às escondidas, riam-se dela, chamavam-na de louca. Pouco se lhe dava. Viver da forma como queria, sem dar satisfações a ninguém, era uma bênção. Quantos podiam fazer o mesmo?

O mais estranho é que esse distanciamento cultivado criara ao seu redor uma aura de mistério. Quando, à tardinha, chegava à janela, ou quando, aos domingos, caminhava as poucas quadras entre o casarão e a igreja matriz, os transeuntes a tratavam como figura da realeza. Homens tiravam os chapéus, senhoras sorriam, cumprimentavam com acenos de cabeça. Algumas até incentivavam os filhos a pequenas reverências. Cumprimentá-la, com maior ou menor grau de intimidade, tornara-se uma questão de status.

Aos poucos, começou a caprichar nos vestidos, nos penteados: lançava moda, era assunto nas rodas de chá das senhoras. Às vezes, colocava um chapéu extravagante ou prendia uma flor no vestido só para observar as reações. Mantendo a seriedade, impenetrável no seu vestir de luto, divertia-se, apreciava as homenagens.

Ao guardar a escova na gaveta do toucador, percebeu que sorria. Estava de bom humor, a visita ao irmão não a incomodava. Gostava de Ignácio, dava-se bem com Leonor. Ambos reconheciam a linha divisória, não tentavam modificá-la, não forçavam presença, pareciam entender. Talvez entendessem mesmo, afinal, era tão fácil. Todos têm seus fantasmas, a diferença é que a ela, Leocádia, os fantasmas visitavam, e por uma razão muito simples: ela não tinha medo.

As pessoas que, por covardia, fogem do insólito, escondem-se no comum, esquecem que o cotidiano tem muitas portas por onde se pode penetrá-lo. É tão insípida a vida dos que se deixam assustar. Mais que insípida, burra. Eles não se dão conta de que o absurdo, na verdade, é apenas um modo diferente de olhar o mundo, de internar-se nele, de deixar-se levar até outras realidades possíveis, até outros mundos. Quando se entende isso

– que o absurdo não existe – o que antes era um "impossível" vai juntando-se a outro e mais outro, compondo uma rede nova, um novo desenho compreensível e coerente. Entrar e sair desse desenho sem se deixar prender era o que Leocádia estava, ano após ano, devagar, aperfeiçoando.

* * *

Embora Ignácio dissesse que era bobagem, Leonor não conseguia ver-se livre da impressão de que os sacerdotes, todos eles, mesmo os mais gordos, estavam sempre com fome. *Se não conseguir comer tudo, ele deixa,* pensava, servindo ao padre Hildebrando uma exagerada porção de galinha ao molho pardo.

– Soube pelas freirinhas que o senhor está fazendo um belo trabalho no asilo dos órfãos, padre. O homem certo no lugar certo, foi o que me disseram.

– O que se faz por prazer não tem merecimento, dona Leonor – padre Hildebrando respondeu, acompanhando, atento, o ir e vir da colher desde a travessa até seu prato. – Trabalhar com crianças é o que mais gosto de fazer. O tempo que dedico ao orfanato é também uma forma de dizer obrigado a essa cidade que me recebeu tão bem. A senhora sabe, os padres não podem escolher, vão para onde os mandam. Confesso que fiquei contentíssimo com a transferência para São Borja. Aqui tenho amigos de muitos anos, como vocês. A vida de um sacerdote pode ser muito solitária.

– E vale a pena, padre? Essa vida solitária, a proibição de ter família, mulher, filhos, vale a pena? – perguntou José, com a franqueza que lhe permitia a idade.

– A vida de um padre é como todas as vidas, doutor José, alguns dias valem a pena, outros não. A maior parte do tempo, nos sentimos inadequados e previsíveis. É complicado falar à alma. As verdades que queremos revelar são verdades antigas. Assim, na melhor das hipóteses e com a melhor das intenções, estamos sempre repetindo as mesmas, velhas, palavras. O senhor, pelo que me disseram, é ateu?

— Ateu não, padre, agnóstico.
— O que, sejamos sinceros, doutor, é quase a mesma coisa. Não que as palavras, agnóstico e ateu, tenham o mesmo significado. Não. Mas até agora não encontrei nenhum ateu verdadeiro. Até os mais ferrenhos comunistas têm um escapulário escondido na carteira, um santinho, dado pela mãe, pela madrinha, do qual não se desgrudam.
— *Yo no creo en brujas, pero que las hay, las hay*, como dizem os castelhanos — interrompeu Ignácio.
— É mais ou menos assim.
— Pois eu, padre, diferente do meu pai, acredito em Deus. Pelo menos, até agora, ninguém me provou que Ele não existe. Tenho fé, sim, mas como a imensa maioria dos machos brasileiros, não sou praticante, não me atenho a rituais. Penso que não preciso comer uma hóstia para estar perto de Deus. Aliás, o senhor me desculpe, não quero polêmicas, mas ponho em dúvida muitos dos ensinamentos católicos. Penso, por exemplo, que não é necessário ser cristão para ser ético, e se existe paraíso, os éticos, ainda que não batizados, também o merecem. Nesse, e em muitos outros pontos, discordo da sua Igreja.
— Gosto de vê-lo discordando, doutor Ignácio. Deus, ao contrário do que pensam, não é certeza, é dúvida. E sabe por quê? Porque Deus é amor, e tudo o que é certo e definitivo é negação do amor e, portanto, negação de Deus. A vida dos santos é feita de angústia e luta.
— E de sofrimento, padre — disse Leocádia, saindo do mutismo costumeiro. — Os santos sofrem muito. Eles não sabem construir muros.
— Exatamente, Leocádia, se estivessem atrás de muros, não seriam santos. Estou convencido, e o que vou dizer fica por conta do excelente vinho que seu irmão nos oferece, estou convencido de que, se Deus é amor, todo amor é válido. O amante ama o ser amado como a si mesmo, fará por ele o melhor. Não foi essa, em resumo, a mensagem de Jesus?

— Qualquer amor, padre? Mesmo os que a Igreja considera pecado?

— Mesmo esses, doutor José. Aqui, entre amigos, posso dizer. Depois de todos esses anos de sacerdócio, cheguei à conclusão de que o amor não é padronizado, é uma condição íntima, individual, diferente em cada homem.

Ignácio interrompeu o gesto de levar o garfo à boca. José quis falar, desistiu. Leonor, por detrás do mais pacífico dos sorrisos, arquitetava uma forma delicada de dar ao sacerdote mais comida e menos álcool.

— Como assim, padre? — saltou Leocádia, os olhos alargados numa quase alegria.

— Vejam bem, não me entendam mal. Não estou me referindo apenas ao amor carnal. Nem sempre ele é possível. Por vezes, a felicidade do amado depende justamente de o amante não se aproximar fisicamente dele, e, nessa hipótese, um amante verdadeiro assim vai fazer. Não há amor sem sacrifício.

Leocádia retraiu-se. José voltou a comer, Leonor respirou, aliviada, e Ignácio pôs ao assunto um ponto provisório.

— Sua tese é interessante, padre Hildebrando. Um dia, com mais vagar, vamos conversar a respeito. Por hora, deixemos assim. Os olhos da minha mulher estão a me dizer que a mesa não é lugar de discussões complicadas. Aceita um pouco mais de vinho?

Com a retirada dos pratos, o jantar seguiu seu curso, diluído em café e sobremesas. Apenas Leonor, anfitriã atenta, percebeu a tristeza nos olhos do padre. Uma tristeza repleta de incompletos, daquilo que poderia ter sido e não foi. Uma tristeza que a fez pensar no fundo seco de um córrego que teve seu curso desviado e sabe que jamais terá água novamente ou nas espigas maduras do trigo que o granizo deitou. Estão ali, mas nunca poderão ser colhidas.

PARTE II

Os de hoje

As voltas que o mundo dá. Porto Alegre, agosto de 1943

Como se tivessem medo de mostrarem-se por inteiro, os últimos acontecimentos revolviam-se na cabeça de Ignácio envoltos numa bruma. Não pareciam reais. Eram apenas uma história sobre aventais brancos, corredores azulejados e vozes em surdina. Uma narrativa, e sobre outro homem. Assim, distanciando-se, negando, fazendo de conta que não era com ele, Ignácio impedia-se de entender toda a extensão da mudança: ele agora tinha um filho.

Acompanhar a criança crescendo dentro de Leonor fora fácil. O que existira, ao longo desses meses, quando nem mesmo se sabia se era menino ou menina, não era um filho, era a ideia de um filho. Algo que ele podia acariciar mas também abandonar, quando quisesse. Ter o bebê nos braços, tocá-lo, observar sua boquinha ávida nos seios de Leonor era muito diferente. Uma nova rotina, sequência pouco interessante de babás, fraldas, mamadeiras, arrotos e dores de barriga, inaugurava-se. Aconteceria, felizmente, longe dele, num mundo feminino. Chegaria o momento, porém, em que José Neto não seria mais um bebê, e, nesse momento, ele teria que entrar em cena: impor limites, enfrentar revoltas, falar sobre sexo, resolver a questão do estudo: preocupação maior dos que moram numa estância.

Calma, disse a si mesmo, respirando fundo, *teu filho acaba de nascer, ainda falta muito para essas coisas.* Com as mudanças acontecendo tão rápido, ele também se acelerava. Tinham chegado a Porto Alegre há poucos dias, para as consultas de praxe. Depois do médico, passaram a tarde fazendo as últimas compras do enxovalzinho. De madrugada, Leonor queixou-se de dor nas costas. Uma dor diferente, ela disse. Aflito, ele a levou imediatamente ao

Hospital Alemão. Uma *schwester sonolenta*, com sotaque carregado, os mandou de volta ao hotel. *Prrimeiro filho é sempre demorrado, não me aparrreçam aqui antes das sete*, disse, como se entendesse. Antes de ter passado uma hora, as dores ficaram mais fortes. Telefonaram ao médico. Ele os fez voltar ao hospital. Tudo, então, se precipitara. Em menos de quarenta minutos, José Neto havia nascido e a *schwester*, com seu rosto corado e inocente de colona, ria-se do susto.

Não importava. Como dizem os ingleses, *tudo está bem quando termina bem*, e José de Menezes Neto, seu filho, estava bem. A ideia do nome fora de Leonor. *Tua família é nobre, precisamos seguir as regras*, ela disse. *O pai de Hamlet não se chamava Hamlet também?* Caçoava, mas, na verdade, entendia o quanto era importante, para ele, agradar ao pai.

Leocádia, que, por feliz coincidência, chegara em Porto Alegre na véspera, estava agora no hospital, acompanhando a cunhada. Fora ela quem, meio séria, meio brincando, o enxotara: *Vai para o hotel, Ignácio, toma um bom café, descansa um pouco. Tua família está em boas mãos. Neto está no berçário. Entre as mamadas, o que tua mulher precisa é de silêncio. E silêncio é uma das minhas principais qualidades*, disse, empurrando-o porta afora.

Querida Leocádia. Estranha, inteligente, forte e frágil Leocádia. Viam-se tão pouco, ela preferia assim. A pouca convivência não impedia, porém, que ele cumprisse o que, sem jamais colocar em palavras, prometera à vovó Luzia: cuidar dela. *Um irmão é o amigo dado pela natureza*, gostava de repetir o doutor José, sem dar-se conta de que a desproporção do afeto que distribuíra entre os filhos impedira a amizade. Sob esse aspecto, a morte de Mathias fora benéfica. Ele e Leocádia, os sobreviventes, os postos de lado, eram amigos não em razão do pai, mas apesar dele.

Descendo do carro de praça em frente ao Grande Hotel, Ignácio recebeu os cumprimentos do *concierge*, das camareiras. A notícia do nascimento espalhara-se. O porteiro da noite encarregara-se disso. No quarto, uma garrafa de champanhe e frutas, com os cumprimentos da gerência. Ele era cliente antigo, e Leonor, como sempre, soubera fazer-se querer. Cedo demais para champanhe, pensou, dando-se conta do quanto estava cansado. Tomou um banho, deitou-se, não conseguiu dormir. Melhor descer, comer alguma coisa, caminhar um pouco. Talvez o sono viesse.

No restaurante, alguns retardatários tomavam o café da manhã. Com um jornal nas mãos, sentou. Pediu café preto e torradas. Passou os olhos pelas primeiras páginas, as notícias do front europeu dominavam. Com a invasão da Sicília e a prisão de Mussolini, a guerra parecia estar caminhando para o final, talvez nem fosse necessária a tão discutida participação das forças brasileiras.

– Não reconhece mais as amigas? – ouviu alguém dizer à sua frente. Elevou os olhos, contrariado. Não estava para conversas, queria sossego. Levantou-se, surpreso. Sossego era a última coisa que teria.

– Beatriz! Meu Deus do céu, há quanto tempo! – foi o que conseguiu dizer, atrapalhando-se com as folhas do jornal.

– Posso sentar?

– Claro, que grosseria a minha. Senta. Toma um café?

– Um chá. Obrigada.

Olharam-se, avaliando, de forma disfarçada, o trabalho do tempo em cada um. Nada a reclamar, concluíram.

– Vou poupar perguntas – ela disse. – Conheci Augusto quando vim para Porto Alegre cursar o Normal. Era bem mais velho. Casado, é óbvio. Era também pintor, um bom pintor. Esses dois detalhes fizeram toda a diferença: artista e casado, prato cheio para uma adolescente romântica. Fiquei grávida. Fomos morar no Rio. Ele desquitou-se. Perdi a criança, não posso mais ter filhos. Não sei que história meu pai andou contando para acobertar a filha pecadora. A versão verdadeira, em poucas palavras, é essa. Pobre papai, tão apegado às suas convicções, envolto nas suas certezas como num casulo. Aos poucos, com a ajuda de Guilhermina, quero retomar contato com ele, fazer as pazes com seu Balbino antes que seja tarde demais, sabe como são essas coisas. No momento, acabei de chegar de mudança, estou procurando apartamento. Augusto morreu, me deixou algum dinheiro. Tenho também minhas próprias economias. Nestes anos no Rio, trabalhei duro. Sei que os nomes de dona Mena Fiala e Casa Canadá nada representam para você. Para mim, no entanto, foram importantíssimos.

– Mas não vamos perder tempo – ela continuou, tomando um gole do chá, agora já quase frio. – O tempo abriu entre nós grandes espaços, Ignácio, verdadeiras pradarias, inútil tentar povoá-las de nomes. Vamos ficar, pelo menos por enquanto, com o que temos em comum, as pessoas que conheci: Leocádia, Joaquim, dona Mosa, dona Miguelina. Sua avó e Mathias, sei que faleceram. Sinto muito. Você pode não acreditar, mas dona Luzia marcou muito minha vida.

Incentivado, Ignácio falou. Contou quase tudo. Só quando, desculpando-se pelo incômodo, um garçom veio dizer que precisava arrumar as mesas para o almoço, deram-se conta de que a manhã havia passado.

– Preciso voltar ao hospital – disse Ignácio, levantando-se.

– É evidente. Que egoísmo prender você por tanto tempo num dia como este. Meus parabéns pelo nascimento do José Neto. De uma outra vez, me procure. Assim que estiver instalada, deixo meu endereço ou o número do meu telefone (se já tiver conseguido um), aqui, com o *concierge*. Você fica sempre no Grande Hotel? Qualquer dia, espero conhecer o seu filho. Talvez em Porto Alegre, ou mesmo lá, quando eu for visitar meu pai em Água Bonita. A vida dá muitas voltas.

A vida dá mesmo muitas voltas, pensava Ignácio subindo de dois em dois os degraus do Hospital Alemão. Ela o fizera voltar de Dallas pelo Rio de Janeiro. Providenciara para que conhecesse Leonor e estivesse presente quando Mathias morreu. Agora, haviam chegado juntos, seu filho e Beatriz. Por quê?

A mulher do bolicheiro

Tiago apeou em frente ao bolicho, em Santa Clara. Sacudiu as pernas doloridas. Esfregou as costas. Parecia que o haviam dividido em dois. Maldito racionamento de gasolina, gasogênio, fosse lá o que fosse. Não tinha mais quinze anos. Já estava desacostumado de andar em lombo de cavalo. A cidade o fizera perder o jeito. Viera visitar os pais por alguns dias. Matar as saudades de Água Bonita. Saíra para dar uma volta, ver como estava se desenvolvendo a vila. Se havia progressos. Pensara em ir até o seu Motta, prosear um pouco. Desistiu. Hoje não estava para muita conversa. Queria sossego. Pediu um copo de caninha. Olhou ao redor. Santa Clara havia crescido. Na praça, as árvores começavam a mostrar sua sombra. Junto à igreja, dona Corintha cavava um canteiro. Com certeza, plantaria margaridas. O povo continuava pobre.

Tomando um gole do copo que o bolicheiro colocou à sua frente, deu-se conta do que o incomodava. Estava com inveja de Ignácio. Ontem, o encontrara, em São Borja. Fazia um tempo que não se falavam. Ignácio, Beatriz, Guilhermina, Miro – todos espalhados, feito filhos de perdiz. O amigo parecia satisfeito. Contou que havia casado e que tinha um filho, Do casamento, Tiago já sabia, do filho, não. Deu os parabéns.

Sobre o fato de Beatriz ter voltado e estar morando em Porto Alegre, Tiago nada disse. Ignácio e Beatriz eram assunto terminado. Romance de adolescente. Terminou e pronto, segue-se adiante. Pena que seu Balbino não agisse assim. Para ele, a vida não seguira adiante, era como se a filha tivesse morrido. Orgulhosa, Beatriz também não tomava a iniciativa. Cabeçudos, os dois. Guilhermina sempre fora a que mantivera contato mais constante com a irmã, correspondiam-se com assiduidade. Se Miro também escrevia, não sabia com certeza. Talvez, trocassem cartas esporádicas, cartões de Natal, cumprimentos pelo aniversário. Era o que ele, Tiago, fazia. A fuga de Beatriz para o Rio a tinha afastado de todos. A mãe, coitada, escrevia escondido. Pobre dona Carmela, pedia tão pouco da vida. Um casamento, um neto, a sequência natural. No entanto, cada filho, a seu jeito, negava-lhe isso.

Não sabia exatamente por que a alegria de Ignácio o incomodara. Às vezes, sonhava em casar-se. Ter um filho. Sonho apenas. Não se sentia autorizado a arrastar ninguém para a vida que escolhera. A qualquer momento podia ser preso. Torturado. Amigos seus já haviam sido. Uma família apenas o tornaria mais vulnerável.

O Estado Novo não reconhece direitos de indivíduos contra a coletividade. Os indivíduos não têm direitos, têm deveres! Os direitos pertencem à coletividade! Isso, dissera o Presidente Vargas como se fosse bonito, verdade incontestável. Era muito desplante. A oficialização do absurdo. O que era uma nação sem o povo e o povo sem o indivíduo? Nada, uma casca vazia. Em 37, contaminado talvez por seu Arthur, acreditara nesse homem pela última vez. Ao invés das eleições prometidas, o estado de guerra. A raposa velha dera o golpe. Ameaça comunista, perigo vermelho, Plano Cohen. Uma deslavada mentira. Luvas de pelica disfarçando a mão de ferro. Grande filho da puta! A ele, não enganaria mais.

Da mala de garupa, tirou o jornal que comprara na cidade. Velho de uns quatro dias, amassado e cheirando a suor de cavalo, servia. O cheiro era conhecido, e as notícias, por ali, sempre andaram devagar. A guerra na Europa continuava. *É mais fácil uma cobra fumar que o Brasil entrar na guerra,* havia dito o presidente, que sempre fora defensor dos nazistas. Depois de tirar dos americanos tudo o que podia, tivera que se render. Uma cobra fumando era, agora, o símbolo da FEB, a Força Expedicionária Brasileira. Nenhum soldado brasileiro fora mandado para o front. Se a luta continuasse, seriam.

Uma brisa fez balançar as folhas do cinamomo em frente ao bolicho. A sineta da escola liberou as crianças para o almoço.

– Me frita dois ovos e uma linguiça – pediu à mulher do bolicheiro que, atrás do balcão, dobrava umas peças de chita. Estava grávida, e uma criança ranhenta, de não mais de dois anos, se agarrava à sua saia. – Deus do céu – murmurou –, quando essa gente vai aprender? Crescei e multiplicai-vos. Grande balela. – Lutava contra isso desde os tempos da faculdade.

A faculdade, uma das poucas alegrias que dera ao pai. Quando terminou o patronato não sabia o que fazer. Voltar para casa, era o natural. O pessoal do partido o incentivou a seguir estudando. Era nos centros acadêmicos que as coisas aconteciam. Escolheu filosofia por ter poucos candidatos. Para surpresa de todos, até dele mesmo, passou no vestibular. Tinha muitos colegas seminaristas. Uma noite, numa discussão regada a cerveja, perguntou a um deles como a Igreja tinha a coragem de enganar o povo. De não ensinar, pior, de não permitir o controle da natalidade. Como tinha a coragem de mantê-lo escravo? As desculpas, num forte sotaque italiano, foram muitas e atrapalhadas. Desistiu da provocação. Teve pena. Era evidente que o outro vinha de família grande e pobre. Ficaram amigos. Ítalo ordenara-se padre. Continuava seus estudos em Roma. Ainda brigavam, agora por carta.

Concordavam, porém, em muitas coisas. Uma delas era o minifúndio. Desde o início de Santa Clara, quando ainda ajudava o seu Arthur, tentava passar ao pessoal o modelo que os gringos da serra tinham sabido usar tão bem em proveito próprio. Inútil. Achavam que plantar legumes, cuidar de galinha e de vaca leiteira era trabalho de mulher. Preferiam permanecer como empregados de estancieiros, trabalhar no DAER ou na Viação. Escolhiam ser explorados. Não adiantava explicar que na Europa as famílias sobreviviam trabalhando em pedaços de terra até menores. Acenavam com a cabeça. Diziam: sim senhor, seu Tiago. Não acreditavam. Talvez o fato de ele ser filho do seu Balbino não ajudasse. Achavam que falava "de barriga cheia". Barriga cheia? Pois sim. Bastava olhar o pai para saber que ele também vinha sendo explorado pelos grandes há muitos anos. Dava vontade de desistir. Quem era ele, afinal, para lutar contra tudo, contra todos?

– Mais alguma coisa, seu Tiago? – a mulher do bolicheiro perguntou, colocando sobre a mesa um prato borbulhante de linguiça e ovos. – De sobremesa, se quiser, tem doce de abóbora. Da outra vez que esteve aqui, o senhor gostou do meu doce, até deu a ideia de fazer pra fora. Segui seu conselho. Tenho vendido pro pessoal. Sempre entra algum dinheiro. Não é muito, mas deu para comprar o enxovalzinho desse que vem vindo e sobrou troco. O senhor não conte pra ninguém, mas até o meu marido, que não acreditava, anda me ajudando. Combinei com uma vizinha que tem vaca leiteira de a gente fazer doce de leite e rapadura.

Tiago animou-se. Que se danasse o Getúlio, o Estado Novo, a guerra, tudo. Por um conselho seu, a mulher do bolicheiro em Santa Clara estava melhorando de vida. *É isso que importa*, pensou, cravando o garfo com força na linguiça feita em casa.

Estância Santa Rita

6 DE ABRIL DE 1944
quinta-feira

Garoou intensamente durante parte da manhã.

O pessoal esteve carregando tramas e postes para a lavoura de sorgo.

Trouxeram para serviços de aparte e banho os terneiros do Alto.

Carneado um capão para consumo.

Não, não era apenas Leonor. Embora tudo nela, agora, o irritasse, até mesmo a forma como comia a sua salada, dobrando as folhas sem cortar, em pequenos pacotinhos; ainda que não suportasse seu controle constante e não tivesse mais paciência para suas perguntas; ainda que tudo isso fosse verdade, não era apenas Leonor. Havia muitas outras coisas: a rachadura no banheiro do gado (desperdício de água e remédio), o moinho do Campo Grande que a tormenta entortara, o novilho puro sangue morto por picada de cobra. Sim, sua impaciência, essa vontade de não estar ali explicava-se em muitas coisas. Ou talvez não se explicasse em nada. Talvez fosse apenas consequência do vento norte: quente, repetido, abafado, soprando, soprando sempre. *Ou a combinação de tudo isso*, pensou Ignácio tocando o cavalo em direção ao açude.

Os pequenos aborrecimentos, as cólicas, as noites maldormidas, Leonor cobrando dele uma participação que não se sentia obrigado a dar. Neto não tinha uma ótima babá? Por que precisavam viver em função de uma criança? Fraldas e amamentação eram assuntos femininos. Sua sogra viera por algum tempo, não podia ficar para sempre, voltara ao Rio de Janeiro. Leonor devia estar sentindo sua falta, era natural. Só não precisava descarregar nele.

Não importava. Jamais chegariam a um acordo sobre isso. Fosse o que fosse a causa da sua irritação, melhor dar uma volta, espairecer. Não queria entrar em casa desse jeito, arriscar-se a mais uma cena, a mais uma discussão. Culpava-se por irritar-se, a culpa o irritava ainda mais. *É um círculo vicioso*, pensou, passando as mãos nos cabelos, enfiando-as nos bolsos, apalpando o maço quase vazio de cigarros, cogitando em acender um e desistindo. Já estava muito escuro. Não conseguiria ver a fumaça. Sem ela, o cigarro não tinha gosto. Devia haver uma explicação científica para isso. Os dois sentidos, visão e sabor, deviam estar interligados no cérebro. Essa, com certeza, era a explicação. Ou talvez não houvesse explicação alguma – nem para o cigarro, nem para a ansiedade, nem para nada –, e o mundo todo, exceto sua paixão por Beatriz, era apenas fantasia.

Desde o dia em que a reencontrara, o mesmo dia em que Neto nascera, estava obcecado por ela. Louco de desejo, literalmente. Nada mais tinha importância. Transformara-se num demente, um possesso, disposto a tudo por migalhas. Difícil pensar em qualquer outra coisa. Por isso irritava-se. Não queria nada interferindo, obrigando-o a desviar o pensamento de Beatriz. Seguir trabalhando, vivendo na estância tudo era empecilho para ser feliz. Vivia um paradoxo. Devia lealdade aos campos, à família; no entanto, só podia ser leal se fosse verdadeiro, e ser verdadeiro era estar com Beatriz.

Sua paixão era tão faminta e evidente que se admirava por ninguém ter ainda percebido. Sempre arrumando desculpas para viajar. *Fico pouco tempo, tu e o bebê estarão melhor em casa*, justificava-se. Leonor, por puro cansaço, concordava. Afinal, eram quase oitocentos quilômetros. Para ele, a distância não importava. Estar com Beatriz, até mesmo pensar em Beatriz, antecipar seu corpo longilíneo, os seios pequenos, de mamilos excitados, os crespos fartos de seu sexo dava ao mundo sentido e direção. A cada encontro, a certeza de que ela voltara para resgatá-lo, para dar-lhe uma segunda chance tornava-se mais forte. Todas as dores, todas as inevitáveis frustrações que a vida fora acumulando sobre seu peito ao longo dos anos diluíam-se ao toque de Beatriz. Ela o transportava para um tempo que julgara perdido, dava-lhe a chance de viver uma segunda vez evitando os erros.

Uma lua enorme e amarela surgiu no horizonte. Hora de voltar à casa, de enfrentar mais um jantar silencioso. Seus pés, porém, não se moviam. Se havia Leonor e havia Neto, não seria Beatriz um erro colossal? Tão colossal que se tornava invisível, como é invisível a iminência do desastre no olho do furacão? Não conseguia pensar, ou melhor, não sabia o que pensar; sabia apenas que era bom estar ali, longe de todos, sob essa lua amarela, ouvindo os grilos, a cantoria dos sapos. Era bom poder ser ele mesmo, e, em paz, sem interrupções, recordar seus encontros com Beatriz.

Na primeira vez, ela acabara de mudar-se. O apartamento da Praça da Matriz, no centro de Porto Alegre, ainda cheio de caixas por abrir, mantinha a atmosfera expectante das coisas inacabadas, dos lugares abertos a todas as possibilidades, pois a vida neles ainda não se fizera. Gostava de lembrar essa primeira vez. O desejo, o corpo de Beatriz, a forma como, após a primeira recusa, seu talhe se dobrara, vencido, sob suas mãos. Todas as vezes depois dessa, como um pintor a retocar um quadro, ele fora acrescentando nuances e detalhes à obra-prima que era estar com Beatriz. Sabia agora a forma exata como seu queixo se alongava, sua cabeça pendia para trás e seus olhos se fechavam perto do orgasmo. Conhecia seus silêncios e gemidos. Quando, abraçados, retornavam, vinham adornados de suor, recobertos de paz. Uma paz nítida, segura, que persistia até que, como uma flor que se fecha, Beatriz adormecia e tudo ao redor voltava a ser ambíguo.

Fosse apenas Leonor, a culpa seria menor. Ele não poderia poupá-la da dor, mas a deixaria com um bom patrimônio. Poderia voltar ao Rio de Janeiro, recomeçar sua vida. Mas, havia Neto. Não podia perder seu filho. Era responsável por ele. Muito mais do que isso, ele o amava. Impossível virar-lhe as costas. Estava profundamente só. Gostaria de ter com quem desabafar. O pai não o entenderia. Seu amigo Tiago? Não eram mais amigos e estariam falando da irmã dele, seria constrangedor. Sentiu uma saudade enorme de vovó Luzia. Sem ela, por incrível que pudesse parecer, padre Hildebrando, com sua tese de que todo amor verdadeiro é admissível, seria o único que talvez o entendesse. Um sacerdote, no entanto, era a última pessoa com quem se abriria. Os padres têm o dever de preservar o matrimônio. Padre Hildebrando daria conselhos que ele não queria ouvir. Não, não falaria com ninguém. Não era necessário. Um amor como o seu justificava-se em si mesmo. Manteria seu casamento até Neto crescer mais um pouco. Depois, veria o que fazer.

MEMORIAL RIOGRANDENSE DA LIVRARIA DO GLOBO
Estância Água Bonita

14 DE JULHO DE 1944
sexta-feira

Recorrido campo, tirado 3 couros.

Apartadas mais 4 vaccas para leite.

Américo levou um cadeado novo para a porteira do Fundo pois o de lá foi quebrado.

Manoel Trindade deve um capão.

Carneada uma ovelha velha para consumo.

O primeiro sol espiava por debaixo do arvoredo quando Balbino ouviu o barulho de uma condução. Espichando os olhos, reconheceu a caminhonete do Epifânio. Mas que gringo bem trabalhador!, levantava com as galinhas. O pessoal sempre comentava que eram russos brancos. Seu Balbino não fazia a menor ideia que diabo de raça era essa, só sabia que eram gente direita. Trabalhavam há muitos anos, numa espécie de parceria, com o pessoal de Santa Rita. Tiago, de pequeno, gostava de passar as tardes na casa deles. Dizia que era para ouvir as histórias da velha Katarina. No meio do alarido dos cachorros, o recém-chegado trocou adeus e se acomodou num mochinho. Balbino apontou para um naco da carne que chiava sobre a trempe.

– Está servido?
– Obrigado, seu Balbino, acabei de tomar café.
– Aceite um mate, então.
– Mate, aceito, obrigado – disse, já estendendo a mão para a cuia que o outro lhe alcançava.

Balbino levantou-se, tateou, na prateleira escura de picumã, o maço de palha, demorou-se nos dedos até escolher a melhor. Sentou novamente. Cortou um naco de fumo, começou a esfiapá-lo no oco das mãos.

– Mas me conte, seu Epifânio, como andam as coisas? – perguntou quando o gringo, dando o último sorvo, devolveu a cuia.
– Como Deus manda, seu Balbino, um pouco mais de chuva não fazia mal. Dizem os antigos que já houve; eu, pra lhe falar bem a verdade, nunca vi uma seca como esta.
– Houve a de 17, mas não foi tão comprida. Agora, a bem dizer, chuva mesmo, só até 43, desde então, foi só chuvisco – confirmou seu Balbino atirando um pedaço de gordura para os guaipecas e vendo se entreverarem até que o ovelheiro grande, como sempre, levou a melhor.

Será que o seu Epifânio vinha propor arrendamento? Se fosse, seria até bom. Esse negócio de plantação era coisa muito complicada, pior que gado. Linho, vá lá, mas trigo era sempre uma desgraceira. Se o frio viesse muito cedo ou muito tarde, já não dava nada. Ou dava que era uma beleza e uma chuva forte deitava os pés, ou então vinha granizo e as espigas se perdiam todas. Mesmo assim, ouvira dizer que o Epifânio e o irmão dele estavam indo bem. Parecia verdade. A família toda trabalhava. Dava gosto de ver a gringalhada.

Para o pessoal de Santa Rita, eles pagavam o arrendamento em milho: tinha serventia para o gado de raça do doutor e os porcos da dona Leonor. Esse acerto de pagamento, para ele não servia. Só fechava negócio se lhe pagassem em dinheiro. Andava devendo para os bancos e para o seu Izidoro, a juro alto. Conseguisse adiar as dívidas, se Deus quisesse, apertando o cinto, dava para ir levando.

Enrolando o palheiro, Balbino puxou conversa: perguntou da família, do nível dos açudes lá pros lados de São Luiz e Santiago, da estrada nova que o DAER estava planejando abrir. De vez em quando rabeava os olhos pro rosto do gringo. Vendo que o outro não se animava a dizer a que vinha, resolveu ajudar.

– Pois muito bem, o que lhe traz aqui, seu Epifânio?

– O senhor não me leve a mal, seu Balbino, achei que soubesse, mas, pelo visto, seu irmão não lhe avisou. Ele nos vendeu as invernadas que recebeu de herança. Eu queria saber quando o senhor vai liberar o campo para que a gente possa começar a plantar.

Um bem-te-vi gritou do palanque. Os pica-paus choraram nas tronqueiras do curral. Balbino não percebeu, estava pensando no que diria o barão, dono primeiro de Água Bonita, se soubesse que parte da estância estava agora nas mãos dos russos.

* * *

Na tarde daquele mesmo dia, embalado no trote manso do tordilho, Izidoro deixava Água Bonita repassando a conversa que tivera com seu Balbino. O pobre do homem estava mesmo embretado. Não era culpa dele. Em negócio, não adianta apenas querer. Ou tem o tino ou não tem. Com a ponta do relho, fazendo voltear o cavalo, abriu e fechou a porteira sem apear. Parou por um instante, apreciando a estância. Era campo de primeira, pena que já muito reduzido. De terra pouca, ficava difícil tirar alguma renda. Quanto menor, menos chance de permanecer. Cutucando a montaria, tocou adiante. Precisava passar ainda na Coxilha Negra, tinha a compra de uns couros para acertar com o major Celestino. Tomara estivessem na estância, ele e dona Augusta. Essa, por nada, só pela belezura, com todo o respeito.

Ao contrário da maioria, gostava do major. Eram parecidos, não se afogavam em pouca água, o que precisava ser feito, faziam, não ficavam embromando. Vinho da mesma pipa, como diziam lá por Jaguari. Numa coisa eram diferentes: Izidoro não queria saber de estância. O campinho na Encruzilhada, mantinha só para engorde. Comprava gado magro, fazia ganhar peso e passava nos cobres de vereda. Não era homem de esperar quatro anos para vender tropa. Criar os terneiros desde que nasciam só pra ver o carrapato, quando não era a falta de pasto, acabar com tudo? Deus o livre!

Bastava ver seu Balbino: o chamara para pedir mais empréstimo. Com certeza andava com a corda no pescoço, os bancos já penhorando Água Bonita. Não se negou. Explicou tudo bem direito. Conversaram por mais de hora, ainda que o outro, agoniado, não prestasse muita atenção. Só queria saber de botar a mão nos *pila*. Mesmo assim, ele explicou: emprestar na situação em que seu Balbino estava era negócio arriscado, precisava de garantia e de cobrar juro alto. Afinal, estava tirando do sustento próprio para socorrer o amigo. O velho concordou. Assinou a promissória.

Pobre do homem, se ia mal, não era mesmo por preguiçoso. Gente direita, fio de bigode. Ganhar dinheiro é complicado, não depende só de trabalho, depende mais da sorte e da astúcia. Mas, de uma coisa seu Balbino e dona Carmela podiam ter certeza: no relento, não ficavam. Se fosse necessário executar a letra, Izidoro ajeitava um ranchinho para eles morarem. *Amigo, a gente tem prazer em ajudar*, arrematou enquanto apeava em frente ao galpão da Coxilha Negra. Tratou do assunto dos couros com o capataz. Major Celestino e dona Augusta estavam pra cidade.

Noites de lua ácida

Não que o acontecido fosse de importância, não era. Ainda assim, era a segunda que aquele guri de merda, mal saído dos cueiros, lhe aprontava. Estava na hora dele saber o seu lugar. Só não armou um bochincho porque levou em conta as desculpas da dona Creuza. Mas que não se repetisse, ele avisou. Não tinha exclusividade na Darlene porque não queria, não era do seu feitio. A china ia logo querer se alçar, pedir regalia. Prioridade, sim. Quando ele estava na cidade, a Darlene ficava à disposição. Todos sabiam disso.

– Mais sopa, Celestino? – perguntou Augusta com voz mansa.
– Que foi?
– Perguntei se queres mais sopa.
– Não, não quero mais sopa. Aliás, não quero mais jantar nenhum. Pode levar embora essa merda. Manda me servir um café no escritório – disse, irritado, levantando de supetão e levando por diante a cadeira.

De soslaio, viu o choro nos olhos de Augusta. Isso o irritou ainda mais. Estava cansado dessas babaquices. Bons tempos os de solteiro, sem mulher para incomodar. Só que, com ninguém mandando, a casa terminava virando num chiqueiro. Era preciso mulher para botar ordem. Numa saída de missa, achou Augusta. Igreja era sempre um bom lugar para se achar uma mulher.

Não podia negar: quando casou, sabia que era dengosa. Filha única, criada no colégio das freiras, teve tudo que o pai, viúvo e já perdido dos cobres, pôde lhe dar. Viviam, os dois, no que restou de um campinho. Entre entregar a estância ou consentir no casamento, seu Prudêncio não demorou em fazer a escolha. Bem no fim, foi bom negócio. Graças a ele, o sogro conservou a sede e a invernada da Frente.

Agora, todo domingo, lacrimando de velhice, vinha visitar a filha. Chegava se apequenando, escorrendo nas paredes. Quanto mais se achincalhava, quanto mais mirava o chão buscando jeito de não incomodar, mais seu Prudêncio o irritava. Sentava-se com Augusta, na varanda. Falavam quase nada. Vez em quando, ele puxava um pigarro. Ela respondia com um suspiro. Se esse era o jeito de reclamarem, era tarde para arrependimento, e nem tinha por quê. Estavam se queixando de barriga cheia. Augusta tinha tudo o que queria. Andava farto do sogro. Só não proibia essas visitas porque fora bem criado, respeitava os mais velhos.

No escritório, serviu-se de uma dose de conhaque. A empregada entrou com o café. Colocou a bandeja sobre a mesinha, perto da poltrona. Mais calmo, Celestino acendeu um charuto. Da janela, olhou a praça vazia, onde só o vento fazia barulho. Um vulto branquicento passou voando. *Velho safado, corujão dono da praça, saiu para caçar ratos,* disse para si mesmo, bebericando o conhaque. Igual ao corujão, ele andava precisando caçar um rato. Bobagem incomodar-se. Com Joaquim, galinho garnizé metido a besta, ele acertava as contas quando quisesse. A Darlene, coitada, onde fora já chegara, estava na hora de trocar por nova. Já Augusta, pouco mais que uma guria, natural que fosse chorona. Para se ter carne de primeira, há que se pagar o preço.

Emborcando o último gole, Celestino bateu os olhos no acinte em bronze da estátua. Até gostava da finada dona Luzia, mas terem posto o conde no meio da praça, como se o avô dele, major, tivesse sido um João-ninguém, era afronta do prefeito. Pensando nos Siqueira, voltou a pensar em Joaquim. Se lhe pedissem para dizer por que aquele guri o irritava tanto, não sabia. Era de tudo um pouco. Metido, não conhecia seu lugar. Antes do acontecido com a Darlene, fora a noite do truco.

Joaquim não tinha nem que ter sentado, era mesa de graúdo. Deve ter mostrado o dinheiro, algum idiota o deixou ficar. Sorrisinho por baixo da aba do chapéu, um jeito convencido de segurar as cartas, de fazer senha, de cantar a Flor, pedir o Envido como se fosse alguém, como se fosse igual. Ora já se viu: um pé-rapado, peão se alçando a capataz, pior, a estancieiro. Metendo-se com gente de respeito só porque herdou um campinho. A velha dona Luzia devia estar caducando quando fez o testamento. Agora era tarde, o filho da puta daquele piá andava prevalecido por demais. Precisava de baixar a crista. Certas coisas não se pode ir deixando, dá exemplo. Se uma camaçada de pau não adiantasse, tomaria outras providências.

* * *

Domingo era dia de carreira no bolicho e o zaino estava no ponto para ser testado. Fazia tempo que Joaquim não ia em casa. Era uma boa ocasião. A mãe e os outros o receberam com festa; festa quieta, que ali ninguém era de rompantes. Miguelina fez arroz-doce, do jeito que ele gostava. João Gregório quis ficar proseando até tarde, perto do fogão. O catre, que era mantido sempre à espera, foi armado no quarto dos guris, ainda que eles, por respeito, fossem dormir no galpão.

Depois que todos deitaram, Miguelina deixou-se ficar mais um pouco, ajeitando as coisas. Lavou a louça, areou as panelas, pensou até em assar uma fornada de pão. A essa hora, iam dizer que estava louca. Não achava paradeiro, sufocava. Enrolada num xale, saiu para o pátio. Noite fria, de lua nova. Se dentro não havia o que fazer, ali fora também não. Na sina, ela não mandava, só podia adivinhar. Sentada à beira do poço, pediu que Deus ajudasse. Arrastando um banco, foi ficar sob a janela do quarto onde dormia Joaquim, queria ouvi-lo respirar.

...e era touro embretado, que sozinho resistia, picado de facas, adagas, quebrava os moirões da cerca, solto dos homens, partia, se erguia na vertical, e o gato no corredor, não era gato, era zorro que

se sumia no chão, por sobre um gume de faca, de adaga mui afiada, corria rebelde o zaino e o zaino agora era ele e ele, agora, o zaino, e essa cobra dourada que ele cortava de um golpe e a si mesmo cortava, o grito, que então gritava, feito um raio que perdura, feito trovão que se ouve quando não existe mais nada, tingia o céu de vermelho, de sangue molhando a terra, o corpo, a adaga, a camisa, a faca, branca inimiga, que no sangue resvalava era vento no arvoredo e seiva de Miguelina com braços de folha e pena e o vento na voz da mãe o nome dele falava – Joaquim...

– Joaquim, meu filho, Joaquim, não é nada – Miguelina repetia, baixinho, os dedos roçando, a medo, o torso daquele homem que era também seu menino. – Estava sonhando, meu filho?

Joaquim sentou-se na cama, passou a mão nos cabelos, esfregou o rosto noturno. Um torpor esquisito bambeava-lhe o corpo. Não morava mais ali, aquela não era mais a sua casa. Amanhã, voltava para a cidade. Mesmo ao lado da mãe, já começava a ser órfão. Levantou-se de um salto. Pés descalços, sem importar-se com o frio, saiu para o pátio. Afastando as pernas, urinou sobre a terra como se marcando território. A terra respondeu-lhe numa fervura de bolhas e salpicos parecendo ter raiva também.

Miguelina, coração apertado, observava-o, da janela. Além do orgulho e do zaino, pouco possuía de seu, esse filho de José. Bem que tentara domá-lo, ensiná-lo a ter paciência que a vida não é lançante, toma tempo, dá trabalho. Ele jamais escutava. Os campos de dona Luzia não o tinham ajudado. Eram apenas dinheiro. Joaquim não dependia mais dela, não podia mais cuidá-lo. Mesmo estando em casa, já havia ido embora. O que o fazia acordar a cada dia e respirar, iniciara-se ali, naquele pátio, mas agora já ia longe, bem longe, muito além da lua ácida, das estrelas congeladas. Perdida dentro do xale, Miguelina agarrou-se num abraço. A hora havia chegado. Muito maior do que ela, em algum lugar, ganhava corpo uma ameaça.

* * *

No domingo azul em que mataram Joaquim, Miguelina estava em casa, mas foi como se estivesse nas carreiras. Refletidos na chapa de ferro do fogão, viu o povo gritando, os parelheiros, a poeira das patas no ar sem vento, viu a faca. Dobrou-se, à dor da estocada. Pelo murmúrio do sangue, soube quem matou e quem mandou matar. Escondeu o choro como quem esconde uma vergonha. Às cegas, pois carregava nos olhos o corpo de Joaquim, foi até o quarto e, porque nada mais havia a fazer e aquilo, de algum jeito, a consolava, tirou da gaveta as bombachas, a camisa e o lenço que, de há muito, guardava para o enterro. Fechando a porta, derramou a água da jarra na bacia de alumínio. Banhou-se com cuidado, como se lavasse, já, o filho morto. Antes de vestir o luto, prometeu vingança.

Por orgulho, aguardou a notícia junto à porta, do lado de fora da casa. Queria que soubessem que ela já sabia, que não a pegavam de surpresa. Ali, relembrou o dia distante em que, sem se importar com remédios e benzeduras, sua filha Dolores morrera. Era a predileta de Joaquim. Tinha cinco anos. Trazia tanta risada na boca e nos olhos, não havia pessoa que, olhando para ela, não risse também. Joaquim devia de ter, então, uns onze anos. Não adiantou explicar que a irmã morrera porque alguns nascem assim mesmo, para menos tempo. Não tendo a quem culpar, culpou a todos.

Dali para frente, foi sempre revoltoso. Filho de José, herdara dele a vontade de mandar. Cedo, saiu de casa. Tomou china na zona, a mesma do major. Talvez até de propósito. Era o jeito dele. Bem no fim, viveu da forma que escolheu. Se fosse morte justa, Miguelina aceitava. Mas a mesquinhez do motivo, o pelas costas, a covardia de terem pago um outro para matar, isso ela rejeitava. Ofensa a gente lava de frente e por mão própria.

O corpo de Joaquim chegou à tardinha. O zaino – cola erguida, cabeça alta, ventas escancaradas – parecia saber que levava a morte atravessada no lombo. Sem se importar com o choro das filhas, Miguelina aproximou-se do cavalo. Passou a mão pelas crinas, pelas veias da garganta, pela mornura dos beiços. Falou baixinho. Parecia que se consolavam os dois, ela e o zaino, que se combinavam. Quando os homens baixaram Joaquim dos arreios, mandou que o levassem para o quarto, o pusessem na cama. Tirado isso, recusou ajuda.

Como se o filho ainda pudesse sentir dor, despiu-lhe a camisa cortando o pano com a tesoura: o sangue grudara-se nas bordas da ferida. Com um trapo limpo, lavou as costas, o peito, os braços, os dedos um a um, lavou o sexo. Vestiu-o como para uma festa. Separou as bombachas sujas de poeira, pôs de lado a guaiaca. Serviriam a outros. A camisa, guardou. Na aspereza daquele pano que ela tantas vezes branqueara nas pedras do arroio mas que só agora, manchado de sangue, tinha luzir de bandeira, estava seu filho, do jeito que sempre fora.

O caixão, mandou colocar no pátio, embaixo do arvoredo. Quatro velas simples, luzindo no encovado das gamelas, alumiaram o chão. Aos que perguntavam, dizia que dentro de casa estava muito quente. Não era isso. Joaquim nunca pertencera àquele rancho. À terra, sim. Nela, havia brincado; morto, levava-a entranhada em suas unhas, nos pelos do nariz, nas dobras mais profundas da garganta.

Sentada muito reta, vendo a lua desenhar cruzes nas taquaras e o vento chover a doçura da flor das laranjeiras, Miguelina tentou encontrar, no rosto imóvel do filho, uma esperança de paz. Qualquer uma. Mesmo aquela, falsa, que descansa sobre os mortos para consolo dos vivos. Nada encontrou. Pesando sobre seu colo, a camisa de Joaquim conversava com seus dedos, insistia na promessa: só descansaria quando o vingasse.

Padre Hildebrando veio para a encomendação e o enterro. Falou com João Gregório, consolou os meninos. Não soube o que dizer a Miguelina. O luto orgulhoso daquela mulher fazia lembrar as *noivas negras* da colônia, que ele conhecia por fotografia. Diferente delas, que apenas estavam vestidas de negro, em Miguelina, tudo era terminado e cor de chumbo.

Dos patrões, nenhum veio para o enterro. Souberam tarde demais. Já há algum tempo Joaquim não trabalhava em Santa Rita, não era mais gente do doutor. Não havia por que mandarem avisar com urgência. José, quando recebeu a notícia, tomou o primeiro trem. Na casa de barcos, chorou, abraçado a Miguelina. A culpa vaga, que sempre sentira, encontrara, enfim, onde assentar. Devia ter feito alguma coisa, era responsável, repetia. Miguelina, embora soubesse que José sentia mais a afronta do que a perda, o consolava. Não conseguia culpá-lo pela ausência. Ele e Joaquim eram muito parecidos, e ninguém ama o próprio rosto quando o vê refletido em quem não gosta.

– Nosso filho não saiu como queríamos, José. É assim mesmo, a gente não manda no que nasce da gente. De pequeno, cada um escolhe o próprio jeito. Igual àquele zaino dele, Joaquim não tinha paciência, corcoveava, queria ir adiante, rebentar as rédeas. Era da forma que era. Nunca deixou que lhe pusessem cabresto.

Durante muitas horas, emprestando a José seu corpo inteiro, ela o ninou como quem nina um filho. Não eram dele, porém, seus pensamentos. Esses pertenciam a Joaquim, por isso, ela deixou que fossem soltos, que voltassem à última noite no rancho. Triste noite de estrelas congeladas quando o contorno escuro e ácido da lua a fez ter certeza de que, não demorava muito, seu filho estaria sob uma cruz, cobrando vingança.

MEMORIAL RIOGRANDENSE DA LIVRARIA DO GLOBO
Estância do Conde

27 DE JANEIRO DE 1945
sábado

Recorrido Alto, Araçá, e o aramado divisa Araçá com Água Bonita.

Leocádio levou 12 postes.

À noite, estiveram aqui Dr. Jango Goulart e Leônidas Escobar. Ficou combinado que levarão um trem de novilhos para Pelotas, a Cr$ 2,00 o quilo. Metade da venda à vista por nossa conta e demais despesas por conta deles.

De madrugada caiu uma chuva torrencial que continuou durante o dia.
Enfim, graças a Deus, a tão esperada chuva!
Finalmente, CHUVA!

Carneado um capão para consumo.

Com o passar do tempo, Leonor não se assustava mais com qualquer coisa. A primeira vez fora um pesadelo que nunca esqueceria: Neto ardendo em febre, chorando de dor e eles sem poder fazer quase nada. Impossível enfrentar a estrada de noite e com aquela chuva. Arriscavam ficar atolados ou, o que seria ainda pior, cair no barranco. Ali, em casa, pelo menos estavam aquecidos. Aquela noite, passou com o filho ao colo. A todo momento, encostava seu rosto na boquinha quente e seca do bebê para sentir se respirava.

– Calma, Leonor, tudo vai se resolver – Ignácio dizia, apenas para acalmá-la. – Assim que amanhecer, vamos até a estação, de lá podemos nos comunicar pelo telégrafo com o papai ou algum outro médico. Olha, já não está tão escuro, agora é questão de minutos.

Odiando o marido e, ao mesmo tempo, contente por tê-lo ao lado, ouvindo a noite lenta e seus ruídos, os galos anunciando falsas alvoradas, Leonor perguntava-se o que estava fazendo ali. Como pudera vir morar com seu filho neste lugar sem hospital, sem médico, sem telefone. Agora, tinha certeza absoluta, por culpa dela, Neto morreria e, então, nada mais faria sentido.

Quando o negror da noite virou cinza, quando apenas se adivinhava a claridade, Leonor acordou Ignácio, que dormitava sentado na cadeira. Vestiu o casaco, que Anita lhe alcançava. Pegou a sacola com as coisas mais urgentes – pomada, fralda, chá – enrolou o filho na manta de lã e acomodou-se no jeep.

Garoava fino. Pelas frestas nas portas entravam frio e umidade. Mesmo assim, sentiu-se melhor, ao menos estavam fazendo alguma coisa, tomando providências. Ignácio ia calado, torcendo para que o pouco gasogênio que ainda restava fosse suficiente. Por segurança, mandou que um peão os acompanhasse a cavalo. Se o carro parasse, ele buscaria ajuda.

A luz amarelada dos faróis mal e mal iluminava uns metros da estrada, barro e poças d'água. Apesar da tração nas quatro rodas, o jeep derrapava. Parecia que, a qualquer momento, sairia de controle e despencaria nos barrancos que a erosão cavara ao lado da pista e cuja exata distância, no claro-escuro da madrugada, apenas adivinhavam. *Isso é chuva, meu filho*, pensava Ignácio, como se conversasse, *é chuva. Ainda pouca, ainda insuficiente, mas é chuva.* A seca, que se iniciara antes de Neto nascer, e persistia, parecia que terminava ali. *Tu não podes morrer sem ter visto chuva de verdade*, ele pensava, dando-se conta, ao mesmo tempo, do quanto o que dizia era absurdo.

As árvores de todos os dias bordejavam o caminho conhecido. Ainda meio cobertas pela poeira dos muitos meses secos, pareciam fantasmas branquicentos estendendo ameaças. Exausto de tanto chorar, Neto adormeceu. Leonor quase preferia que chorasse, assim saberia que estava vivo. Embalando o filho, apenas repetia: *Por favor, meu Deus, por favor, meu Deus.* Não conseguia rezar.

Estremunhado, o telegrafista, de chinelo e poncho, sentou-se à frente do telégrafo. Batendo com o dedo indicador sobre o que, para Leonor, parecia apenas um carimbo de metal, ou a maçaneta de um armário, passou um chamado urgente: que o doutor José de Menezes fosse até a estação em Santa Maria comunicar-se com o filho.

Leonor jamais esqueceria a angústia da espera. Logo, o barulhinho incompreensível e ritmado do telégrafo avisou que doutor José estava ouvindo. O telegrafista passou a descrever, em Morse, os sintomas de Neto: febre alta, dor provável, choro constante. *Apertem o ouvido da criança*, veio a resposta também em Morse. Leonor fez como o sogro mandava. Neto deu um grito. *Não se preocupem, é apenas uma otite*, foi o diagnóstico. *Coloquem azeite morno no ouvido, deem um pedacinho de aspirina. Se não tiverem aspirina, façam um chá de casca de salgueiro. Peçam ajuda a Miguelina, ela sabe o que fazer. Se a febre continuar, avisem.*

Quando a manhã chegou, Leonor, tomando o chá de erva-cidreira que a esposa do telegrafista durante toda a noite oferecera, vendo o filho dormir, o ouvidinho coberto por um algodão mergulhado em azeite morno, respirava novamente. A garoa tristonha havia-se transformado em chuva, uma chuva alegre que batia na vidraça como se quisesse brincar. Seria o fim da seca? Com certeza, era. Neto estava bem, tudo estava bem, fora apenas uma otite.

* * *

Mesmo que agora não se assustasse mais com qualquer coisa, Leonor estava apavorada. Há alguns dias, um dos filhos do Loleca, um menininho com quem Neto brincava quando ia a Santa Clara, fora diagnosticado com poliomielite, paralisia infantil. Pobre criança, havia pouco a fazer. Ignácio o mandara, junto com a mãe, para ser atendido na Santa Casa, em Porto Alegre. Se conseguisse sobreviver, seria um milagre. Desde então, Leonor vivia com o coração apertado, como que adivinhando desastre. Ontem, Neto tivera um pouco de febre, sintomas de gripe. Hoje, acordara choramingando, queixando-se de "dodói na perna". Leonor, já nervosa, constatou que a perninha esquerda estava quente e enrijecida.

Ignácio não estava na estância, fora, mais uma vez, a Porto Alegre, tratar de negócios. Voltava só no dia seguinte. Leonor mandou alguém a cavalo chamar seu Motta. Ele veio na Willis, foi de pouca ajuda.

– Não sou médico, dona Leonor, mas a senhora se acalme, não há de ser nada – disse, sem muita convicção. – Posso lhe levar até a estação para a senhora telegrafar ou até São Borja, onde tem hospital. Em duas horas a gente está lá.

Enquanto Anita arrumava a sacola de Neto e o enrolava, para dar sorte, na mesma manta de lã que o acompanhava desde que nascera, Ernestina lembrou-se de chamar dona Miguelina.

– Sei que a senhora não acredita em benzedura, dona Leonor. Só que mal não vai fazer. Se dona Miguelina achar que é coisa só pra médico, vai lhe dizer de vereda.

Por que não?, pensou Leonor. O próprio doutor José parecia acreditar no poder daquela mulher.

– Manda alguém ir até a casa dela chamá-la, Ernestina. O senhor espere um pouco seu Motta. Dependendo, eu vou a São

Borja com o senhor. De lá, com sorte, consigo uma ligação para Porto Alegre. Consigo falar com Ignácio.

Miguelina veio logo. Pegou Neto ao colo, deu a ele um pedacinho de pau no formato de um cavalo: *É para começares a tua tropilha*, disse, muito séria. Quando o viu distraído, despiu-o com cuidado, examinou-o, minuciosa. Terminado o exame, sorriu para Leonor.

– Se quiser, a senhora pode levar a criança até São Borja, mas eu já lhe digo que não é preciso. Está vendo estas marquinhas aqui, perto do joelho? Neto foi mordido por uma aranha. Não é nada. Ponha umas compressas mornas e o mantenha quietinho e aquecido. Vou lhe receitar um chá, a senhora dá para ele de hora em hora, ajuda a terminar com o veneno.

– Tem certeza, Miguelina?

– Tenho, dona Leonor. Mordida de aranha eu conheço bem. Mas não se acanhe, vá até São Borja e mostre para um doutor.

Bem nessa hora, porque tudo costuma acontecer ao mesmo tempo, Ernestina entrou, afobada.

– Dona Leonor, pelo amor de Deus!, o João Polaco se emborrachou e tá ameaçando o pessoal de faca.

Furiosa, Leonor saiu pisando firme rumo ao galpão. Quem esse Polaco pensava que era para vir incomodá-la quando estava preocupada com o filho? Ele até podia ser louco, mas, se quisesse continuar na estância, tinha que ser louco manso. Pela janela, o mulherio espiava, resguardando as crianças.

– Atílio! – chamou Leonor ainda de longe. – Laça o João Polaco. Ata bem atado no cinamomo. Que fique lá, até curar a borracheira. Seu Motta, o senhor poderia esperar um pouco? Quando o Polaco se acalmar, o senhor me faz o favor de levá-lo na Rural e entregá-lo para o delegado. O Atílio vai com o senhor de garantia. Vou pedir para Ernestina lhe servir uma limonada, enquanto espera.

Quando Leonor voltou ao quarto, Neto choramingava no colo da babá. Anita e Ernestina olhavam a patroa com respeito novo. Pegando o filho em seus braços, Leonor mandou trazerem água fervida e algodão. Faria as tais compressas. Com o canto do olho, percebeu o ar de riso no rosto de Miguelina. Sorriu também. Sabia o que ela estava pensando porque pensava o mesmo: feito vertente num poço, o jeito das mulheres da terra havia-se infiltrado nela.

Rumores de novos tempos

Sentado à mesa da sala de jantar, a mesma que tantas vezes servira a ele e aos irmãos de esconderijo, nas brincadeiras, Tiago observava, sob a luz salpicada de sombras do Aladino, a boca paciente da mãe contando os pontos de mais um tricô. *É para as crianças do orfanato, as freirinhas pediram,* ela explicara, meio sem jeito, quando ele perguntou se não estava quente demais para fazer tricô. Pela janela baixa, podia ver, recostada no espaldar da cadeira de lona, a cabeça de Miro. Ele fumava. Sua cabeça, envolta num halo de fumaça, parecia a de um anjo.

Como se inveja um mendigo na rua por ele parecer não se preocupar com nada, Tiago o invejou. Seria tão mais fácil se pudesse ser igual ao irmão. Miro não dava a mínima para a política. Não se importava com ninguém, só consigo mesmo. Tranquilo, abrigado no egoísmo, criara seu espaço. Agora estava lá, fumando, coisa que ele, Tiago, ainda não fazia na frente do pai. Melhor, assim fumava menos. Na pelada do final de semana com os filhos do seu Epifânio, sentiu o fôlego curto. Em Porto Alegre, preso à cadeira do emprego burocrático na secretaria da escola, não fazia exercício. Em razão das reuniões do partido e das aulas que dava no curso noturno, dormia tarde. Ainda que não fosse assim, ainda que sua vida fosse extremamente regrada e saudável, convenhamos: era difícil correr igual àqueles gringos. Uns animais de fortes. Jogavam de pés descalços. Opa!, foi o que um deles disse ao chutar uma pedra no meio da correria e, sem uma careta de dor, sem sequer massagear o pé, atirá-la para fora do campinho.

Se não podia ser igual a Miro, gostaria de ser, ao menos, como esses gringos. Para eles, vida era o que ali estava: acordar cedo, trabalhar, ganhar dinheiro. Não ajudavam ninguém, não acusavam ninguém: trabalhavam. Os outros que se virassem. Não os podia culpar. Não sabiam nada sobre a *real valia*. Não tinham a menor ideia do quanto seu trabalho agregava aos bolsos dos donos das terras. Era natural: se nas cidades maiores, onde a opressão era descarada, poucos tinham essa consciência, com mais razão ali, no campo, onde, oculta sob o poncho do paternalismo, a exploração do trabalhador continuava pouco evidente.

Infelizmente, era impossível para Tiago não se importar. Sua revolta era pessoal. Depois que conhecera os porões da polícia, as surras de cassetete, o "requinte" do revólver engatilhado subindo pelo pescoço até a batida seca no pomo de adão, depois de tudo isso, qualquer fantasia que pudesse ter era cortada fora mais depressa do que a barba do rosto. Fora denunciado e preso. Só não ficara mais tempo encarcerado graças ao pai do Cesinha, um colega de pensão. O mais triste? O povo por quem lutava fechava os olhos, não queria saber, deixava-se enganar por discursos populistas. No comício de primeiro de maio, haviam ovacionado o presidente Vargas.

Pobre povo. Como era fácil de enganar. Bastava um pouco de propaganda, um apanhado de leis trabalhistas atiradas ao ar como se fossem doces e pronto, viravam um bando de criancinhas. Sofriam tanto e há tanto tempo, estavam cansados, queriam um pai. Não importava se esse pai impusesse limites, desse palmadas, batesse. Um pai sempre impõe limites. Coitados. Não se davam conta de que vendiam por tostões o bem maior. O velho era hábil. Sabia como ganhar a confiança. Como fazer-se querido. Agradava, adulava, aproveitava-se dos interesses imediatistas. Concedia migalhas, garantia o poder.

A capitulação dos humildes, ele aceitava. Mas e a dos outros? A dos que sempre considerara seus líderes? Essa era mais difícil de engolir. Os que lhe haviam servido de modelo – cínicos – vendiam-se ao primeiro prato de lentilhas temperado de poder. Os inimigos faziam as pazes. O capitão, o cavaleiro da esperança, anistiado, aproximara-se do seu carcereiro. A gangorra mudava de posição. Os que antes atacavam o presidente agora o abraçavam. Até quando? Até o governo cair? Era tudo um jogo de interesses. Dava vontade de desistir, largar de mão, deixar que se fodessem sozinhos. Manda quem pode, obedece quem precisa, que ficasse tudo assim, como sempre fora.

Não. Ele não pensava realmente assim. Jamais deixaria o povo sozinho. Se era por raiva que queria largar tudo, era também por raiva que ficava. Raiva da ignorância, raiva do partido, raiva da hipocrisia. Dava vontade de vomitar. Um fascista lutando contra o fascismo? Torturados bajulando o torturador? Palavras ditas no exílio caseiro, em Itu, servindo de propaganda para a candidatura de Dutra? Comunistas aliando-se ao "queremismo"? Não podia simplesmente virar as costas a tudo aquilo, precisava permanecer, mostrar, num protesto solitário, que o ideal de uma sociedade justa era possível.

Em decorrência do concedido, havia conquistas, é verdade. O partido comunista não era mais clandestino. Podia-se votar em seus candidatos, escolher. Mas a que preço? De que estavam abrindo mão na busca dos votos? O que havia por detrás dessa legalidade comprada?

Consolava-o adivinhar que aquele governo agora já não duraria muito. A justiça impunha-se, independente dos homens. Abóboras ajeitavam-se, ao andar da carroça. Ainda que à custa do suor dos operários, uma nova classe de burgueses surgia e exigia seus direitos. A própria ditadura trançava a corda com que se enforcaria. Os primeiros sinais já eram evidentes, embora estivesse tudo ainda muito confuso, como tudo é confuso antes do amanhecer.

Nesse momento de falsas aparências, a única coisa que ele, Tiago, sabia com certeza era que o importante continuava a ser o homem. Não o homem teorizado, inventado. O homem real, comum, com sua vontade de comer, de aprender, de ser feliz. Por esse, valia a pena lutar.

– Quer um pouco mais de arroz-doce antes de ir dormir, Tiago?

– Não, mãe. Comi bastante.
– Estás muito magrinho, meu filho.
– A senhora sempre diz isso. Não precisa se preocupar, eu estou bem.
– Estás magrinho, sim. E com olheiras. Como é que eu não vou me preocupar? Morando sempre longe. Sem mulher para te cuidar. Se ao menos ainda estivesses na casa da dona Perez. Ela te cuidava bem. Quando vinhas nas férias chegavas a estar lustroso de tão gordo.

Cuidava bem demais, pensou Tiago sorrindo. Ah! viúva Perez, tão sábia, tão generosa! Os seios fartos cheirando a pó de arroz. As coxas brancas o enlaçando com força improvável. *Me fode devagar, chiquitín.* Ele não era virgem quando foi morar na pensão, mas, quase. Viúva Perez fora uma grande professora. Saudades das tardes de domingo à sombra da parreira. A cadeira de lona listrada, os livros. O copo de leite, a voz açucarada – *toma tudo, precisas, estudas demasiado* – era o sinal. Ela subia, ele ia atrás e, desde o quarto – bibelôs de gatinhos sobre guardanapos de crochê – os gemidos da viúva cortavam o domingo.

Um dia, a viúva soubera que ele andava arrastando a asa para uma normalista, esperando-a na saída do Instituto. Fora um Deus nos acuda. A crise de ciúmes durou dias. Passou a ter mais cuidado. Sem dinheiro para alugar um quarto onde lhe fosse permitido levar mulheres, a viúva Perez e sua cama rangedora valiam mais do que dez normalistas, virgens ou não. Bons tempos aqueles.

Sim, já podia dizer: bons tempos aqueles, o tempo passava e, feito um arroio cheio demais, a vida o levava de roldão. Como consequência – detritos na correnteza – fatos desagradáveis eram atirados em sua cara sem que pudesse desviar-se. Ontem Guilhermina escrevera contando que vira Ignácio saindo do prédio de Beatriz, em Porto Alegre. *Tinha ido buscar uma encomenda,* a irmã dissera, mudando de assunto. A mentira evidente confirmava o que Guilhermina já desconfiava: Beatriz e Ignácio estavam tendo um caso.

Embora sem razão, sentia-se traído. Bobagem. Moral burguesa. Cada um sabe de si. Ele e Ignácio nem eram mais tão amigos. Mesmo que fossem, o que esperava? Que viesse lhe contar? Dizer: olha, estou fodendo tua irmã? Beatriz de há muito decidia sua vida. O desconforto vinha da impressão de que, mais uma vez, o poder impunha-se. Se Ignácio não fosse quem era, Beatriz ficaria com ele? Não sabia responder. Não conhecia mais aquela irmã distanciada.

Precisava fumar. Levantou-se, foi até o pátio. Olhou as árvores, as estrelas, o poço antigo. Esse era fiel, nunca secava. Sentiu-se cansado, muito cansado. Lutava e sofria em vão. Se as coisas no Brasil seguissem como estavam, se ele continuasse sentindo-se fora do contexto, um estúpido e teimoso joãozinho-do-passo-certo, o melhor talvez fosse mesmo ir embora. Andava pensando em sair do país por uns tempos. Conhecer o mundo. Arrumar emprego no exterior. Onde? Não tinha a menor ideia. Algum lugar bem distante onde pudesse pensar. A Itália, onde morava seu amigo padre, era uma opção.

Histórias de Santa Clara

Seu Motta sentia muito orgulho de Santa Clara. Podia até que nunca chegasse a ser uma cidade, mas ia crescendo lindo. Estava quase maior que Nhuporã. E não crescia assim, de qualquer jeito; obedecia ao planejamento. As mudas de árvores nativas plantadas na praça haviam pegado bem, já davam uma rica sombra. Era ali que, quando vinha de visita, Tiago, o do seu Balbino, reunia a criançada para falar sobre comunismo. Rapaz direito esse Tiago, e desde o início, desde o tempo do seu Arthur, de muita ajuda. Não fosse ele, Santa Clara não seria o que era em tão pouco tempo. Tinha lá suas bobagens, como essa de pregar o comunismo, mas quem não as tinha?

Filho de ferroviário, para seu Motta, nada do que Tiago dizia era novidade. Conhecia aquilo tudo. As ideias eram boas, mas, para vingarem, precisavam de revolução, e a verdade verdadeira era que o povo tinha preguiça. Bastava ver o tenentismo. Morrera na casca. A Coluna andara pelo Brasil todo e fora aplaudida. Só isso. Agora, pelo que se ouvia dizer, o comunismo estava na moda. Apoiaria de longe. A farmácia e Santa Clara o ocupavam demasiado, não tinha tempo. Que Tiago assumisse o posto. Estava ainda na idade certa. Só não inventasse de fechar a igreja, transformá-la num centro comunitário, como andava sugerindo. Graças à dona Corintha, que a mantinha impecável, sempre encerada, com flor nos vasos e vela nos castiçais, a igreja era o orgulho da vila.

Padre Hildebrando já avisara que no sábado viria de São Borja rezar uma missa e fazer uma sabatina nas crianças da catequese. Se estivessem a contento, marcaria a data da primeira comunhão. Não que seu Motta fosse religioso, longe disso, mas compreendia que religião era parte inseparável do progresso; tão importante para a manutenção da ordem e o desenvolvimento de um povo quanto uma casa de meretrício. Santa Clara, felizmente, tinha as duas.

A casa era da Tula, aquela morena miúda e limpinha, sua conhecida dos tempos da dona Creuza que assim, sem mais nem menos, tinha ido embora para Porto Alegre. Ficaram anos sem se ver. Reencontraram-se por acaso no Bar das Negras, em São Borja. Ela e o filho, recém-chegados da capital, tomavam um refresco quando ele entrou. De primeiro, nem a reconheceu. Bem posta, importante, nem parecia o tico de gente com quem se deitava antes. Ela convidou pra sentar. Conversaram e, na conversa, seu Motta contou da morte da mãe, falou de Santa Clara, da farmácia, da escola, da igreja, das árvores na praça.

Tula quis saber detalhes. Ele explicou o testamento de dona Luzia. Na mesma hora, ela se interessou: se havia escola para o menino e se podia comprar terreno a um preço razoável, era o que estava procurando. Queria montar negócio próprio. Seu Motta achava que havia interesse? Sem dúvida, ele respondeu. Combinaram que, na semana seguinte, quando voltasse com a caminhonete para buscar o padre, a levaria junto. Sem compromisso. Só para conhecer. Ela foi, gostou e abriu a casa, que, aliás, estava indo muito bem. As meninas eram limpas, educadas, escolhidas a dedo. Dava gosto ver. Tula ficara muito agradecida. Os dois tinham retomado a amizade e os encontros às quintas-feiras. Ele até levara o filho dela para trabalhar na farmácia, meio turno. Um guri bom, bem mandado, que, por casualidade, era seu tocaio, chamava-se Jorge Romeu.

Um pouco mais cedo do que nas outras tardes, seu Motta virou a tabuleta no vidro da porta. FECHADO, leria agora quem chegasse. O virar da tabuleta, puro costume; morava nos fundos, era só bater, ele atendia. Homem de hábitos, o gesto encerrava o dia na Farmácia Motta, que de farmácia pouco tinha, era mais um armazém de campanha. Vendia erva a granel, creolina, produtos veterinários. Remédio mesmo, quase ninguém comprava, só em último caso. Tratavam tudo com chá e, caso não adiantasse, com as benzeduras da dona Miguelina. Outro qualquer teria desistido, ido embora para São Borja. Mas, enfim, a casa era própria e, na cidade, tirando loja de turco, farmácia era o que mais havia. Sua sorte era que, aos poucos, graças aos vendedores da Pfizer indo de estância em estância, a venda dos produtos veterinários aumentava. Muitos estancieiros ainda negaceavam, diziam que o preço da carne não pagava nem o carrapaticida, quanto mais as vacinas. Iam terminar dando com os burros n'água. Homem de visão era o doutor Ignácio, esse sim, não facilitava, fazia de tudo para melhorar o plantel.

Seu Motta acendeu o lampião, tirou o guarda-pó e contou o dinheiro no caixa. Não fosse quinta-feira, trocaria as botas pelas alpargatas e poria a água do mate para esquentar. Nas quintas-feiras, porém, a rotina era outra. Como nos velhos tempos, era dia de estar com Tula, só que agora era também dia de dar aula a Lucinda. Suspirando, começou a arrumar na pasta os lápis, os cadernos. Não gostava muito de ensinar, se atrapalhava. Fazia para agradar a Tula e também por pena. Lucinda chegara em Santa Clara, vinda da Coxilha Negra, só com a trouxinha de roupa. Andava um diz que diz que de que teria roubado alguma joia. Não devia de ser verdade. Fosse, já estaria presa. O major Celestino não deixaria por menos. Além do mais, a moça era protegida de dona Miguelina, fora ela quem pedira a Tula que a empregasse. À velha Miguelina ninguém enganava. A história da joia devia de ser mentira, com certeza, Lucinda viera para Santa Clara atrás de algum noivo. Estranho que não estivesse prenha.

Quase sete horas, melhor se apressar. Na lata de querosene cheia de água quente, misturou um pouco de água fria. Tirou a roupa, se esfregou com sabonete e bucha. Depois, toalha no pescoço, olhou-se no espelho do guarda-roupa. A bunda estava meio murcha, o cabelo já rareava, mas barriga, quase não tinha. Colocou cueca limpa, bombachas de riscado e camisa branca de manga curta. Não fazia por Tula, muito menos por Lucinda, gostava de estar bem-arrumado, aprendera com a finada mãe.

A Rural custou a pegar. Maldita bateria. A casa não era longe, mas chegar de caminhonete era questão de prestígio. Chovera durante o dia, a noite estava fresca, como que lavada. A Rural ia faceira pelas ruas de chão, espanejando barro, e seu Motta pensava, não em Tula, em Tereza, a que trabalhava com dona Leonor. Guria direita, esforçada, com essa, a mãe, que Deus a tenha, faria gosto. Da Tula, felizmente, ela nunca soube, ou fingia que não. Naqueles tempos, para todos os efeitos, às quintas-feiras ele ia dar uma volta, tomar uma cerveja. Procurava não chegar em casa muito tarde, ficava mais fácil de a mãe acreditar.

Uma vez, os três haviam se cruzado na praça de São Borja. Discreta, Tula passava por moça de família; quem não soubesse, não dizia. Ele disfarçou. Fez que não viu. A mãe não falou nada, mas interrompeu o assunto sobre o bordado que estava fazendo para o sobrepeliz do padre: um cordeiro com um ramo de trigo aos pés. Teria sido por acaso? A mãe era muito esperta. Dos rabichos do pai sempre soube, os mais sérios até deu jeito de terminar. *Pobre papai, coitado do papai*, seu Motta ficou repetindo baixinho, sem saber bem por quê.

Estacionou a Rural não em frente à casa, dobrando a esquina. Era solteiro, não precisava disfarçar, mas também não queria ser acintoso – *nem tão devagar que pareça desfeita, nem tão depressa que pareça medo,* citou, errando nas palavras mas acertando na ideia. Ele não tinha medo, ao contrário. Nas quintas-feiras, não via hora de fechar a loja. Ficava cuidando o relógio, chuleando que o tempo passasse. Um calor entre as pernas lhe antecipava as farturas de Tula, o cheiro de fêmea limpa movendo-se sob seu corpo num ritmo conhecido. No quarto dela, o mundo dava uma trégua, a vida acalmava-se, ele esquecia que estava quase velho e que a morte podia estar, igual à Rural, logo ali, dobrando a esquina.

Porque Tula era puta, e isso jamais mudaria, com ela seu Motta podia gozar a paz do inevitável. Não havia complicações e nem futuro, nada precisava ser decidido. Era toma lá dá cá, pão-pão, queijo-queijo. Mulher confiável, o que na casa era dito, ali ficava. Com ela, seu Motta falava de tudo. Tula sabia mais sobre ele do que qualquer outra pessoa. Estar com ela era igual a comer ou mijar, algo que se faz por necessidade, porque, se não fizer, morre-se.

Mas, por razões óbvias e imutáveis, Tula era só nas quintas-feiras. Com a velhice chegando, do que ele carecia agora era de mulher para a vida diária. Precisava se acomodar com alguém: uma que preparasse a comida, lavasse a roupa. Alguém que cuidasse da casa e atentasse nele, caso adoecesse. Era aí que entrava Tereza, guria séria, trabalhadeira, bem-criada, que, ao que parecia, andava lhe espichando uns olhos.

Ontem, quando veio buscar a fenotiazina, doutor Ignácio trouxe um bilhete dela, em letra caprichada, pedindo que levasse uma rosa para a Santa Terezinha, podia ser de qualquer cor, mas se fosse branca, melhor. Já não era a primeira vez. Tudo bem, ela era devota da santa de quem tinha o nome, e as promessas à santa Terezinha se pagavam com rosas. Mesmo assim, depois que o doutor foi embora, seu Motta ficou pensando no que Tereza quisera dizer. Que estava mandando recado, isso era certo, mas qual? Mulher é bicho complicado, fala uma coisa para significar outra. Bem no fim, querem sempre o mesmo: agarrar um vivente para enfiar as garras nos bolsos e a canga no pescoço.

Não estivesse ficando velho, melhor uma vez por semana na casa de Tula. Proseando, tomando mate, ou na cama, acolherados sob a colcha de chenile ouvindo o rádio de onda curta que, conforme o tempo, pegava até a Nacional do Rio de Janeiro, estavam habituados um ao outro. Com Tereza, ia ser preciso haver noivado e casamento. Só de pensar, ficava com preguiça, não tinha mais paciência de iniciar namoro. Se bem que talvez nem precisasse: Tereza tivera noivo. Não ia ser de muita exigência. Casavam e pronto. *Um chinelo velho para um pé torto*, como dizia a finada mãe.

Será que ia se acostumar com alguém dentro de casa dizendo isso, mandando naquilo? Melhor se aconselhar com Tula. Ela o conhecia bem. Perguntaria, mas não hoje, na outra quinta-feira. Tula já dera a entender que não gostava de palpitar sobre mulher e ele não queria estragar a tarde. Daria a aula de Lucinda e pronto, ficava livre para todo o resto.

* * *

Para Lucinda, a primeira vez foi a pior. Não pelo susto e nem porque quem a rasgava por dentro, grande como um cavalo, era o pai. A dor seria a mesma, fosse outro qualquer. Ele já a surrava tanto, essa era apenas uma outra forma de bater. A primeira vez foi a pior porque foi a mais doída. Com o tempo, deu-se conta de que o pai nem era tão grande, ela é que era pequena, ainda que não fosse inocente, tinha só nove anos. Vira cavalo cobrindo égua, touro saltando em vaca e, no rancho de uma só peça, tinha visto tudo que a divisão de cortina não conseguia esconder. O pai nem precisava ter-lhe tapado a boca, ela não ia gritar.

Naquela primeira vez, ela sangrou por demais. A mãe se assustou, pensou que fosse morrer e a levou até dona Miguelina. Não fosse isso, talvez tivesse morrido mesmo. Dona Miguelina não disse nada. Colocou-a na cama. Deu remédio. Ficou sentada ao seu lado, até o sangue estancar. Passados uns dias, a mãe veio buscá-la. Disse que não perigava, que tomava conta, cuidava. Pois sim, a mãe tinha era medo. Até gostava que o pai fizesse com ela, em casa, assim não se perdia com outras por aí. Depois da primeira, as vezes foram tantas que Lucinda até acostumou. Uma tarde, com o pai em cima, sentiu uma aflição de gozo entre as pernas. A mãe percebeu. Desde esse dia, pegou raiva de Lucinda.

Quando fez treze anos, o velho morreu numa briga de bolicho. Trouxeram o corpo de borco, balançando nos arreios. Ela e a mãe o lavaram. Vestiram a roupa limpa e o puseram sobre a mesa. Lucinda olhou bem a cara do morto. Estava diferente, parecia reduzido, os beiços brancos de dor, a carne se grudando nos ossos, os olhos fundos de morte. Daquele rosto cinzento, como que feito de barro seco, não pôde sentir nem raiva. Em seguida do enterro, sem despedir-se da mãe, fez a trouxa e foi-se embora.

O *posto* onde os três moravam, era na Coxilha Negra, a estância do major Celestino. Pegou emprego na casa da fazenda. Na noite de São João, enquanto queimavam fogueira, o major a puxou de um lado e quis se aproveitar. Lucinda não deixou.

– Conto para a dona Augusta – disse, cabeça erguida. Perdesse aquele emprego, achava outro. Só não podia deixar que acontecesse de novo. O major lhe deu uns tapas, virou as costas e esqueceu. Desde então, ela ficou em paz.

Namorado, não queria. Homem doía muito. Preferia a própria mão. Aí fazia com calma, inventava. Deitada no quartinho, abafava os gemidos até que um grito afrouxado a fazia estremecer. Depois, virava e dormia. Da patroa, dona Augusta, gostava. Pobre da dona Augusta, era sozinha no mundo. Mais sozinha até que ela.

Por gosto próprio, Lucinda ficava no emprego, mas, um dia, sumiu a tal da cruz. Era uma cruz de ouro que o major tinha dado para a mulher. Inventaram roubo. Reviraram seus pertences. A cruz estava lá. Pura mentira. Ela não era de mexer em coisa alheia. Foi posta no olho da rua. Tinha quase certeza de que era armação do major. Vingança.

Para a casa da mãe, não voltava. Não tendo aonde ir, pediu pouso à dona Miguelina. Ela a ajudou a procurar emprego em outras estâncias, mas a tal cruz tinha peso. Não quiseram, desconfiavam. Dona Miguelina falou com seu Motta, que falou com dona Tula. Explicou a situação. Dona Tula disse que Lucinda podia ficar. O major não era cliente, e nem ela queria que fosse. Desde então, Lucinda estava na casa da dona Tula fazendo de tudo um pouco, menos deitar com os fregueses. Dona Tula até que oferecera: bonita igual Lucinda era, ganharia muito mais. Trabalho igual a qualquer outro. Lucinda não quis nem por nada. Gostava do serviço de casa. Estava tomando gosto até em cozinhar. Brincava com Jorge Romeu. De tanto o ver fazendo os temas, ficou com vontade de aprender. Pediu para dona Tula que deixasse ela estudar. Tinha muita vontade de saber ler. Dona Tula falou para o seu Motta conversar com a professora, dona Donata. Na hora, ela até prometeu que abriria um curso noturno. Depois, parece que se esqueceu.

A sorte foi que dona Tula não esqueceu. Comprou caderno e lápis, falou de novo com seu Motta e agora, duas vezes por semana, Lucinda ia até a farmácia aprender a ler. Nas quintas-feiras, ele vinha até dona Tula e dava aula lá mesmo. Devagar, cada um ajudando um pouco, a vida melhorava. Antes, não tinha ninguém. Agora, além de dona Miguelina, Jorge Romeu, seu Motta e dona Tula, havia também o seu Tiago, que, quando estava em Santa Clara, sempre conversava com ela, emprestava livro com figura e falava umas palavras bonitas sobre todo mundo ser igual. Parecia até um padre. Dava esperança.

MEMORIAL RIOGRANDENSE DA LIVRARIA DO GLOBO
Estância do Conde

16 DE JULHO DE 1950
domingo

Folga do pessoal.
Bica de plantão.

Por dois a um, o Brasil perdeu o campeonato mundial de futebol para o Uruguai, no Maracanã! Inexplicável, bastava um empate e seríamos campeões.
Tristeza geral.

Carneado um capão para consumo.

Para José Neto, a figura do avô, de quem herdara o nome, era seca, longínqua e, por isso mesmo, fascinante. Logo depois da mãe, estava Deus. Abaixo dele, o avô. Seguiam-se, na ordem, o pai e Antônia. Depois – porque o vovô era médico e ele também ia ser – os médicos.

Viam-se pouco, os dois. O avô morava em Santa Maria com tia Leocádia. Quando vinha, ficava em Santa Rita. Uma vez o avistara de longe e o seguira, a cavalo, até a casa de barcos. Quando ele entrou, ficou escondido, esperando não sabia o quê. Logo, chegou dona Miguelina. O que ela e o vovô faziam lá dentro devia ser muito secreto. Dona Miguelina era meio bruxa. Sabia, de tanto ouvir contar, que fora ela quem descobrira que o que ele tinha na perna era mordida de aranha e não paralisia infantil. A mãe a chamava de doutora das ervas. Se a dona Miguelina e o vovô eram doutores, inventar remédios e discutir doenças era o que faziam na casa de barcos. Queria muito saber com certeza. Tinha medo de perguntar.

No aniversário, ganhara da tia Leocádia um microscópio. Não era de verdade, era de criança, mas dava para ver os bichinhos da água, esses que a gente não vê a olho nu. A dizer *olho nu*, foi tia Leocádia quem o ensinou quando deu o microscópio. Ela era assim meio gozada, mas muito inteligente. Foi a única a adivinhar que era o microscópio, e não uma bola e nem um rebenque com cabo de prata, o que ele queria de aniversário. Tonico, o filho da Ernestina, que também era muito inteligente e seu melhor amigo, apesar de não querer ser médico, ajudava-o com as pesquisas. Passavam horas preparando as lâminas. Além de folhas, minhocas, formigas e outros objetos da natureza, tinham examinado coalhada e fermento de fazer pão. O objetivo era descobrir como o leite talhava e o pão crescia. Os resultados das experiências estavam todos registrados num caderno.

Depois da escola, José Neto e Tonico quase sempre iam até a farmácia do seu Motta. Os dois e mais o Jorge Romeu, se não tivesse muito serviço, ficavam examinando as bulas dos remédios, aprendendo para que serviam, tanto os de gente quanto os de bicho. Seu Motta tinha uns livros de medicina que deixava chaveados. Jorge Romeu sabia onde estava a chave. As figuras dos livros mostravam em detalhes quase todas as doenças: chagas, papo, hemorroidas, vermes nas tripas, câncer, a coisa mais linda! Jorge Romeu era seu segundo melhor amigo. Nunca esquecia de deixar reservado para ele os almanaques do Biotônico Fontoura e o Saúde da Mulher. O do Biotônico era melhor, mais científico, mas o Saúde da Mulher prometia acabar com os *incômodos uterinos e os sofrimentos periódicos do sexo frágil,* o que lhe dava alguma vantagem.

Hoje, sabendo que o avô estava para Santa Maria, e que, na estância, todos estavam entretidos com o jogo, Neto teve coragem de entrar na casa de barcos. A tábua meio frouxa da parede dava, justo, no tamanho dele. Dentro, tirando o colchão, perto da janela (não sabia que o avô dormia ali), era tudo como tinha imaginado: material de pesca, mantimentos, livros, cadernos de anotações e um microscópio. Prestando bem atenção ao lugar de cada coisa – não queria que ninguém soubesse que tinha estado lá –, pegou um dos cadernos sobre a mesa. A letra do avô era difícil, mas Neto sabia decifrá-la porque a lia sempre, nos Livros da Fazenda. A maior parte eram anotações sobre ervas: para que serviam, como se usava. Outra parte era o vovô falando de coisas. *Estou preparando um tratado de remédios naturais. A magia das benzeduras me intriga tanto quanto as plantas,* tinha escrito. Ele chamava a casa de barcos de círculo mágico. Devia ser porque era ali que dona Miguelina ensinava as bruxarias. Algumas palavras eram difíceis: am-pu-ta-ção, ca-ta-plas-ma. Traria um dicionário.

Havia muitos cadernos nas prateleiras, estavam alinhados por ano. Neto subiu num banco e apanhou um que dizia 1943, o ano em que ele tinha nascido. Procurou agosto. Lá estava: *Ontem, no Hospital Alemão em Porto Alegre, nasceu meu primeiro neto – José de Menezes Neto. A homenagem, com certeza, foi ideia*

de Leonor, Ignácio não tem essas delicadezas. Gostaria muito de ter estado presente, mas o nascimento estava previsto para depois do dia vinte. O guri se adiantou e me pegou aqui, em Santa Rita. O feitor da turma não mandou um próprio, fez questão de vir pessoalmente entregar-me o telegrama. Quando li a notícia, para minha própria surpresa, fiquei muito emocionado. Pensei: um neto homem, talvez Deus esteja me devolvendo Mathias. Pensamento absurdo para um agnóstico, se bem que até Platão falava na transmigração das almas.
Neto recolocou o caderno no lugar. Não entendia por que vovô pensara que ele era o tio Mathias, o irmão do pai que tinha morrido num acidente. Devia ser maneira de falar. O importante era que, quando ele nasceu, o avô tinha ficado muito emocionado. Estava escrito. Agora, melhor ir andando ou a mãe mandaria alguém atrás dele. Colocou tudo no lugar, saiu, montou. Voltaria outras vezes. Sua maior dúvida era se contava ou não para o Tonico, ele era meio boca grande.

    Miguelina, que, ao chegar, havia visto o cavalo amarrado, deixou que Neto se fosse sem vê-la. Não queria quebrar o fio frágil que, enfim, ligava-o ao avô distante. Entrar às escondidas no esconderijo, ler os cadernos seria, quem sabe, a única forma de Neto conhecer o verdadeiro José. Providenciaria para que o feitiço continuasse. Passaria em revista os cadernos. Deixaria à mão os que Neto devia ler primeiro. Trataria de esconder algum que falasse demais. José era cuidadoso, mas nunca se sabe.

Guilhermina, a outra filha de seu Balbino

A senhora há de convir comigo, dona Guilhermina, mesmo que nada tenha sido provado, não posso mais tê-la neste colégio. Suas opiniões não combinam com nossos princípios éticos. Com a frase da Madre Superiora rolando na cabeça, Guilhermina caminhava apressada pela Duque de Caxias. Desceu as escadas do viaduto Otávio Rocha pulando degraus, como se tivesse compromisso. Ser despedida por suspeita, francamente! Será que a temporada de caça às bruxas tinha recomeçado pintada de verde-amarelo? Será que as freiras não liam nem mesmo as encíclicas? Até o Papa dera-se conta de que as coisas estavam mudando. Francamente. E se ela fosse comunista? E se fosse? Também não era virgem, e daí? Tentar ser feliz era crime?

Furiosa, sem pensar por onde ia, desceu a Borges de Medeiros até o Abrigo da Praça XV. Subiu no bonde Azenha, àquela hora quase vazio. Sentiu que os óculos embaciavam-se; não ia chorar, não ia. Respirou fundo. *Calma*, disse a si mesma. Estar desempregada não era nenhuma tragédia. O dinheiro guardado dava para ir vivendo. O que mais doía era o tapa na boca, a injustiça. Então não podia pensar por si mesma? Quando indicara às alunas Nelson Rodrigues, fora um Deus nos acuda, teve que retirar a indicação. *Esse autor está no index, atenha-se ao currículo.* Iracema, A Moreninha, A pata da gazela, *estes são livros para moças de família. Mas e Machado de Assis, madre?* A mão e a luva, *dona Guilhermina, está no currículo.* E Dom Casmurro? A mão e a luva *é suficiente*, dissera a superiora.

Desceu do bonde. Subiu a ladeira. Junto às flores, em frente ao Cemitério da Santa Casa, a florista negra, vestida de amarelo, parecia uma enorme borboleta. Guilhermina comprou duas rosas, atravessou o portão. Do alto de seus mármores, as tumbas a espiavam. Quando passou pelo mausoléu do Conde de Porto Alegre, não parou, mas fez um pequeno aceno com a cabeça: esse era gente lá da terra, lindeiro, parente dos Siqueira. Seguiu adiante pelo corredor central e dobrou à esquerda, depois à direita e novamente à esquerda. Ainda se lembraria? Lembrava. Parou em frente ao túmulo humilde, caiado de branco. *Diógenes Medeiros dos Santos, saudades de tua mãe e de tua noiva*, estava escrito. A mãe, dona Conceição, morrera logo depois e também estava enterrada ali, o nome na outra placa, logo abaixo. A noiva era ela, Guilhermina.

Abaixando-se, arrancou uns inços que cresciam entre os tijolos. O vaso de louça não existia mais. Não tendo onde colocá-las, deitou as rosas sobre as placas, à sombra da cruz. *Não faz diferença*, pensou, *hão de secar da mesma forma, apenas mais rápido*. Não sabia bem por que estava ali, não pensava no noivo há anos. A imagem dele, quase apagada na memória, apresentou-se: magro, tímido, os óculos escorregando pelo nariz muito fino. Contador na Viação Férrea, não suportara as acusações de desvio de dinheiro. Quando tudo se aclarou era tarde demais, ele havia se matado. Talvez isso a tivesse trazido: a injustiça. Os dois eram vítimas, com uma diferença: ele era inocente, ela, incompreendida. As freiras, os diretores não sabiam o mal que causavam.

O sol já se punha sobre o rio quando, cabeça erguida, Guilhermina passou novamente pelos mausoléus do corredor central. Não se deixaria intimidar. Era professora e isso jamais mudaria. Se não podia ensinar àquelas moças, ensinaria a outras. Os tempos da Inquisição tinham ficado para trás, não se prendiam mais pessoas apenas pelo que pensavam. Beatriz. Sim, a irmã era bem-relacionada, haveria de conseguir colocá-la em outra escola. Se nada desse certo, sempre poderia voltar para a Água Bonita. Havia uma escolinha em Santa Clara. Falaria com Tiago.

MEMORIAL RIOGRANDENSE DA LIVRARIA DO GLOBO

Estância do Conde

30 DE AGOSTO DE 1954
segunda-feira

Chuva. Recorridos campos.
Tirados dois couros.

Carneado um capão para consumo.

```
Telegrama n° 15
Estação Conde de Porto Alegre
Número de palavras 28   Apresentado dia
30/08 às 8,00 horas

A Blenco SA Importadora/Exportadora

Informo remessa valor referente car-
rapaticida pelo preço combinado CR$
5.000,00 tambor cinco galões 20% des-
conto pagamento à vista.
Ignácio Siqueira de Menezes
```

    Ignácio pagou o telegrama, recebeu a cópia manuscrita, agradeceu ao chefe da estação pelo mate e, levando a cesta que Leonor mandara de Porto Alegre, apressou o passo para escapar da chuva miúda. Era agosto, fazia muito frio, doutor Getúlio escolhera morrer e a vida continuava.

    Tinha ouvido, pelo rádio, as descrições das cenas no Rio de Janeiro. O povo levando, em braços, o caixão do presidente, o pranto nas ruas, os lenços brancos, o desespero dos mais humildes, como se tivessem perdido um pai. Que carisma tivera aquele homem, que poder de transmitir esperança. No dia 26, fora ao enterro em São Borja. Gente demais, discursos demais, nem todos sinceros. A família fizera bem em recusar qualquer manifestação oficial. No meio da confusão, o doutor Oswaldo Aranha fora comovente. Sua fala, uma conversa entre dois gaúchos. Jango lera, emocionado, a carta-testamento. Juntos, viram voltar à terra o amigo comum das tardes na Fazenda do Itu.

    A cesta estava pesada. Dentro, com certeza: cartas, jornais e a glicerina que encomendara para curar o umbigo dos terneiros.

Leonor jamais se descuidava. Apesar de procurar visitar o filho (e Beatriz) ao menos uma vez por mês, sentia saudades. Com ele dividido entre a cidade e o campo, a vida das crianças, principalmente de Neto, acontecia sem que estivesse presente. Não havia outra maneira. O que era mais importante: a presença física, ou a outra, a presença que se fazia pelo sacrifício de estar longe? Não sabia responder. À noite, um sonho repetia-se: caminhava em meio a uma multidão sem rosto, Antônia e Neto estavam ali e o ignoravam. Ele corria. Chamava. Os filhos viravam-se, não o reconheciam, seguiam adiante. Deixavam-no só. Culpa, pura culpa, diria qualquer psicanalista novato. Conclusão óbvia; não valia o preço da consulta. Daria, no entanto, um bom dinheiro a quem lhe desse outra opção viável. Limitar-se às escolas rurais não entrava na lista. Queria mais para os filhos, e isso implicava sacrifícios.

Como fizera com Neto, manteria Antônia estudando na estância o máximo de tempo possível. Depois, seria necessário mandá-la também para longe. Por enquanto, as idas de Leonor a Porto Alegre levando a filha eram espaçadas. Neto era homem, não precisava tanto da mãe. Quando fosse a vez de Antônia estudar, as coisas seriam mais complicadas. Por ora, haviam alugado um apartamento. Depois, talvez fosse necessário comprar alguma coisa, um lugar pequeno onde Leonor pudesse ficar. Quando fosse a hora, veriam o que fazer. De uma coisa tinha certeza: não podia afastar-se demais da estância. Se ficando ali as coisas já eram difíceis, imagina como seriam se estivesse distante.

Há meses estava tentando importar umas vaquilhonas do Uruguai. Na semana passada havia, finalmente, conseguido completar a papelada exigida pelos bancos e pelo governo. Uma verdadeira luta. Parecia até que estava pedindo algo ilegal quando, na verdade, estava importando matrizes, melhorando o rebanho. Fazer as coisas direito nesse país dava nisso. Fosse por contrabando, o gado já estaria com ele há muito tempo. Se apenas esse pessoal do governo ficasse quieto, não atrapalhasse, o resto, ele fazia sozinho.

Como seria, agora, o governo Café Filho? O homem parecia sério. Queria ver era ele aguentar o rojão: negociatas, dinheiro sujo, tráfico de influências. Apesar de tudo, a morte do doutor Getúlio o deprimia. Bem ou mal, era um estadista. Pensava melhor e mais longe do que essa rafuagem toda que o cercava. *Bota o retrato do velho outra vez, bota no mesmo lugar,* pena que esses versos tivessem perdido o sentido.

Indiferente ao barro da estrada, Ignácio dirigia rápido, a caminhonete derrapando, quase indo à valeta. *Dane-se,* pensava, na ansiedade de abrir a cesta, ler as cartas, os jornais. Apenas por pudor, não a abrira lá mesmo, na sala da estação que um fogãozinho a lenha aquecia. Agora, na caminhonete, estava frio demais. *Mais alguns anos e estarei como a vovó, sentado na varanda, óculos no nariz, uma pilha de jornais ao lado.* Lembrava que dona Luzia jamais os lia fora da ordem cronológica. Como se fosse um coronel examinando relatórios, estudava cada um deles com cuidado. Adivinhava intenções. Brincava de antecipar a notícia de hoje, no jornal de ontem. Do *Correio do Povo,* como quem deixa para a última garfada a melhor parte do doce, sempre deixava para o final a quinta página, a dos editoriais.

Tantos anos e as coisas não haviam mudado. Ainda hoje, as notícias chegavam, primeiro, pelo rádio. *Quem mora na cidade vê o jornal de outra maneira,* pensava, *um papel cotidiano que, amanhã, será apenas um amontoado de folhas servindo para enrolar aipim.* Ali, no campo, o que era para ser transitório tomava dimensões de permanência. Embora estranho, não deixava, sob certa forma, de ser uma vantagem. *Jornal, aqui, é muito mais respeitado,* concluiu, sorrindo.

Vidraças embaçadas, lampiões acesos, a casa o recebeu calorosa. Ernestina não se descuidava, sempre acendia bem cedo lareira e salamandras. Semelhante à avó, Ignácio alongou o prazer retardando a leitura. Pendurou casaco e chapéu, arrancou as botas, espalhou os pés nas alpargatas, instalou-se na poltrona, serviu-se de um uísque. Só então abriu a cesta. Organizou os jornais numa pilha ordenada. Examinaria-os depois, com calma. Havia muito que ler, muito que pensar, o país estava pegando fogo, mas, primeiro, as cartas.

* * *

Porto Alegre, 26 de agosto de 1954

Meu querido Ignácio

Imagino como estás abatido depois dessa tragédia. Dr. Getúlio, tão amigo do teu pai e teu amigo também. Deves estar lembrando as tardes que tu e o Jango passavam, conversando com ele, lá na Estância do Itu. Embora nem sempre o aprovasses, sei que o admiravas. É um estadista, dizias, e esse último gesto veio confirmar tuas palavras. Imagino a dor de Alzirinha e de dona Darcy. Dizem que Lutero foi o primeiro a entrar no quarto.

Quando interromperam o programa para a edição extraordinária do Repórter Esso, direto da Rádio Nacional, eu estava em casa, ouvindo rádio e ajeitando a roupa das crianças. Nunca vou esquecer das palavras: E, atenção: acaba de suicidar-se em seus aposentos, no Palácio do Catete, o presidente Getúlio Vargas. Levei um tal choque que dei um grito. Antônia, que brincava ao meu lado, assustou-se, começou a chorar. Levei um bom tempo para acalmá-la.

Aqui, em Porto Alegre, houve um quebra-quebra horrível. O povo desceu pela Rua da Praia rebentando vitrines, demolindo tudo que fizesse lembrar dos americanos. Fui até dona Eloá, nossa vizinha do terceiro andar, e, com muita dificuldade, consegui uma ligação para o internato. Os padres me tranquilizaram, Neto estava seguro. Nenhum dos meninos estava na rua àquela hora. Quando encerrei a ligação, dona Eloá me disse estar assustadíssima. O colégio havia liberado os meninos do semi-internato. Estavam vindo, sem qualquer acompanhamento, de bonde, para casa. Uma irresponsabilidade. Fiquei com ela até que as crianças chegassem, felizmente, sãs e salvas.

Imaginando que não conseguirias ligação para Porto Alegre, passei um telegrama para que soubesses que estávamos todos bem. Não sei exatamente se e quando o recebeste, pois as linhas telegráficas assim como as telefônicas estavam (e ainda estão) sobrecarregadas, mas era a única coisa que podia fazer. Nessas horas faz tanta falta um telefone em casa! Infelizmente a fila de espera continua enorme e, em apartamento alugado, não sei se vale a pena.

As crianças estão bem. Antônia, talvez por influência do irmão, já está se interessando por aprender a ler. Por indicação da dona Eloá, eu a coloquei numa professora particular aqui perto. Um verdadeiro achado. Trabalha no Colégio Piratini e, nas horas vagas, dá aulas particulares em casa. Nossa caçula está quase alfabetizada, Ignácio! Mando em anexo uma carta do Neto que já estava pronta, esperando a primeira cesta, e um dos escritos de Antônia, que ela me entregou dizendo ser uma carta para ti.

Estou ansiosa para voltar à estância, mas neste momento sou necessária aqui com nosso filho. Não terias um tempinho para vires nos ver por alguns dias? Torço que sim, morro de saudades tuas, meu marido. Um beijo,

Leonor

* * *

Porto Alegre, 15 de agosto de 1954

Querido pai,

Tenho muitas notícias para ti. Ontem fui cortar cabelo no Renner e comprei um sapato na loja Clark. Na festa de São João do colégio, usei o tirador e as botas que tu mandaste. O padre Antero disse que estava muito bem, que as festas juninas também são gaúchas e não só caipiras. Estou passando a limpo o caderno, já estou no Governo Geral. Recebi o jogo de botão, gostei, mas não foi aquele que pedi. Esse é do Botafogo e o que eu quero é do Vasco. No sábado a mãe me levou no cinema. Não fomos no Ritz, porque não tem matinal sábado, fomos no Marabá. O filme era As minas do rei Salomão. A Antônia vai bem, já está aprendendo a escrever. Quando é que tu vens? Um abraço do filho que muito te quer,

Neto

* * *

PAPAI

    A TITIA É BOA. O BOI É BOBO. A UVA É DA VOVÓ.
    DADA É BOA. O DEDO DA VOVÓ DOEU.
    TITIO LAVOU A BOTA. EVA VIU O TATU.
    VOVÓ BEBEU O LEITE.
    VOVÓ DEU O DADO A DIVA. A LUVA É DA VOVÓ.

                                                ANTÔNIA

Com alguns goles de uísque, Ignácio forçou o nó que se formara na sua garganta a desmanchar-se. Uma dor estreita, de punhal, machucava-lhe o peito. Levantou-se, esfregando os olhos. Caminhou pela sala, aturdido. Então saudade podia ser isso? Essa dor física? Essa alegria agoniada, esse silêncio lançando gavinhas, crescendo nele, agarrando-se ao seu peito como num arame tenso? Era isso, saudade? Esse desejo urgente de agora?

– Posso servir o jantar, doutor?
– Estou sem fome, Ernestina. Deixa alguma coisa no fogão e podes ir te deitar. Mais tarde eu como.

Tomara que ela não tivesse reparado, ou a notícia de que o doutor havia chorado logo se espalharia. Não que fosse vergonha, apenas não gostava de chorar, achava perda de tempo. Buscou papel e caneta para responder às cartas. Precisava ter cuidado, não podia deixar-se levar só pela emoção. Apesar de o carinho por ambos ser o mesmo, as cartas precisavam ser diferentes. Com o Neto, seria firme, já bastavam os dengues que Leonor dava ao guri. É com firmeza que se forma o caráter de um homem.

* * *

Estância do Conde, 30 de agosto de 1954

Querido Neto,

Como vamos, meu rapaz? Tens estudado bastante? Que tal tentares tirar o terceiro lugar este mês? O sexto, como no mês passado, não é ruim, mas o terceiro é melhor, mais perto do primeiro. Não que eu esteja insatisfeito contigo, mas conheço a tua capacidade, é só uma questão de esforço.

Digo isso porque vejo o que aconteceu com o Miro, meu antigo companheiro aqui da estância. Sem estudo, vive por aí, sem serventia, ao deus-dará. Não quero o mesmo para ti. Porque já estás grande, vou te contar um segredo: ninguém nos ajuda, ninguém se preocupa conosco a não ser os nossos pais e nós mesmos. Se vamos viver bem ou mal, se vamos ter alguma coisa ou nada, se vamos ser patrões ou empregados, depende apenas de nós.

Tonico está bem, diz que sente muitas saudades tuas. Trouxe os brinquedos dele para eu ver, estão muito bem cuidados. Ernestina não deixa levar pro galpão para não estragar. Ele diz que está estudando bastante. Não tenho certeza que seja verdade. Tenho a impressão de que não se dá bem conta da falta que faz o estudo. Isso que ele só precisa terminar o curso primário, porque vai ser peão ou, no máximo, capataz. Não é como tu, que precisas te formar doutor.

Vou te enviar na próxima cesta, junto com os pacotes de manteiga, os ovos e um doce de leite que a Ernestina fez especialmente para ti, o jogo de botão do Vasco. Assim terás dois. Podes fazer um campeonato.

Aqui, embora frios, os dias estão claros, calmos, noites maravilhosas. Enquanto te escrevo estou olhando a lua, pequenina, parece a unha de um gigante. Tenho esperança que as geadas tenham terminado e logo o pasto volte a crescer. No princípio do mês ainda deu geada grande, embora não tão grande quanto aquela do dia em que precisamos sair bem cedo para pegar o trem. Lembras de como os fios de capim estavam duros de gelo? Batiam embaixo do carro como se fossem pedaços de arame.

Quando cheguei aí de Porto Alegre, tinha uma "criação" de raposas no telhado. Nem conta para a tua mãe, ela vai se preocupar com as galinhas e os ovos. Já matei duas e ainda tem uma ou mais fazendo barulho lá em cima. Arrumei a arminha 22 que estava com a coronha frouxa. Experimentei nas caturritas, que estão terminando com as frutas. Funcionou muito bem, mas com pouco efeito. Caturrita é praga, para reduzir um pouco tem que ser com arma cartucho 12 ou então aquelas balas incendiárias lá do Uruguai, mas essas são contra a lei.

Bem, Neto, vou parar por aqui porque quero também escrever uma cartinha para Antônia. Muito juízo, muito estudo e muita saudade do teu pai

Ignácio

* * *

Estância do Conde, 30 de agosto de 1954

Querida Antônia

Não imaginas o rebuliço que tua cartinha causou aqui na estância. Tudo culpa do Bem-te-vi. Lembras dele? O que fica batendo com o bico no vidro da janela da sala e que parece até uma pessoa querendo entrar? Pois foi ele o culpado de tudo.

Eu não sabia por que ele vivia batendo assim, agora já sei: é por curioso que é. Quando eu estava lendo a tua carta ele ficou fingindo beliscar o vidro, mas estava mesmo era me espiando. Quando viu que eu lia uma cartinha, tratou de saber de quem era. O safado sabe ler! Quando leu o teu nome na assinatura deu um grito e saiu voando.

O Jacu, lembra do Jacu?, pois é, o Jacu estava no jardim com dona Jacua, ouviu os gritos do Bem-te-vi e saiu apurado, meio correndo, meio voando, para os fundos do pátio. Quando passou a cerca do potreiro, foi direto para a casa da dona Capivara e já entrou gritando: Dona Capivara, dona Capivara, chame todo o pessoal que eu tenho novidades.

A dona Capivara, que estava fazendo bolinhos de chuva para os filhos, veio correndo limpando as mãos no avental, muito assustada.

– O que houve, compadre Jacu, o que houve?

– Mande chamar o pessoal, comadre, que eu conto.

Dona Capivara mandou um dos filhos chamar o Veadinho, o Cavalinho, o Popótamo, o Bugio e o Jacaré. Todos foram chegando, agitados. O Veadinho vinha muito nervoso, dizendo:

– O que será, seu Bugio? O que será?

Quando toda a bicharada estava em frente da casa da dona Capivara, o Jacu subiu num galho, encheu o peito, levantou uma asa e disse:

– A Antônia, aquela guriazinha da estância que emprestava as panelinhas dela para vocês esquentarem a água do arroio para tomarem banho, pois ela já sabe escrever!

Toda a bicharada achou que o Jacu estava mentindo. Dona Capivara teimou que não podia ser, que ela tinha falado contigo antes de ires para Porto Alegre (ela falou mesmo contigo?) e que tu não sabias ler nem escrever. O Jacu insistia, disse que o Bem-te-vi tinha esse nome porque via muito bem e tinha até lido a carta pelo vidro da janela.

Naquela noite, acordei com uma batida na porta, uma batida muito fraca. Até me assustei, peguei uma vela, a arminha de pressão e fui olhar. Quem seria àquela hora? Quando abri a porta, dei de cara com a bicharada toda em frente da casa. Tive que trazer a tua carta e acender a lanterna para todos os bichos verem.

Dona Capivara comentou que tua letra era tal e qual a da Capivarinha, filha dela. O Jacaré caiu na risada. O Bugio se torcia de tanto rir. Até o Popótamo, que é muito sério, riu. Tudo porque a Capivarinha não sabe nem a diferença entre A e O, quanto mais juntar as letras e escrever. A dona Capivara ficou meio encabulada com as risadas dos outros, mas eu fingi que acreditava e ela se foi, muito satisfeita.

Depois que todos saíram, o Veadinho deu volta e veio pedir para te mandar dizer que as pitangueiras estão todas florescidas e que este ano vai dar muita pitanga, que venhas logo. Pediu também que, se tivesses tempo, escrevesses uma cartinha para ele.

Não são apenas os bichos que estão sentindo a tua falta, papai está com muitas saudades. A Ernestina também. Escreve sempre, muitos carinhos do

Papai

Um teto todo seu

Guilhermina não avaliara o poder de um colégio tradicional, a amplitude da rede de informações e referências que ligava uma casa de ensino a todas as demais. Tentou durante meses. Ter sido despedida e rotulada de rebelde a impediu de conseguir outro emprego. Felizmente Beatriz e Tiago tinham também suas influências, ainda que longe de Porto Alegre. Voltar para São Borja, assumir a escola de uma sala só em Santa Clara fora uma mudança e tanto, mas não dolorosa. Como quem abandona um livro pouco interessante, ela abandonara uma história para iniciar outra. Quando recebeu a carta com a proposta de trabalho, uma frase de Flaubert, lida por acaso – *a única forma de suportar a existência é intoxicar-se na literatura como numa grande orgia* –, deu-lhe a última coragem. Não viera sozinha. Ao seu lado, pela noite cadenciada do trem, os alinhavos de um romance, a velha máquina de escrever e todos os seus livros.

Nos primeiros meses, teve a impressão de haver regredido um século. Sem água encanada e sem eletricidade, não quisesse submeter-se à luz insuficiente das velas, precisava enfrentar um combate do qual nem sempre saía vencedora. Embora os conhecesse desde a infância, os malévolos lampiões Aladino a arrastavam, a cada noite, para um mundo conflagrado em que era necessário aventurar-se às cegas. Tudo era assustador: o instável e fedorento querosene, a regulagem da chama e, pior de tudo, as tais camisas incandescentes. Parecendo serem feitas de cinzas, teias de aranha ou outro material igualmente improvável, mesmo quando ainda dentro das inofensivas caixinhas azuis, manuseá-las exigia até o último limite o controle dos dedos.

Tirando esses inconvenientes, porém, a pequena casa branca que lhe fora destinada não era de todo ruim. A severidade da fachada rompendo-se no simpático desalinho das janelas, a porta quixotesca, cuja chave, por ser absolutamente dispensável, alguém perdera há muito tempo, um chão de tábuas escovadas, afundado em alguns pontos, um jardim e um poço de água transparente a guardavam do banal. No inverno, as brasas nas salamandras providenciavam calor suficiente e, nos verões, o mesmo ferro forjado servia de suporte a samambaias. Sobre o fogão a lenha, num reservatório de alumínio, a água aquecia de forma satisfatória, e o banho, na banheira esmaltada sob o chuveiro de lata, que funcionava ao puxar de uma pequena corrente, era primitivo mas sensual.

Durante as manhãs, na sala anexa à casa, munida de giz e avental, ela ensinava as crianças de Santa Clara, em idades e graus de conhecimento variados, a ler, escrever e fazer contas. As aulas de ciências e trabalhos manuais aconteciam aos sábados. Quartas e sextas à noite, alguns adultos, numa caligrafia redonda e comovente, arriscavam-se em busca do tempo perdido.

Guilhermina ensinava por gosto e prazer. Suas necessidades eram pequenas. A vida social resumindo-se a uma que outra quermesse na igreja, festas na escola e convites de Leonor para jantar: as roupas que trouxera da cidade eram mais que suficientes. Todas as semanas recebia, da estância, uma cesta com mantimentos e uma ovelha carneada. Os alunos a supriam de frutas e verduras. Tudo o que deixara para trás: o colégio das freiras, o trabalho na biblioteca, os amores, páginas viradas. Não sentia falta de nada. O salário, aplicava quase todo na compra de livros. Ainda sem saberem bem qual o seu lugar, volumes de contos, novelas e poesias espalhavam-se pela casa, nas prateleiras, por sobre os móveis e até mesmo em pedaços pouco frequentados do assoalho. Testemunhas dos seus erros, companheiros nos acertos, aguardavam, pacientes, que ela desse a cada um o seu destino.

Já há algum tempo, Guilhermina – numa derivação de Borges – desenvolvera uma teoria: o mundo inteiro, seus fatos e atos, tudo o que nele acontecia era parte de uma única e comprida história que as pessoas, reais ou fictícias, contavam e recontavam, infinitamente, nas páginas e além delas. Por isso, como se, em não o fazendo, corresse o risco de acordar transformada num inseto ou acusada de um crime que não sabia qual fosse, dedicava-se com afinco ao jogo divertido e desafiante de identificar, na vida real, os personagens e presenteá-los com os livros nos quais eram narrados.

Dona Augusta, a romântica esposa do major, mesmo pensando que seria provavelmente um desperdício, presenteara com *Madame Bovary*. Torcia para que não tivessem o mesmo fim. Major Celestino não servia para o papel de Charles e isso podia complicar o enredo. Ao padre Hildebrando, *Alice no País das Maravilhas*, não tanto pelo enredo mas pela eterna dúvida sobre a vida de seu autor. A Leonor, *Orgulho e preconceito*, de Jane Austen, pela heroína e pelo título. Sua maior doidice foi ter dado *Macbeth* à dona Miguelina. Simplesmente não resistira. Em outra encarnação a benzedeira fora, com certeza, uma das três bruxas premonitórias do início da tragédia. *Por onde andaste irmã?*, tinha vontade de perguntar cada vez que a encontrava. *Matando porcos*, seria a resposta.

Esses foram fáceis de identificar. Difícil estava sendo classificar a si mesma. Difícil também era classificar Lucinda, sua mais nova aluna. Lucinda, a bela, assim a chamava, de forma provisória, numa alusão a Remédios, o personagem de García Márquez. Envolta em seu próprio mistério, a empregada da casa de prostituição parecia pairar, suspensa por um vento primordial, acima dos humanos. Faltava descobrir que força a mantinha assim, distanciada e pura.

Essa tarefa de identificar enredos e personagens, de início apenas uma artimanha contra a solidão, transformara-se num encargo quase missionário. Com o tempo, Guilhermina convencera-se de que, como havia acontecido com ela, que tivera a coragem de mudar drasticamente a sua vida, as pessoas, reconhecendo-se nas histórias dos livros, talvez entendessem, mesmo que de forma intuitiva, que a vida, obra em andamento, até o final, pode ser alterada, corrigida. Não importava se poucos a compreendessem.

Não importava se os volumes dados, especialmente os mais grossos, se transformassem em enfeites, bibelôs literários dos quais, uma vez por semana, se tirava o pó. Distribuir livros era para ela uma aposta na esperança, um jogo e, como em todo jogo, as razões se esgotavam no jogar.

Não entendia por que tinha tanta dificuldade de identificar a si mesma como personagem. Fisicamente, achava-se parecida com Virginia Woolf: o mesmo nariz fino, os mesmos olhos tristonhos, a mesma certeza de que a liberdade exigia *um teto todo seu*. Sob outros aspectos, sua vida lembrava a de Safo: ambas amavam sem pudor e adoravam ensinar. Faltava a ela, Guilhermina, encontrar o marido rico que lhe desse uma filha e a deixasse, convenientemente, viúva. Virginia e Safo, porém, não valiam para o jogo: eram autoras e não personagens. Não valia também Gabriela Mistral, com quem tinha, em comum, o amor à poesia e um noivo morto. Nos últimos tempos, uma recém-descoberta frase de Hesse a assombrava. Alguma coisa lhe dizia que nela estava a chave da sua personagem: *Há um sonho, um raio que palpita em cada pedra. Se não o despertas, a pedra permanece pedra...*

A Teiniaguá. Porto Alegre, 1955

Pela ruas do centro, a pressa envolvia Ignácio num anteparo invisível, parede inexpugnável que deixava de fora os bondes apinhados, os gritos dos vendedores de loteria, o burburinho das pessoas nas calçadas. Estava atrasado e atrasos sempre o aborreciam. Na Praça da Alfândega, em frente à Farmácia Carvalho, uma profusão de operários. Incurioso, ele já passava, quando um braço o deteve.

– Aonde vai tão apurado, doutor?

Era um conhecido de São Borja, agora jornalista do *Diário de Notícias*. Deteve-se. Não tinha como escapar.

– Mas e que tal, Say, não tinha te visto, companheiro. Esta balbúrdia toda é culpa tua?

– Com muito orgulho. Esta balbúrdia, como tu dizes, há de organizar-se e, mais do que isso, prosperar. É uma ideia nova: tirar o livros das livrarias, trazê-los para a praça, colocá-los ao alcance dos leitores. Estamos criando uma feira de livros.

Fingindo um interesse que não sentia, murmurando palavras vagas de aprovação, Ignácio ainda tentou desvencilhar-se, mas o amigo fez questão de levá-lo por entre as tendas já montadas, que se espalhavam sob os jacarandás.

– Hoje, são quatorze, logo serão muito mais.

Para não fazer desfeita, Ignácio comprou, na recém-aberta barraca da Livraria do Globo, um livro de poemas; ao menos, conhecia o autor, escrevia aos domingos, na página literária do *Correio do Povo*.

– Anota o que estou te dizendo – entusiasmava-se Say –, esta feira vai ser um sucesso, a primeira de muitas, anota o que estou te dizendo – repetia, sempre agarrado ao braço de Ignácio.

— Pois anoto, escrevo, publico e depois venho aqui vender — brincou, desculpando-se pela pressa — consulta médica —, desejando ao empreendimento sucesso e permanência.

Carregando o livro de poemas e a culpa vaga que sempre o acompanhava nos encontros com Beatriz, subiu a ladeira. Já havia sido pior, a culpa. Passara pela fase mais pesada. Convencera-se de que todos os homens traem, ele apenas não estava acostumado. Filho de pai viúvo, traição era palavra sem sentido em sua infância, depois, ele simplesmente não prestara atenção.

À porta do apartamento na Praça da Matriz, os mesmos olhos de incêndio o receberam.

— Foi bom você ter se atrasado — Beatriz disse, depois do beijo. — Cheguei há pouco. Foi um dia difícil, vou tomar um banho. Aceita um uísque? Copo alto, muito gelo e água?

Ignácio fez que sim, perguntando a si mesmo se, depois de tanto tempo, eram mesmo necessárias todas aquelas preliminares, se não seria melhor irem logo para a cama. Forçou a atenção, Beatriz falava sobre alguém haver escrito.

— Desculpa, pensava em outra coisa, quem escreveu?

— Minha irmã, Guilhermina. Escreveu pedindo que, "caso eu o visse", reforçasse os agradecimentos por teres intercedido junto ao prefeito para o emprego na escola.

— Ah!, isso. Na verdade, nós é que precisamos agradecer. Jamais conseguiríamos ter em Santa Clara uma professora como Guilhermina. É um verdadeiro milagre. Sabias que ela compra livros e os distribui entre os alunos?

Beatriz sorriu e, murmurando alguma coisa sobre ser essa uma atitude típica da irmã, entregou-lhe o uísque. A caminho do quarto, ia desabotoando a blusa num despir-se sedutor, estudado e displicente.

Esperando sua volta, Ignácio passou os olhos pela sala, distraído. Nenhuma foto. Nada. Sempre percebera a elegância dos móveis, mas a ausência de fotos, era a primeira vez que notava. Seria sempre assim?, ou sua dona fazia aquela sala anônima, impessoal, apenas quando ele vinha? Essa impessoalidade tinha um efeito estranho, dava vontade de procurar segredos, a começar pelos das próprias coisas. De onde teriam vindo? Qual a sua história? Carregariam algum significado afetivo ou seriam apenas parte de um cenário? Um palco onde se desenvolvia a ação, digamos assim, pública. Um palco que escondia, nos bastidores, a verdadeira Beatriz.

Era uma mulher bonita, sensual, existiriam outros homens? De uma forma absolutamente racional, cartesiana, não se sentia autorizado a ter ciúmes. Não, na verdade, não queria sentir ciúmes. Bem mais confortável era esse limbo, esse não saber. O que faria se soubesse? Começaria a fazer exigências? Beatriz também exigiria. Estava cansado de exigências. As intromissões de Leonor em sua vida já eram mais que suficientes. Não estava disposto a submeter-se a outra mulher. Havia uma parte de si mesmo que não admitia dividir com ninguém, nem mesmo com Beatriz.

Feito essas casas antigas construídas sobre outras aproveitando alicerces, era um amontoado de desejos. Apenas quando sozinho conseguia ser ele mesmo. Com os outros, representava. Sua vida era assim como um teatro: fazia o que era preciso, recebia os aplausos ou as vaias, retirava-se para seu verdadeiro lar, a solidão. Dono de estância, pai, marido, amante: tinha diversos papéis. Neste instante, estereótipo do personagem aguardando para entrar em cena, cabia-lhe aproximar-se da janela e observar a praça. Fez o que o "papel" exigia. Jacarandás e guapuruvus agigantavam-se em florações roxas e amarelas, competiam, ombro a ombro, com a glória permanente do Palácio e da Catedral.

Assim era também Beatriz em sua vida: uma coadjuvante com momentos de glória. A maior parte do tempo, atuava em surdina, num segundo plano. Ocasiões havia, porém, em que a sua força sobrepunha-se ao poder estabelecido de Leonor. Desde o dia em que a reencontrara, soubera o quanto podia ser perigosa a combinação de lembranças juvenis, atração física e pouca convivência. Sem as arestas do dia a dia Beatriz tornava-se invencível: ele podia imaginá-la como quisesse, moldá-la aos seus sonhos. *As coisas mais bonitas são as que não existem*, citou. Essa máxima se aplicava a tudo, inclusive ou principalmente aos amantes.

— Estou preparando um peixe, espero que goste — Beatriz disse, entrando na sala com uma taça de champanhe na mão. Usava uma calça de seda, sapatos rasos e casaco de lã muito fina, amarrado à cintura. Um decote, falsamente discreto, deixava entrever os seios. O efeito era devastador. Enrodilhando-se no sofá, pés descalços sobre as almofadas, pediu notícias de seu Balbino. Preocupava-se com o pai, comovia-se com sua luta solitária para manter a estância.

— Soube que anda envolvido com um agiota, um tal de Izidoro. Se perder Água Bonita, tenho medo do que possa acontecer. Pobre papai, assombrado pelas riquezas passadas, pelo fantasma de nosso antepassado barão, nunca soube aceitar os novos tempos. Aqueles campos justificam sua existência. Na visão dele, todo o resto não deu certo: não conseguiu aumentar a estância, os filhos levam vidas inaceitáveis, a família dispersou-se e, pior, sem nenhuma perspectiva de retorno. Se lhe tiram Água Bonita, o matam. Penso sempre em ir até lá, sentar com ele, fazer as pazes, conversar. Por diversas razões, vou adiando. A mais importante delas é que é muito doloroso matar-se um sonho. Melhor deixar papai viver dentro de suas fantasias, o máximo de tempo possível. Na idade em que está, uma realidade que não se pode suportar é mil vezes pior que o engano — disse, olhando o fundo vazio do copo.

Ignácio, comovido com aquele discurso, que negava suas desconfianças, debruçou-se para acariciá-la. Ela escapuliu à armadilha. Levantou-se. Não era ingênua. Inútil fingir uma cumplicidade que jamais poderia existir. No entanto, para que a sua lucidez não quebrasse a magia, beijou Ignácio roçando os seios de leve, como se por acaso, no seu rosto. A mágica era importante para o custeio dos sonhos. Quando o sentiu novamente enfeitiçado, distante de uma realidade que a tornaria igual a qualquer outra mulher, tomou-o pela mão e o conduziu à sala de jantar.

— Como costumava dizer sua avó: vamos deixar de poesia e tratar de viver. Seria um pecado o peixe passar do ponto.

Estância do Conde

13 DE AGOSTO DE 1956
quarta-feira

Atílio trouxe as encomendas:
azeite argentino – 3 latas
velas – 4 pacotes
farinha de trigo – ½ arroba
papel higiênico – 5 rolos
batata-inglesa – 5 quilos
vinagre – 2 garrafas
nescafé – 2 latinhas
Vieram também 5 caixas de "camisas" para o lampião Aladino.

Seu Euclides levou 60 tramas.

Marcados os terneiros do Capiá.

Carneado um capão para consumo.

Estância, 13 agosto de 1956

Querido Neto

Feliz aniversário!

Estou escrevendo bem depressa porque mamãe disse que já vai fechar a cesta e, se eu não colocar a carta dentro, vais pensar que eu me esqueci do teu aniversário. Não esqueci, o problema é que não tenho muito tempo para escrever. Preciso fazer muitas coisas. Tenho que ajudar os peões e fazer faxina na minha casinha e tenho que brincar e ainda estudar com a dona Guilhermina. Então, parabéns. Muitos beijos para ti. Estou te esperando para me ajudares a procurar mais tesouros e enterros. O Manoel disse que sonhou com um enterro embaixo da figueira grande, diz que tem muita prata. Pode ser mentira, mas é melhor a gente olhar.

Um beijo da tua irmã,
Antônia

Montada no petiço baio, Antônia vigiava o andar da égua velha atrelada à pipa de madeira. Iam devagar, a passo manso. A água espirrava pelo buraco quadrado do topo, atravessava o pano branco e largava, na estradinha de terra, uma trilha mais vermelha, de respingos. Eles caíam chovidinhos, um pouco aqui, outro ali, como se quisessem acordar o cheiro bom de molhado que se esconde no chão.

Mesmo estando do jeito que gostava, no petiço baio e ouvindo as conversinhas da água com a madeira, Antonia carregava um sofrimento: não fora por falta de tempo que escrevera para o Neto uma carta tão pequena, fora por vergonha. Eles nunca falavam assuntos assim, meio tristes, sérios. Não sabia como contar ao irmão que o pai, agora, gritava, pegava o chapéu e saía e a mãe ficava, como que dividida em duas. Quem a visse falando com Ernestina até achava que era a mesma mãe de sempre. Não era. De noite, ela chorava e, no abafado do seu choro, a noite assustava.

Durante o dia, não ficava tão difícil, Antônia estava sempre ocupada ajudando Tonico, o filho da Ernestina, e as horas passavam depressa, como num alívio. Tonico acordava mais cedo, antes do sol. Encilhava os cavalos, trazia as vacas de leite e só então a chamava, batendo com o dedo no vidro da janela como se fosse um bem-te-vi.

– Trouxe bala? – gritava, quando a via chegando.

Juntos, iam ajudar Coralina, a cozinheira de fora, na mangueira. Coralina a esperava com uma caneca de leite recém-tirado, ainda morno da vaca, salpicado com canela. Se fosse inverno, botava também um pouco de mel. Dizia que era *pros pulmão*. Era boa, a Coralina; tinha um olho de vidro que não se mexia junto com o outro, ficava parado, por isso ela olhava assim, desse jeito retorcido. Um dia, tirou o olho para mostrar como era, pôs na palma da mão. Antônia chorou. Coralina não tirou mais.

Depois da mangueira, no galinheiro, era preciso recolher os ovos, dar quirela de milho para os pintos maiores, ovo picado para os recém-saídos da chocadeira, enterrar os pintinhos mortos. Sempre havia alguns. De noite, parecia que dava uma agonia e eles mesmos se matavam. Quando via os pintinhos, um pensamento ligeiro, não maior que um respirar, passava na cabeça de Antônia: e se a mãe ficasse também assim, agoniada? Com a filha da dona Almerinda tinha acontecido. Eles a encontraram enforcada, num barrote do galpão. Para não ter medo, Antônia evitava lembrar. Entretinha-se com outras coisas.

Depois da escola da dona Guilhermina, o serviço continuava no lenheiro. Enquanto Tonico cortava lenha, ela tocava a gaitinha de fole que ganhara de aniversário. Não sabia tocar de verdade, fingia. Tonico gabava assim mesmo. Dizia que ela tocava muito bem. Tonico não era alegre com todo mundo, só com ela. Eram amigos. Se encontrasse mel mirim no miolo de um toco, ele tirava as vespas, uma a uma, e dava a parte maior do favo para ela.

À tardinha, era preciso arrebanhar as galinhas de cima das laranjeiras. Se não as levassem de volta para o galinheiro, as raposas as matavam. Por mais que cortassem a ponta das asas, elas sempre davam um jeito de voar. Parecia até que queriam morrer.

A égua velha apressou o trote. A água salpicou com mais força pelo buraco quadrado. A cachorrada do galpão deu sinal. Estavam perto, a casa ficava logo ali, depois da curva. Quando chegassem, deixariam a pipa embaixo dos cinamomos para que o sol não a esquentasse. Tonico, com o balde grande, e Antônia, com o pequeno, encheriam até a boca as talhas de barro das duas cozinhas. Era o último serviço antes de tomar o banho e jantar.

Ela não gostava da hora do jantar, era quando dava para ver melhor o fingimento da mãe. O pai, querendo mostrar que estava tudo igual, prestava atenção demais no que Antônia dizia, era como se ela estivesse recém aprendendo a falar; puxava conversa, contava histórias; igual à mãe, ele também, contente demais. Se a noite fosse clara, mandava buscar a luneta para olharem a lua. Foi assim que Antônia aprendeu que a lua não é bonita e lisinha como parece, vista de longe. Tem buracos enormes, tem vazios; é bagunçada feito um formigueiro, quando a gente cava dentro. Assim também era a vida.

* * *

As lágrimas escorriam pelo rosto de Leonor como se não dependessem dela, como se não precisassem de seus olhos para existir. Não lhes sentia o sal. Afundou o rosto no travesseiro, não queria que, no quarto ao lado, Antônia ouvisse os soluços. Não conseguia controlar-se. O poço repleto, que tentara esquecer porque fugia ao seu controle, transbordara. A carta, ela rasgara. Não precisava daquelas letras ingênuas, do envelope mal-escrito, da caligrafia disfarçada para confirmar o que já sabia: devia ter voltado para o Rio com as crianças há muito tempo. Ficara por orgulho e teimosia. Não aceitava ver as coisas terminarem sem a sua permissão. Não estava acostumada ao fracasso.

O importante, agora, era evitar que o ressentimento suplantasse a raiva. O ressentimento a faria escrava, a raiva a manteria em pé. Amava Ignácio. Não tinha dúvida alguma sobre isso. Saber da traição de tantos anos não impedia que a vontade de estar perto dele, de fazer parte de sua vida, permanecesse nela como numa bússola quebrada onde o Norte resultou inútil. Se o seu amor não era o que Ignácio desejava, não podia fazer nada. Dera-lhe seu corpo, sua inteligência, seu tempo, o que mais ele queria? Era assim que sabia amar.

O mais estranho era que, apesar de tudo, sentia-se culpada. Mas, culpa de quê? Não o traíra. Não era ela quem frequentava o apartamento na Praça da Matriz. Ainda assim, a culpa persistia. Tinha certeza de que era culpada. Culpada de uma negligência, de um não saber amar que ia além do que sempre entendera por amor. Nem sempre fora paciente, verdade. Não suportava a zona nebulosa em que Ignácio refugiava-se e à qual ela não tinha acesso. Nunca entendera sua melancolia. Aquela tristeza sem razão de ser, a vontade de estar só a irritavam. Fizera o possível para ignorá-las. Fingir que não existiam. Não fosse assim, passaria o dia perguntando *o que tu tens, Ignácio?*, e esse seria o ponto de partida de mais uma discussão.

    Desistindo de tentar dormir, levantou-se. Abafou na mão a luz da lanterna, caminhou pela casa. Ajeitou algumas revistas, almofadas. Pela janela entreaberta: uma lua enorme, redonda e obscena. *As noites tristes deviam ser escuras,* pensou, fechando a veneziana. Como se viesse da lua, uma intuição, um *dar-se conta* paralisou sua mão. Tornou a abrir a janela. No jardim, um sapo enorme a ignorou. Um cachorro latiu ao longe, no galpão. Um gato branco brilhou na luz feito um fantasma, mergulhou no escuro do arvoredo. Entre claridade e sombra, o entendimento chegou, numa fisgada de dor: ela fora a primeira a trair, Ignácio estava apenas dando o troco.

    Estivera errada. Ao contrário do que sempre pensara, o amor não vivia nas claridades mas nos escuros. Por não entender, ela o traíra. Traíra o amor que vivia naquele espaço reservado, insistira em ignorar o ponto exato em que Ignácio lhe dizia: *aqui não.* Quantas vezes tentara invadir esse espaço privado. Quantas vezes, no desejo natural de fundir-se, de tornar-se um único ser com Ignácio, deixara de obedecer limites. Este fora seu grande erro. Esses limites não podiam ser eliminados. Não fossem eles, não haveria amor. Haveria apenas simbiose, medo, dependência. Durante anos, agira errado. Esse espaço, em Ignácio, que ela detestava, essa região que pensava ser um charco perigoso, era, na verdade, um lugar único, especial. Uma terra fértil, desprovida de normas, onde vicejavam sentimentos. Naquele limite, naquele *tu não vais me dobrar* de Ignácio, não havia recusa. Havia convite. Tão simples, e ela não compreendera. Quisera secar o pântano, quisera o terreno seco e medíocre da segurança, desejara um Ignácio idêntico a ela. Quanta pena sentia agora dos casais conformados, bocejantes que, por haverem perdido suas identidades, por terem como que esquecido os próprios nomes, chamavam-se apenas de Pai e Mãe.

    Ao dar-se conta de que a culpa era também dela, Leonor sentiu-se melhor. Não estava condenada por outros ao fracasso, apenas não havia entendido. Agora, que entendera, podia ajeitar as coisas. Voltou para a cama. Não conseguiu dormir. A ideia de reconquistar Ignácio tornou-se fixa e latejante; urgente como um abscesso. Não seria fácil, mas estava decidida. Perder não era do seu feitio. Precisava organizar sua estratégia. Não adiantava assumir agora o papel de esposa boazinha. Jamais compraria Ignácio com a moeda fácil da dedicação. Confessar a própria estupidez também não era a melhor tática. Ignácio não compreenderia, ele agia por instinto, acertava e errava por pura intuição; era sonhador, ela, racional. Argumentos e discussões só a fariam mais pesada. Precisava manter-se leve, encantada, suspensa no mistério.

Passaria algum tempo no Rio, com Antônia. A distância faria bem a todos, colocaria as coisas em perspectiva, ensinaria. Enquanto estivesse fora, Ignácio teria que se envolver mais com Neto, ir visitá-lo, atendê-lo no colégio. Seria cansativo, e o cansaço mostraria o quanto ela – calada, eficiente, sem alarde – fazia por todos eles. Ensinaria que tomar conta era, sim, uma forma de amar. Ignácio também precisava conhecê-la melhor, valorizá-la, acatar o ponto exato em que ela, assim como ele, não se dobrava, o ponto exato em que dizia não. Respeitaria os silêncios dele, a solidão, mas precisava ser respeitada em retorno. Se assim não fosse, o casamento estaria terminado e partiria dela a iniciativa.

* * *

Estância do Conde, 30 de novembro de 1956

Querida Leocádia,

Acabei de chegar de Porto Alegre. Fui visitar o Neto. Encontrei-o bem. Os padres disseram-me que é um menino calmo, estudioso. Será um excelente agrônomo, tenho certeza. Vim tão apurado que nem parei em Santa Maria. Minha viagem foi acidentada. Imagina que furei quatro pneus. Cheguei em casa com um estepe emprestado. A culpa deve ser deste calor meio fora de época.

Encontrei as coisas aqui na estância não muito bem: tem aftosa em Água Bonita. Era previsível, seu Balbino nunca pensou em vacinar. Deixa que o gado se crie como Deus manda. O pior é que este ano não consegui as vacinas. Tentei de todas as formas mas me disseram que, com a aftosa se espalhando, a procura é muita e, para conseguir comprar, só "escorregando óleo". Inicialmente, não quis entrar nesse esquema de corrupção, e foi burrice. Daqui para frente, pelo menos para a tropa, vou comprar vacina de qualquer jeito, nem que seja "escorregando muito óleo".

Como consequência de tudo isso, resolvi vender o gado antes do tempo. Não sei se estou agindo certo. Valerá a pena arriscar e esperar o preço subir ou, se o gado pega aftosa e emagrece, mesmo que o preço melhore, perde-se mais? É como se fosse um jogo, uma aposta. Impossível saber com antecipação. Para complicar as coisas, rebentou a greve da Viação Férrea. Já havia marcado vários trens, três em seguida, para transportar a tropa e agora estou de mãos e pés atados.

Bem, Leocádia, sei que não podes fazer nada, acho que só queria desabafar um pouco. Com Neto em Porto Alegre, Antônia e Leonor no Rio de Janeiro, isto aqui fica muito solitário. Tu, que te dás tão bem com teus santos, pede que me deem uma luz. Ando meio perdido, qualquer auxílio é bem-vindo. Um abraço do teu irmão,

Ignácio

Quebrando feitiços

Um corte no nariz, outro na sobrancelha, sangue, vômito, o porre de Tiago, a briga, não fora brincadeira. A primeira reação de Miro foi deixá-lo como estava: sujo, dormindo no chão, encostado à parede. Era bom, para que aprendesse. Estava sempre bancando o superior, o certinho, o que nunca ultrapassa as medidas. Um príncipe. Pois agora estava ali, largado. O dia de não ser príncipe chega para todos. Então, como sempre, ficou com pena. Tiago não fazia por mal, era o jeito dele. Jeito de quem tem todas as respostas e quer reformar o mundo, fazê-lo à sua maneira. Um jeito parecido com o do pai. O que teria realmente acontecido para deixá-lo nesse estado? Brigar pelo Jango, como havia dito? Improvável. Mulher? Difícil. Fosse mulher, ele saberia.

– Vamos lá, Tiago, vamos para casa – disse, segurando-o e dando-se conta de que fazia muito tempo desde o último abraço.

Sem importar-se com os protestos – me deixa, Miro, estou bem, – com os palavrões, acomodou-o na caminhonete. Em casa, limpou o sangue com um pano úmido, confirmou que os cortes eram superficiais, tirou as roupas do irmão e o deixou dormindo no sofá, tapado por um pala. No dia seguinte, quando acordou, passado de meio-dia, Tiago ainda roncava.

Não resistiu à tentação de ligar o rádio bem alto e de fritar dois ovos. O cheiro enjoativo da banha de ovelha teve o efeito desejado: a corrida rumo ao banheiro, o vômito, a descarga, o barulho do chuveiro. Sorrindo, sentindo-se vingado, não sabia bem de quê, Miro jogou fora os ovos, ferveu a água do café e colocou sobre a mesa a forma de pão caseiro que a mãe nunca deixava faltar, as xícaras e a manteigueira. Logo, enrolado numa toalha, barba feita, cabelos penteados para trás, Tiago entrou na cozinha.

– Buenas, Miro – disse, encabulado. – Desculpa a trabalheira.

– Deixa pra lá, mano. Tuas roupas estão muito sujas, deixei na área. Pega lá no quarto alguma coisa limpa.

A palavra – mano – saíra sem querer. Há quantos anos não a usava. Sentiu um princípio de choro arder-lhe nos olhos. Porra de vida...

– Parece que só assim para a gente se ver com calma – disse Tiago, como se adivinhasse. – Tu estavas passando pelo bar ou te chamaram?

– Um amigo te reconheceu e veio me avisar – Miro respondeu lidando com a água do mate e resistindo à tentação de perguntar o que acontecera.

Servindo-se de café, Tiago observava as costas cansadas, os ombros curvos, a ruga de fracasso entre as sobrancelhas. Quando haviam começado? Por que não percebera antes? Ocupara-se tanto com os homens e esquecera-se do que lhe era mais próximo? Indagar o que andava fazendo soaria falso. Como sempre, não estava fazendo nada. Ajudava o pai na estância, quando ele deixava, apenas isso. Decidiu falar de si mesmo.

– Tens alguma ideia de por que eu briguei lá no bar?

– Parece que chamaram o Jango de comunista. Tu gostas tanto assim dele?

Tiago riu. Para Miro, ser chamado de comunista era ofensa. Seria complicado, mas sobre alguma coisa precisavam conversar.

– Tu te esqueces que eu sou comunista, Miro? Acho que nunca falamos sobre isso. O pai evita, finge que não sabe. A mãe também, coitada. Tem medo. Por que sou comunista? Não sei, está no meu sangue. Não, não ri. Lembras de quando tu e o Ignácio brincavam no paiol de milho do Epifânio? Eu ficava ouvindo a dona Katarina contar histórias da Revolução de 17. Acho que sou comunista desde lá. Àquela época, e depois, na minha cabeça de adolescente, comunismo era camaradagem, igualdade. Pensando bem, era uma continuação da nossa infância. Tivemos tudo isso, não foi Miro? Nós quatro e o pessoal de Santa Rita. Só mais tarde percebi as diferenças. Então, o mundo dividiu-se em duas metades: o bem contra o mal. Quem não estava comigo estava contra mim.

Miro tirou os pratos da mesa, deixou na pia, sentou-se com a cuia e a térmica. Começou a servir o chimarrão.

– A faculdade foi ainda uma época de inocência – continuou Tiago. – Tudo parecia ser como eu imaginava. Era o Estado Novo. Os maus perseguiam os bons, mas era temporário; mais dia menos dia, nós, os bons, ganharíamos. O importante era que os maus tinham nomes, estavam identificados, eu sabia quem eles eram.

Relanceando o olhar por cima do ombro, deixando claro que prestava atenção, Miro levantou-se, começou a mexer nas panelas. Saco vazio não para em pé, a mãe dizia. Um ônibus passou na rua quebrando a calma do domingo. No pátio ao lado, um cachorro começou a latir. O relógio na parede da cozinha marcava duas horas. Tiago deu um último sorvo no mate e continuou.

– Aí, mano, as coisas começaram a ficar menos claras. Getúlio libertou Prestes. Prestes apoiou Getúlio, seu inimigo maior. Marighela não teve vergonha de declarar que a aliança entre comunistas e getulistas era justa e necessária. Esqueceram-se das prisões, das torturas, apoiaram JK. Aliaram-se a qualquer um que fosse contra o *entreguismo*. O partido perdeu sua identidade. Tornou-se, antes de tudo, apoiador da União Soviética.

Miro colocou sobre a mesa dois pratos: bife, arroz branco e ovo. Tirou uma cerveja da geladeira. *Vai por mim, é bom para ressaca,* disse, quando o irmão recusou. Tiago tomou um gole, entrou bem, Miro sabia das coisas.

– As pessoas dizem que sou intransigente – continuou, depois de engolir um bom naco de bife –, que é preciso acompanhar as massas. Pode ser, aceito o adjetivo. Concordo que, para sobreviver politicamente, acompanhar a vontade das massas é necessário. Só que ontem recebi uma carta daquele meu amigo padre. Acho que não te lembras dele. O Ítalo. Enfim, não importa. Era seminarista e meu colega na Filosofia. Hoje, padre, estuda em

Roma. Ele mandou recortes de jornais italianos com fotografias da invasão russa em Budapeste. Se nós, comunistas, somos, antes de tudo, apoiadores da União Soviética, a quem apoiamos, afinal? A monstros? Onde está a democracia? Nos tanques contra o povo desarmado? Na polícia atirando contra a multidão? Na prisão de Nagy, o líder húngaro? Confesso que lendo essas notícias, vendo as fotos senti-me muito mal, traído, como se fosse corno. Não voltei para casa. Precisava pensar, colocar as coisas em perspectiva. O que consegui foi tomar um porre.

A campainha da porta tocou. Miro foi atender. Murmúrios de mulher: cabelos oxigenados, pernas grossas numa saia curta demais.

– Tânia, uma amiga – Miro apresentou –, tínhamos combinado de sair. Tu não te importas, não é? Vou trocar de roupa.

Tânia acompanhou Miro até o quarto com familiaridade. Tiago percebeu que atrapalhava. Quando voltaram, fez menção de sair. Miro o impediu.

– Fica o quanto quiseres, mano. A casa é tua. Eu não vou me demorar. Na volta, conversamos mais.

Tiago concordou. Insistir seria constrangedor. Tirou a mesa, lavou os pratos, deitou-se novamente no sofá. Passado um tempo, levantou-se. Voltou para os jornais. Acendeu um cigarro, olhou mais uma vez as fotos. Pensou melhor. Não podia agir como um guri mimado. A linha do partido quebrara-se? E daí? Ele não havia entrado no partido pela linha. Estava cansado de saber que nele, como em qualquer outro lugar, havia divisões de classes, egoísmo, luta de poder. A linha quebrara-se? Tudo bem. Uma fase terminava. Começava a parte mais difícil. A parte em que o importante era permanecer. A parte em que, apesar de tudo, era necessário ficar e enfrentar o medo, a ausência de medalhas; ficar para cuidar do homem; inclusive de Miro e de sua amiga, tão apetitosa na saia curta demais.

Era o que precisava fazer. Infelizmente, não estava pronto. Não adiantava fingir. Precisava de uma pausa para decantar o desapontamento, para separar partido, dirigentes e companheiros.

Para aceitar que o Partido era apenas uma criação humana. Os dirigentes, atores que viviam num palco e representavam todos os dias, talvez por obrigação, uma comédia suja. Convencer-se de que, apesar de tudo, os homens e mulheres comuns iguais a ele, a Miro, à namorada, justificavam a revolução. Havia metas a serem alcançadas, coisas a serem feitas, injustiças contra as quais lutar. Sim, ele ficaria. Apenas precisava dar a si mesmo um tempo. Para poder realmente ficar, talvez fosse essa a hora de partir.

* * *

Ontem, ao sair do apartamento de Beatriz, Ignácio havia jurado que não voltaria. Hoje, estava novamente ali, apertando a campainha, levando, camuflada numa sacola, a costumeira garrafa de champanhe. Por que retornava, afinal? O que buscava nesses encontros esporádicos? Em nome de que se arriscava? Não era amor o que o levava a voltar, assim, descontinuado. Se fosse, ele a teria querido mais vezes, mais perto. *Visitas impossíveis a um tempo perdido, é isso o que fazemos*, concluiu, sem muita convicção, cumprimentando o porteiro do prédio e esperando, num desconforto tímido, que o elevador chegasse ao térreo.

Os passos de Beatriz aproximando-se da porta fariam, como sempre, renascer nele o desassossego de quando a conhecera; a mesma sensação de que a vida, agora sim, começava, deixava de ser uma abstração, tornava-se real. A certeza de que, mais tarde, satisfeito o corpo, a verdade se inverteria: o real estaria longe dali e Beatriz seria apenas ficção, ele preferia ignorar, porque neste instante, com os cabelos arrebanhados num coque displicente, a saia rodada presa à cintura por uma faixa de pelica, a blusa branca deixando entrever sobre os seios um pequeno e desafiador crucifixo, a mulher que o recebia à porta nada tinha de ficção. Ao contrário, tudo nela assegurava que todo o prazer do mundo estava em algum lugar além daquele crucifixo e o gozo, bem ali, sob aquela saia.

Ignácio a beijou com avidez. Beatriz, ciente do efeito que causava e sabedora de que a permanência desse efeito dependia do fugaz, transformou o beijo num sorriso e escorreu por seu abraço. Colocaria o champanhe no gelo. O uísque estava, como sempre, sobre o aparador.

— Ignácio — ela disse, voltando-se uma última vez, antes de desaparecer pela porta da cozinha —, não quero esquecer de pedir um favor. Um amigo do Rio escreveu-me sobre um jornalista alemão que pretende vir até o Sul fazer uma reportagem. É sobre a vida do doutor Getúlio. Logo me lembrei de você, que foi amigo pessoal do presidente. Não poderia recebê-lo por alguns dias em Santa Rita? Ele andou por aqui na década de 40. Escreveu um livro. Segundo me disseram, fala um português bastante bom. É uma pessoa culta. Fotógrafo e pintor, nas horas vagas. Viajou por todo o mundo. Hospedá-lo poderá ser até bem interessante.

— Claro, podes dar ao teu amigo o número da minha caixa postal, vamos ver o que eu posso fazer — Ignácio respondeu com uma ponta de irritação.

Não gostava que o usassem para alcançar favores. Quem seria o tal amigo do Rio? Estava com ciúmes? Um pouco, concedeu. Ao contrário do que dizia a si mesmo, gostava de imaginar que era o único. Frustrado pela ausência de pressa em Beatriz, mas com a certeza de que o mundo logo seria perfeito, serviu-se de uma dose. Passeou os olhos pela sala.

Como sempre, nenhuma foto, nenhum detalhe pessoal, nada. Uma sala elegante e anônima. No entanto — e a revelação lhe chegou com força — o anonimato, ao invés de esconder, desvendava. O desenho da mobília, o colorido suave dos tecidos, até mesmo as flores que enchiam dois vasos (sempre os mesmos) delatavam Beatriz. Admirado por não ter chegado antes a essa conclusão óbvia, deu-se conta de que o apartamento fora decorado para que, feito um camaleão, adquirisse a forma e a cor de quem o frequentasse. Não aconteceria o mesmo com sua dona?

Quem era Beatriz, afinal? Seu nome significava a que trará felicidade. Trouxera? Não exatamente. Por causa dela, Leonor o abandonara numa separação branca, disfarçada. Não haviam dito com todas as letras, mas tinha a certeza de que estava sendo testado. O isolamento valeria a pena? Não era questão de escolher entre uma e outra. Adaptar Beatriz à estância, ele sabia por antecipação, era tarefa impossível. Nem para ir até Água Bonita, visitar o pai, ela achara tempo. A certeza de que não conhecia aquela mulher que, por tantos anos, acreditara amar, avolumou-se em suas entranhas. Esse apartamento ao qual retornava para sentir-se jovem, esse lugar aparentemente vedado aos vícios do tempo, era-lhe agora estranho.

Não sabia mais onde estava. Como ao final de um espetáculo, as luzes todas haviam-se acendido de repente e ele, cego pela fulguração, tateava, em busca de paredes.

– Você vai continuar no uísque ou me acompanha no champanhe? – Beatriz perguntou, aproximando-se.

Vê-la assim em pé, altiva, indiferente, o sexo tão perto do seu rosto que podia sentir-lhe o desafio, irritou Ignácio ainda mais. Com gestos ásperos, escorregou as mãos pelas coxas conhecidas. O encrespar da pele, o arrepio que podia sentir na polpa de seus dedos, o resgatou. A reação involuntária de Beatriz assegurou-o de que não havia sido um completo imbecil, que tivera, sim, algum controle.

Intuindo o que acontecia, ela não se deixou intimidar. Num movimento de serpente fez deslizar a calcinha. Como quem lança um desafio, atirou sobre o sofá a peça minúscula, de renda branca. Tirando a saia, aproximou o rosto de Ignácio de seus pelos. Ele levantou-se para beijá-la. Seu sexo ereto roçou o ventre de Beatriz. Sempre beijando-a, tirou-lhe a blusa, o sutiã. Quando, enfim, a penetrou, ela o engoliu, escura e morna. Foi com raiva verdadeira que se amaram, manchando o cetim impecável do sofá.

Ao terminarem, ambos sabiam que tudo, não apenas o sexo, estava terminado. Para Ignácio, a fantasia de um romance eterno e juvenil não mais se sustentava. Fingir não fazia qualquer sentido. Desejo, solidão, desespero? Era preciso nomear o que sentia. Para evitar explicações, para não sucumbir ao desprezo inútil de si mesmo, ele despediu-se, murmurando uma desculpa qualquer.

No elevador, observando as paredes riscadas, ouvindo o barulho real e corriqueiro das engrenagens, deu-se conta de que, se Beatriz tivesse perguntado o que, afinal, eles haviam vivido durante todos esses anos, não saberia responder. O mais certo, porém, é que ela jamais perguntaria porque, dos dois, sempre fora a única a saber.

O alemão

— Pois me lembro como se fosse hoje, dona Coralina. Foi no ano em que apareceu o satélite. Sei que foi, porque o alemão e o doutor Ignácio gostavam de ficar, de noite, no jardim, vendo passar o sputinique. E era, mesmo, coisa bem linda de se ver. Bem igual uma estrela. Ia subindo devagar até bem no alto, aí, pegava o lançante e se vinha céu abaixo, ligeiro igual lagarto. Diz que ainda passa por aqui, mas agora ninguém repara porque perdeu a novidade.

Dona Leonor tinha voltado do Rio de Janeiro e o tal alemão, seu Vofe... Volfe... Volgue, não sei dizer bem direito o diabo do nome, estava parando aqui na estância. Parando, maneira de dizer, porque ele ia e vinha. No dia que chegou, ouvi a patroa perguntar de onde foi que o doutor tinha tirado um alemão. Mas isso foi lá entre eles, que ela é muito cultivada e não deixa ninguém perceber quando não gosta das coisas. Passado quase um ano e o tal do homem ainda falava numa língua engraçada que a dona Leonor dizia que era português. De certo era mesmo, porque bem diferente do jeito que a gente fala. Eu até que gostava do pobre. Ele não incomodava ninguém, passava pintando quadro ou, se não, batendo chapa, dessas, de fotografia. No princípio o pessoal ficou bem alçado, andavam de botas até no serviço. Queriam aparecer bonitos nos retratos. Depois se acostumaram, vestiam igual a todo dia: bombachas arremangadas, espora no garrão. E era desse jeito que o homem dizia que gostava: natural. Ele se apegou foi com o Tiago, aquele filho do seu Balbino. O guri começou carregando as tralhas, ajudando com as fotografias e foi tomando gosto. Terminou que, quando o seu Volfe foi embora levou ele junto. Ainda anda por lá, pela Europa. Deve de estar bem, todo mês manda um dinheirinho para o pai. Guri bem mandado.

Mas, como eu ia lhe dizendo, estava tudo na mais santa paz, a gente até já acostumada com o jeito do pobre do alemão, quando ele inventou de namorar dona Augustinha, mulher do major Celestino. Foi aí que preteou o olho da gateada. No princípio, por medo do major, todo mundo ficou quieto. Depois que ele morreu, o namoro, que vinha de muito tempo, caiu na boca do povo. Lembro de uma noite que dona Augustinha veio jantar aqui na estância, bonita que só vendo. Foi um pouco antes do major morrer. São dessas coisas: aquela noite, quem olhava não dizia que o homem ia se finar ligeiro daquele jeito. Parecia forte igual um touro, pois não passou muito tempo, tinha batido com a cola na cerca. Contado, não se acredita. Ninguém nunca soube direito o que deu nele. Chegaram até a falar que se matou por desgosto. Pois sim...

* * *

Augusta colocou os brincos e observou-se no espelho. O nariz afilado, as sobrancelhas bem mais grossas que as da moda, o rosto de traços indiáticos, até mesmo as lágrimas, tudo o que sempre via estava lá. E, no entanto, quem ela realmente era não estava. Quando acontecera? Quando casou, por vaidade e desespero, não era feliz, mas existia. Podia olhar-se e dizer: essa sou eu, sei do que gosto e do que não gosto, escolho. Em que momento havia-se transformado nesse ser apagado e sem contornos, essa paisagem de neblinas?

Secou os olhos, colocou mais pó de arroz. Não, não adiantava fingir que não sabia. Sabia muito bem o que a transformava: era o medo, um medo absoluto de falar, de ter opinião, medo de fazer, medo até de pensar. Aceitara o pacto, vendera-se. O pai não perdera os campos, ela era a senhora da Coxilha Negra.

Não queria ir àquele jantar. Aliás – embora ela querer ou não fosse pouco importante, quem decidia era o major –, nos últimos tempos, não queria nada. O simples levantar pela manhã era esforço. Não podia deixar de ir. Dona Leonor havia mandado um bilhete convidando. Nada complicado, ela escreveu, não era aniversário, apenas um jantar para distrair padre Hildebrando, que estava passando uns dias. De fora, seriam apenas eles e a professora, dona Guilhermina. Era bom que a professora estivesse, sentia-se mais à vontade com ela. Na verdade, respeitava tanto dona Leonor que sonhava poder aconselhar-se com ela. Mas dizer o quê? Sempre tão segura de si, tão elegante, ela ficaria chocada.

      Envolvera-se com Wolfgang por tédio e esperança. A vida não podia ser apenas essa coisa sem graça, tão diferente dos romances. Embora tivesse certeza de que ele seria apenas um outro homem resfolegando sobre ela, não conseguiu impedir-se de tentar ser feliz. Não se arrependia. O prazer foi, no princípio, uma libertação. Depois veio a raiva: raiva da mãe, que morrera, do pai, que, para salvar os campos, a convencera a casar-se, das freiras do colégio, que ensinaram que o corpo era pecado, uma raiva enorme do marido. Com que direito Celestino, macho acostumado, incentivado desde guri a ter mulheres, com que direito ele, seu marido, fora tão descuidado? Tão incapaz de ensiná-la? Como pudera, durante tanto tempo, fazê-la acreditar que era culpada? Como ousara fazê-la sentir-se tão errada? Poder vingar-se, mesmo que em segredo, a consolava.

      Nos últimos tempos, porém, a vingança complicara-se. Wolfgang andava falando em levá-la para Europa. Ela não negava, queria muito atravessar o mar. No entanto, não era assim que as coisas funcionavam. Celestino, se soubesse, mandava matar os dois. Já levava muitas mortes nas costas, duas a mais não fariam diferença. E, depois, valeria a pena? Na Europa, sem nem mesmo falar a língua, ela seria, mais uma vez, ninguém, um zero à esquerda, nada. Na cama, ela e Wolfgang davam-se bem. Fora dela, ele a intimidava quase tanto quanto Celestino. No colégio das freiras, aprendera leitura, escrita e bordado. Não era como dona Leonor, que falava francês, sabia de museus e óperas. Além de São Borja, conhecia Porto Alegre; fora duas vezes com o marido; ficaram no Grande Hotel. Nunca esqueceu o respeito das camareiras, das vendedoras da casa Louro, dos funcionários da joalheria Ibañez. Ser a esposa do major Celestino, apesar de tudo, tinha suas vantagens.

– Vamos logo, mulher. Vais passar a noite toda te rebocando? Assim como estás já está para lá de bom – veio o grito lá da sala.

Suspirando, Augusta levantou-se, jogou um xale sobre os ombros. Certificando-se de que não carregava no rosto nenhum sinal de lágrima ou de pensamento, foi ao encontro do marido.

* * *

– Isso do que a senhora tanto reclama, dona Leonor, essa falta de... A palavra me foge... Não é educação, é diferente... Feinheit... Eleganz...

– Elegância? – sugeriu Ignácio.

– Sim, é isso, a falta de elegância, de sofisticação das estâncias gaúchas tem sua razão de ser. Esta sempre foi uma região em guerra, na qual o importante era sobreviver. Região de moradias modestas, de acampamentos, não era, e continua não sendo, ambiente para construções rebuscadas. Diferente do norte do país, aqui ninguém se afogava no delírio do ouro ou da cana-de-açúcar. O milagre artístico das Missões foi como se tivesse existido numa bolha: desapareceu quase sem deixar vestígios, ninguém assumiu essa herança ou importou-se com ela. Basta lembrar que um dos vigários desta cidade mandou serrar, à altura dos joelhos, a imagem de São Francisco de Borja, obra preciosa do jesuíta José Brasanelli, para que coubesse no altar da nova capela. Nunca ouvi falar em tamanho desrespeito. E, no entanto, não esse ato específico, mas a ausência de refinamento talvez seja o que tenha tornado o povo gaúcho tão especial.

Servindo-se do prato de suflê que Tereza lhe apresentava, Wolfgang olhou rapidamente para Augusta. Queria ver se prestava atenção. Falava para impressioná-la. Encontrou-a acompanhando, com o dedo, os desenhos da toalha. Mesmo assim seguiu adiante, os demais estavam interessados.

– Dessa simplicidade espartana se originou o orgulho. Apesar das vastas extensões das primeiras estâncias, do abismo de fortuna que sempre separou estancieiro e peão, a diferença entre patrão e empregado, aqui, não se notava. Tomavam o mesmo mate, comiam o mesmo churrasco, usavam roupas semelhantes.

Os senhores daqueles tempos eram oficiais de um exército sempre em estado de prontidão, precisavam provar diariamente sua superioridade, mostrar que eram iguais ou melhores que seus subordinados. Dessa forma, impossível que coexistissem a arrogância do senhor e a submissão do escravo. Nunca houve nesse povo nem servilismo nem instinto de rebanho.

Leonor, comandando com gestos discretos a retirada dos pratos, pensava que o tal alemão mais parecia italiano, de tanto que falava. Era só dar um pouco de corda que ele se desatava. Sem perceber que Augusta não entendia metade do que era dito, estava era se exibindo, querendo humilhar o major. Esse namoro só não tinha ainda desandado em tragédia porque o outro não prestava a menor atenção na mulher. Bem feito!, o major merecia a humilhação. Se pudesse, aconselhava Augusta a pedir o desquite. Aquele homem era um bruto, viver com ele devia ser doloroso. No entanto, nada justificava o fazer às escondidas, pelas costas. Desquite era uma coisa, traição, outra.

– É fácil perceber – continuou Wolfgang, tomando um gole de vinho – que cada estância representou e ainda representa um organismo completo, fechado. Esse fato originou um sentimento de grupo e impediu a formação de uma consciência de castas, com bipartições sociais: homens livres de um lado, escravos do outro. O patriarca gaúcho é, ao mesmo tempo, democrata e aristocrata. Esse espírito de equipe traz consigo um apego à liberdade e à independência bem maior que o apego aos bens materiais. Em sua simplicidade, o gaúcho é um fidalgo.

– Também não precisa exagerar, seu Wolfgang – saltou Leonor, pensando na fidalguia a que estava acostumada no Rio de Janeiro e que não servia nem para começo de comparação com a dos gaúchos.

– Exagero, dona Leonor? De forma alguma. Basta reparar nos galpões. A senhora não percebeu que os galpões gaúchos são, na verdade, clubes de homens onde se tratam coisas idênticas às de qualquer clube de aristocratas ingleses? Fala-se de acontecimentos esportivos, de aventuras, caçadas, carreira de cavalos, jogos. Se nos clubes ingleses é inapropriado fazer alarde de profissão, negócios e dinheiro, no galpão também. Na Inglaterra, bebe-se chá e uísque, aqui, mate e aguardente. São cavalheiros imersos, aqui e lá, num rígido cerimonial. Senhores, cercados por regras inarredáveis que coordenam desde a forma de tratamento – sempre com senhoria – até a maneira de ser preparado e servido o chimarrão. Tanto aqui quanto lá, a propriedade é sagrada, e ser chamado de ladrão ou covarde é o maior dos insultos. O gaúcho faz revolução porque sempre possuiu um senso muito aguçado, e também muito particular, de justiça.

– É mesmo impressionante a sua compreensão do nosso povo, Wolfgang – disse Ignácio, surpreso –, tanto mais que há muitos e diferentes gaúchos. Não estou falando em números, me refiro a tipos e subtipos. Desde o gaúcho da fronteira até o da serra, do qual o missioneiro é um subtipo, sem esquecer as diferenças entre os criadores de gado e os colonos.

– Isso é algo que eu nunca entendi direito – apartou Guilhermina –, essa rivalidade entre lavradores e criadores de gado. Rivalidade que não é de agora, vem desde o princípio dos tempos. Pelo que me lembro das aulas de catecismo, assim, sem razão alguma, só porque ele era pastor, Deus simpatizava mais com Abel, preferia suas oferendas às de Caim. Essa preferência incentivou o fratricídio. Na minha opinião, Deus podia até ser condenado por cumplicidade.

– Mais devagar, dona Guilhermina, não se esqueça de que Caim, antes do crime de morte, praticou o pecado da inveja.

– Ora, padre Hildebrando, convenhamos, o senhor não leva em consideração um aspecto importante: Deus era e ainda é o grande chefe; se o grande chefe simpatizasse com seu irmão por nada, se o preferisse de forma descarada e sem motivos, o senhor também não ficaria com inveja? Existe um limite para o suportável, o senhor não acha?

Um atado de ervas

Se de fazer sarar Miguelina não se evadia, para dar conselho, negaceava. Às vezes, igual a hoje, ficava até difícil de se negar: quem pedia era dona Augusta, mulher do major Celestino, o homem que mandara matar Joaquim.

Trazida por dona Adelina, ela tinha vindo pedir cura para tristeza comprida, dessas que impedem o ir vivendo e da qual, por respeito ou porque até não existe resposta certa, a gente não indaga a razão. Sem fazer perguntas nem diferença, da mesma forma de costume, Miguelina benzeu dona Augusta passando a faca em cruz no seu peito e repetindo três vezes: *Jesus nasceu, Jesus nasceu, Jesus morreu e como essas palavras são certas, assim seja curada essa tristeza...*

Como é sabido, benzer em caso de tristeza toma três dias, esse é o tempo apropriado da cura. No primeiro dia, terminada a reza, dona Augusta foi embora de vereda, não aceitou nem o mate nem os bolos fritos que Miguelina ofereceu, em maneira de agradar. Hoje, porém, talvez porque já se sentia melhor, dona Augusta ficou proseando à sombra do cinamomo.

Falaram de tudo um pouco, da falta de chuva, dos açudes gretados, do casamento de uma das filhas da dona Isolina, mulher do seu Gentil, fazia agora duas semanas: festa grande, com três rodízios de mesa. O major, por obrigação de padrinho, tinha mandado matar uma rês. Foi bem nessa hora, quando falou o nome do marido, que dona Augusta veio com o pedido de conselho.

– Por mim largava dele, dona Miguelina, ia embora, juro pelo mais sagrado, mas não tenho para onde, Celestino é homem sem regra, cheio de malvadeza, a senhora nem imagina do que ele é capaz.

Caladas permaneceram, as duas, por um bom tempo, cada qual nos seus próprios e mesmos pensamentos.

– Conselho não lhe posso dar, dona Augusta – falou, por fim, Miguelina. – Idade não autoriza conselho. A vida é igual cobra, quanto mais comprida, menos se sabe dela. Isso não quer dizer que não lhe possa ser de algum ajutório. Pra acabar com maldade tenho benzedura, só que não é das que fazem efeito quando rezadas de longe, e o major não há de querer vir aqui em casa se benzer. O que posso é lhe dar um atado de ervas, que a senhora leva consigo. Já vou lhe avisando: é erva forte, necessário medir bem a dose ou pode não prestar. Dou e ensino como usar, para uma coisa ou outra. O resto é por sua conta.

Depois que dona Augusta foi embora levando o atado, Miguelina ficou ainda um bom tempo embaixo dos cinamomos. A tarde tinha chegado àquela hora já meio anoitecida, nem bem dia e nem bem noite, quando o mundo parece que para e respira. Pelo fervilhar das tanajuras, adivinhou chuva; pela alegria dolorida que lhe varou o peito, entendeu que agora era só questão de esperar. O que podia fazer, fizera.

Francisca

Miguelina nunca quis saber se a filha errou nas contas ou se foi a neta quem se apurou. A causa não importa. O fato era que, há dezoito anos, numa mudança de lua cheia, Francisca nasceu, inesperada. Talvez porque soubesse a que vinha, veio de olhos abertos e chorou. Assim que a recebeu nas mãos, Miguelina adivinhou e, encostando a boca em seu ouvido, murmurou que não se preocupasse: ela ensinaria. Quando Francisca deitou sobre o seio da mãe para a primeira mamada, já não chorava.

Mesmo tendo adivinhado, Miguelina tomou o cuidado de nada dizer a ninguém. Não fosse ela ter-se enganado e alguma palavra dita vir a enganar a neta e fazê-la querer ser o que não era. Deixava correr os dias observando de longe, sem diferença dos outros, a menina de olhos grandes e pouco choro, que, desde o colo, entendia tudo mas não falava, até que, aos três anos, levantando os olhos da lata onde cozinhava um feijão de mentira, temperado de minhocas, pediu à mãe que fosse depressa porque o irmão ia cair no poço. Aquele aviso salvou Eurico e deu certeza a Miguelina.

Mentindo que precisava de alguém sempre por perto, pediu à filha que lhe cedesse a neta. Passou a levá-la na colheita das ervas, e fazia com que estivesse por perto quando benzia. Ensinou-a a não confiar demasiado nas certezas, e a fez prometer que nunca dissesse a ninguém o que sabia. Se a notícia dos adivinhados se espalhasse, eram capazes de transformar Francisca numa santa, arruinando-lhe a vida.

Para que não dependesse de sustento de homem, ensinou a ela também o ofício de lavadeira. Francisca tomou gosto do serviço. Tirando as horas na escola ou quando saíam em busca das ervas, fazia do mato do arroio o seu quintal. Quando uma ameaça de seios levantou-lhe o vestido, todos, até mesmo os filhos dos fazendeiros, do alto de seus orgulhos, começaram a cobiçá-la. Nisso, em amar um homem rico, Miguelina não desejava que a neta a repetisse. Sabia como era doído. Pediu aos santos que amasse alguém simples com quem pudesse morar à vista de todos. Alguém de coragem que, por ela, guiasse a própria vida e não a desviasse do destino dessa gente que ela nascera para cuidar. Pediu que Francisca fosse feliz mas jamais esquecesse a dor.

* * *

Sobre as pedras do arroio, sem atentar para os lambaris refletindo em prata a luz de fevereiro, Francisca esfregava os encardidos. Com a mesma atenção cuidadosa, lavava as camisas finas do patrão e as outras, de algodão grosso, da peonada. No sábado, alguém, a mando de dona Leonor, viria buscar a pilha de roupa limpa passada a ferro de brasa, lençóis e fronhas engomados com mistura de polvilho e água.

Aprendera com a avó a gostar dessa lida ao sol, por fora do sufocado das paredes, gostar da sanga descontinuada, ora correndo transparente, em apurado turbilhão, ora se afundando num verde acalmado. Conhecia as sendas escondidas, sabia dos araticuns mais doces, das pitangueiras mais enfrutecidas e de outros tantos segredos esparramando-se entre o amarelo do guapuruvu, o florescer do ipê e o rosa estrelado das paineiras. Dos acontecidos no povo e na casa da fazenda sabia porque as roupas lhe falavam sem que precisasse perguntar. Uma toalha de festa, um cheiro diferente na camisa, um pingado de remédio contavam da vida em andamento: alegrias e tristezas alternando-se num sobe e desce de vento em macega, trote, em campo de tacuru. Do por acontecer, Francisca sabia também, em ondas de certezas soltas, desraigadas de chão, que a afligiam desde menina.

De princípio, chorava, não queria ver, tinha medo. Desconfiava que fosse o demônio quem lhe contava das coisas antes que acontecessem. A avó Miguelina adivinhou seu segredo e a acalmou dizendo que não se assustasse, que, ao contrário, agradecesse, porque para ela a vida não era só corredeira rasa, exposta ao sol, era também fosso profundo que não dá passo a qualquer um. No entanto, avisava: não se alçasse demais, não vivesse só pelo que adivinhava. Pior sabedor é o que pensa que sabe. Por isso, pelo aconselhado, Francisca impedia-se de regrar a vida própria e dos outros nas certezas do por acontecer.

Mas cabeça é terra sem dono, pensamento invade. Naquela manhã, igual *fogo-fátuo* – que, à noite, passeia pelo campo sem que ninguém saiba de onde vem –, a certeza de um acontecer importante lampejava em sua mente. Vinha de tão perto, era tão forte que, espichando os ouvidos, ela tentava se aperceber de algum aviso mais claro, de voz ou de barulho. Nada. Ao seu redor, só os inesperados comuns: espanejar de peixe, salto de rã, corridinha de lagartixa sobre o seco do chão.

Quando a própria sombra veio acocorar-se entre suas pernas, soube que era meio-dia, sol de pico, o gado buscando abrigo no reduzido dos matos. Na panela de ferro, enrolada em sacos de algodão, o ensopado de ovelha com mandioca abria a fome. Serviu-se de um bom pouco no prato esmaltado. Comeu com gosto. Depois, pensamento solto no ventoso das árvores, tentando não assuntar, deitou-se no pelego, fechou os olhos, forcejou a sesta.

Logo revirou-se, ansiada demais para dormir. Melhor voltar pro serviço. Esse deitado sem alcançar o sono cansava mais que bater roupa. Mas, àquela hora, o sol era ainda por demais, arriscava insolação. Despindo o vestido e a calcinha de morim, pisou nas pedras amaciadas de limo. Logo adiante, depois do raso, havia um poço tranquilo onde era bom de se ficar. Entrando na água mais funda, deixou que, pouco a pouco, feito mão acalmando febre, o arroio lhe esfriasse as quenturas. Nadou em silêncio, imitando os sapos. Quando veio o frio, agarrando-se às raízes, alçou-se para o lajeado da clareira. Ali ficou, nudez abrigada por cortina de galhos, esquentando ao sol coado.

E foi assim, respingada de sol, que os olhos de Wolfgang a perceberam. Faria um esboço, pensou, um não, vários, muitos. Era absolutamente necessário reter na tela aquela mulher: a lerda maciez dos seios, o negrume dos cabelos, o recôncavo das coxas. E não apenas isso; antes que escapasse, que se perdesse para sempre, era preciso prender o que ao seu redor se oferecia em dádiva: a aranha fugaz pendente em haste, o cinza imóvel do lagarto, a vermelha rapidez da sua língua, as luzes fugidias de um besouro. Como se readquirisse, pouco a pouco, o direito ao belo, Wolfgang tirou da sacola papel e lápis. Atento, começou a trabalhar. Feito um menino que tenta prender bolhas de sabão, esforçou-se por segurar aquele instante.

Viera para o Brasil por uma razão quase esquecida ou, pelo menos, adiada, escrever sobre Getúlio Vargas. Amigos insistiram que conhecesse o Sul. Fez a viagem até Porto Alegre de automóvel. De lá, embrenhara-se pelo interior. Um país inesperado, sem praias e sem palmeiras, o fascinara. Seduzido pelas lonjuras que alcançavam horizontes, pelas ruínas de uma catedral vermelha, pela cadência ondulada das tropas de bois, pelos rostos talhados de sol, pintara e fotografara, muito e bem. Nas paredes de seu quarto provisório, suas obras acumulavam-se.

Um fato novo, porém, o abateu: apaixonou-se. Coisas que acontecem. Ama-se. Simples assim. Por muitos meses estivera feliz demais para criar. Mas Augusta era casada, e o simples desenhou a si mesmo em tintas de tragédia. O major era um homem poderoso. Sua morte repentina, o inexplicável sentimento de culpa de Augusta, o romance tornado público, as promessas de vingança da família terminaram por abatê-lo de vez. Estavam jurados de morte, era o que diziam, embora se recusasse a acreditar. Envolto numa sequência de opereta, submergira. Não conseguia pintar. Por mais que tentasse, seus dedos esbarravam no banal.

Hoje, levando seus apetrechos, saíra para uma última tentativa. Um tudo ou nada. A visão dessa mulher desconhecida, da qual não queria saber nem mesmo o nome para não quebrar o encanto, fora sua epifania. Feito um quase afogado, num grande hausto, retornava. O mundo entrava em perspectiva, explicava-se. O bloqueio desaparecia não na beleza comum daquele corpo, quebrava-se na compreensão do efêmero. No entender que, embora pareçam opostos, *para sempre* e *nunca* têm o mesmo significado, a mesma finitude; que o mundo é feito de provisórios e a vida não tem sentido ou, melhor, a vida tem em si mesma o seu sentido e é, portanto, absurda.

A paixão por Augusta roubara dele o que, agora, uma outra fêmea devolvia: o humano desejo de permanência. A vontade de fazer eterno o que é finito, explicação única para seu trabalho. Amava Augusta, sim, amava, mas retomava sua identidade, voltava a ser. Deixaria esse país de belezas estrangeiras, voltaria à Alemanha. Lá, viveria como deve-se viver sem perder-se no abismo. Convidaria Tiago para ir com ele. Ao jeito calado dos homens da terra, o rapaz lhe confidenciara viver uma crise semelhante à que ele, Wolfgang, passara. Queria e podia ajudá-lo. O rapaz era um idealista, e os idealistas mereciam ser preservados.

Por muitas horas, desenhou. O mormaço já arrefecia quando partiu. Sem reparar, cruzou por Donário, que, montado num baio e trazendo a cabresto o tordilho de sua predileção, mantinha distância ponderada e firmava as vistas no agitado daquele desconhecido. Que era um gringo, não tinha dúvidas, mas seria o procurado? Assim, de longe, no lusco-fusco, não dava pra dizer. Na pressa, podia matar o homem errado.

Não era por gosto que viajava. Vinha desde Uruguaiana cumprir mandato de morte. Campeava o gringo que roubara dona Augusta do major. Com o consentimento dela, no dizer do povo. Desdenhava o serviço. Por consentido, não é roubado. Desde cedo, porém, aprendera a obedecer, que pobre para isso nasce. Cria de um irmão do major Celestino, tinha obrigação com a família do finado. *Manda quem pode, obedece quem precisa.* O cansaço e o tempo de busca levavam-no a questionar esse dito. Carecia de haver alguma coisa no entremeio, entre o mandar e o obedecer. Chega um dia em que o cristão se cansa de andar sem rumo ou com o rumo dos outros, o que dá no mesmo, quer errar por defeito próprio, não alheio.

Em noite de céu varado de estrelas, considerava a desistência. *O gringo se escapou para a Argentina*, diria, *não houve ocasião de remediar o abuso*. Com o tempo, a raiva havia de se recolher e então, bem ou mal, ele ia conseguir montar família, se ajeitar num ranchinho com mulher e filho, criar alguma rês, plantar umas mãos de milho, uns carreiros de mandioca.

De qualquer jeito, por hoje, com o sol se terminando, não havia muito o que fazer, o capão da sanga, logo ali em frente, era lugar apropriado de pernoite, evitava pedir pouso em estância, não convinha de se mostrar. Debruçado nos arreios, respirou fundo o cheiro bom do mato. Por sobre o galharedo, avistou Francisca, recém-acordada, seios empinados, mãos arrebanhando o tufo negro dos cabelos. Seu corpo todo espichou-se em gula. Os olhos grudaram nela igual marimbondo em mel. Ergueu-se nos estribos e o que já estava decidido ainda mais se decidiu: ficava por ali, a família do major que arrumasse outro para o desagravo, a moça valia o desistir.

A trotesito, tocou a égua para o capão de eucaliptos onde branquejava uma luz de moradia. Era época de tosa. Naquela ou em outra estância lindeira não havia de lhe faltar serviço. Da noiva, pois dentro dele o noivado estava feito, amanhã indagava o nome.

A noite já escurecia quando Francisca recolheu a roupa lavada na trouxa de riscado e apressou-se na volta para casa. Dormira demais. Não prestava andar no escuro. Reparando bem onde botava o pé – macega é morada de cobra –, seguia, descorçoada, pensando que, como sempre, a avó tinha razão: essas certezas do por acontecer são muito enganadoras. Não merecem atenção. Passara o dia todo agoniada, achando que alguma coisa ia se passar, a noite chegara e, bem no fim, nada...

MEMORIAL RIOGRANDENSE DA LIVRARIA DO GLOBO

Estância do Conde

13 DE FEVEREIRO DE 1958
segunda-feira

Pela manhã encheram o banheiro para banhar as ovelhas. Curados alguns touros.

Veio de Santa Rita: um saco de milho verde, 5 melancias e 4 mogangos.

Papai na estância, de visita. Preferiu hospedar-se aqui ao invés de ficar em Santa Rita.

Carneado um capão para consumo.

José terminava sempre assim, com esse gemido ansioso e inseguro, esse ahh!? interrogativo, como se surpreendido pelo próprio gozo. Nos minutos seguintes, lento serenar do coração, Miguelina o acalmava e, num ninar quase materno, deixava que mentisse, que prometesse, que se inventasse alguém que jamais seria. Se falar o consolava, por que não consentir que o fizesse? José não a conhecia inteira, mas ninguém a conhecia tanto. Só ele entendia os meandros do seu corpo, só ele sabia a dose certa: vagar e pressa.

Ouvi-lo não a impedia de sonhar, de imaginar que, talvez, ela pudesse dizer-lhe, sem ele pensar que o acusava, que a dor de ter perdido Joaquim não estava menor nem mais distante; dizer que estava cansada e velha, e que, à noite, ela também chorava. Enquanto isso, que mal fazia escutá-lo prometer que não teria mais medo, que não se importaria mais com o que os outros pensassem e que, a partir de amanhã, ia dar-lhe todo o conforto e segurança que ela merecia.

Conforto e segurança, palavras que José usava para falar em dinheiro. Não estava interessada nesse conforto feito de coisas, não era com isso que sonhava. Há muito tempo, porém, desistira de explicar. Dera-se conta de que era impossível fazer-se entender por quem, igual a José, vivera sem prestar atenção no tempo, sem saber direito que estava vivendo. Só os que entendem que morrer é de verdade, só os que sabem que não apenas os outros, eles também, irão sumir, feito uma rês comida por urubus, só para esses a vida tem valor de urgência. Só eles compreendem que um punhado de dinheiro, um nome, um sobrenome não garantem tanto.

Seu filho Joaquim sonhara com riqueza, no entanto, a herança de dona Luzia de pouco lhe serviu; ao contrário, o fez mais orgulhoso, mais parecido com o pai, apressou sua morte. Dinheiro tem serventia, sim, mas uma serventia de comodidade; como um freio, um serigote, para quem tem cavalo, ou como uma caminhonete é melhor do que uma carroça, quando existe estrada.

— Ser velho é muito estranho, Miguelina — ouviu José dizer.
— É estranho porque só acontece por fora. Sempre pensei que a idade acalmava a carne. Bobagem, a carne não se acalma, ela apenas não consegue — falou, beijando-a na testa.

Olhando para o fundo de si mesma, para onde a vista de José não alcançava, mas a dela sim, porque saudade, mesmo a que vem antes da hora, enxerga longe, Miguelina escutava a voz de seu homem confundir-se, pela última vez, com o rolar do arroio.

— Todo o medo que antes me assombrava — ele continuou —, tudo o que era distante e me assustava, está aqui, conosco, nesta cama. E sabes de uma coisa? Agora, que está aqui, acontecendo, me parece menor, menos temível, porque ter medo não adianta, há que seguir vivendo até o fim.

Sem esconder que chorava, Miguelina, deslizando as mãos pelo corpo de José, reduziu o mundo à superfície de uma pele. As veias grossas, os tendões esticados do pescoço, cada uma das pequenas cicatrizes que ela vira nascer. Para ajudá-la na saudade que viria, para ficar a salvo da amargura, encheu os dedos de memória. No abdômen, sentiu o tumor. Tinha crescido, estava ali: maracujá faminto a espalhar no homem que ela amava sua seiva sem controle, as flores roxas e os cravos da Paixão. Seu peito mirrou dentro da angústia. Era inútil, ela, que sempre pudera tanto, nada podia contra essa morte andarilha.

Não, não fora assim que a vida lhe ensinara, era preciso ter coragem; se não conseguia evitar o fim, podia fazê-lo mais tranquilo. Trouxera um atado de ervas no bolso da saia, diria a José que era para o açúcar no sangue. Talvez ele acreditasse, talvez não. Tomaria da mesma forma, um pouco a cada dia. Se pudesse, ela tomaria também, mas não era ainda a sua hora. A neta Francisca não estava pronta, a ensinaria pelo tempo necessário. Nisso, e em tudo mais, pensaria depois. Agora, era preciso permanecer inteira para viver com José, pela última vez, na casa de barcos.

* * *

Santa Rita, 20 de novembro de 1958

Querida Leocádia

Não te parece estranho sermos a geração mais velha? Não te parece estranho que agora seja eu quem esteja morando em Santa Rita? Para onde vai o tempo, minha irmã? Apesar de ter tido com papai inegáveis diferenças, reconheço que foi um homem à frente do seu tempo. Tenho orgulho de ser filho dele. Desde sempre, dizia que uma boa educação era a única coisa de valor perene e garantida que podia nos deixar. Sábias palavras! Premonitórias. Com todo esse movimento das reformas, o futuro do estancieiro é, cada vez mais, uma incógnita.

Neto, para a minha surpresa, pois tinha pouco contato com o avô, sentiu muito sua morte. Felizmente Leonor é jeitosa para essas coisas. Conseguiu ultrapassar as barreiras naturais da adolescência e conversou bastante com ele. Ele e Antônia não sabem, mas tiveram sorte. Eu e tu tivemos que nos acostumar mais cedo com o inevitável, éramos bem mais moços quando perdemos nossa mãe. Depois, foi a vez de vovó Luzia. Imagino que, igual a mim, sentiste sua morte como a de outra mãe. Entendo a dor de Neto. Ao contrário do que dizem, a idade dos que se vão não serve de consolo aos que ficam.

Bem, Leocádia, acho que só queria mesmo falar contigo sobre papai. És a única que pode lembrar como eu era quando criança, como era nossa vida junto dele. Lembras o que costumava dizer? Um irmão é um amigo dado pela natureza. Recebe o abraço saudoso do teu irmão e amigo,

Ignácio

De avô, para Neto

Porque, além dele e de Miguelina, nunca ninguém ia até a casa de barcos, quando José morreu, todos pensaram que o tempo e o mato a dissolveriam nas sombras dos musgos. No entanto, não foi assim que aconteceu. José nunca soube o quanto Neto chorou ali a sua morte, nem com que força tentou revivê-lo no estudo atento de seus cadernos.

Desde a tarde tristonha em que Ignácio levou os filhos ao hospital para despedirem-se do avô, pouco foi dito e muito se pensou. Olhando para aquele adolescente magro com olhos de outono, José deu-se conta de que perdera tempo demasiado. Tentando reencontrar Mathias, esquecera de conhecer quem realmente herdaria seus campos e levaria seu nome. O sorriso que lhe deu, das profundezas quentes do travesseiro, vinha do convencimento de que Neto era muito mais um Menezes do que um Siqueira. Estava escrito em seu rosto para quem quisesse ler: escolheria ser médico. Se viesse a cuidar das estâncias, seria por obrigação.

Semelhante a Antônia, que esqueceu a figura do avô de antes e guardou, até morrer, a imagem comprida e magra sobre a cama, Neto também lembraria sempre daquela visita. Tremendo de ansiedade, aguardou que lhe permitissem sair do quarto: não queria que o avô real, esse que o acariciava fora de hora, com mãos pálidas de doença, viesse arruinar o outro, misto de homem e feiticeiro que, sem saber, iria servir-lhe de guia por toda a vida.

No enterro, embora conhecesse pouco aquela pessoa de gravata e mãos cruzadas, dentro do caixão, Neto chorou muito. Chorou o avô da casa de barcos e chorou a morte. Pela primeira vez, cara a cara com a impotência, chorou porque aprendeu que nada pode ser feito quando uma pessoa que, um minuto atrás, respirava, transforma-se, de repente, em algo que é preciso lavar, vestir, tornar por última vez apresentável antes que comece a apodrecer. Chorou porque teve a certeza de que, por mais que fizesse, por mais que tentasse, seria incapaz de evitar o *nunca mais*. Leonor tentou consolá-lo: falou em Deus, no paraíso, na promessa de ressurreição. Neto ouviu atento. Já havia lido o suficiente, nos cadernos do avô, para saber que tudo, mesmo o mais fantástico, era possível.

Se a morte indolor de José foi obra dos atados de Miguelina, sua permanência foi fruto de sua astúcia. Evitando destruir as aranhas e o caos que sustentavam a casa de barcos, ela a manteve com cheiro de coisa viva. Na penumbra coada por muitas árvores, as palavras do avô ensinariam o neto. Sua intuição dizia-lhe que valeria a pena: aquele moço herdara muito mais do que campos. Semelhante a José, ele amaria errado, mas amaria sempre e, um dia, com sorte, talvez viesse a amar a humanidade como se ama uma mulher. Juntando idade, tempo e interesse, escolheu, à sua maneira, a ordem dos cadernos a serem lidos. Teve o cuidado de nunca esconder os defeitos: era preciso que um homem, não um santo, ensinasse o menino.

Ao longo dos anos, com a paciência teimosa dos solitários, Neto continuou voltando à casa de barcos para decifrar a caligrafia pontiaguda do avô. Sem saber que era guiado, estudou com afinco. Dando-se conta de que José havia sido tão sincero quanto pode ser uma pessoa que escreve para si mesma, aprendeu as soluções antes de conhecer os problemas e entendeu que precisava fazer o melhor possível sem preocupar-se demasiado.

Em todos os escritos, a presença cristalina de uma mulher que, pelas evidências deixadas pelo avô no cuidado de não a descrever, Neto terminou por concluir ser Miguelina. Quando o fez, porém, estava tão adiantado em seus estudos que se admirou de o avô ter tomado tanto cuidado em escondê-la, teve pena dele. Compreendeu ser a tristeza que o distanciara de todos, apenas o resultado de uma luta de morte entre o amor desmedido por aquela mulher e o medo invencível da palavra alheia. Prometeu a si mesmo que, se algum dia fosse preciso escolher entre esses dois demônios, escolheria. Qualquer que fosse o resultado, pior era morrer assim, partido em dois. Ao terminar o último caderno, tendo aprendido que um homem bom permite-se mudanças e que apenas aos cruéis ninguém demove, Neto considerou-se pronto para começar a errar.

A vida que segue adiante

Porto Alegre, 3 de dezembro de 1958

Atílio

Aproveito a cesta para mandar esta carta. No próximo sábado, pelo avião, estão indo oitenta pintos, deves ir esperar em São Borja. Com eles, vai um tubo para a geladeira, Ernestina mandou avisar que o daí estava quebrado. Dá uma olhada no plantel das galinhas e arruma um telheiro para as amarelas. Diz para o Bica cortar as asas de todas e fazer uma revisão no cercado para não sair nenhuma. Quero casa e galinheiro impecáveis.

Avisa Ernestina que devemos chegar com as crianças no dia dezessete, o mais tardar. Avisa também que o padre Hildebrando confirmou, vai passar uns dias aí logo depois do Natal. Dona Leocádia ainda não respondeu, mas Leonor pede que, por via das dúvidas, façam uma faxina bem caprichada no quarto que ela sempre usa.

Para adiantar serviço, vocês podem trazer a tropa de vacas para a Timbaúva. Não esquece que principiamos a tosa no dia dez de janeiro. Compra para o pessoal a boia de sempre: feijão, arroz, farinha de mandioca, farinha de milho, massa, bolacha, café e açúcar.

Um abraço,
Ignácio

Estância Santa Rita, 12 de dezembro de 1958

Dr. Ignácio pode ficar descansado que aqui vai tudo mais ou menos. Os pintos chegaram bem. O tubo não prestou, veio rachado, vai ser preciso comprar outro. Vou contratar uma cozinheira nova para a peonada porque Ernestina botou a antiga pra correr. Os da fazenda que vão querer trabalhar na tosa são o Bica, o Lelo, o Teodolino, o Chimango e o Clarel. Vou providenciar a boia. Só estamos esperando o aviso do veterinário quando chegue as vacinas para ir buscar. A pastagem deu semente, é cousa boa. Sem mais por hoje recomende a todos o vosso empregado

Atílio de Souza

Estância Santa Rita

15 DE JANEIRO DE 1959
quinta-feira

Recorridos os campos Pau-Ferro, Frente e Plantel.
Distribuídas bolitas de estricnina, apareceu mais uma
ovelha morta por cachorros.
Bica aterrou com pedregulhos a estrada até o portão da
faixa.

Carneado um capão para consumo.

— Pai, pensa bem, como é que eu podia deixá-los sozinhos?

Fingindo ajeitar os papéis sobre a escrivaninha, Ignácio esforçava-se para manter o rosto sério. Então era essa a justificativa de Antônia para o atraso de mais de duas horas que a levara a perder o almoço? O engraçado era que quando ela dizia *deixá-los*, o pronome que se seguia ao verbo referia-se não a crianças, mas a um bando de homens maduros, acostumados à lide do campo. Era mesmo impossível, essa sua filha! Mal saída dos cueiros e julgando-se patroa.

— Aliás, vamos acertar algumas coisas de início – prosseguiu Antônia, acomodando-se melhor na cadeira. – A mãe não pode ficar preocupada desse jeito cada vez que saio para o campo. Se eu fosse uma dessas gurias da cidade, ou até mesmo um dos amigos do Neto que vêm passar o verão, ainda vá. Estão sempre caindo do cavalo, morrendo de medo de cobra, assustando-se com touro manso. Mas eu? Ora, pai, tenha a santa paciência – completou, indignada, a mão na cintura fazendo Ignácio lembrar-se de si mesmo.

— Se a tua mãe pode ou não se preocupar, cabe a ela decidir, tu não achas? Só queria esclarecer uma coisa, não tenho certeza se entendi: tu não podias deixar quem sozinho?

— Ora, quem, os peões! Tu sabes muito bem que eu estava com eles, trazendo a tropa de novilhos. Não dá para deixá-los sem supervisão, o seu Atílio foi colocar estricnina no campo e deixou-me responsável. Apareceu mais uma ovelha morta no Pau Ferro, tu sabias?

— Sabia, Antônia. Quem tu achas que comprou a estricnina? Mais uma coisinha: o Neto e o amigo dele estavam contigo e vieram almoçar na hora certa. Qual a diferença entre tu e eles?

— Eles estão de férias.

— E tu, não?

— Férias? Só do colégio — ofendeu-se. — Já não basta eu ter que ir morar na cidade? Se não aproveito agora, como é que vou aprender a comandar a estância? Tens certeza de que preciso ir fazer o ginásio em Porto Alegre?
— Tenho, Antônia. Já discutimos a respeito muitas vezes. Falando nisso, como vão as aulas? Precisas te preparar para o exame de admissão.
— As aulas estão bem.
— Só isso? Bem? Não tens mais nada para dizer?
— São um mal necessário.

Nesse ponto, Ignácio precisou virar-se de costas para esconder o sorriso. Leonor preocupava-se com o que chamava de amor exagerado de Antônia pela estância. *Ela é mulher,* dizia, *se casar com fazendeiro, tudo bem. Mas, e se não casar? Se o marido for um empresário, um advogado? Nenhum homem vai abrir mão do seu trabalho para vir enfiar-se neste fim de mundo sem luz elétrica, sem água, sem telefone. Tenho medo que termine ficando solteira, igual à tua irmã.*

Ignorando a referência levemente maldosa a Leocádia, Ignácio tentava acalmá-la. Tudo se ajeitaria a seu tempo. Antônia era ainda muito menina, quando ficasse mocinha seria atraída para a cidade de forma natural. Assim que começasse a fase dos bailes e dos namorados (esses, sim, um mal necessário), esqueceria a estância. Seria preciso obrigá-la a vir passar as férias. Preferiria, com certeza, a praia, onde estariam as amigas. Por enquanto, ela era apenas uma criança metida.

Encerrando o assunto, dizendo com fingido rigor que, desta vez, e apenas desta vez, não ficaria de castigo, Ignácio liberou a filha: que fosse pedir a Ernestina para servir-lhe o almoço. Sorrindo, sentou-se para, mais uma vez, preencher os papéis de importação de dois carneiros do Uruguai. A burocracia continuava igual. Era de deixar qualquer um louco. Ainda bem que Neto, embora sonhador, tinha fleuma de lorde inglês. A calma o ajudaria a enfrentar esses trâmites quando fosse a sua vez de comandar as estâncias.

Pelo gene romântico do filho, reconhecia-se culpado. A fleuma ele herdara da mãe. Diferente dele, Leonor nunca entrava em labirintos. Se, por descuido ou necessidade imperiosa, entrasse, jamais esqueceria de amarrar um fio à entrada. Ele, por sua vez estava sempre perdido. Beatriz fora a prova viva. Mas não apenas ela, sua vida inteira era uma espécie de bricabraque. Os progressos da nave Luna, o choro do Pelé na Copa do Mundo ou uma tragédia de Shakespeare o emocionavam quase da mesma forma e na mesma proporção.

Quem dera pudesse pegar as ideias que se atropelavam em sua cabeça, colocá-las em gavetas rotuladas e retirá-las aos poucos, numa ordem racional. Quem dera pudesse pensar de forma organizada. Entre o real e o romanesco, de braços dados com ambos, versão masculina de dona Flor, personagem do Jorge Amado, levava a vida à sua maneira. A essa altura da vida, cansara de tentar mudar. Não tinha a disciplina necessária às grandes obras. Seu epitáfio seria: fez o melhor que pôde.

Antônia, por sorte, saíra igual a Leonor: determinada, prática, decidida. Resolvia o que era preciso fazer e o fazia. Algum dia, todas essas qualidades, somadas a uma capacidade de argumentação de dar inveja a um sofista, fariam dela uma excelente advogada. Leonor preferia que cursasse letras. Trabalharia em casa, com tradução ou revisão de textos, era o argumento. Ele preferia direito. Nesses tempos cabeludos, não bastava ter cultura.

Com seus contatos, conseguiria para a filha um emprego de meio turno num bom escritório ou até mesmo no tribunal assessorando um desembargador. Quando fosse hora de abandonar o trabalho para ter seus filhos, o que ela aprendera sobre leis continuaria sendo-lhe útil. Algum dia, o projeto do Nelson Carneiro seria aprovado e haveria divórcio no Brasil. Era só questão de tempo. Sendo advogada, se o casamento não desse certo, Antônia saberia defender-se.

Ao contrário de Leonor, não era totalmente contra o divórcio. Pensava no matrimônio mais como um contrato do que um sacramento. Sendo contrato, natural que, não dando certo, pudesse haver um distrato. O problema eram os filhos; com eles, o contrato transformava-se em compromisso, outros aspectos precisavam ser considerados. Pronto, lá estava ele entrando num dos seus labirintos. Acabara de dizer, e com razão, que Antônia era apenas uma criança e já estava preocupando-se com a possibilidade de a filha enfrentar um divórcio. Curso de letras ou de direito, casamento, tudo a seu tempo. Não se podia colocar a carreta na frente dos bois.

O importante era que fosse feliz. Ele a amava tanto. Um amor de abrigo e proteção que o invadiu desde a primeira vez em que a pegou no colo. E, no entanto, ela nunca enganara ninguém. Logo depois de nascida, enrolada na manta cor-de-rosa, cheirando a talco e leite materno, aquela pessoinha minúscula já mostrava – na firmeza da boca, no jeito como levantava o queixo e franzia a testa – uma altivez de muitas léguas. Olhando para ela, impossível deixar de pensar na bisavó, dona Maria Manoela, cujo retrato seguia assustando crianças lá no casarão de Santa Maria. Como afirmava vovó Luzia: quem sai aos seus não degenera.

* * *

– Já arrumaste a cesta do banho, Tereza?
– Já, sim senhora, dona Leonor, está na caminhonete.
– Conferiste se havia toalhas e alpargatas para todos? Ontem faltou uma toalha, os meninos precisaram dividir. Diz às crianças que, se quiserem, podem ir indo para o arroio a cavalo. Nós vamos daqui a pouco, de carro. Pede ao Bica que chame Ignácio na mangueira, não podemos sair muito tarde, está com jeito de chuva.

Antes de dar os recados, Tereza, por via das dúvidas, conferiu novamente a cesta. De saco alvejado, bordadas com números diferentes para que não se confundissem, as toalhas estavam todas lá. As alpargatas de pano com solado de corda, que serviam para pisar nas pedras sem machucar os pés, também. Os sabonetes, ela sabia, ficavam já nas "saboneteiras" que cada um inventava nas barrancas do arroio: uma pedra, a raiz torcida de uma árvore, um galho.

Com esse calor, bem que gostaria de ir junto, mas o arroio à noitinha era dos patrões. Nessa hora, empregado tomava banho em casa mesmo, de bacia. No açude, algum da peonada que soubesse nadar ainda se arriscava. No arroio, nunca: lugar reservado para a família. Bateu o sino para chamar Bica, pediu que desse o recado de dona Leonor às crianças e avisasse o doutor, lá na mangueira.

* * *

Ignácio enxugou o suor na manga da camisa. O cheiro forte do remédio e o berro das ovelhas pairavam num ar sem vento. A poeira vermelha invadia os olhos, o nariz, pintava de cobre a pele, igualava a todos na mesma mestiçagem. Estaria bem melhor na casa, mas não se animava a deixar os peões trabalhando sozinhos. Antônia estava certa, eles gostavam demais de grito e correria, usavam sem necessidade relho e laço. De manhã, já haviam quebrado um novilho. Atílio, o capataz, sabia impor-se, mas fora vistoriar os açudes. Em algumas invernadas, a água estava rareando. Era preciso levar o gado para onde existia. Tomara a seca desse ano não repetisse a de 43: aquela tinha sido feia. Até quase dois anos de idade, Neto praticamente não conhecia chuva. Tinha visto chuviscos, suficientes para fazer barro, não para encher açudes.

Na lembrança da água, sentiu sede. Gritando ao sota-capataz que já voltava, caminhou até o moinho. Cabeça baixa, mãos cruzadas nas costas, imitação inconsciente do pai. Com a ambiguidade de sempre, era nele que pensava: as coisas não ditas, o adiado, carga pesada a lhe curvar o dorso. Hoje, maduro, perdoava no velho o que não podia esquecer. Por experiência própria, dava-se conta de que ter prediletos era algo que não se podia evitar. Até Deus os tivera. Doutor José fora apenas mais um.

Parou um instante mensurando o ao redor, gostava de alongar os olhos e pensar que mandava no horizonte. O ruído compassado do motor da esquila desviou sua atenção. Precisava ir até lá conversar com Vergílio, o chefe da máquina, ver quanto ainda faltava para terminar o trabalho. Pelo menos para isso o tempo seco era bom, a tosa não atrasava. Além do que, chuva em lombo recém-tosado, mesmo com a prevenção do banho, era prejuízo certo.

Dentro do galpão, um barulho ensurdecedor e um calor ainda mais intenso o envolveram, manta grossa cheirando a lanolina. No inferno com Vergílio e sem Beatriz, brincou, antes de abandonar, medroso, a brincadeira. Beatriz era, ainda, lembrança perigosa. Parou mais uma vez, absorvendo a beleza do sol que entrava, meio deitado, pelas portas laterais, bulia com luz e sombra, redesenhava os homens, fazia grãos de poeira reluzirem no ar estático.

Em meio ao barulho ensurdecedor da máquina, a conversa tornava-se difícil. Vergílio rabiscou num papel o número de ovelhas já tosquiadas. Ignácio, a atenção presa pela hipnótica repetição da tosa, fez que sim com a cabeça. *Mais bonito do que um filme*, pensava observando a cena com olhos de primeira vez. *É como um balé bem ensaiado estendendo-se do nascer ao pôr do sol.*

No prelúdio, a ovelha era maneada e oferecida ao tosador. Dobrado sobre o animal, fazendo rebrilhar os músculos das costas, ele iniciava a tosa. Separava lã da barriga e velo. Depois, com rapidez de mágico desmaneava as patas liberando a ovelha para ser curada e solta. Com um leve tapa nas costas, o ficheiro avisava-o de mais uma ficha colocada em sua lata; cada ficha, uma ovelha: pelo número, calculava-se o valor a receber. No movimento seguinte, o velo era amarrado sobre uma mesa com fio grosso e jogado dentro de um longo saco de juta. Vinha, então, o último movimento. Numa dança suarenta que fazia lembrar um ritual de Baco, ele pisoteava as bolas de lã, como quem pisa uva para fazer vinho. Quanto mais comprimidas estivessem, maior o peso. Vista através da aspereza da juta, a silhueta desse homem dançando suspenso num ar de calor insuportável tinha uma beleza infernal que sempre o comovia.

Cabelos de índio alongando-se nos ombros, afastados da testa por uma faixa de couro, mesmo que ainda jovem, Tonico, o filho da Ernestina, já se iniciava como tosador. *Se fosse menos rebelde, esse guri daria um bom capataz,* pensou Ignácio. Inteligente era, até demais, e muito trabalhador. Comentavam que era meio comunista. Ignácio preferia não saber. O rapaz estudava em Santa Maria. Nas férias, vinha com o pessoal da tosa. Tirando um ou outro da estância, que se ofereciam para ganhar um dinheiro extra, os esquiladores vinham no caminhão com a máquina e, terminado o serviço, partiam com ela para outra estância. Não eram sua responsabilidade. O que faziam fora dali não lhe dizia respeito. Ernestina sonhava em ver o filho doutor, Ignácio prometera ajudar e estava cumprindo, mas duvidava: fazer o curso de capatazia rural era uma coisa, se formar doutor eram outros quinhentos.

Despedindo-se de Vergílio, Ignácio foi até o moinho. Contra o amarelado do capim, a estrutura de metal parecia um enorme gafanhoto. Pela posição da boia, pôde ver que a caixa d'água estava cheia. Pelo menos o gado de plantel não passaria sede. Até ontem, ventara norte, prenúncio de chuva. Abrindo a torneira aparou o jorro com a concha das mãos. Bebeu, sôfrego, deixou que a água escorresse pelo rosto, os cabelos. Sacudindo as mãos para secá-las, pensou, mais uma vez, em mandar escavar outros poços. Mais uma vez, adiou a decisão. Investimento caro, sem solução definitiva, continuariam na dependência do vento. Se tivessem eletricidade, aí sim. Poderiam usar uma bomba elétrica e o problema estaria resolvido. Mas isso não era para o tempo dele, talvez Neto pegasse.

Uma brisa fria vinda do oeste, o lado do *chovedor*, roçou-lhe o rosto. Virou-se para ver. Assustou-se. Correu apressado para o galpão da tosa. Com um gesto aflito, chamou Vergílio, mostrou a ameaça. Como se fossem hematomas num céu machucado, nuvens violáceas, pesadas de chuva, aproximavam-se. Deus do céu, de onde haviam surgido assim, de uma hora para outra? Encerrar as ovelhas era tarefa urgente. Mandou um dos ficheiros chamar o pessoal. Tinham pouco tempo. Ao longe, já se via o vulto de Atílio levando por diante um longo rio de ovelhas recém-tosquiadas. Dera-se conta do perigo, mesmo sozinho fazia a sua parte. A peonada toda interrompeu o serviço e foi acudir. Precisavam juntar as ovelhas, trazê-las de volta à mangueira, onde estariam mais protegidas.

Bica chegou com o recado de Leonor. Ignácio mandou dizer que hoje não haveria banho de arroio, que pedisse a Coralina para fazer muito café e bem quente, que seria bom se Neto e os amigos colocassem um agasalho e viessem ajudar; pelo jeito, iam precisar de todos. Quando as ovelhas estavam quase entrando na mangueira, a chuva caiu, misturada com granizo. Muitas espalharam-se, a maior parte já havia entrado. Alguns peões começaram a trabalhar nos bretes, outros voltaram ao campo em busca das fugitivas.

Um outro balé, esse mais dramático que o primeiro, iniciava-se ali. Contando com Ignácio, eram doze os bailarinos tocados pelo vento. Sob a chuva que caía em fios espessos, encharcados, afundados até os tornozelos no barro da mangueira, trabalharam num ritmo alucinado, enfiando, com as pistolas de dosificar, goela abaixo, café escaldante. Foram duas horas de luta, duas horas em que as pistolas não pararam tentando evitar a morte por pneumonia. Mesmo assim, naquela única noite, contando com as do campo, morreram oitocentas ovelhas. Tonico viu a luta do doutor, avaliou a perda. Quando recebeu o pagamento pela tosa de animais que não mais existiam, não mudou suas ideias, mas pensou a respeito.

Os martírios da fé

Padre Hildebrando colocou a hóstia na boca de dona Corintha e desmaiou. Cercado pelas senhoras do Apostolado da Oração, o padre poderia ter morrido ali mesmo, no altar, não fosse a presença do seu Motta. Com inquestionável autoridade, ele sentiu o pulso, contou os batimentos e, concluindo ser coisa séria, foi correndo buscar o Trinitrina. O remédio, curar, não curou, mas deu tempo suficiente para a caminhonete vir de São Borja trazendo o doutor Murilo e o padre Mascarello. O doutor foi de serventia só para o atestado; o padre ainda ministrou a extrema-unção.

Pura sorte, comentou-se: seu Motta não era de missa e só tinha ido, mais uma vez, a pedido de Tereza, fazer o pagamento de uma promessa para santa Terezinha. Se era certo ou não pagar promessa por mão alheia ninguém sabia com certeza, mas, de qualquer forma, graças ao seu Motta, padre Hildebrando pôde ter uma boa morte. Ao enterro, no cemitério municipal de São Borja, compareceu a cidade inteira. O finado era, no papel, pároco da igreja matriz. No papel, porque, já meio aposentado, quem fazia quase todo o serviço era o padre Mascarello, o que, aliás, contribuiu para reduzir, em muito, o número das confissões.

Recém-chegado de uma dessas cidades da serra, padre Mascarello levava ainda muito bem decoradas as aulas do seminário. Com ele, não tinha mais ou menos, precisava contar tudo, em detalhes, ouvir a repreensão e arcar com a penitência. Em sendo assim, pecadilhos o pessoal ainda confessava, mas pecado mesmo, dos graúdos, melhor esperar pelo padre Hildebrando. Quando ele dispunha-se a assumir seu posto no confessionário, a notícia se espalhava, e a fila dos penitentes era considerável. Sua morte foi muito lastimada, faria muita falta. Um grande cortejo acompanhou o caixão desde a entrada da cidade até o velório, com missa de corpo presente.

Todos comentaram que o defunto parecia muito bem, até mais gordo, e era verdade porque, quando morreu, o padre estava tirando uns dias na estância do doutor Ignácio: ninguém nunca passou impune pela comida de Ernestina. Não se podia dizer que eram férias. Tomando tento na estadia, o povo vinha de longe, e padre Hildebrando, sem fazer firulas, ia logo perguntando quantos casamentos, quantos batizados e marcava o dia. Sua morte adiou mais uma vez o casório de dona Pequena e o batizado dos gêmeos, que já estavam taludinhos. Adiou também a festa da primeira comunhão, que seria no dia da Quermesse dos Pobres. Sorte do cabo Eurico, autoridade em Santa Clara, responsável pela segurança: a tal quermesse terminava sempre em borracheira.

No dia seguinte ao enterro, entendendo mais apropriado não mexer nos objetos pessoais do morto, dona Leonor mandou um próprio até São Borja com um bilhete para o padre Mascarello. *Ignácio e eu vamos para a missa de sétimo dia, o senhor volta conosco de carona, passa o final de semana, aproveita para descansar,* ela escreveu antes do argumento definitivo: *vou pedir à Ernestina que lhe espere com uma perdizada à maneira italiana.* A resposta veio pelo mesmo próprio, agradecendo o convite, dizendo que, em razão do trabalho na paróquia, ficar todo o final de semana seria impossível, aceitava ficar uma noite.

E foi assim, um pouco por prazer, um pouco por obrigação que, antes da tal *perdizada*, padre Mascarello viu-se desempenhando a melancólica tarefa de reunir os últimos vestígios do padre Hildebrando: algumas cuecas, três camisetas de física, umas poucas camisas, uma calça brim Coringa, um calção de banho e duas batinas. As roupas civis seriam doadas aos velhinhos do asilo; as batinas (uma delas era certo, a outra estava já muito cerzida) seriam enviadas ao seminário. Do armário no banheiro, recolheu um tubo de sabão de barba e outro de dentifrício. Colocou no lixo a escova de dentes, deixou na pia os restos do sabonete. Por último, juntou num saco plástico os pertences da mesinha de cabeceira: medalhas de Nossa Senhora das Dores, alguns trocados, um terço, um folheto com cantos religiosos, um breviário, uma pequena caderneta preta e um livro infantil, *Alice no País das Maravilhas*. Não estivesse tão manuseado e com uma dedicatória da professora Guilhermina, padre Mascarello teria a certeza de que o falecido trouxera o livro para dar de presente a alguma criança.

Mas agora não adianta fingir que sou duas pessoas!, pensou a pobre Alice. Não resta quase nada de mim pra formar uma pessoa respeitável!

Você deve envergonhar-se de si mesma, disse Alice, uma menina grande como você chorando dessa maneira! Pare imediatamente, estou mandando!

Sem compreender o que havia levado padre Hildebrando a ter na cabeceira *Alice no País das Maravilhas* e, muito menos, a sublinhar essas passagens, mas também sem dar ao fato qualquer importância, padre Mascarello deixou o livro de lado e abriu a caderneta. Suspirou desanimado. Numa confusão absurda, aproveitando todos os espaços, ali estavam, em caligrafia quase ilegível, rascunhos de sermões, lembretes, orçamentos, listas de compras, nomes das crianças da catequese, lista de casamentos e batizados, anotações pessoais. Concluindo que não valia a pena perder tempo, colocou a caderneta na mala. Mudou de ideia; improvável, mas podia haver ali, no meio daquela mistura toda, alguma tarefa pendente, algo que precisasse ser transcrito no livro da igreja. Abriu e leu, ao acaso.

Cheguei ontem à estância de dona Leonor, onde vou passar quinze dias. Para comemorar minha chegada, doutor Ignácio serviu um excelente vinho espanhol. Padre Hildebrando apreciador de vinhos? Quem diria. *Além de mim, está hospedada na estância dona Leocádia, irmã do doutor Inácio ...Agendar com o senhor Bispo ... À tardinha, antes da Ave-Maria, vamos todos tomar banho no arroio. Felizmente lembrei de trazer o calção. Orçamento dado por Américo para o conserto no telhado da capela... Sermão sobre caridade: a caridade não se resume em dar, é preciso também... Casamentos realizados: Antônio dos Santos Vargas, filho de... Dona Leonor me pediu uma garrafa de água benta, disse que é de muita serventia para os batizados em casa e outras emergências. Concordei, mas insisti em benzer apenas meia garrafa, não queria que terminasse perdida em alguma prateleira. Com um garrafão de cinco litros nas mãos, ela me disse: trato é trato, o senhor não falou no tamanho da garrafa. Tive que rir e benzer. Este ano serão doze terminando a catequese: Ângela Maria dos Passos, Aparício Trindade... Amanhã, antes de ir até Santa Clara, vou celebrar missa também aqui, para a família e agregados.*

Como imaginara, nada havia ali de importante. Anotaria, para repassar no livro da igreja, os nomes das crianças que haviam terminado a catequese, os casamentos e batizados; eram informações necessárias. Depois, queimaria tudo, não tinha tempo nem paciência para aquelas bobagens. Tentava não ser severo, padre Hildebrando estava morto e os mortos merecem respeito, mas, na verdade, não ia sentir a sua falta. Bondoso, é verdade, mas irremediavelmente simplório, perdido em suas incompreensíveis teorias. Um pobre homem feliz vivendo um dia depois do outro, uma santa criatura, como dizia o povo, nada mais que isso. Distraído, correu os olhos por outra página: *Hoje, no altar, imaginei-me teu noivo e assim te recebi para a primeira comunhão. Minhas mãos tremiam ao tocar teus lábios.*

Como quem se livra de uma cobra, padre Mascarello atirou a caderneta longe. Lá ela ficou, sobre a cama, semiaberta, como se sorrisse. Mas o que era aquilo? Precisava avisar imediatamente o senhor Bispo. No entanto, padre Hildebrando estava morto, talvez fosse melhor queimar a caderneta. E se houvesse algo a ser reparado? E se houvesse? Precisava saber, era imprescindível. Com mãos trêmulas, folheou os escritos devagar, na ordem certa, desde a primeira página. Misturadas aos assuntos corriqueiros, ora aqui, ora ali, quase impossíveis de serem percebidas numa leitura superficial, encontrou anotações curtas, soltas, sem seguimento. Era como se os pensamentos que cruzavam a mente do padre Hildebrando tivessem, por força própria, independente de sua vontade, registrado a si mesmos por escrito.

Comprei-te uma boneca, brincamos, te ajudei a despi-la. Foi como se te despisse.

esses esboços de seios sob os vestidinhos

Jamais, Senhor, eu Te prometo.

São tantas, tantas. Uma no entanto, há, inexplicável. Olha-me sorrindo, como se soubesse. Fez-me lembrar de uma passagem de Alice: "Todos sabem, disse a Duquesa, e a maioria deles sorri".

Vestido na arrogância da fé, tropeço nas verdades do meu corpo.

Acariciá-la. Apenas isso, tê-la perto, tocar-lhe o rosto, os cabelos... Não há mal algum, se não for adiante, não há mal algum...

Sozinho em meu quarto, sem teu pequeno corpo inalcançável.

    Lentamente, padre Mascarello fechou a caderneta, nada mais havia. Permaneceu, por longo tempo, atordoado. O que primeiro veio foi a raiva. Velho imbecil, como pudera enganá-lo dessa maneira? Verdade, não era seu confessor. Sempre pensara que fosse por orgulho, por ser seu superior hierárquico, não por ter algo a esconder, que padre Hildebrando não o procurasse. Mas nunca uma referência, nem mesmo uma alusão? Nada? O que fazer agora? Era preciso investigar. Falaria com as crianças, tentaria chegar à verdade. Adiantaria a verdade? Padre Hildebrando estava morto. Pediria conselho ao senhor Bispo. Não, talvez essa também não fosse uma boa ideia. Podia até ser repreendido. Afinal, ler anotações pessoais de um morto sem autorização era quase como violar seu túmulo. Além do mais, o Papa não aconselhava prudência? Precisava manter a calma. Um escândalo, a ninguém serviria.

Sem saber o que fazer, totalmente perdido, ajoelhou-se, apoiado na cama, e rezou. Nenhuma orientação. Silêncio e coaxar de sapos. Ao levantar, seus dedos tocaram no livro que antes havia desdenhado, *Alice no País da Maravilhas*. Trazendo-o assim, junto com o breviário, fazendo-o seu livro de cabeceira, padre Hildebrando estaria dizendo, talvez até a si mesmo, alguma coisa? Pensando não na história, mas no seu autor? Dizendo, talvez, que era possível desejar e resistir? Que a vida pode ser constante recusa, flagelo, dilaceramento? Que martírio se resume nisso: resistência?

Tomou entre os dedos uma das medalhinhas de Nossa Senhora das Dores que encontrara na gaveta. Se podia acreditar que Ela, mesmo sendo mãe, seria eternamente Virgem, teria o direito de negar ao padre Hildebrando, ao menos, o benefício da dúvida? Baixando a cabeça, rezou não mais para pedir, mas para agradecer. Passado algum tempo, lavou o rosto, recompôs-se. Colocou sobre as roupas já dobradas as medalhas, o livro, a caderneta. Com força desnecessária, fechou a mala. Juntou-se aos demais na sala de jantar. Quando as perdizes foram servidas, comentava-se, entre outras coisas, o quanto são perigosas as secas prolongadas.

A hora do Ângelus

........*lembranças ao Ignácio e um abraço afetuoso da tua cunhada,*

Leocádia

Pronto, está feito, lá vou eu, mais uma vez, conformou-se Leocádia fechando a carta e sobrescritando o envelope. Com exceção do tempo em que Leonor passara no Rio de Janeiro por alegada doença na família, mas, na verdade, e não era difícil de adivinhar, por problemas com Ignácio; tirando esse tempo, era sempre a mesma ladainha. Leonor a convidava para alguns dias na estância, ela recusava. A cunhada insistia, transformava o convite numa convocação: *são teus campos também, Leocádia, Ignácio quer prestar contas, essas coisas precisam ficar sempre bem claras, não tens que ficar por muito tempo, apenas alguns dias.* Porque gostava de Leonor e por preguiça de discutir, terminava cedendo.

As razões da recusa inicial eram várias. Uma delas, não a principal, mas uma delas, era a de estar, semelhante a uma velha senhora, presa ao ritmo metódico e regular do casarão. Protegida pelas paredes familiares, fazendo apenas e exatamente o que queria, sentia-se segura e, pela primeira vez na vida, feliz. Aquela casa fora seu casulo. Dentro dela, transformara-se em borboleta. As imagens dos santos de dona Maria Manoela, olhos reluzindo numa simulação de vida, alimentavam suas fantasias. Como fazia desde menina, passava junto deles longas horas. Era ali, no Quarto dos Santos que, fugindo à solidão que agonia os mortos, com a tranquila soberba dos atemporais, a sombra de Ignez a visitava.

Materializada pela força da evocação, ela caminhava, livre, pelo casarão.

Era a mesma dos tempos do colégio. Morrera muito jovem; estivera tão ocupada, desde então, aprendendo a se fazer visível, que não tivera tempo de envelhecer. Imersas no cheiro das velas, um cheiro doce e conhecido de abelha e mel, indiferentes à luz que refulgia na varanda, as duas bordavam, em ponto cheio, mantilhas intermináveis. Quando chovia e o vento assobiava nas vidraças, enganavam as tardes jogando xadrez. A cada movimento, a cada heroico peão que eliminava, Ignez ria, agitando as tranças negras.

À hora do Ângelus, ao som dos sinos da igreja matriz, vestidas com o uniforme azul-marinho dos tempos do internato, com voracidade madura e nova, as duas amavam-se sobre o tapete europeu. Em verdade, Leocádia amava-se a si mesma. Sombra apenas, transparente, Ignez era incapaz de sentir o pulsar das veias, o morno contato de uma outra pele. *Não importa*, ela dizia, pousando a mão translúcida sobre a de Leocádia para guiá-la, despi-la, acariciá-la; *não importa*, repetia baixinho, antes do orgasmo, *é como se tocássemos uma sonata a quatro mãos.*

Só muito depois, quando sentiu Leocádia, enfim, preparada e forte, Ignez ousou trazer-lhe notícias do demônio que, travestido de irmão, roubara-lhe a mãe. Contou que, desde aquele dia no cinema inundado, quando o tapa de Leocádia imprimira nele a marca da humilhação, não pudera mais voltar. Na fúria da vergonha que desde então o afligia, andava à deriva, vagando entre dois infernos: o de Deus e o dos homens.

Sobre Clara, porém, apesar dos esforços de Ignez, Leocádia ainda relutava em falar. As baixelas de prata, os candelabros, o orgulho aos quais tanto se aferrara em vida eram como uma armadura que a mantinham impermeável, inacessível ao amor da filha. Num trabalho paciente, inverso ao de uma aranha tecendo, Ignez foi, pouco a pouco, despindo-a de seus adereços, tornando-a vulnerável, passível de compreensão. Para que Leocádia, enfim, a perdoasse, era preciso que a memória de Clara perdesse sua força de mito, naufragasse na humanidade.

– Tua mãe era uma mulher medrosa, Leocádia, não conseguia viver sem limites. Obedecer às leis da Igreja a fazia sentir-se segura e importante, como se recebesse ordens diretas de Deus. Não teve culpa, teve medo; o medo não permitiu que escolhesse, o medo jamais permite.

Leocádia ouvia em silêncio recusando-se ainda a aceitar como real essa mãe frágil que Ignez lhe apresentava. Sentindo sua hesitação, Ignez não insistia, calava-se. Ambas sabiam que o tempo de estarem juntas, esse tempo tão valioso e delicado, tempo de paz posterior ao desespero, era preciso demais para ser desperdiçado. Por Ignez, pelas saudades que sentia quando a deixava, Leocádia não queria deixar o casarão. Como das outras vezes, porém, ela a convencera a ir, o contato com os vivos também era importante. Seriam apenas alguns dias. Quando Leocádia voltasse, a estaria esperando.

Providências

Porto Alegre, 1º de julho de 1959

Atílio,

Devemos chegar todos no dia cinco de julho. Leonor pede que avises Ernestina e Tereza que vão conosco dois amigos do Neto. Que elas preparem o quarto de hóspedes para os meninos. É para usarem as camas-patente guardadas no depósito, as mesmas do verão. Pede também ao Bica que verifique se os arreios das crianças não estão precisando de algum conserto.

Se fizer tempo bom, quero fazer a matança do porco. Não podemos adiar muito: quando saí, o bicho já nem caminhava de tão gordo. Na véspera da nossa chegada, pode carnear uma vaca e guardar as tripas para as linguiças.

Aproveita que a Antônia ainda não está e, quando fores a São Borja, leva, num saco, todos gatos que conseguires caçar. Fica na estância só o gato velho, um da Coralina que está sempre na cozinha de fora. Não precisas afogá-los, basta que os soltes em algum outro lugar.

Podes ir começando com o serviço de castração dos terneiros e a assinalação dos cordeiros. Este ano, não quero atrasos, o frio impede as bicheiras.

Um abraço,

Ignácio

Estância Santa Rita

25 DE JULHO DE 1959
sábado

Carneado um porco.
Pessoal do galpão ajudou na matança e na confecção das lingüiças, o restante fez serviço de campo.
Dados sal e farinha de osso na proporção de três sacos de farinha para seis de sal.
Tirados dois couros.
O aramador levou 4 rolos de arame farpado e 2 puas.

Carneado um capão para consumo.

Foram os guinchos que acordaram Antonia. Estariam ensacando gatos? Não, não teriam coragem; isso, eles faziam escondido. O porco! Claro! Como pudera esquecer, se tinha ido com Tereza e Ernestina lavar as tripas da vaca na sanga, para as linguiças? Ela mesma só metia a mão no final, quando já estavam quase limpas. Antes, tinha nojo. Ernestina lavava sem nojo nenhum, é só capim, dizia, e virava as tripas do avesso sem furar nenhuma. Desde ontem, brancas e transparentes, penduradas numa taquara no galpão, esperando para serem enchidas, lembravam fantasmas.

Lembrando o quanto sofrera quando mataram o Rosadinho (as bobagens que se faz quando criança), vestiu-se apressada. Para que não a vissem passar e a atrasassem com a obrigação de tomar café, esgueirou-se pela janela da varanda. Chegou ao lugar da matança bem a tempo. À sombra da parreira, Bica, faca na mão, já estava a postos. Ernestina, segurando a bacia de aparar o sangue, repassava os últimos detalhes.

– Não esqueceu do vinagre? – gritou para Tereza.

– Não esqueci, não senhora.

– O vinagre é para o sangue não talhar –, Antonia explicou aos amigos de Neto, que também haviam seguido os guinchos e olhavam tudo, horrorizados.

Em meio ao trágico alvoroço do porco, Bica cravou a faca e Ernestina, sem se importar com os respingos, aproximou a bacia. Quando ficou cheia, pesada demais, Tereza ajudou a segurar. Assim que o sangue parou, Bica prendeu fogo num apanhado de macegas e chamuscou os pelos da carcaça. Com água quente e faca, como quem faz a barba, ele e Loleca rasparam o couro. Ao lado do cavalete, fervia a lata de banha na qual a pele do porco seria mergulhada, para fazer torresmo.

– Pronto – informou Antonia aos enojados rapazes citadinos. – Daqui para frente é só carnear, não tem mais nenhuma graça: podemos ir tomar nosso café.

* * *

Desde o final da manhã, nas gamelas alinhadas, a carne esperava, sob panos brancos. A parte mais trabalhosa estava pronta. O picado de porco já fora misturado com o de vaca (para a linguiça não ficar forte) e os temperos: sal grosso, pimenta e alho bem socados, suco de limão e um pouquinho de laranja. Depois que tomasse gosto, era só encher na máquina. Enquanto isso, Tereza, ocupada em estender a roupa no varal, sorria lembrando o dia em que chegara na Estância do Conde vinda de Santo Antônio das Missões. Dona Leonor a recebera na cozinha, explicara as tarefas, entregara os uniformes, pedira para que dona Ernestina lhe mostrasse o quarto e, antes de voltar lá para dentro, recomendara que não ficasse nervosa, o serviço não era complicado. *E eu acreditei*, pensou, sacudindo com força uma camisola da patroa, para tirar os amassados. *Se existe uma coisa na qual essa gente de Santa Rita é diferente do comum do povo é na vontade de complicar. Nunca vi nada igual. É lençol de cima, de baixo, travesseiro, fronha, colcha, acolchoado. É garfo disso, garfo daquilo, copo e prato de toda espécie e feitio.*

Não que estivesse reclamando. Algumas dessas *luxúrias* ela até já conhecia do tempo em que morara com as freiras. Se bem que as irmãs ensinassem mais limpeza que luxo. Não estava reclamando. Serviço complicado era até bom: não deixava tempo para pensar. À noite, de tão cansada, pegava no sono sem terminar a reza, dia seguinte tinha que acordar mais cedo para completar. De primeiro, sentira muita falta da missa. Passava agoniada pelo pecado de não estar respeitando domingos e dias santos; tinha medo que Deus lhe castigasse. Depois, percebeu que, na verdade, Ele já a castigara por conta: ser deixada, a bem dizer, no pé do altar, que castigo podia ser pior que esse?

Bem que o pai avisou: *Abram o olho*, ele disse, *esse moço não é de confiança*. Ela e a mãe não acreditaram, ficavam bajulando o Valdomiro. Pouco antes do casamento, ele ficou diferente. Elas desculparam dizendo que era nervoso. Pois sim! O safado andava era de namoro. Na véspera, o vestido já no quarto, pendurado no cabide do prego, ela perdeu os dois, o noivo e a irmã: fugiram juntos e ainda levaram o cavalo.

Para o pai, o que mais doeu foi ter perdido o cavalo. Para ela foi que, poucos dias antes, atrás do galpão da encilha, tinha consentido em dar ao Valdomiro uma prova de amor. *Falta tão pouco, que diferença tem?*, ele disse, já levantando sua saia. O pecado foi o de menos – confessou, pagou a penitência, ficou livre –, mas e o mês que passou aflita esperando até que viessem os *incômodos*? Dessa aflição não deu para se livrar e nem do diz que diz que do povo e das risadas. O vestido, ela até deixou em casa junto com o resto do enxoval: não tinham mais serventia. Na idade em que estava, e depois de tudo o que acontecera, era quase certo que não casava mais. Para a estância trouxe umas poucas mudas de roupas que nem usava, passava o dia de uniforme e avental.

Pelo menos estava se dando bem, graças a Deus. A dona Leonor e o doutor Ignácio eram muito bons para ela. Fora o Espírito Santo quem a fizera dizer que queria vir quando a madrinha mandou perguntar se a mãe podia ceder uma das filhas. No dia seguinte, pegou o ônibus para São Borja. Seu Bica estava lhe esperando na porteira. Muito boa pessoa o seu Bica, homem sério, respeitador.

– Precisando de ajuda, Tereza? – disse seu Bica bem de pertinho.

Nossa! Que susto! O diabo do homem parece que adivinha, pensou, sentindo que lhe subia, no rosto, um vermelhão. Isso não era hora de homem andar por ali, ao redor da casa. Devia de estar no campo, com o resto da peonada.

– Dr. Ignácio me mandou arrumar o cercado das galinhas – ele informou, como se soubesse que precisava lhe dar explicação.

– Sim senhor – ela respondeu.

– Reparei que tem muito ovo nos ninhos, seria melhor recolher antes que algum gambá venha chupar.

– Sim senhor. Termino de pendurar estas roupas e já vou pegar a cesta.

— Espero aqui e vou junto.

E essa, agora? Com seu Bica olhando, Tereza atrapalhou-se toda. Parecia até que perdera a força dos braços. Quanto mais se atrapalhava, mais avermelhava e mais sentia que o olhar do seu Bica grudava nela. As calcinhas da dona Leonor, adiou o que pôde para pendurar. Terminou pendurando, esconder seria pior, seu Bica ia achar que ela estava com a cabeça em outras coisas. *Que homem bem prevalecido!*, pensava quando, enfim, terminou com as roupas e escorou o fio do varal numa taquara alta para os bichos não alcançarem.

Agora faltava ir buscar a cesta. Seu Bica, encostado no abacateiro, esperava. Dizer que não esperasse, não podia, seria falta de educação, até porque, bem no fim, o pobre do homem não estava fazendo nada de errado. Isso dela achar que ele reparava nela devia de ser impressão. Seu Bica era casado, respeitador.

* * *

Olhando as gamelas cheias de carne picada, brilhante de gordura, perfumada de temperos, Tereza sentiu uma precisão urgente de se rebolcar nelas feito, mal comparando, uma égua quando se livra dos arreios. Vivia carregada de culpa. Não aguentava mais, precisava esquecer da mãe, dos padres, de qualquer um que a obrigasse à penitência e ao terço. Não estaria fazendo nada demais. Só a sua obrigação. Baixou a cabeça, entrecerrou os olhos e mergulhou os braços, até os cotovelos. Não queria pensar, queria apenas gozar até o fim, sem precisar dar satisfação a ninguém, o pecado que sentia escondido naquela cremosidade fria e untuosa deslizando por seus dedos. Era como se voltasse a ser criança e, num dia de chuva, enchesse as mãos de barro sem se importar de sujar o vestido. Tão forte a impressão de coisa malfeita que, tinha certeza, logo escutaria a mãe: *Não faz assim, Tereza, onde já se viu?*

Mas não foi reprovação que Tereza ouviu. Ao contrário. Como se uma voz sem barulho dissesse seu nome, um silêncio a chamou do outro lado da mesa. Levantando os olhos, encontrou os de seu Bica. Nessa hora, alguém – não importava se Nossa Senhora ou se o Tinhoso –, alguém deu-lhe coragem. Apesar dos joelhos moles, do frio esponjoso na barriga, Tereza sustentou o olhar, entendeu o que pedia e concedeu licença. Na maciez gordurosa da gamela, a mão de seu Bica encontrou a sua e Tereza iluminou-se. Com os braços enfiados na carne, fingindo que a mexiam mas, na verdade, agarrando a mão um do outro, ficaram os dois, por quase meia hora. Ficariam mais, se Ernestina não viesse dizer que podiam começar a encher as linguiças que a carne já estava para lá de misturada. Pega em delito, Tereza tomou um susto. Seu Bica, mais dissimulado, enquanto lavava as mãos na torneira, explicou-se.

– A senhora é quem sabe, dona Ernestina. Se acha que está pronto, é porque está. O doutor me dispensou do serviço para vir ajudar. Faço o que me mandam, feito soldado em quartel. A senhora quer que eu assuma a manivela? Gosto desse serviço,

– Se o senhor se oferece, é um favor seu Bica. O que é do gosto regala a vida, como diz o outro. Se o senhor vai ficar ajudando, vou lá pra dentro descansar as pernas. Tereza, tu fica atando as linguiças com barbante. Não esquece de furar de vez em quando para tirar o ar. Deixei os espinhos de laranjeira bem ali.

– Sim senhora, dona Ernestina.

– Convida o seu Bica para uma prova, Tereza, vê se o tempero está no ponto, se ele gosta – inticou, antes de sair. Pensando bem, aquilo tudo era uma pouca vergonha, mas Tereza, sempre tão ajuizada, até que merecia.

Tocar na carne protegida pelo invólucro de tripa não era a mesma coisa que mexer nas gamelas; mas moldar as linguiças com as mãos, apertando aqui e ali, para que ficassem grossas e roliças, cheias por igual, era quase tão bom quanto o resto.

Um milagre para as caturritas

Miguelina estava perto demais do que lhe tocaria por direito de morte para precisar que alguém ou alguma coisa lhe dissesse se era manhã ou noite. Não carecia mais do canto de um galo. Confundida com as paredes de barro, a mesma cor, a mesma textura rachada e seca, movimentava-se pela casa com desenvoltura, como se as sombras tivessem luzes que os outros não viam. A ninguém confessava, mas há muito os olhos cor de nuvem, carregados de umidade, machucados de catarata, não lhe serviam mais. Com olhos inventados e um instinto que vinha da terra, enxergava.

Por conveniência e costume, mesmo depois da morte de José, quando os patrões se mudaram para Santa Rita, ela continuara morando na Estância do Conde, no mesmo rancho perto do arroio onde dona Leonor, recém-casada, viera conhecê-la. Moça fina, sem soberba, não ficara sentada na condução: entrou, pedindo licença. Mate não quis, que não era seu costume, mas proseou um bom pouco, antes de recomendar bem engomados os lençóis de linho.

Passado tanto tempo, quase acertada com a vida, Miguelina esperava sem queixas. Tivera filhos, um marido bom e um amor demorado. Mais do que muita gente. Dos dois filhos que perdera, a guria descansava, a morte já anunciada no nome que recebera. Joaquim, vestido com a camisa de sangue do dia em que o mataram, ainda a visitava. Por muito tempo andara pela casa, como se procurasse. Por voz própria, nada pedia; calado em vida, emudecera na morte. Depois, continuou vindo, mas agora com a camisa limpa do dia do enterro. Miguelina, de início, o tratava feito visita. Com o tempo, habituou-se. Proseava com o filho como sempre fizera, sem esperar resposta. Havia quem a pensasse caduca. Que pensassem, pouco lhe importava: da vida, a gente leva o que sente; o que dizem fica por aqui mesmo.

Diferente da irmã, Joaquim demorara a se aquietar porque morrera com injustiça, em peleia sem causa, cobra mandada. O delegado até veio, no dia seguinte, fazer umas indagações. Falou com uns e outros, ouviu, tomou nota, mas, bem no fim, deu os pêsames, disse que essas coisas acontecem, que era preciso se conformar, e foi embora, na caminhonete da prefeitura, deixando tudo como já estava. Fora preciso ela resolver a situação. Agora, com tudo já *arreglado*, ia tocando a vida, ensinando a neta, organizando o por deixar.

Os filhos andavam pelo mundo, uns bem perto, outros mais longe. Netos eram, ao todo, se não estava errada nas contas, uns sete. Uma bisneta, que morava na cidade. Às vezes, em algum domingo, vinham de visita com a família. Tomavam a bênção, alcançavam uns mates e iam de volta para as suas vidas. Gostava que viessem, não pedia que ficassem. Uma cadela peluda, cruza de ovelheira, fazia-lhe companhia. Tirando as saudades de José, sentia falta de poucas coisas: da pedra de bater roupa, do alvoroço dos lambaris no arroio, de um que outro baile.

Benzer, ainda benzia. Era sua sina desde o dia em que seu Alvino cortou-se, e médico não tinha, nem o caminhão do DAER para levar até o hospital. Entre ver seu Alvino morrer e tentar, ela tomou de um ramo verde e, cruzando três vezes, como assistira a madrinha Onira fazer, rezou: *Sangue vai pro teu lugar, assim como o sangue de Jesus também foi, vai pro teu lugar como o leite para o seio de Maria Santíssima...* E as palavras vinham certas e direitas na sua boca, igual fosse acostumada. Desde esse dia, nunca mais se recusou. Quem tem o poder da cura não presta de se negar. Das ervas, ela aprendeu sozinha e continuava aprendendo, que erva tem muita e com serventia variada.

Nesta tarde, terminado o serviço, Miguelina, ainda imersa na vida acontecida, foi sentar à sombra dos pessegueiros. Tarde mormacenta e quieta, o vento norte amainara, não se mexia uma folha. Pelo respirar, sabia da cadela dormindo perto, assoleada de calor. Gostava de ficar assim, sozinha. A paz durou pouco. Seus ouvidos aguçados de cegueira avisaram que chegava alguém. Vinha a pé, pela trilha do gado.

– Bênção, dona Miguelina, lhe trouxe uns mantimentos que a dona Leonor mandou.

– Deus te abençoe, Tereza, se acomode – disse, já alcançando um mate. Essa guria quer alguma coisa, adivinhou, mas conversa e gado gordo a gente não apura.

Falaram de tudo um pouco: do calor, da carestia, dos conhecidos, dos avisos que deram no rádio sobre a operação da mulher do seu Gentil. Esgotados os assuntos, caladas ficaram, entretidas, até Tereza criar coragem.

– A senhora me desculpe, dona Miguelina, se lhe falto com o respeito, mas preciso de conselho e vou lhe confessar: ando de namoro com o Bica.

Então era isso, sorriu Miguelina. Mas ora, vejam só, quem houvera de dizer, a Tereza, moça ajuizada, criada meio que pelas freiras, namorando homem casado. Água calma, água perigosa, é o que dizem. Melhor se preparar; a conversa, pelo modo, ia ser comprida.

– Ele já avisou, é namoro sério, vai querer que a gente fique junto.

Se tudo está se ajeitando, o que mais essa guria quer, pensou Miguelina levantando os olhos quase cegos para os emaranhados dos pessegueiros onde a praga estridente das caturritas se alastrava.

– Já sou passada na idade, dona Miguelina. Tive noivo, ninguém me oferece casamento. O Bica, ele me quer do jeito que sou. Diz que eu não dê importância ao povo, que, passado um tempo, o falatório vai ser pedra afundada. Só que não é bem assim, a senhora sabe.

Miguelina quieta estava e quieta continuou, um ouvido grudado na farra das caturritas, o outro à espera. Não adiantava interromper: abscesso, quando vem a furo, tem que deixar sair até o carnegão.

– As freiras, no parecer delas, viver amigada é pecado mortal. Antes, eu também pensava assim, até falei do seu Antônio e da dona Cenira, quando se juntaram. Deus que me perdoe, parece até castigo: meus filhos, se vierem, também vão precisar viver no paganismo de não serem filhos de gente casada.

Miguelina chegou a abrir a boca para dizer que parasse com aquele despropósito: amor não respeita aramado e Deus tem mais o que fazer do que andar castigando gente. Mas aconselhar a moça a seguir com o namoro porque sem casar também se vive e, às vezes, até melhor, não ia adiantar de nada. Tereza acreditava em pecado e, para assunto de pecado, viver melhor ou pior não fazia diferença, tinha era que ser nos conformes. Mesmo assim, espanando do colo um cisco inventado, ainda tentou arrazoar.

– O que acontece é que a vida nunca é igual como ensinam no catecismo...

– É verdade – concordou Tereza, fazendo roncar o mate.

Miguelina desistiu. Reparou que, falando do mesmo jeito, pronunciando as mesmas palavras, as duas diziam coisas diferentes, uma o contrário da outra. Por medo do que Deus pudesse pensar, Tereza queria a vida já escrita, igual ao catecismo, sem nenhuma novidade. O medo sempre irritava Miguelina, dava vontade de não ajudar. Que fosse se aconselhar com as freiras, pensou em dizer. Alguma coisa porém, a tristeza de bicho amansado de Tereza, a fez mudar de ideia. Ainda que a sua história tivesse sido diferente, quase pôde ver a si mesma na aflição da outra. José pertencia a uma espécie diversa de gente. Nunca iam poder ficar juntos; do amor que tiveram, ninguém desconfiou. Dona Luzia, talvez, mas preferiu não saber. Desse jeito, sem que a vida dos outros mudasse por causa dela, pôde cuidar de todos como se fossem seus. Receitava ervas, dava conselho e parecer. O brabo era que o seu Bica queria deixar da mulher. Queria e podia: o amor, ali, era de gente igual. Mesmo assim, não havia de ser nada. A mulher dele, dona Darcy, ainda que meio petiça, era bem apresentada: logo se ajeitava com outro. Os guris já estavam grandes, um deles até entrando no quartel, e o pai nunca ia consentir que lhes faltasse alguma coisa.

O alarido das caturritas, liquidando os últimos pêssegos, agoniava Miguelina. Não podia pensar em dois assuntos ao mesmo tempo. Era preciso, primeiro, resolver o mais urgente.

– Tereza, minha filha, vai ajeitar esse mate que já está meio lavado. Aproveita a viagem, traz uma vasilha e me faz o favor de colher esses pêssegos que, com os próprios olhos, já não dou pra função. Depois a gente segue com a conversa.

Assentada a questão das frutas, Miguelina esfregou as mãos e, por puro cacoete, examinou as unhas, figurando no que fazer. Conselho sozinho, por si só, não adiantava. Crente por demais, Tereza precisava era firmar convencimento de que estava fazendo o direito, senão, passados os primeiros tempos, no continuado, igual como se tivesse sarampo, ia se rebrotar num remorso. E não seria remorso desses comuns, que todo mundo tem e aguenta como pode, ia ser remorso cabeludo.

– Jesus Menino – rezou Miguelina no seu jeito retorcido –, vou precisar de uma ajuda. Se não for pedir demais, me ajeita um milagre qualquer. Manda uma senha, um sinal, dizendo para Tereza que estás conforme, que viver com seu Bica não é pecado. A moça é merecedora. Seu Bica pode ser a última chance dela ter um homem.

Jesus, com certeza, andava perto e entendeu o apuro porque a resposta veio ligeira, relampeando no vulto branco da roseira florescida. *Era isso! Estava pelada a coruja*, pensou Miguelina. Tereza sempre fora muito devota da santa de seu nome, vivia pedindo sinal e pagando promessa. Se ela, Miguelina, com os olhos já não via a contento, ainda podia palpar espinho de forma a colher flor sem se lastimar e, para ajudar a inventar milagre, sempre se arranjava algum piá disposto.

Mais tarde, a doçura dos pêssegos a desmanchar-se em pessegada, resolveu que faria também um bolo de milho. Tereza ia gostar de um agrado quando, amanhã cedo, viesse contar que não importava mais o dizer das freiras porque um guri lhe tinha entregue as duas rosas, sinal que ela, conforme conselho dado, pedira à Santa Terezinha do Menino Jesus. Naquela noite, Miguelina dormiu faceira, como há muitos anos não dormia: de um tiro só, enganara os padres e as caturritas.

MEMORIAL RIOGRANDENSE DA LIVRARIA DO GLOBO

Estância Santa Rita

27 DE AGOSTO DE 1961
domingo

Folga do pessoal, Juvêncio de plantão.

Carneado um capão para consumo.

Naquele domingo de Gre-Nal, Tonico acordou pensando em futebol. O rádio que a mãe lhe dera era bom, mas, na estância, não pegava bem: muito chiado, muita interferência das rádios argentinas. Se pedisse, o doutor Ignácio deixava que ouvisse o jogo com ele, pelo Philco a bateria da sala; esse era potente. Não pediria, era muita humilhação: não podia sentar no sofá, tinha que ser num banco trazido da cozinha. Esse jeito que o doutor tinha de ser bom sem ser igual o irritava por demais. Ainda bem que não morava mais ali, viera só para o aniversário da mãe, na segunda-feira voltava para Santa Maria.

Pela abertura da porta ouviu o doutor dizer:

– A rádio Farroupilha saiu do ar, Leonor.

– Como assim, saiu do ar? Estragou?

– Não sei, saiu do ar. A Gaúcha também; só consigo sintonizar a Guaíba, o noticiário do meio-dia.

Tonico ouviu sem dar maior importância. Até a hora do jogo, as rádios voltavam. Com tanta coisa acontecendo, tinha vergonha de ficar nervoso por futebol, mas Gre-Nal é Gre-Nal. Depois do jogo, ele continuaria na luta. Barbaridade o que estavam fazendo com o doutor Jango.

– Vem almoçar, João Antônio.

– Agora não posso, mãe

– Como não pode, guri? O jogo nem começou.

– Quero ouvir as notícias. Não estão deixando o doutor Jango voltar. Querem dar o golpe.

– Pois com certeza não há de ser agora, na hora do almoço. Vem comer, depois tu volta.

Tonico foi, de má vontade.

Sacudindo com veemência a concha de feijão, Ernestina enchia o prato do filho e estabelecia regras.

– Uma coisa já vou te avisando, João Antônio: se vier revolução, tu fica aqui comigo. Não te deixo voltar para Santa Maria de jeito nenhum. Gente assim como tu, na idade de servir, são os que eles arrebanham primeiro.

— Ninguém vai me arrebanhar, mãe — desafiou Tonico, a boca cheia. — Me apresento de voluntário. Nem por nada perco a chance.

— Não teima, João Antônio, eu já disse: tu não vais te alistar.

— Mas mãe, é a revolução pela legalidade!

— Não tem nada de mas! Se tu perde essa, pega a seguinte. Revolução é igual trem: toda hora tem uma.

* * *

Peço a vossa atenção para as comunicações que vou fazer. Muita atenção. Atenção, povo de Porto alegre! Atenção, Rio Grande do Sul! Atenção, Brasil! Atenção, meus patrícios, democratas e independentes, atenção para essas minhas palavras!
Aqui nos encontramos e falamos por esta estação de rádio, que foi requisitada para o serviço de comunicação, a fim de manter a população informada e, com isso, auxiliar a paz e a manutenção da ordem.

* * *

— O que está acontecendo, Ignácio? Que história é essa de rádio requisitada?

— Fecharam as rádios, Leonor.

— Como assim, fecharam? Quem fechou?

— Os militares, **por** transmitirem o manifesto do Lott a favor do Jango. Parece que só não lacraram a Guaíba porque o doutor Breno ficou neutro. Agora o Brizola confiscou a aparelhagem da rádio. Estão falando do palácio, entrincheirados nos porões.

— Minha nossa senhora! E as crianças, Ignácio?

— Calma, Leonor, as crianças estão bem.

— Estão bem? No apartamento, com a Anita? A Antônia é ainda uma criança, Ignácio. Como é que pode estar bem? Maldita hora em que resolvi vir até a estância. Mas como é que eu podia adivinhar?

* * *

Em primeiro lugar, nenhuma escola deve funcionar em Porto Alegre. Fechem todas as escolas. Se alguma estiver aberta, fechem e mandem as crianças para junto de seus pais. Tudo em ordem. Tudo em calma. Tudo com serenidade e frieza. Mas mandem as crianças para casa.

* * *

– Viu, eu não te falei, Ignácio?

Ignácio não respondeu, mas preocupou-se. Aumentou o volume do rádio.

– Ouvir mais alto não adianta. Larga esse rádio, vamos agora para São Borja; quero telefonar para as crianças. Com essa confusão toda, dona Zélia, a vizinha que tem telefone, deve estar em casa. Se ela não estiver, a dona Liane, do 502, há de estar.

– Acabaram de dizer que as comunicações foram interrompidas. Leonor. Se em dias normais demoramos horas para conseguir ligação, com esse tumulto, levaremos dias. As linhas devem estar congestionadas. Vamos fazer diferente: mando o Atílio na estação passar um telegrama. Neto vai nos responder logo. Antônia não está sozinha com a Anita, está com o irmão, um moço feito, um universitário. Neto é muito responsável, ela está bem cuidada. Isto tudo não vai dar em nada, tu vais ver. Brasileiro não é de briga.

– Brasileiro até pode não ser, Ignácio, mas gaúcho dá um dedo por uma briga! Que raça bem desgraçada!

Ignácio escondeu a ponta de culpa num sorriso. Mesmo depois de tantos anos, Leonor ainda achava os gaúchos uma "raça" diferente. No entanto, precisava reconhecer que, até certo ponto, ela tinha razão. *E o pior é que, com tudo isso, o Gre-Nal já foi pro brejo*, lamentou-se girando o dial para sintonizar outra estação. Nada, só as rádios da Argentina. Voltou à Guaíba. O discurso de Brizola continuava.

* * *

Povo de Porto Alegre, meus amigos do Rio Grande do Sul! Não desejo sacrificar ninguém, mas venham para a frente deste Palácio, numa demonstração de protesto contra esta loucura e este desatino. Venham, e se eles quiserem cometer esta chacina, retirem-se, mas eu não me retirarei e aqui ficarei até o fim. Poderei ser esmagado. Poderei ser destruído. Poderei ser morto... Não importa... Podem atirar. Que decolem os jatos!... Estaremos aqui para morrer, se necessário. Um dia, nossos filhos e irmãos farão a independência do nosso povo!

* * *

Na cozinha, rosto suado, mãos cobertas de farinha, Ernestina sovava o pão e tentava explicar à cozinheira de fora o que estava acontecendo.

– A coisa tá preta, dona Coralina. Não querem deixar que o doutor João Goulart seja presidente. Diz que em Porto Alegre tem arma por todo lado, até na catedral. Andam falando que, ainda hoje, o pessoal vem do Rio de Janeiro pra largar bomba. Dona Neusa – a senhora deve conhecer ela de São Borja, aquela irmã do doutor Jango que casou com o doutor Brizola, essa mesma –, pois a dona Neusa já avisou que fica por lá, só sai quando o marido sair.

* * *

Há pouco falei, pelo telefone, com o sr. João Goulart, em Paris. Eu disse ao sr. João Goulart: decide de acordo com o que julgares conveniente. Ou deves voar, como eu aconselho, para Brasília, ou para um ponto qualquer da América Latina. A decisão é tua! Deves vir diretamente a Brasília, correr o risco e pagar para ver. Vem. Toma um dos teus filhos nos braços. Desce sem revólver na cintura, como um homem civilizado.

* * *

Reunidos ao redor do Zenith de Atílio, que pegava muito bem, Ernestina e Tonico ouviam atentos.

– Essa agora não é a voz do moço do Repórter Esso, João Antônio?

– É, mãe, o seu Lauro. Ele também está entrincheirado. O Terceiro Exército desistiu de bombardear o palácio. Aderiu à legalidade. Agora sim, quero ver esses milicos do Rio nos bombardearem. O doutor Brizola e o general Machado Lopes vão aparecer juntos, daqui a pouco, na sacada.

– Por que a Fronteira do Sul, não está dando os discursos igual às outras? Parece que só São Borja não faz parte da rede.

– Não sei bem, mãe, mas dizem que o presidente da rádio, seu Ademar, sem patrocínio, não transmite nem desfile, quanto mais revolução.

* * *

Na tarde do dia 29 de agosto, as rádios Gaúcha e Farroupilha voltaram a transmitir. Aos poucos, a rede se ampliou para além do estado e do país. Tonico não desgrudava do rádio, ouvia até o *A Ponte da Amizade*, um serviço de recados. Assim, pelo rádio e quase sem respirar de tanto orgulho, soube que os quartéis do interior estavam em prontidão, a população civil mobilizada: o povo era pela legalidade. Os radioamadores continuavam a postos para qualquer emergência. Havia sido um deles quem interceptara a transmissão do ministro da Guerra exigindo firmeza contra o movimento; nas entrelinhas, ameaçando com bombardeio.

Além da rede, as novidades chegavam à estância das formas mais diversas. Um viajante contou que, em Carazinho, a Brigada Militar vigiava os postos de combustível. A Legião Brasileira de Assistência abrira inscrições para voluntárias que quisessem servir como enfermeiras. Soube-se também que os trilhos da estrada de ferro haviam sido besuntados com azeite, a ponte sobre o rio Jacuizinho estava repleta de dinamite e, numa Santa Maria dividida, a qualquer momento a Brigada e o exército podiam se enfrentar.

As três rádios de lá – Santamariense, Guarathan e Imembui – divulgaram uma carta das mães em apoio ao governador:

No momento em que nossa pátria está exigindo patriotismo de seus filhos, aqui estamos na qualidade de mulheres, mães santa-marienses, ...Estamos dispostas a ir ao extremo dando nossa última gota de sangue em defesa dos princípios democráticos.

– Até parece! – desdenhou Ernestina. – Vai ver, nenhuma tem filho na idade de servir.

* * *

Para Neto, em Porto Alegre, aqueles foram dias de preocupada exaltação. Era como estar dentro de um filme. Se pudesse, não arredava pé da praça da Matriz, mas havia Antônia. As aulas haviam sido suspensas, a irmã estava em casa e ele sentia-se responsável. O apartamento que o pai comprara neste ano em que Antonia passara no exame de admissão e iniciava o ginásio ficava em Petrópolis, bairro arborizado e tranquilo, longe do movimento dos tanques. Não se ligasse o rádio, a revolução passaria em brancas nuvens. No entanto, rádio era o que Anita, a babá que os criara e agora os acompanhava em Porto Alegre, mais ouvia. Parecia até que gostava de ficar nervosa. Coitada da Anita, não bastassem os discursos e as notícias desencontradas, havia Antônia e seu furor patriótico. Aquela guria era capaz de deixar qualquer um maluco. Ameaçava de pegar o bonde e ir até o centro; se não podia ir sozinha, que Neto ou Anita a levassem; como podia ser a única a não ver de perto o que estava acontecendo?

Com a turminha de crianças com quem brincava, havia formado uma milícia; trocado os jogos de sapata e caçador nas calçadas e a guerrinha com sementes de mamona nos terrenos baldios por "reuniões de planejamento"; se não tinha idade para alistar-se, sempre podia ajudar em alguma coisa, ela dizia, cuidar dos feridos, por exemplo, ou das crianças menores cujos pais estivessem engajados na luta; estava sempre cantarolando o hino da revolução: *Avante, brasileiros, de pé, unidos pela liberdade...* Neto divertia-se, Anita levava a coisa a sério e quase enlouquecia.

Pela cidade, nas rodas dos cafés, as notícias corriam soltas e desencontradas.

– *A Guarda Civil se aquartelou no Theatro São Pedro com coquetéis Molotov.*

– *A Usina, a estação dos trens e a Telefônica estão cercadas por sacos de areia e arame farpado.*

– *Requisitaram milhares de revólveres da Taurus e estão distribuindo para quem quiser lutar.*

– *O pessoal está se alistando no Mata-Borrão da Borges.*

– *Dizem que o mundo todo, até a Europa, está ouvindo a rede.*

– *O Fidel mandou o Brizola ir para as montanhas.*

– *Que montanhas?*

– *Não sei. Deve ser lá por Caxias ou Bento.*

– *Deu agora que o Jango iniciou a viagem de volta. Parte da comitiva ainda ficou na China.*

– *Está se arriscando demais. Dizem que, se entrar no Brasil, vai ser preso.*

* * *

Embora Neto tivesse respondido ao telegrama avisando que ele e Antônia estavam bem, Leonor convenceu Ignácio a ir até São Borja para telefonar. Durante a viagem, tentava acalmar-se:

– Não será só demagogia, Ignácio? Tu sempre disseste que o Brizola é demagogo.

– Um pouco de teatro ele faz, Leonor, mas desta vez os militares cutucaram com vara curta demais. O Brizola tem razão. Jango foi eleito por voto popular, como é que não vão deixar o homem assumir, pelo amor de Deus! Estão dando a ele, de mão beijada, a oportunidade de ser herói.

Como Ignácio previra, as comunicações com Porto Alegre estavam muito difíceis. *Durante a noite, talvez as linhas estejam mais desafogadas*, informou a telefonista.

Trilhando, inquieto, o chão sem tapete do quarto do hotel, dando graças a Deus por ser inverno e não precisarem lutar também contra os mosquitos, Ignácio maldizia os militares: *Prenderem o Lott, tenham a santa paciência!, desta vez exageraram. O Jango é conciliatório, sempre foi, o Brizola, não. Com o apoio popular e do Terceiro Exército é capaz, sim, de iniciar a luta armada. Esquecem que ele tem a revolução no sangue, o pai morreu na de 23, lutando contra Borges de Medeiros.*

Mais tarde, numa das cabines da telefônica de São Borja, Leonor ouvia, enfim, a voz de Neto.

– Sim, está tudo bem, mãe. O quê? Sim... Tudo calmo. Depois que o Jango entrou no país, a coisa toda meio que esfriou.

* * *

No momento em que o presidente constitucional do Brasil, doutor João Goulart, chega a Brasília, enviamos daqui, do subterrâneo da Legalidade, um abraço a todos os brasileiros que nos acompanharam em defesa da ordem, da legalidade e das instituições do Brasil.

* * *

Na segunda semana de setembro, os sacos de areia e o arame farpado abandonaram a praça. Sob o chilrear inocente dos pardais, a legalidade deixou os porões, perdeu-se pelas ruas movimentadas, desapareceu por uns tempos. Não totalmente. Deixou para trás uma glória e uma saudade de glória.

Feito uma aurora

Chamava-se Maria Rita. Tinha sido trazida de fora para todo o serviço. Cozinhava o trivial, sabia atender telefone, anotar recado. Aprendera a ler com dona Guilhermina, na escola de uma sala só. Desde então, como quem desce um lançante...

Guilhermina terminou de ler o texto enviado por Maria Rita e sorriu. O estilo ainda não era definitivo, mas já se podia adivinhar a escritora. Era muito bom ver uma menina criada e alfabetizada ali, em Santa Clara, ganhando concurso, trabalhando em jornal, fazendo o seu caminho. Só por Maria Rita, as obras sonhadas por dona Luzia pagavam-se.

Grande mulher, dona Luzia. Lembrava bem dela. Latifundiária de quatro costados antecipando em algumas décadas as abençoadas escolinhas do Brizola. Se todos fizessem como ela, se investissem não só na terra, mas também no povo, seria possível fixar o homem no campo. Amanhã, leria o texto em aula, para incentivar a gurizada. Poucos o entenderiam. *Il faut d'abord être poéte*, como dizia aquele francês; por outro lado, milagres acontecem, e ela, que fora criada em estância, sabia bem que, ao contrário do que dizem, o raio cai duas vezes no mesmo lugar.

Estou ficando cheia de ditados, pareço a antiga professora, dona Donata, pensou, levantando-se para afastar do fogo a chaleira que começava a ferver. Respirando fundo o cheiro da hortelã, escolheu e cortou algumas folhas de um dos muitos vasos que se alinhavam na janela. Folhas frescas para o chá, temperos colhidos na hora, perfumes de alecrim e manjerona, pequenezas que a faziam voltar ao jardim de Água Bonita, aquela mescla confusa de galinhas, crianças e margaridas. Que saudades! Saudades do perfume inconfundível dos pêssegos apodrecendo no chão seus exageros, dos bandos barulhentos de tucanos, da doçura poeirenta dos figos temporões. Lembranças doídas porque distantes e, ainda mais, porque ameaçadas de nunca mais. Domingo, a mãe lhe confessara: estavam prestes a perder Água Bonita, seu Izidoro ia executar a promissória.

Com esforço, Guilhermina controlou-se. Não, não era hora de voltar ao passado. Embora sentisse na língua o seu sabor, não podia deixar-se prender na antiga rede. Morreria, se o fizesse. Não era hora de viver o já vivido, de preocupar-se pelos outros, nem mesmo pelo pai, velho cabeçudo e solitário. Essa era a sua hora; egoísta, talvez, mas necessária. Era preciso concentrar-se. Colher o chá, sentir o perfume dos temperos, assar uma fornada de pão, esses pequenos prazeres ancorados no concreto ajudavam-na na tarefa complicada de enfrentar a si mesma. Quando o momento chegasse, ajudaria os velhos. Agora, precisava seguir adiante, reescrever a própria vida como sempre ensinava, ou tentava ensinar aos outros que podia ser feito.

"Há um sonho, um raio que palpita em cada pedra..." Ela fora pedra por tempo demasiado, era preciso sair da proteção dos livros, penetrar a realidade. Sim, ainda que parecesse rir-se de seus esforços, mesmo que, como que vingando-se por Guilhermina tê-la esquecido, a realidade se tornasse cada dia mais fantástica, era preciso enfrentá-la de frente, era forçoso admitir – por absurdo, transgressor e pecaminoso que pudesse parecer – que ela, Guilhermina, amava outra mulher.

Pronto, a notícia que seu corpo, sua mente lhe vinham sussurrando há muito tempo e que ela, por medo, se recusara a ouvir, havia sido proclamada e aceita. Não sabia o que a fizera, enfim, ter coragem. Na noite em que, como se uma represa cheia de evidências transbordasse, a compreensão a atingiu, levantou-se de um salto, atravessou a sala pequena demais, saiu para a noite perfumada de laranjas; sua nova liberdade precisava de perfumes, amplidão; o brilho esquecido das estrelas, que o escuro do campo tornava maior, lhe indicaria o caminho.

Fora cuidadosa, não podia e nem queria enganar-se, precisava ter certeza. Aquela noite, passou insone; enquanto fatos, palavras e gestos explodiam nela, feito flashes, estudou a si mesma. Com paciência de ourives, tomou cada pequeno acontecimento, cada minúscula emoção entre os dedos, examinou seus detalhes, separou falsos e verdadeiros. De madrugada, o que restou lhe disse, num brilho de joia, que, sim, não havia dúvida, estava apaixonada. Decidida, antes de qualquer coisa, antes mesmo de preparar o chá, começou a tecer a teia sutil e resistente que usaria para prender Lucinda.

Era preciso ser astuciosa. Lucinda havia sofrido muito e o sofrimento a tornara esquiva. Alguma coisa, porém, dava a Guilhermina a certeza de que o fato de ela ser mulher não era um complicador. Lucinda não confiava em ninguém, mas confiava ainda menos nos homens. O preconceito maior estava nela mesma, Guilhermina, e o primeiro passo, o primeiro fio a ser tecido era convencer-se de que um amor assim era possível. A primeira providência: abandonar-se, deixar-se enredar sem medo na teia que tecia.

Por mil razões e mais uma, essa não era uma tarefa simples. Na ficção, fácil aceitar o amor entre mulheres; difícil encará-lo na vida real; mais difícil ainda, em sua vida. Tinha medo de amar Lucinda. Por mais que a amasse, tinha medo. Era absurdo, sabia. Ter medo não era do seu feitio. Nunca se importara com falatórios, fora expulsa do último emprego por suas convicções, mas isso era distinto, um caminho todo novo. Diferente do que sempre fizera quando não sabia o que fazer, Guilhermina não procurou auxílio nos livros. Esta narrativa, talvez a mais importante de sua vida, ela queria escrever pouco a pouco, sem plágios, com suas próprias palavras.

Desde quando Lucinda viera, muito tímida, saber se podia frequentar as aulas, Guilhermina soube, ainda que de forma inconsciente, que precisava tê-la. Sem dar-se conta de que já a amava, para justificar-se, convenceu-se de que o curso noturno, no qual mãos adultas e desajeitadas pouco alcançavam, não seria suficiente. Disse que Lucinda já estava muito adiantada, sabia ler e escrever, as aulas noturnas seriam perda de tempo. Poderiam encontrar-se sábados à tarde e domingos pela manhã. Bastava que dona Tula a liberasse. Com aulas particulares, o progresso seria rápido. Lucinda concordou. Desde então, com a permissão de dona Tula, sentadas à mesa da cozinha, as duas caminhavam juntas.

Tu és Remédio, a bela, um dia subirás aos céus envolta em teus lençóis, Guilhermina dizia no jogo antigo de identificar personagens. Aos poucos, a intimidade foi-se aprofundando. Gestos, palavras e carinhos escorreram entre elas, como véus de seda. A cada domingo, Lucinda chegava mais cedo, ficava mais tempo, mais próxima. A cada domingo, o riso era mais natural. A cada domingo, o desejo de Guilhermina aumentava sem que ela soubesse o que fazer. *Estou pisando em areia movediça,* pensava, até dar-se conta de que esse pensamento nascia do preconceito. Por que complicar? O que estava acontecendo era amor e o amor leva ao sexo, nada mais natural. O jogo não mudara de nome, chamava-se sedução, e o fato de acontecer entre duas mulheres não o fazia diferente. Ela queria seduzir Lucinda, apenas isso. Já seduzira antes, sabia como fazer.

Começou por contar, como quem inventa para crianças, a história de Safo. Falou da ilha, das amigas, da coragem de ser letrada numa época em que apenas os homens o eram. Esse seria o prefácio. O corpo do romance, a verdadeira história, escreveriam juntas. A certeza de que seriam amantes tornava-se mais e mais plausível. Ontem, pela primeira vez, falara claramente. Dissera a Lucinda que não podia continuar recebendo-a para as aulas porque simplesmente não suportava mais tê-la ao seu lado sem possuí-la. Não a forçaria a nada, mas ela precisava escolher. Se também a quisesse, voltaria na manhã seguinte como sua amante, ou não voltaria nunca mais. Era tudo ou nada.

Sentindo que, agora sim, estava conquistando um teto todo seu, Guilhermina passou a noite em desassossego. A sorte estava lançada. Se Lucinda não viesse, sofreria; não voltaria atrás; não havia volta possível, dali para frente, só podia ser quem realmente era. Havia encontrado, enfim, seu personagem. Perderia o controle do enredo mas viveria a história. No correr das horas, o desassossego aumentava; o cantar de cada galo a deixava mais próxima do provável início de uma nova vida.

Ao raiar do dia, levantou-se para apagar os lampiões. Seu coração sofreu um baque, falhou uma batida. Pela estradinha de terra, na simplicidade florida de um vestido, nos chinelos de couro, remolhados, Lucinda aproximava-se. Sorriu do próprio pensamento. Se encontrasse essas frases num romance – seu coração sofreu um baque, falhou uma batida – as acharia banais, ridículas. No entanto, não havia outras que explicassem melhor o que sentia. *Todas as cartas de amor são ridículas*, dissera o poeta. Na paixão, somos todos iguais e corriqueiros. Para que Lucinda não a visse chorando, correu para o quarto. Agora que a sabia ali, agora que tinha a certeza de que a teria, deixou-se ficar, fingiu dormir, prolongou o prazer do encontro.

Sim. Os passos pelo chão de tábuas, o arrastar das cadeiras, as venezianas abrindo-se para o dia eram reais, aconteciam. Lucinda havia voltado e, feito uma aurora ou uma grande flor, entrava e se expandia na cozinha. Guilhermina espreguiçou-se nos lençóis. Não havia mais pressa. Num perfume de café em arabescos, seu amor a esperava, mesa posta.

Um velho conhecido

Quando seu Arthur acordou, uma ponta de dor o incomodava. Permaneceu deitado por mais alguns instantes, olhos fechados, massageando as têmporas. O corpo, roupa incômoda que não queria despir, enviava seu recado diário. A cada manhã: um mal-estar indefinido, uma pequena agonia, uma lembrança de morte. Igual a todos, temia, não a morte, o que ela mandaria, antes de chegar. Era um medo sem remédio, uma aposta perdida, e por isso, dentro das regras; levantou-se. O espelho manchado do roupeiro refletiu sua imagem. Desviou os olhos. Despiu-se sem curiosidade. Com gestos mecânicos, obedecendo a uma rotina de há muito estabelecida, pendurou o pijama no prego atrás da porta, esticou o cobertor e ajeitou, com ternura rancorosa, os cabelos persistentes. Deixaria a barba para depois, estava atrasado para o jornal.

Sorrateiro, entreabriu a porta que ligava seu quarto à sala da pensão. A ninguém era permitido remover o jornal da mesinha atulhada, em frente ao sofá. Havia, no entanto, entre seu Arthur e a dona da pensão, um acordo não escrito: bem cedo, antes que os outros hóspedes levantassem, ele podia, se fosse discreto e desse a impressão de que o roubava, ter o jornal apenas para si. À noite, quando as notícias fossem descartáveis, poderia tê-lo novamente e, então, com fleuma de assinante, fazer as palavras cruzadas.

Com o troféu diário bem seguro sob o braço, voltou ao quarto e acendeu o fogareiro para fazer o chá. De um recipiente de vidro, pegou algumas bolachas. Assim que o cheiro limpo do cidró se espalhou pelo ar, serviu-se. Depois, arrastando os pés, atravessou a pequena distância até a mesa onde se alongava, meio anestesiado, um ensaio sobre qualquer coisa. O ruído rascante dos chinelos sobre o chão de tábuas o fez lembrar de bambus roçando-se ao vento às margens do rio. Assustou-se. O rio, os bambus e, de certa forma, até mesmo o vento, não eram mais parte do seu mundo, e no entanto estavam ali, num quarto de pensão, utilizando-se dele e de seus chinelos para fazerem-se ouvir. Pois teriam que falar mais alto, ele já estava surdo para certas coisas.

Bebericando o chá morno, examinou as manchetes esportivas. Sabendo que, mais cedo ou mais tarde, a desatenção viria salvá-lo, interessou-se pelos editoriais. Passou os olhos ávidos pelas palavras cruzadas. Chegou, enfim, à página dos obituários, onde encontrava agora, com frequência, notícias dos conhecidos. Bem em cima, à esquerda, sob a foto pouco nítida de um homem gordo, leu: *Na próxima quarta-feira, dia 18, na Igreja das Dores, será celebrada a missa de sétimo dia de João Carlos Rodriguez, falecido aos 79 anos, vítima de insuficiência cardiorrespiratória. Nascido em São Borja, João Carlos foi, por muitos anos, funcionário do antigo Banco da Província, tendo chegado ao cargo de diretor. Aposentado, tornou-se líder comunitário na Ilha da Pintada, onde residia. Muito estimado por todos, deixa a viúva, Alice, dois filhos e um neto.*

Coração disparado, seu Arthur largou o jornal. Alice, viúva. Há quanto tempo vinha adiando a vida por essa notícia. Mas, e agora? Tarde demais. Alice, como estaria? Viva dizia o jornal. Velha, a razão acrescentava. Alice era, agora, apenas uma velha senhora. Gorda, talvez, ou muito magra; punhado de ossos sustentados pelos fios repetidos de um crochê. Tateando idiotices, tropeçando em memórias, seu Arthur perdeu-se nos meandros do amor antigo. Raiva, súplicas, promessas, ameaças não realizadas de suicídio, memoráveis bebedeiras, passara por todas as fases. Por fim, acomodara-se aos quadris abnegados de Lígia, que duas vezes por semana o acolhia e depois o deixava ir, nem triste nem risonho, repleto ainda de descampados.

Fora agradável vegetar com Lígia. Mesmo assim, durante os anos em que estivera em São Borja, ele voltara e voltara à chacrinha perto do rio. Deixava-se ficar no jardim de glicínias esperando que algo acontecesse, que Alice aparecesse, que a chuva viesse, ou que o rio, finalmente, o arrastasse. Nada acontecia, e o vulto dele, inconformado, repetia o medo invencível, até que a noite o interrompesse. Depois, o tempo passou. Ele abandonou São Borja, as estâncias, veio para Porto Alegre. Acompanhou a vida de Alice, passo a passo, através do marido. No banco, informava-se de suas promoções, os novos endereços – primeiro em Santa Maria, depois em Porto Alegre – sabia até mesmo os números de seus telefones. Aqueles números, de alguma forma o consolavam, mantinham Alice próxima, ao alcance de um toque de campainha. Nunca tivera a coragem de chamar.

Irônico ela viver, agora, numa ilha. Desde o primeiro dia, o amor dos dois fora insular, cercado de impossíveis. Eram impossíveis imaginários, talvez mas, por isso mesmo intransponíveis. À sua maneira amedrontada, ele amara muito Alice. Não! Nessa manhã em que o jornal dizia Alice livre!, ele não podia dizer: amara muito Alice. Não podia conjugar no mais-que-perfeito aquele verbo. Amava Alice, passado imperfeito, prolongando-se ao presente. As horas perdidas não importavam. Era mentira o que diziam os relógios. O tempo do amor tem ponteiros vagarosos. O corpo, velho que seja, e descartável, é repleto de metáforas, e o desejo é maior, muito maior que um membro ereto. Importava o invólucro, realmente? Atrás da velha senhora, atrás da pele envelhecida, da gordura ou da magreza estaria Alice e, com ela, todas as coisas simples que fazem sorrir.

Com mãos inesperadas, que pareciam pertencer não a ele, brasileiro, solteiro, inscrito no CPF, mas a um inesquecível personagem de García Márquez, seu Arthur agarrou o telefone e discou o número que, apesar de nunca haver usado, sempre soubera de cor. Uma voz metálica, de espiralada indiferença, disse: *Este número não existe, consulte a lista*. Era muito tempo. O número de Alice não existia mais. Mas Alice existe, gritava o jornal e, por isso, respirando fundo, ele discou novamente, colocando novos números à frente do número antigo. Sete dias apenas, pensava, enquanto ouvia o ruído insistente da chamada, seria cedo demais? O que ela pensaria? Velho senil? Aproveitador? Precisava pensar, ser prudente; mas não, não havia tempo, do outro lado do fio, da outra margem do rio a voz de Alice dizia: Sim?

MEMORIAL RIOGRANDENSE DA LIVRARIA DO GLOBO

Estância Santa Rita

10 DE DEZEMBRO DE 1963
terça-feira

Parado o rodeio do Fundo para revisão, curadas 2 terneiras e uma vaca.
Foram dadas 3 sacas de farinha de osso e 6 de sal.
Continuam serviço de tosa e banho das ovelhas.
Trazido o rebanho do Alto e Cambuiretã.
Entregues ao aramador 6 rolos de arame farpado e 2 puas.

Carneado um capão para consumo.

Cida, coração agitado feito pomba em beiral, espichou os ouvidos, o pa-pa-pa da máquina de tosa tinha parado, devia de ser hora do café. Se andasse até o capão de eucaliptos, talvez pudesse ver algum dos tosadores, prosear um pouco. Bom, poder mesmo, a bem dizer, não podia, estava de casamento marcado com o primo Aristides, de Santiago, mas nem combinavam, e depois, como diz o outro, noivo não é casado.

Apuração do Aristides de ter querido botar aliança. Sem paradeiro certo em nenhum emprego, seria preciso esperar um bom tempo. Já se fosse o Tonico, o casamento saía mais logo. Tinha escutado uma conversa do doutor Ignácio dizendo que, se assentasse a cabeça, até se podia experimentar ele de sota-capataz ali na estância. Melhor que o Tonico, só o Neto, que era fazendeiro, mas esse...

O sabão, mistura de soda e graxa de ovelha, fervia manso, quase no ponto. Ao lado do fogo, as latas de querosene cortadas pela metade no sentido do comprimento esperavam para serem cheias. Fazia muito calor. Cida estava acostumada. Gostava da estância. Em casa, era pouca a diversão. Queria mesmo era ter tido a coragem de pegar serviço em Porto Alegre. Só que lá, para qualquer empreguinho, pediam estudo. Tinha que ler placa de rua, anotar recado.

Cuidando para não desperdiçar, limpou a pá de madeira na borda da panela até o último pouco. Estava pronto. Com um pedaço de pau, afastou as brasas. Agora era só entornar nas latas, deixar arrefecer e cortar as barras no tamanho certo. A panela era pesada, precisava de chamar alguém para ajudar. Secando o suor do rosto com a ponta do avental, foi até o portão.

Dona Leonor não gostava que as empregadas andassem por longe da casa, não queria intimidades com a peonada, mas não estava indo por nada, precisava mesmo de ajuda e, se desse no *acaso* de encontrar alguém para conversar, isso dona Leonor não tinha precisão de saber.

Da cancela, a primeira coisa que viu foi o vermelho das Três Marias esparramando-se sobre o telhado de zinco da cabanha, parecia o avesso de um poncho estirado pra secar. Logo cobiçou uns galhos. Botaria num recipiente em cima da mesa, ao lado do livro de capa verde que dona Guilhermina tinha lhe dado. Sem importar-se com os espinhos, ajeitou as flores num ramo, alisou o vestido e, com o bonito da trança a lhe rolar nas costas, apurou o passo, precisava ser rápida, logo iam dar por sua falta.

De longe, avistou o doutor Ignácio. E agora? Se perguntar, vou dizer que vim só campear o seu Bica para lidar com o sabão, pensou, desviando o rumo e olhando ao redor feito quem procura. Ainda disfarçando, deu meia-volta em direção à casa, sabendo, como uma fêmea sempre sabe, que lhe avaliavam as ancas. Com o canto dos olhos, Ignácio a viu afastando-se. Moça bonita. O Neto já moço feito, era de admirar que Leonor ainda a chamasse nos verões. Com olhos sérios de patrão, a viu passar. Decerto tinha ido namorar alguém da tosa. Era sempre a mesma história, tomara não ficasse prenha.

De quem seria a caminhonete na porteira? Algum representante de laboratório? Não, o carro era velho demais. Por cautela levou a mão à cintura, sentindo o revólver. Atílio, que estava no galpão, levantou-se, mão também na cintura. A caminhonete estacionou, dois dos recém-chegados desceram, um ficou encostado no carro, riscando o chão com as alpargatas barbudas.

– Mas e que tal, Ignácio? – perguntou o que se aproximava.

Entrecerrando os olhos contra o sol que sumia atrás dos eucaliptos, Ignácio reconheceu o filho mais moço do seu Balbino.

– Miro! quanto tempo! – disse, abraçando o amigo.

– Precisava falar contigo, Ignácio.

– Mas claro, vamos para o escritório. Com o seu Balbino, vai tudo bem?

– Tudo bem, tudo bem. O assunto é outro.

Ao passarem pela sala, Ignácio apresentou o visitante a Leonor, pediu que mandasse preparar um chimarrão. Acomodado numa das poltronas do escritório, olhando fixamente para o tapete, Miro começou a falar, pouco à vontade.

– Preciso de dinheiro, e urgente.

Ignácio já imaginava que pudesse ser isso. Miro não tinha emprego fixo, estava sempre precisando de dinheiro. Para safar-se do pedido de empréstimo, começou a falar dos tempos cabeludos, quando não sobrava quase nada... Miro interrompeu.

– Não é o que tu estás pensando, Ignácio, eu preciso escapar.

– Escapar?

– Logo tu vais saber por que, por enquanto, é melhor para ti que não saibas. Preciso cruzar o Uruguai ainda hoje, ficar uns tempos com os correntinos. Não te preocupes, não fiz nada que tu não farias se estivesses no meu lugar. Não é muito o que preciso. Tens algum dinheiro em casa?

– Tenho alguma coisa. Sempre trago, para pagar o pessoal, mas não é muito.

– Serve. Podes me emprestar?

Ignácio intuiu que o caso era bem mais sério do que apenas um pedido de empréstimo. A imagem da vovó Luzia cruzou quase viva à sua frente. Ela o mandava agir, e logo. Abriu o cofre; entregou todo o dinheiro que havia dentro. Sem contar, Miro enfiou o maço de notas no bolso. Tereza entrou, trazendo o mate. Os dois homens a ignoraram. Miro já estava à porta. Sem dizer palavra, Ignácio o acompanhou até o carro.

– Não vais te arrepender, amigo velho. Logo alguém vai te contar as novidades e vais entender. Só quero que saibas: fiz o que achei que era certo. Dos filhos do seu Balbino, sou o que não deu certo. Sempre soube disso. Hoje, me redimi. Ter tido a coragem de fazer o que era preciso acho que vale alguma coisa. Minha vida, esta porra de vida, talvez ela tenha acontecido só para que eu pudesse cumprir essa tarefa. Peço mais um favor. Diz a Guilhermina que tome conta da minha mulher e do meu filho. Eles moram no Passo. Ela sabe onde encontrá-los. Não sou casado no papel, mas é como se fosse. Diz que, assim que puder, escrevo e mando algum dinheiro.

      Com um último abraço, entrou no carro. Pensando no tempo de guri, nas brincadeiras, nos teatros, Ignácio ficou observando a luz dos faróis até ela sumir no *corredor*. A escuridão fechando-se sobre a caminhonete era como uma cortina encerrando sua juventude. Virando as costas, foi ao encontro de Leonor.

MEMORIAL RIOGRANDENSE DA LIVRARIA DO GLOBO

Estância Água Bonita

11 DE DEZEMBRO DE 1963
quarta-feira

Naquele 11 de dezembro, dia de São Dâmaso, o papa humilde, seu Balbino levantou à hora de sempre, o sol ainda não apontando por debaixo dos cinamomos. Na cozinha, Adelina já o esperava com o mate.

– Bom dia – ele disse sem sorrir, estendendo a mão para a cuia. Ligou o rádio no noticiário. Ajudava a evitar conversa. Se desse muita cancha, Adelina logo se atracava numa história comprida igual trova de gago. Velha bem prevalecida, perto dela, não se tinha paz. Também!, tinha criado os guris, era o mesmo que da família. O jeito era ir remanchando nas respostas, fazer que sim de vez em quando, fingir que ouvia. Adelina nem reparava, gostava mesmo era de falar.

Lá fora, as coxilhas esfumaçadas de neblina se estendiam branquicentas e levianas feito um desses mosquiteiros antigos. Para os lados do açude a poeira de uma tropilha manchava de vermelho o ar ainda fresco. Um galo cantou atrasado, a cachorrada se alvorotou. *Cerração baixa, sol que racha*, dizia a finada mãe. Ia ser um dia quente. Olhando aqueles campos que tinham sido do pai, e do pai do seu pai, Balbino sentiu subir no peito uma vontade mole de chorar. Estava cansado, as coisas andavam difíceis. Ontem, um guri mal saído dos cueiros, que viera no lugar do seu Honório, comprador da Swift, puxara uma conversa. *Seu Balbino, ele disse, o senhor me desculpe, sei que é fornecedor antigo, faz muitos anos que a empresa compra a sua tropa, por isso queria lhe falar: o pessoal de cima está ficando exigente, não querem mais saber de gado chupado de carrapato. O senhor já pensou em fazer banheiro carrapaticida? Em dividir os campos em invernadas menores? Facilita o manejo, o senhor tem mais controle e, bem no fim, o gado que não caminha tanto, isso reflete no peso.*

E ele não sabia de tudo isso? Falar era fácil. Fazer banheiro era caro demais, o tal carrapaticida custava os olhos da cara, o arame também, sem contar o que cobrava um alambrador pelo serviço. Mesmo que tirasse os postes do mato da estância, uma cerca não era assim. Isso tudo era coisa para gente moça, ele já estava velho. Velho e sozinho cuidando de tudo, os dois guris não queriam saber da estância, mal e mal vinham, por uns dias. Tiago inventara de morar no estrangeiro. Mandava um dinheirinho mas não vinha. Miro passava na cidade, jogando truco ou bebendo cerveja no Passo. Ouvira dizer que até filho tinha, com uma china. Não sabia de onde tirava os cobres, dele é que não era. Deus queira não se metesse também com agiota. A verdade é que nem vendendo a estância ele podia pagar o seu Izidoro, devia muito mais que o valor do campo.

– O senhor não acha que eu tenho razão, seu Balbino?

– Acho, Adelina, mas, no fundo, a coisa pode ser que não seja bem assim.

Fosse perguntar o que era, não fazia mais nada. Há muito aprendera a replicar sem se comprometer. Cuia na mão e térmica embaixo do braço, foi saindo devagar, arrastando as alpargatas.

– Não vai tomar café, seu Balbino? Dona Carmela me recomendou que não deixasse o senhor sair em jejum.

– Como qualquer coisa lá pelo galpão, Adelina.

Mas era só o que lhe faltava. Não estava tão velho que precisasse aceitar mando de mulher. A peonada devia de estar assando alguma cabeça de ovelha, tirava uma lasca e estava pronto. Na verdade, para o que ele pretendia fazer não precisava de barriga cheia. Há dias, estava tudo preparado, no galpão de pedra. Apenas ainda não tivera coragem. Quem sabe hoje? Velho do jeito que estava, ir agora ou depois não fazia diferença, mais dia menos dia batia com a cola da cerca. Bem no fundo, o que o impedia era uma maldita esperança: a esperança de ver alguém – alguém não, um neto – cuidando daqueles campos. Isso jamais aconteceria. Jamais? Não, um dia ele talvez tivesse um neto e esse fato tornava tudo ainda pior: teria um neto e não teria mais os campos. Como explicar a todos a vergonha de ter perdido Água Bonita? Nem ele mesmo entendia. Ele era como se fosse uma árvore. Não um pau-ferro, madeira preciosa que servia para fazer moirão, era uma árvore comum, um cinamomo talvez, um ipê, um espinilho. Qualquer uma dessas que nascem ao léu, por baixo das carretas, numa fresta de pedra mas que quando se aquerenciam não podem mais ser transplantadas. Nascera em Água Bonita, ali morria. Carmela ficaria sentida por uns tempos, depois ia morar com Guilhermina ou então com Beatriz, em Porto Alegre. Os filhos tinham as suas vidas. Que o desculpassem a covardia mas aquela estância era sua vida, não tinha coragem de entregar a Izidoro o que restava dela. Sim. Estava decidido. Não havia outra saída. Melhor ir agora, antes que Carmela acordasse.

– O senhor ouviu o que eu disse, seu Balbino?

– Ouvir o quê, Adelina? Pelo amor de Deus!, ouvir o quê?

– Cruzes!, também não precisa embrabecer. Só estava querendo lhe avisar que mataram aquele seu amigo, o seu Izidoro, deu agorinha mesmo no rádio. Não sabem ainda quem foi, andam campeando. Só falei porque o senhor talvez quisesse ir no velório.

MEMORIAL RIOGRANDENSE DA LIVRARIA DO GLOBO

Estância Santa Rita

13 DE DEZEMBRO DE 1963
sexta-feira

Vacinadas e banhadas as novilhas do plantel – 62 novilhas.
Vacinados e banhados os novilhos do Cervo – 612 novilhos.
Recarregado o banheiro do gado com 1.200 litros de água.
Recorridos os campos do plantel e verificado o aramado.
Levados ao aramador: 300 tramas, 6 rolos de arame liso (um incompleto), 13 rolos de farpado e 50 postes (dos do Cabelera).
Serviço de tosa continua.

Carneada uma vaca para consumo.

— São, ao todo, quinze jogos de lençóis de solteiro, dona Leonor. Já separei esses, que é preciso consertar. Os de casal estão todos bons.

— Vamos agora revisar as toalhas de banho, Tereza. Das que se leva para o arroio, precisamos ter, pelo menos, vinte. É preciso trocá-las com mais frequência, e a gurizada sempre perde alguma.

Os muitos hóspedes dos verões: preço a pagar para ter os filhos por perto. Dezembro seria calmo, apenas os de casa. Leocádia ainda não respondera se viria passar o Natal. Depois, a casa estaria cheia. Não sabia ao certo quantos, eram sempre muitos. Desde que tudo fosse organizado com antecedência, não davam trabalho demais. As empregadas estavam acostumadas. Aliás, falando em empregada, precisava organizar os últimos detalhes do casamento de Tereza. Ignácio já autorizara o Bica a ir consertando a casa antiga, que fora da Ernestina. Graças a Deus Tereza queria continuar trabalhando. Ficava cansada só de pensar em ensinar tudo de novo a uma outra. Casamento mesmo não ia haver, Bica já era casado, talvez conseguisse que dessem uma bênção. Para Tereza seria importante, era muito religiosa. Se padre Hildebrando estivesse vivo, tinha certeza de que concordaria; já esse novo, era mais difícil. Padre Mascarello parecia ter pouca paciência com os pecados dos outros. Talvez fosse apenas a primeira impressão, precisava era se acostumar. Tudo na vida era questão de se acostumar. Saber passar de uma fase para outra. Algumas transições eram mais difíceis, outras, mais fáceis. Na música da escolinha da catequese, por exemplo, que rimava mãozinhas e criancinhas, passar de um padre para outro fora fácil. Antes era: Salve, salve/ viva, viva/ batemos nossas mãozinhas/ viva o padre Hildebrando/ amigo das criancinhas. Trocara-se Hildebrando por Mascarello, e estava tudo ajeitado, a vida seguia adiante. Seguia não, voava! Neto já na faculdade de medicina, Antônia entrando para o clássico, deixando para trás a saia preguada do ginásio. Latim e filosofia!

Queria só ver. Agitada como era, pobres professores. Ainda bem que, ao que parecia, não pensava em namorados. Não pensava mas podia pensar; nessa idade, os amores rompem igual espinhas, de uma hora para outra. Gostaria de conversar mais com Antonia, principalmente sobre sexo. As coisas estavam mudando muito com relação a isso. Talvez porque não estivesse convencida de que essas mudanças fossem boas, atrapalhava-se.

– De toalhas de algodão, para o arroio, temos duas dúzias, dona Leonor. Das outras, de usar em casa, quatorze jogos ainda bons: duas toalhas de banho, duas de rosto e um tapetinho.

– Acho que é suficiente. Quantos tu separaste, dos mais usados?

– Estes quatro.

– Leva para o teu enxoval, Tereza. Podes fazer um bordado onde estão mais puídas. São toalhas boas.

Tereza agradeceu muito corada, não se habituava à ideia de se amigar com homem separado. Apesar da Santa Terezinha ter autorizado, tinha vergonha. Disfarçou o vermelhão do rosto examinando os guardanapos.

Era preciso ir com calma, continuou Leonor, em pensamento, nem tudo era aceitável. Não se enfia liberdade goela abaixo. Estava gostando muito de ler o que a Carmen da Silva escrevia na revista *Cláudia* – "A arte de ser mulher" –, concordava até com o nome. Ser mulher era mesmo uma arte, sempre fora. Nesses tempos confusos de divórcio e reforma agrária, o importante era não depender de nada nem de ninguém. Felizmente Neto ia ser médico, e Antônia, advogada. Se a reforma agrária viesse, se perdessem os campos, teriam uma profissão, poderiam se sustentar. Era impossível entender como é que o Jango, filho da dona Tinoca, nascido e criado em estância, vinha com essa bobagem de desapropriar terra na marra, sem pagamento em dinheiro. Pura demagogia. Não, ele não era má pessoa. Ignácio, que o conhecia bem, dizia que era um homem direito, um conciliador. O perigoso era o Brizola, esse, sim! Mas o Jango tinha perdido o controle. Ia terminar entornando o caldo. Ninguém suportava mais a inflação, as passeatas, essa desordem toda com os sargentos. Era a mesma velha história: em casa que falta pão, todos brigam e ninguém tem razão. Parecia até mentira: não fazia ainda um ano, tinha ganhado o plebiscito, agora, ninguém o apoiava. Preço que pagava por acender uma vela a Deus e outra ao Diabo. Ignácio dizia que, desse jeito, espremido entre o mar e o rochedo, entre direita e esquerda, tinha medo do que pudesse acontecer ao Jango. Olha só o que fizeram nos Estados Unidos com o coitado do Kennedy. Pobres crianças, o gurizinho fazendo continência para o caixão do pai. Muito triste. A Jacqueline, no enterro, tão digna com aquele véu preto cobrindo o rosto, tão bonita. Se bem que a "nossa" não fazia feio. Vira umas fotos da Maria Tereza na *Manchete*: a americana era mais sofisticada, a mulher do Jango, mais bonita.

— Das toalhas de mesa, umas sete estão manchadas, dona Leonor, deve ser de estarem guardadas. Separo para mandar para Francisca?

— Pode separar, Tereza, essa menina saiu caprichosa igual à avó, se a Francisca não conseguir tirar as manchas, ninguém mais tira. Vamos revisar os guardanapos, um por um.

Às vezes, sentia pena do Ignácio, não era fácil ser estancieiro. A burocracia estava cada vez pior. Há meses, ele tentava importar, do Texas, umas vaquilhonas. Não conseguia nem a autorização do Ministério da Agricultura nem comprar os dólares necessários no Banco do Brasil. Tinha pedido até para o Jango ajudar, e até agora, nada. Às vezes achava Ignácio meio ingênuo, quem queria fazer as tais reformas de base ia ficar "mexendo os pauzinhos" para um dono de estância, um latifundiário? Se bem que o Jango queria apoio até mesmo da direita, e Ignácio tinha influência. Os artigos que mandava para o *Correio do Povo* eram publicados com destaque. O pessoal da FARSUL o andava sondando para um cargo. Barulho de carro, quem seria? Não estavam esperando ninguém.

— Dona Leonor, tem um senhor aí. Ele queria falar com doutor Ignácio. Eu disse que estava na mangueira e ele perguntou pela senhora.

— Quem é, Ernestina?

— Assim, de vista, não conheço, não senhora.

— Oferece um cafezinho, diz que eu já vou. Continua fazendo o inventário, Tereza, volto logo.

Leonor foi até a sala. Um senhor bem-apessoado, alto, magro, se levantou à sua chegada.

— Boa tarde, dona Leonor, a senhora não me conhece, meu nome é Arthur, trabalhava aqui de administrador quando seu marido era solteiro. Sempre quis muito conhecê-la.

— Seu Arthur!, não imagina o prazer que tenho em vê-lo. O Ignácio sempre falou muito no senhor. Ele está na mangueira, vai poder esperá-lo? Não deve demorar, ficaria muito triste se não o visse.

— Não se preocupe, dona Leonor, a senhora deve estar ocupada. Vou até a mangueira, mato as saudades. Conheço bem o caminho.

— Fique à vontade, mas antes do senhor ir matar as suas saudades, vamos tomar esse cafezinho. O café da Ernestina não se pode recusar. O que o trouxe de volta a São Borja?

— Vim pôr à venda uma chacrinha perto da cidade. Só que (são essas coisas da velhice), chegando lá, voltei atrás. Tenho tantas lembranças boas que desisti. Parece mentira, mas reencontrei uma antiga namorada. Vamos casar. Por isso vim vender a casa. Queremos comprar um apartamentinho em Porto Alegre. Só que, como lhe disse, depois de passar a manhã lá, não me animo mais a vender. Coisas de velho, lembranças. Vou tentar alguma outra solução.

— Se são coisas de velho, são coisas sábias. Boas lembranças a gente não atira assim, pela janela. Guarda, e muito bem guardadas. Quem sabe, um dia, o senhor não volta a morar aqui em São Borja? Quem sabe não escreve um livro sobre o que viveu nessa casa? Se o senhor puder ficar, gostaria muito que almoçasse conosco. Estamos só o Ignácio e eu, as crianças ainda não chegaram para o verão.

A volta

Numa quarta-feira de início de inverno, sentado à mesa de um café na Rive Gauche, Tiago decidiu que precisava voltar. Pagou a conta, tomou o metrô até a agência da Panair, comprou a passagem. Era a vantagem de ser solteiro e trabalhar por conta própria. Podia locomover-se sem muitas explicações. Bastava avisar a *concierge*, entregar-lhe a chave, organizar o pagamento dos próximos aluguéis e pronto.

Estava curioso. Ia ao encontro de um Brasil diferente, o país ao qual voltava era outro. Enquanto estivera longe, o pessoal havia construído uma nova capital, criado indústrias, experimentado o amor livre. Cinquenta anos em cinco. Sim, estava curioso, mas não era por isso que voltava. Não sabia ao certo o porquê, mas estar no Brasil era urgente e necessário. Disso, tinha certeza. Uma certeza medrosa que lhe arrepiava o corpo, como se alguém da família estivesse doente e o mandasse chamar. Todos os sintomas estavam lá: os comícios, as palavras de ordem, a carestia, o silêncio dos militares. Os poetas que, semelhantes às cigarras, eram os primeiros a saber, já anunciavam as mudanças. O período da relativa inocência, quando era o presidente quem saía da vida para entrar na história, terminara. O que ele e os amigos haviam vivido antes – as surras com cassetetes de borracha, os machucados, os hematomas expostos, depois, como medalhas, nas mesas de bar – logo pareceriam castigos modestos. Dali para frente, tinha a certeza, a realidade seria muito mais dura. A raiva se havia acumulado. Bastava observar os rostos, os comícios, os discursos. À toda ação, já dizia a física, seguia-se uma reação. Haveria idealistas sonhando que suas dores mudariam o mundo. Precisava ajudá-los, estar lá, quando acontecesse.

Por ter ficado tanto tempo longe, pensava no Brasil com um carinho meio superior, de irmão mais velho. *Minha pátria sem sapatos e sem meias, pátria minha tão pobrinha!* Vinicius de Moraes, um dos primeiros a entender. Para essa *pátria amada,* descrita pelo poeta como *patriazinha,* ele voltava. De bolsos quase vazios, sem saber exatamente a que viera, faria o que fosse necessário.

* * *

Cruzando o oceano no moderno desconforto de um DC-8, com escala em Dakar, Tiago admirara-se, como sempre, de que aquela "coisa" pudesse voar. Nisso, apesar dos anos passados na Europa, ele e o pai, que nunca saíra de São Borja, concordavam. A viagem terminara. Estava de volta ao Brasil, a Porto Alegre. A amiga com quem jantara ontem, e que terminara a noite em sua cama, rira-se dele, o chamara de sonhador. Não, ele não era um sonhador, o que lhe esvaziava os bolsos e acalentava a alma não eram sonhos. Eram ideais. Sonho e ideal são diferentes, assim como o amor é diferente da paixão. A essa altura da vida, conhecia a diferença. Sonho vai embora ou quebra-se por qualquer coisa. Ideal sabe que nada é perfeito, nem ele mesmo, e permanece.

Escolhera com cuidado a companhia para a primeira noite: nem muito velha, que tivesse perdido a firmeza das carnes, nem moça demais, que não o entendesse. Ana Lúcia, sobrinha de um amigo, era perfeita. Há um ano, ele fora seu cicerone em Paris, por uma semana. Mulher bonita, inteligente e, o principal, nem um pouco interessada em política. Com alguém exatamente assim, queria passar seus primeiros momentos no Brasil. Discussões acaloradas, anúncios apocalípticos, informações de bastidores, por agora, não o interessavam. Grosso modo, sabia o que estava acontecendo. Avaliaria a gravidade por si mesmo, com calma. Naquela primeira noite em Porto Alegre, queria apenas estar de volta. Se tivesse sorte – e tivera – depois do jantar, o cheiro do seu esperma se misturaria ao Fleur de Rocaille, que trouxera de presente e sua acompanhante fizera questão de experimentar.

– Até aprender que não existem líderes, meus sonhos morreram muitas vezes – tinha confessado a ela sob o efeito da melancolia que sempre o afetava depois do sexo. – Em 45, meu capitão fez as pazes com o Getúlio e eu não soube mais quem era o inimigo. *O Capitan! My captain!* É um poema dum camarada americano. Não importa – completou, encerrando o assunto. Eram histórias antigas.

A noite havia sido agradável. Ana Lúcia deixara o hotel ao amanhecer, precisava trocar de roupa, ir trabalhar. Ele dormiu mais um pouco. Quando acordou, o relógio na mesinha de cabeceira mostrava nove horas. Levantou-se. Uma leve dor de cabeça lhe informou que o vinho de ontem não era tão bom quanto o francês. Abriu o chuveiro. A água jorrou quente e farta. Muito bem, pensou, melhor que no Primeiro Mundo. Começou a ensaboar-se. As imagens e pensamentos voltaram. Estava sozinho agora, podia dar-se ao luxo de lembrar.

Se Prestes tivesse tido a "sorte" de morrer lutando, seria para sempre imaculado. Sobreviveu à coluna, sobreviveu à prisão. Não quis fazer como Getúlio, usar o próprio sangue para limpar-se. Apesar de Olga, deixou-se levar pelo jogo político. Hoje, não o culpava mais. Aprendera que há muitas verdades, não apenas uma. Quem sabe a atitude de Prestes não fora tomada pensando não em sim mesmo mas na causa. De qualquer forma, não era apenas isso. O golpe de misericórdia? A invasão de Budapeste. A execução de Nagy. Jamais perdoaria aqueles tanques. Tivera sorte em encontrar Wolfgang na hora certa. Ele abriu-lhe portas que não imaginava existirem. Levou-o para a Europa. Lá, aprendera a separar o joio do trigo, estava calejado para não dizer cínico. O partido comunista apoia o PTB? Defende a cria do antigo inimigo? Não importa. Política é jogo de interesses. Não o interessava. Não fora por ela que voltara. Vinha, por mais onipotente que sua atitude pudesse parecer, para cuidar do povo, fazer por ele o que podia ser feito.

Aqui ou lá fora, mais cedo ou mais tarde, vão surgir novos tanques, pensou. *É inevitável, cíclico e previsível, como as estações do ano, como a primavera. Uma coisa são os homens, outra, muito diferente, é o que se quer para os homens. Platão? Mundo das ideias? Não exatamente. Acho a República dele uma chatice, ditadura disfarçada. Também não é Hegel, ou Marx. Deus morreu? A matéria está no lugar de deus? A matéria é um novo deus? Talvez. Os homens abominam cadeiras vazias. Não é importante. Teorias não são importantes. Sempre serão falhas. Liberdade, sim, essa é fundamental. Qual liberdade? A de viver com dignidade, a de dizer, pensar e fazer o que se quiser tendo apenas o outro por limite. Mas então há limites? Sempre há limites.*

Estou ficando velho, resmungou, fechando o chuveiro e estendendo a mão para a toalha. Os velhos é que ficam assim, discutindo consigo mesmos, ensaboando lembranças. Bobagem. Não era velho. Apenas sentia-se assim: velho e sozinho. Tivera mulheres. Tivera não, tinha. Graças a deus, ainda tinha. Algumas importantes, outras, nem tanto. Mas evitava compromissos. Adiava o sonho de ter filhos. Tinha uma missão a cumprir. Dito assim, ficava muito solene, mas, no fundo, era isso mesmo: tinha uma missão, embora não soubesse exatamente qual. Voltar ao Brasil, voltar a Porto Alegre era o primeiro passo. Disso, tinha certeza. *Pois bem, estou aqui*, disse, olhando-se no espelho, encolhendo a barriga, alisando a barba, achando-se bonito. Nada como o sexo para fazer um homem sentir-se bem.

Da janela do Hotel Plaza, a praça Otávio Rocha lhe mostrava, em vista panorâmica, seus canteiros recortados. Na esquina, o prédio das Lojas Renner. Uma Galeries Lafayette em embrião? A cidade havia mudado. Passaria o dia andando pelo centro. Almoçaria com um amigo, à noite tomaria o trem para São Borja. Queria visitar o pai. Seu Balbino estava velho. Por todas as razões, era hora de estar por perto.

* * *

Amanhã! Amanhã!, repetia Antônia. *Amanhã!*, dizia com os dedos cruzados. Que ninguém, que nenhuma coisa viesse mudar o fato de que hoje ela pegaria o trem noturno e amanhã bem cedo, pela janela da cabine, entrariam as curvas conhecidas, os matos dos quais ela sabia os nomes, as paredes brancas do bolicho, a torre da igreja, os tetos de zinco vermelho de Santa Clara e, por fim, a Estação do Conde: velhos amigos, gente de casa.

As malas feitas, esperando apenas que o irmão a viesse buscar, Antônia tinha apenas um problema: como dizer ao pai e à mãe que não seria advogada nem professora, mas agrônoma? Não importava que tivesse irmão homem, não importava se para uma mulher era difícil cuidar de estância, não importava nada que eles dissessem. Seria agrônoma e ponto final.

O pai fingiria estar brabo, mas, no fundo, ficaria faceiro. A mãe, certamente não. Diria que era um absurdo, que, se não quisesse ser advogada, tirasse letras, poderia trabalhar em casa. Além do mais, para quem sabia línguas, literatura, filosofia, nunca ia faltar assunto. Assunto? Que assunto? Assuntos não estavam nos projetos, nem festas, nem clubes, nem teatros. Queria o campo. Na cidade, sufocava. Como dizia o quadrinho de azulejo na cozinha lá da estância: *Casa, quanto caibas, campos, quantos vejas*. O importante eram os campos.

Um barulho da chave, era o Neto! Sapecando um beijo na bochecha corada de Anita – ela iria amanhã, depois de fazer a faxina e fechar o apartamento, passar as férias na casa de uma irmã –, Antônia agarrou a mala e correu escada abaixo. O carro de praça esperava em frente ao edifício. Assim que Neto entrou, com o resto da bagagem, Antônia começou a falar e não parou mais; ia perguntando se o irmão sabia novidades de casa, notícias da égua rosilha, de Ernestina, Tereza, Bica, do andamento da tosa. Apesar de morarem juntos, não tinham muitas ocasiões para conversar. Neto, sempre ocupado com a faculdade, quase não almoçava em casa. À noite, saía com amigos. A diferença de idade criava interesses e horários distintos. Quando ele chegava, a irmã já estava dormindo.

– Como é que eu vou saber, Antônia? Estava em Porto Alegre, igual a ti – riu-se Neto.

– O pai pode ter mandado te dizer. Contigo eles conversam. A mim, não contam nada, só perguntam das notas e se estou me comportando.

– Não é bem assim, Antônia.

– É. Mais ou menos.

– Falando nisso, como te foste de notas? – brincou o irmão.

– Ora, Neto, não implica – disse Antônia, fingindo-se de braba. Adorava aquele irmão quase médico. Ele também tinha enfrentado oposição, todos o sonhavam agrônomo. O pai, a princípio, ficara muito brabo, a mãe convencera-o: *Médicos dão ótimos estancieiros, basta ver teu pai,* ela dissera.

Na estação Ildefonso Pinto, o trem vermelho e creme esperava, pronto para partir. Entregaram as bagagens, subiram para o vagão-dormitório: o cheiro leve de desinfetante, os beliches, a pequena pia com torneira de alavanca, o espelho.

– Vou até o carro-restaurante avisar que jantamos no primeiro turno. Um *a la minuta,* como sempre?

Antônia fez que sim com a cabeça enquanto experimentava a torneira para ver se tinha água: às vezes tinha, outras não. Amanhã bem cedo chegariam a Santa Maria. Houve uma época em que era preciso fazer a baldeação; uma correria, a mãe nervosa ralhando com as empregadas para que não perdessem nada. Agora era mais cômodo, não precisavam carregar as bagagens, o trem é que se desengatava e trocava de locomotiva. Mesmo assim, queria estar acordada quando chegassem. Gostava de espiar o movimento da estação: os vendedores de pastéis, as maçãs que pareciam joias, enroladas, uma a uma, em papel roxo, os bilheteiros da loteria gritando – *Ooolha o treeeze* –, os revisteiros. Se desse tempo, compraria uma *O Cruzeiro* para a mãe, uma *Grande Hotel* ou *Capricho* para Tereza. Aproveitava e dava uma olhadinha na fotonovela. A mãe não gostava que lesse essas coisas, dizia que não eram para a idade dela. Bobagem. Ler é ler, não há idade.

Dez e quinze, o trem apitou: sairia no horário; tomara que o de amanhã também não atrasasse. Ela tinha pressa, precisava resolver logo a sua vida. Deus do céu, como tudo demorava a passar. Quanto ainda até formar-se e fazer, depois, o curso nos Estados Unidos, igual ao pai. Ele conservava as amizades, mantinha os contatos do tempo do *college* no Texas. Conheceria pessoas, grandes fazendas. Depois, voltaria. Começaria a trabalhar. Queria uma estância grande. Ao contrário do que esse pessoal andava apregoando, quanto maior o campo, mais rentável. Dividir tudo em pedacinhos e pensar que assim se resolvia a vida de todos era uma grande bobagem.

Queria Santa Rita como no tempo de dona Maria Manoela. Desde o dia em que tia Leocádia lhe contara a história da mulher no retrato lá do casarão, ela admirava essa antepassada feia e bigoduda. Dona Maria Manoela, mulher de faca na bota. No tempo dela, a estância era a perder de vista. O vovô José recomprara o que os tios incompetentes haviam vendido; um pouco, não tudo. Quem sabe ela terminava o serviço? Não tinha a menor vergonha de querer ser rica. Se todos pensassem assim o Brasil ficava rico e, se o Brasil ficasse rico, haveria emprego, dinheiro, casa para todos. Essa baderna que aparecia nas revistas, os discursos, ninguém se ouvindo, todo mundo gritando e agitando bandeira, isso só atrapalhava. Não fora gritando que dona Maria Manoela conseguira seus campos. Fora trabalhando. Ela faria igual.

* * *

Pela apertada confusão de malas e pessoas, Neto abria seu caminho no corredor. Ao contrário de Antônia, não gostava das cabinas. Pequenas demais, apertadas; dentro delas, a agitação da irmã podia ser insuportável. Tinha trazido um livro, estava ansioso por lê-lo. Depois de reservar mesa para o primeiro turno do jantar, procuraria um lugar vazio noutro vagão, onde ninguém o incomodasse.

Sem pressa, passou pelas poltronas reclináveis do carro *pullman*, pelo conforto estofado dos vagões da primeira classe, pelos bancos de madeira da segunda. Uma visão conhecida, a mesma que encontrava nas enfermarias da Santa Casa, agrediu-o. Envergonhado consigo mesmo, irritou-se com a Viação Férrea. *Aqueles bancos seriam mesmo necessários? Custaria demais oferecer algo melhor?* Ainda que ninguém parecesse incomodar-se, o contraste dos vagões o afligia.

Entre chapéus de abas largas, lenços chimangos e maragatos, Neto caminhou, como se procurasse alguém. Um velho o fez lembrar do seu Acácio, o antigo capataz da estância. Alguns homens, rostos franzidos na fumaça dos palheiros, o cumprimentaram com um aceno de cabeça. Sabiam quem ele era, conheciam seu pai, talvez o conhecessem também, desde guri. Ainda assim, sentia-se estrangeiro. Aninhados em seios cobertos por lenços pudicos, bebês mamavam. Tirando por instantes os olhos da paisagem, senhoras idosas, as cabeças brancas atadas em panos, o olhavam sem nenhum interesse. Aqueles olhos cansados, as bocas murchas movendo-se na dolorida frouxidão das dentaduras, embora as conhecesse bem, não eram parte do seu mundo. Espiando pelas frestas dos bancos, subindo nos assentos, chupando balas, limpando o nariz nas costas das mãos, tocando-se inocentes como animaizinhos que se reconhecem, crianças, muitas crianças. Uma menina loira estendeu-lhe a mão. Neto acariciou-lhe a cabeça. Como se a culpa toda fosse dele, sentiu vontade de explicar-se àquela gente. Mas, explicar o quê? De testa franzida, forçou a si mesmo até o final do corredor.

Abriu a porta do vagão. Parou um instante no espaço entre os dois carros. O roçar das engrenagens, os trilhos velozes, a terra passando sob seus pés davam-lhe uma sensação gostosa, de perigo controlado. Limbo cheirando a óleo diesel, intervalo entre duas classes. A porta abriu-se novamente para dois homens. Não os olhou, tirava do bolso a carteira de cigarro.

– Como vai, Neto? – ouviu dizerem atrás de si.

– Tonico, índio velho, que bom te ver! – respondeu numa efusão que o alívio de encontrar um amigo, alguém que era parte real de sua história, tornava exagerada. – Andavas por Porto Alegre? Claro que sim, pois se estás no trem, que pergunta! Eu estou indo até o vagão-restaurante, vamos juntos? Te pago uma cerveja.

Meio sem jeito, ajeitando o barbicacho, Tonico apresentou o companheiro.

– Esse é o Carlos, de Porto Alegre.

Neto estranhou a figura urbana: calça de brim, camiseta e uma bolsa de pano com a alça atravessada no peito. Por sobre o ruído das rodas, cumprimentaram-se. Com um gesto, Neto repetiu o convite feito. No carro-restaurante, ignorando a carranca do garçom que, pano embebido em álcool, limpava pratos, ocuparam uma mesa. Um senhor de barba, sentado a uma das mesas, os cumprimentou com um aceno de cabeça. A cerveja veio gelada, os copos limpos.

– O que tu estavas fazendo em Porto Alegre? – perguntou Neto depois dos primeiros goles. – Este ano não estás na tosa?

– Estava, mas pedi as contas. Surgiu um assunto na cidade. Ando meio ocupado.

– Ocupado com o quê, vivente?!

– Com umas coisas.

– Mas que coisas? – insistiu Neto.

– Pode falar, João Antônio, pelo livro que carrega, já se vê que o seu amigo identifica-se com a causa trabalhista. *Escravos da terra*, o livro-testamento de Fernando Ferrari. Ainda que ele e o doutor Brizola tivessem divergências, era um homem inteligente, inserido na luta.

Neto olhou, interrogativo. O senhor de barba, na mesa ao lado, prestava atenção à conversa e parecia divertir-se.

– Ando metido em política, sou gente do doutor Brizola – confessou Tonico, num orgulho ainda envergonhado.

Neto sentiu um frio na barriga. Eles não iam dizer, mas com certeza Carlos vinha pregar a causa comunista, talvez até organizar em São Borja um dos tais "grupos dos onze", só isso explicava estarem juntos, ele e Tonico. Uma coisa era ler num livro ideias com as quais podia discordar ou concordar de forma indolor. Outra, muito diferente, era a realidade esfregada assim, na sua cara, enquanto tomava cerveja num trem. Por alguma razão totalmente irracional, achava que estavam resguardados, que a revolução não chegaria à estância, que era coisa de políticos, de agitadores urbanos. Pensava que o respeito, a quase amizade que sempre existira entre estancieiro e empregado, toda uma história de lutas ombro a ombro, de trabalho dividido, protegeriam-nos.

Na faculdade, acostumara-se às palavras de ordem, aos comícios, à panfletagem. Sabia que, para os partidários ou simpatizantes da UNE, não havia meio-termo, era preciso escolher: ou preto ou branco, *compromisso total com as classes exploradas ou aliança com a ordem caduca e decadente*. Por esses parâmetros, ele era um reacionário. Bastava ter terras para entrar na vala comum. Na língua dos radicais, que eram sempre os que mais falavam, a palavra conciliação tornava-se nome feio.

Não era insensível. Ainda que não aceitasse o exagero de dizerem que os peões viviam como semiescravos, ao contrário de muitos de seus amigos, admirava as ideias de Pasqualini. Achava o Estatuto do Trabalhador Rural justo, racional, sem discrepâncias. Inclusive, ao ler o artigo 178, o que falava em benefícios de ordem social e educativa – escolas, creches, hospitais, cinemas –, sentiu-se orgulhoso da bisavó Luzia, que há muitos anos havia não apenas pensado, mas providenciado isso tudo.

Como aceitar, porém, os discursos de Brizola na rádio Mayrink Veiga, pregando os grupos dos onze, os comandos nacionalistas; criando, às claras, células comunistas? O romantismo urbano e a demagogia o irritavam. Meia dúzia de hectares e uma enxada jamais seriam meios de redistribuição de riqueza. A mecanização da lavoura era uma realidade, vinha pra ficar. Depois da produtividade alcançada com as máquinas, como justificar a enxada? Quem fosse competir não teria a menor chance. A tal reforma agrária na lei ou na marra era uma grande bobagem.

– Que absurdo! – disse alto, bebendo de um gole o que restava da cerveja.

— Que absurdo o quê? — fez Carlos, desconfiado.

— Desculpa, Carlos, agradeço a tua confiança, agradeço a confiança do Tonico, mas quero esclarecer de saída que, apesar do livro que estou lendo, não concordo com as ideias de comunismo.

— E por que não? Se já deu certo, e, bem aqui, na terra do Tonico?

— Como assim, deu certo? E essa terra não é só do Tonico, também me criei aqui.

— Pois então não devia ter esquecido o que aprendeu – disse Carlos. – Esta é a terra das Missões, e as Missões eram o quê? Apesar de controladas pelos padres, do ponto de vista econômico, elas aconteceram dentro dos ideais marxistas. Tudo, inclusive a terra, era de todos. A administração protegia órfãos, velhos, viúvas. As Missões, essas para onde vamos agora neste trem, são um hino comunista que se estendeu, vitorioso, por mais de 150 anos, um hino que encontra eco nas palavras dos nossos líderes.

— Foi muito diferente – interrompeu Neto. – Os índios viviam num mundo à parte, uma redoma, eram supersticiosos, fáceis de dominar. O grande mérito dos jesuítas foi dar-se conta disso, por isso as Missões funcionaram. Mas não vamos brigar, tem muitas coisas no doutor Brizola que eu admiro: sua determinação na crise de 61, a legalidade, o *Nenhuma criança sem escola*. Tirando a questão do radicalismo, é um homem admirável; sair de onde saiu e chegar aonde chegou, um exemplo.

Carlos apenas sorria, girando o copo na mão. Tonico, sem jeito, alongava os olhos na paisagem rápida. O senhor de barba, seguramente, divertia-se, constatou Neto com um olhar de esguelha. Seria algum conhecido do pai? Não lembrava dele, ainda que parecesse familiar.

— Carlos – continuou, incentivado pelo silêncio dos outros – diz com sinceridade: tu achas que eu posso aceitar tranquilo que desapropriem, sem nenhum pagamento, nada, as terras da minha família? Terras onde vivemos há muitos anos, terras que geram emprego, que são produtivas? Pois não aceito. Ainda que simpatize com as ideias do trabalhismo, ainda que, ao contrário de muitos, ache que o Estatuto do Trabalhador Rural é justo e veio em boa hora, se o empregado urbano tem proteções, por que não o rural?, ainda que aceite e concorde com tudo isso, aliás, dizendo melhor, porque aceito e concordo com tudo isso, não posso baixar a cabeça aos que querem ganhar no grito e na força, aos que não aceitam posições divergentes, aos que acusam os que deles discordam de gorilas e entreguistas.

– É que até agora era você quem gritava. Quando o grito vem do outro lado, os ouvidos doem.

– Não é bem assim. Sabem de uma coisa? Até o Francisco Julião, das ligas camponesas, eu consigo admirar como um homem direito, sério. Mas que fique lá no Norte com suas ideias. Nós que nos criamos por aqui sabemos que a pobreza no Sul é diferente da pobreza do Norte e Nordeste.

– Olha, Neto – saltou Tonico, muito vermelho –, uma coisa te digo: pobre é pobre em qualquer lugar, e quem quiser terminar com a pobreza, quem quiser dar emprego e escola, casa direita pra morar, pode contar comigo! Tu não sabe o que é trabalhar a vida toda e bem no fim não ter nada. Ver o campo dos outros, o gado dos outros se estendendo até o horizonte e não ter nem um pedacinho de chão onde ser enterrado.

Neto procurou no homem sentado à sua frente o amigo de infância. Não o encontrou, ou, se encontrou, não o reconheceu. Suspirando, recostou-se na cadeira, pediu mais uma cerveja e acendeu outro cigarro. Melhor levar as coisas com calma, seria uma longa viagem.

Sentado à mesa ao lado, o senhor de barba também mandou vir outra cerveja. *Não é que o guri saiu parecido com a bisavó? Parece que estou ouvindo a dona Luzia falar. Essa piazada pensa que inventa a vida, mas a vida é velha, fica repetindo as mesmas histórias até fechar o livro,* concluiu, servindo-se de mais um copo.

Neste livro, porque inventados, todos os personagens não reais são verdadeiros, com exceção de Wolfgang. Livremente inspirado em Wolfgang Hoffmann Harnisch – professor da universidade de Berlim, ensaísta e dramaturgo que no final da década de 30 percorreu o Brasil, em especial o Rio Grande do Sul, e escreveu *O Rio Grande do Sul, a terra e o homem* (Trad. A. Raymundo Schneider e Archibaldo Severo, Globo, 1952) –, Wolfgang é, ao mesmo tempo, real e verdadeiro. O capítulo "Arroz, feijão e massa" foi publicado anteriormente, sob a forma de conto, na antologia *Novos contos imperdíveis* (Org. Charles Kiefer, Nova Prova, 2007).

A. M.

lepmeditores
www.lpm.com.br
o site que conta tudo

Impresso na Gráfica BMF
2022